凤凰劫

燕语◎著

百花洲文艺出版社

图书在版编目（CIP）数据

凤凰劫 / 燕语著. —南昌：百花洲文艺出版社，2016. 6
ISBN 978-7-5500-1698-9

Ⅰ. ①凤… Ⅱ. ①燕… Ⅲ. ①长篇历史小说—中国—当代 Ⅳ. ①I247.5

中国版本图书馆 CIP 数据核字（2016）第069478号

凤凰劫

燕语 著

出 版 人　姚雪雪
责任编辑　杨　旭　周振明
封面设计　浪殿工作室·飞扬
出版发行　百花洲文艺出版社
社　　址　南昌市红谷滩区世贸路898号博能中心A座20楼
邮　　编　330038
经　　销　全国新华书店
印　　刷　三河市兴达印务有限公司
开　　本　787mm×1092mm　1/16
印　　张　17.5
字　　数　340千字
版　　次　2016年6月第1版　2016年6月第1次印刷
书　　号　ISBN 978-7-5500-1698-9
定　　价　35.00元

赣版权登字：05-2016-83

网　　址　http://www.bhzwy.com

人物关系

秦 国

嬴香：秦哀公的嫡长女，楚景平王的君夫人，楚昭王、季芈畀我之母。史称伯嬴。

赵籍：秦国君主，史称秦哀公。嬴香的父亲。

公子蒲：秦哀公的庶公子。嬴香之兄。

公子虎：秦哀公的庶公子。嬴香之弟。

大庶长冉：秦国执政，楚国令尹阳匄的老友。

女齐：嬴香的侍女，楚国太子建之妻，王孙胜之母。

楚 国

熊居：楚国君主，史称楚景平王。嬴香的夫君，楚昭王之父。

熊轸：楚国君主，史称楚昭王。楚景平王、嬴香之子。

太子建：楚景平王的嫡长子，王孙胜的父亲。

王孙胜：楚景平王的嫡长孙，太子建之子。

公子申：楚景平王的庶公子。

公子结：楚景平王的庶公子，公子申之弟。

公子启：楚景平王的庶公子，公子结之弟。

王孙包胥：楚国王族，伍子胥的好友。

王孙由于：楚国王族，寝尹。

伍奢：太子太傅。被费无极谗害，灭族。

伍尚：伍奢长子。与伍奢一起被诛杀。

伍子胥：伍奢次子。伍氏一族被灭后，借吴军报仇，灭亡楚国。

费无极：太子少师。被沈尹戌计杀。

奋扬：城父司马。

鄢将师：左领。费无极的党羽。被囊瓦诛杀。

阳匄：令尹，楚穆王曾孙。吴楚大战中，重病身亡。

阳令终、阳完、阳佗：皆为阳匄之子。被费无极谗杀。

郤宛：左尹。被费无极谗害，灭族。

伯嚭：郤氏党羽。郤宛被灭族后，逃往吴国。

囊瓦：阳匄之后，继任令尹。楚庄王曾孙。吴楚大战中，战败逃亡郑国。

沈尹戌：左司马，楚庄王曾孙。吴楚大战中，自杀殉国。

薳越：右司马。吴楚大战中，自杀殉国。

观从：卜尹。楚景王平的宠臣。

风胡子：铸剑师。

蔡 国

蔡姬：蔡国郹阳封人之女，楚景平王的君夫人，太子建之母。

蔡侯庐：蔡国君主，史称蔡平侯。蔡灵侯之弟。

蔡侯朱：蔡国君主，蔡平侯之子。后费无极改立东国为蔡侯。

蔡侯东国：蔡国君主，史称蔡悼侯。蔡灵侯之孙，隐太子友之子。

蔡侯申：蔡国君主，史称蔡昭侯。蔡悼侯之弟。请求吴国出兵，灭亡楚国。

吴 国

吴王僚：吴国君主。被吴王阖闾诛杀。

吴王阖闾：吴国君主。派刺客诛杀吴王僚后，自立为吴王。

夫概：阖闾之弟。自立为吴王，被阖闾击败，逃亡楚国。

孙武：齐国人，被伍子胥举荐给吴王阖闾，制定攻楚战略。

目录

Contents

1

目录
Contents

2

楔子·四方之火

冬夜。

幽远浩渺的夜空，星光闪烁，明明灭灭。

一颗星，突然出现在东方。

这颗赤红色的星，光芒四射，夺人眼目。纷乱蓬孛的星光，划过天穹，从东向西一直到达银河，映得满天星辰都黯然失色。

整个夜空，瞬间被妖异肃杀的星光赤焰笼罩。

第二天，观察星象的郑国大夫裨灶立刻向执政子产禀报这一妖异星象。

裨灶躬身禀报："昨夜，孛星在大辰星的位置出现，这是妖变的非常星象。明年夏天，宋国、卫国、陈国、郑国将会在同一天发生火灾。如果我们选择吉日良辰，用宝贵的玉器和芬芳的桂酒，恭恭敬敬向天神祭拜，衷心祝愿神君快乐又健康，郑国一定不会发生火灾。"

子产翻看案上堆积如山的卷牍，头也不抬，说："发生火灾，是上天降下的灾祸，不是祭祀禳灾就可以免除的。祭神的玉器何等神圣，不能用于禳灾。"

秦国宫殿。

秦伯赵籍端坐在重席上。阶下，白发苍苍的宗祝邵馨正向秦伯拜礼。

邵馨恭声禀报："明年夏天，大火星再度出现在天空时，人间必然遍布灾祸，诸侯各国会有火灾！"

秦伯赵籍很是关注，问："秦国会发生火灾吗？"

邵馨回答："去年我见到这颗孛星，这就是它的征兆了。在大火星出现时它已经出现。现在它比大火星出现时更加明亮，必定是大火星消失时这颗孛星也潜伏了。这样看起来，它和大火星在一起已经很久了。如果发生火灾，会有四个国家承当：宋国、卫国、陈国、郑国。"

秦伯赵籍微微颔首，说："为什么是这四个国家？寡人愿闻其详。"

邵鼙说："大火星位于心宿，是天子的象征。孛星是妖星。孛星出现，则说明君臣在内乱朝政，在外有战争发生。孛星在大火星的位置出现，预兆周王室将要发生动乱，天下无人去救，所以火灾降及四方四个国家，表明是四方诸侯的过失。宋国、卫国、陈国、郑国，分居东、北、南、西四方。宋国是商朝王室的后裔，陈国是舜帝的后裔。卫、郑两国是周天子的同姓。这四个国家得到周天子分封建国，应该尊崇周天子，现在却依附楚国，不尊崇周天子。周王室大乱，所以天降灾祸到这四个国家，以示惩戒。"

秦伯赵籍抚须沉吟："昨晚孛星出现，明年四方火灾，周王室将于何时发生动乱？"

邵鼙答说："五年后，周王室将发生动乱。再过五年，周王室才会得到安定。"

秦伯赵籍沉思半晌，说："明年夏天，宋、卫、陈、郑四国同一天发生火灾，寡人重赏！"

邵鼙躬身拜谢后，退出宫殿。

秦伯赵籍看他身影消失不见，这才从重席上站起，在殿上来回踱步，压抑住内心的兴奋，喃喃低语："周天子动乱，四方四国火灾，莫非我秦国称霸的时机将要到来？"

他手握佩剑，提醒自己："不要着急，等明年夏天四方火起时，再相机而动。"

溪流曲折流淌，发出悦耳动听的声音。

虽在冬日，清溪两岸繁花似锦，绿草如茵。

十六名翠袖细腰的楚宫侍女，分花拂柳，引楚王熊居步上崇台。

兰台香榭，翠翘曲琼，更兼周遭美景无限，楚王熊居的目光却只在众侍女身上流连，一时看她们各色秀美的发式，一时看她们佩戴的玉笄贝饰，手掌不经意间抚过小腰秀颈，惹得侍女们美目流盼，娇唇浅笑。

卜尹观从高高立在崇台之上，远远看楚王熊居在众侍女的簇拥下，随意说笑着走过来。

曲栏前，楚王熊居停住脚步，对侍女们说："美人儿，你们在此等候，寡人去去就来。"

众侍女俯身拜送楚王。

楚王熊居解下佩剑，扔在玉阶上，对观从说："你这里清静，寡人让美人和剑都在外面等候，免得扰了你的清静。"

观从说："大王，说笑了。"声音淡定柔和，仿佛远隔千里的疏离，又像是多年知己今又重逢，不需要任何的热络、客套。

楚王熊居挽起观从的手，说："你太薄情了，寡人不来看你，你从不来看望寡人。

你知道寡人好脾气，有意欺侮。哪天寡人坏脾气发作起来，少不得要打你一顿。”

观从摇头，浅笑：“大王打不到。大王想打观从，观从早就逃跑了，怎么会等着被大王打呢？”

楚王熊居说：“你可知道，你是寡人最想打，又舍不得打的。你仗着寡人宠信你，总是这样凉薄，不要冷了寡人的心。”

观从微微仰起脸，看着楚王，声音里有一丝不易察觉的叹喟：“大王身边何时缺过巴结逢极之人？何必再多观从一个？”

楚王熊居握住观从的手，说：“你几时巴结逢迎过寡人？与寡人相识于微时，帮助寡人夺得王位，世间只有你一人。寡人要和你共富贵，你不肯。寡人想多见见你，你也这样冷淡。你一定要寡人做忘恩负义之人？”

一番话说得观从眼圈有点湿润，轻叹：“大王，伴君难啊。身在高位，危机重重，观从不求富贵，只想全身保命，能长长久久地为大王祈福禳灾。大王安好，观从还有何求？”

楚王熊居重重地握紧观从的手，说：“寡人的事，寡人自己知道。一切灾祸，皆由寡人一力担承，不用禳灾，更不必转给他人。寡人的福荫，愿与你世代与共。”

观从跪倒在地，说：“大王，观从的子孙一定为大王子孙世代祈福禳灾，祈求上皇赐福楚国，山河永固，国祚绵长。”

楚王熊居扶他起身：“带寡人去看你新建成的浑象。”

观从引楚王熊居进入一个密室，请楚王坐在正中。观从走到一边，扳动机关。

随着开启机关的轻响，楚王的眼前出现一片灿烂奇丽的星空，银河像一条薄如蝉翼的长长的纱巾，银河里众多星星闪烁出明灭不定的微光。漫天星辰缓缓流转，浩瀚无垠。

楚王熊居赞叹：“观从，你把星空搬到寡人眼前了。”

观从向楚王解释：“伏羲仰观天象，俯察地理，始画八卦。尧帝时，命羲仲、羲叔、和仲、和叔分驻四方，观天象，制历法。羲和当时就设立浑象，演示星象运转。臣只不过把羲和的浑象稍加做了一些改进。”

他说着，用手指点：“大王，请看！”

楚王熊居看到一颗赤星出现在东方星空，蓬勃纷乱的光芒四射，直达银河，妖艳诡异。

观从说：“大王，这就是昨夜臣观察到的彗星。”

楚王熊居沉吟：“这是大火星的位置，彗星出现在此，难道是要发生火灾？”

观从说：“明年夏天，宋国、卫国、陈国、郑国将会在同一天发生火灾。宋国，是大火星的分野；陈国，是木帝太皞的都城；郑国，是火神祝融居住过的地方。五行之中，火生于木。这三个国家都是大火星所居住的地方。彗星直达银河，银河，就是水。卫国，是水帝颛顼的都城，和它相配的星是大水星。水，是火的阳姓配偶。恐怕会在丙子日或者壬午日发生火灾吧！水火会在那个时候配合。如果大火星消失而彗星随着潜伏，一定在壬午日发生火灾，不会超过大火星出现的那个月。”

楚王熊居问：“楚国是火神祝融的后裔。这星象，会不会和楚国也有关系？”

观从说：“彗星是用来除旧布新的。天上发生的事常常预示人间的凶吉。这颗彗星出现在大火星的位置，对大火星进行清扫。大火星是天子的象征，楚国是火神祝融的后裔。这星象应在周王室和楚国，预示周王室和楚国都将发生动乱，有战争兵祸、火灾降临。”

楚王熊居淡淡说：“楚国民风强悍，岂会惧怕发生战争？这动乱，是指什么？”

观从说：“楚国尊崇神鸟凤凰。凤凰是离火之精。凤凰每五百年采集香木，在熊熊烈火中自焚，浴火重生，其羽更丰，其音更清，其神更髓。楚国立国至今，已有五百多年。”

楚王熊居站起身，说：“彗星是陈旧布新，凤凰是浴火重生，如果楚国能够获得新生，寡人一身担起所有的灾祸，又有何妨？焚我之躯，换得楚国烈火中新生。看来，这是大吉之兆啊！”

观从再次跪拜：“观从愿与大王一同赴此国难！”

楚王熊居双手搀扶：“你不能赴难，寡人要把你留给太子。有你辅佐太子，寡人再没有忧心悬念的事了。”

第二年，夏，五月。

大火星开始在黄昏日落后，夜幕初降之时，出现在夜空。

初七，刮起风。鲁国大夫梓慎说：“这叫融风，是火灾的开始。七天以后，恐怕要发生火灾！”

初九，风刮得很大。

十四，壬午日，风刮得更大。宋国、卫国、陈国、郑国同时发生火灾。

梓慎登上鲁国都城曲阜的高处——大庭氏的库房，向西方远远眺望，说：“这是在宋国、卫国、陈国、郑国。”

几天后，这四个国家果然都向鲁国报告发生了火灾。鲁侯裯派行人前往四国慰问。

郑国大夫裨灶说：“去年，我请求禳火，没有采纳我的意见。如果不用瓘斝玉瓒禳灾，郑国还要发生火灾。”

郑国人害怕再次发生火灾，请求子产采纳裨社的意见，子产不同意。

游吉对子产说：“宝物，是用来保护百姓的。如果有火灾，国家差不多会灭亡。可以挽救灭亡，您爱惜它干什么？”

子产淡淡一笑，说：“天道远大，人道浅近。天道，不是人力所能逆转的，怎么知道用宝玉禳灾就能够免除火灾？裨灶哪里知道天道？他说的预言太多了，难道不会偶尔说中？”始终不肯拿出瓘斝玉瓒给裨灶禳灾。

子产派人帮助祝史在国都北面清除地面修筑祭坛，向水神、火神祈祷，又在四城祈祷，派人大量修筑土地神庙，祭祀四方之神，祈求解除灾患。郑国没有再次发生火灾。

宋、卫、陈、郑四国派来的行人向秦伯赵籍报告说：五月壬午日，发生了火灾。秦伯赵籍马上派使者前往四国进行慰问，命人重赏去年作出准确预言的宗祝邵鼙。

抚拭着腰间的佩剑，秦伯赵籍踌躇满志，希冀乘周王室发生动乱、列国纷乱的时机，称霸天下。

为了实现目的，秦伯赵籍派遣使者前往拜见周天子、列国诸侯，开启称霸之途的第一步。

第一章·绝色倾国

月亮从东山升起，壮丽翠秀的骊山渐渐变得幽暗，漫天星光隐隐闪闪，显得越发渺茫遥远。

温泉池里，热气氤氲蒸腾，弥漫满室。

嬴香整个人浸在温泉水里，手指绕着漂浮在水面上的花瓣划圈，不经意地问身边侍女："你说，什么是宝？"

女齐正用手挽着嬴香的长发，在她耳侧挽出松软低垂的环髻，听到问话，认真想了想，回答说："稷是宝。每天都要吃的，一天不吃就会饿，稷是最宝贵的。"

嬴香笑起来："你只想着吃啊。"

女齐分辩说："周天子的始祖就是后稷，教大家种稷，把最宝贵的东西教给天下人，一直到现在周天子还是天下共主。"她委屈地嘟起嘴，"人，总是要吃饭的嘛。"

嬴香见她委屈，伸手去捏她的鼻尖："又没说你讲错，又装委屈。"

女齐躲闪着，小巧微翘的鼻尖还是被嬴香的手指轻快划过，忙说："公子，发髻要闹乱了，一会儿又要重新梳理。"

嬴香微微扁嘴，说："每次都是垂髻，我想要望仙髻、九鬟髻、凌云髻、云髻，高高的才好看。"

女齐满口答应："好好好。公子喜欢的都会有。行了笄礼，就可以梳各种高髻，戴很多漂亮的发笄了。"

嬴香叹了口气："那要先定亲。听说定亲后，就要远嫁异国，会是很遥远的地方啊。"

她的眉尖轻轻蹙起，淡淡的忧思弥漫开来。

女齐转动眼珠，想改变话题："公子，你也说一下什么是宝？"

嬴香悠悠出神，想了良久，没有说话，两颗大大的泪珠悄然滑落腮边。

等女齐发现时，赶快帮她擦拭泪珠，哀求说："公子，怎么不开心了。"

嬴香握着女齐的手，说："世上最宝贵的是母亲和父亲。如果远嫁异国，就会离开他们，很难再见到一面，我……不想离开他们。"

女齐叹了口气，说："很多人都是这样的。像我，没有出嫁，也离开了自己的祖国，离开了父母兄妹。"

嬴香努力翘起嘴角，露出笑容，安慰说："你还有我嘛。我对你多好啊，是不是啊。"

女齐连连点头："是啊是啊，每天调皮，换着花样闹我。公子，你真的是对我很好啊。"

嬴香从温泉池里站起来，握着拳头想打女齐。女齐已经帮她梳好了双环髻，及时送上丝衣，说："好公子，别打人啊。发髻又要乱了，衣服也要弄湿了。"

用丝衣擦拭了身上的水珠后，嬴香换上曳地长裙，在女齐的陪伴下，走进一条长长的甬道。

甬道的尽头，是嬴香在骊山温泉离宫居住的宫殿。

骊山温泉宫，早在西周时期已经建立，当时是周天子的离宫。周幽王被犬戎攻杀，秦襄公率兵营救周幽王，立下战功，又护送周幽王的儿子周平王迁都洛邑。因此，周平王封秦襄公为诸侯，将周朝的发祥地封赐给秦襄公，骊山温泉离宫也在其中。

秦人厚重、质朴，不尚奢华，历代国君都很节俭，不追求锦衣玉食，不追求奇珍异宝，只是辛苦经营，努力建立功业。即使骊山美如锦绣、温泉胜绝，秦国国君也很少在此沉溺享乐。作为秦国君主最宠爱的女儿，嬴香这是第一次来到骊山。

嬴香推开窗子，看窗外清冷的月光洒满大地，晚风吹拂进来，风中断续地飘来歌声、乐声，声音低沉的钟鼓演奏着送别的音乐。秦伯赵籍举办的宴会已至尾声。

女齐掩上窗子，说："公子，小心被夜风吹得头疼。"

嬴香坐在床榻上，举手招女齐一起过来坐，说："明天就是斗宝会了。父亲不让我参加斗宝会，咱们先来斗宝。"

女齐摇头："不要。"

嬴香用手支着下巴，好奇地看她："为什么？"

女齐眼睛瞪得圆圆的，一脸的严肃认真："公子，我的宝是稷，你的宝是君上。君上会吃掉稷的，斗宝的结果不用问就是我输，当然不要和公子斗宝啊。"

嬴香被她认真的模样被逗得笑起来，越想越觉得可笑，忍不住又伸手捏她的鼻尖："你怎么可以这样好玩？我的宝会吃掉你的宝，你怎么能想得出来？"

女齐无辜地哀求："公子，你再捏下去，我的鼻子会像狐狸一样尖尖的。那样多难看啊。快放手。"

嬴香眼珠转了转，说："放了你也可以，你要答应我一件事。"

女齐无奈地叹气："公子吩咐，女齐怎么敢不听从呢？"

嬴香放开手，女齐用衣袖掩着鼻尖，不知道她会想出什么淘气花样，很是担忧。

嬴香说："明天，我要参加斗宝会，你要帮我。"

女齐吃惊地放下衣袖："公子，君上不会答应的。"

嬴香嘟起嘴，"偏要。父亲不让我去，我偏要去！本来父亲还不让我来临潼呢，我现在不是来了吗？"

女齐忧心忡忡地看着她，说不出话。

嬴香左颊边现出浅浅的酒窝，向女齐得意地笑："父亲不答应，我就闹。嘻嘻，在雍都，我就是把父亲闹得头疼，他才不得不带我来了。"

女齐结结巴巴地说："公子，那是在雍都，没外人，你随便闹。现在是在临潼，听说君上请来了十八国诸侯，周天子也派人来了。你闹起来，君上的面子就掉下来，摔在地上，碎成十八瓣了。"

嬴香又气又恼，随手抓起床边的一只矮矮胖胖的小香炉，想摔在地上发泄，忽然想起母亲平日的教诲：要爱惜物力，即使是再小再旧的物件，也不能轻易毁弃，一定要珍惜爱护。她咬咬嘴唇，慢慢地放下香炉。

嬴香眼眸里闪动着迷人的光芒："一定会想出办法的。我已经到了临潼，怎么可以就这样放弃了？一定可以让父亲改变主意，让我参加斗宝会。"

她虽然长得柔美，但性格坚毅，一旦想要做什么，一定要倾尽全力去实现，即使有重重困难险阻，也不能阻挡她。这正是秦人百折不挠、坚韧不拔的必胜信念！

想了想，嬴香对女齐说："现在宴会已经结束，你请父亲过来。"

女齐连连摆手："君上不会答应你参加斗宝会的。公子，你不要再淘气了。"

嬴香笑容甜蜜："那你说我病了，快让父亲来看望我。"

女齐叹气："公子，君上最宠你，但是一定会骂我的。"

嬴香拉女齐从床上站起："快点啦，君上最宠我，我最宠你，你不会被骂的。"

女齐不得已，只好去请秦伯赵籍。

秦伯赵籍邀请到列国诸侯来临潼，非常高兴，又在宴会上喝了酒。宴会散后，他一个人在室内来回踱步，踌躇满志，突然听说最宠爱的女儿嬴香病了，赶快过来看望。

女齐看到嬴香装病的模样，努力忍着才没笑出声，找个借口退了出去。

嬴香嘴角挂着一痕殷红，病快快地说："父亲，都怪你，不让女儿参加斗宝会。看，我吐血了。"

秦伯赵籍点头："真的啊。"用手轻轻擦掉红迹，说："你这样浪费胭脂，父亲是该告诉你母亲，让她好好打你一顿，你的病马上就好了。"

嬴香的病容马上消失不见，说："女儿的病好了，不用劳烦母亲了。"

秦伯赵籍抚须大笑："哈哈，寡人手到病除，比传说中的神医扁鹊还要厉害。"

嬴香绕着自己的手指，说："父亲，明天的斗宝会，女儿一定要参加。父亲快答应女儿。"

秦伯赵籍说："胡闹。诸侯大会，怎么能让女孩儿参加？你已经十五岁了，已经长大了，不要再像小孩子一样闹了。乖。"

嬴香调皮地眨着眼，说："父亲，你说女儿已经长大了。那女儿扮成男子，是可以参加诸侯大会了。"

秦伯赵籍突然觉得，自己喝酒后，话说得多了。

嬴香拿出一件男子侍从的衣服，穿在身上，在秦伯赵籍面前轻盈地旋了一个圈，然后躬身行礼："小臣拜见君上！"

秦伯赵籍看女儿扮成男装的俏模样，忍不住笑起来。

嬴香拉着他的手臂撒娇："父亲，让女儿去见识一下列国的珍宝。"

秦伯赵籍用手抚摸着胡须，心中思量："女儿是自己的心头肉，打扮成男装，参加列国诸侯临潼之会，见识一下列国奇珍异宝，开阔眼界，又有何妨？反正是在秦国，自己的势力范围内，不可能出任何意外。如果在重重护卫下，连自己的女儿都无法保护，秦国还争什么雄，称什么霸？"

他这样想着，打量着女儿，穿上男装，虽然姿容绝色，但英姿飒爽，说是一个绝色的男儿，谁敢在他面前争辩？

秦伯赵籍用手帮女儿整理衣襟，说："这怎么可以？"

嬴香以为他要反对，扁起嘴，快要哭了。

秦伯赵籍不等她哭出来，马上接着说："我的女儿，扮成男装，也是君王面前的宠臣，怎么能当一名小小的侍从？"

第二天，初升的朝阳刚刚在天际绽放第一缕晨光，嬴香已经乘着辇车，登上骊山第二峰。

举目远眺，只见重山叠嶂，苍翠欲滴。苍郁的松柏掩映下，一座宫殿立在山峰之巅，飞檐翘起，仿佛斜入云端。

秦伯赵籍整肃衣冠，对嬴香说："先到宫中礼拜。"嬴香见他神情肃穆庄严，心中猜测是周天子留存的宫殿。

随侍的秦国公族、卿、大夫、侍卫等一行众人跟随在二人身后，先走过一条甬道，甬道两边都是合抱不过来的大松树。前面是三重台阶，白玉护栏外松柏环绕，层层叠翠，嬴香暗数台阶，共是九十九级。台阶尽头，抬眼便见一座高大华美的宫殿，当中牌匾上写着“女娲宫”三个大字。

宫殿前是开阔的平台。

宫殿朱红大门，上面排列着一行行硕大的金钉。进入门内，两廊下全是朱红亭柱。正中一所大殿，殿上金碧交辉，灯烛荧煌，袅袅紫雾从金炉内升腾而起，黄纱帐缦掩得女娲圣像半隐半现，更显神秘莫测。

秦伯赵籍在圣像前焚香拜礼，随侍众人也随后礼拜。拜过女娲圣像后，众人退出大殿。殿前平台上早已摆下筵席，等候列国诸侯到来。

嬴香眺望远近山色，见一条山路通向另一座更高峻的山峰，山顶尖上有一座高高的台子。

秦伯赵籍说：“那里是骊山的最高峰，可以俯视骊山全景。”

嬴香轻轻拉着父亲的衣袖：“父亲，为什么不去那里看看？”

秦伯赵籍摇头：“那里去不得。”

嬴香不解。

秦伯赵籍说：“那是西周烽火台。”

嬴香恍然：“难怪看起来如此残败。是不是母亲以前讲过的烽火戏诸侯的烽火台？”

秦伯赵籍看着女儿绝美的容颜，不知为何，突然有种不祥的感觉涌上心头，这种感觉越来越强烈。他问：“母亲给你讲过这个故事？”

嬴香摇摇头：“小时候讲过，现在只记得周幽王和烽火台，别的都记不清了。”

秦伯赵籍叹息：“父亲再给你讲一遍，你不要忘记了。”

嬴香点头。

身在骊山，遥望烽火台，她的耳边仿佛响起了干戈杀伐之声。几百年前的历史，突然感觉不再遥远，像是近在身边。

秦伯赵籍说：“当年，周幽王得到绝世美女褒姒，非常宠爱，废黜申后和太子宜臼，立褒姒为王后，褒姒生的幼子伯服立为太子。褒姒比周幽王的儿子宜臼还要年轻，嫁给和她父亲差不多年纪的周幽王，内心愁苦，从来没有笑过。佞臣虢石父向周幽王献计，点燃烽火台上狼烟。天下诸侯看到烽火，以为周幽王有难，都率兵赶来救援，到了骊山却发现没有敌人。褒姒看到诸侯惊慌失措的样子，非常好笑，于是展露笑容。周幽王告诉诸侯：‘为博王后一笑而举烽火。’诸侯奋勇而来，愤怨而归。周幽王多次点燃烽火戏弄诸侯，诸侯后来再也不来了。申后的父亲申侯联合犬戎进攻镐京，周幽王命令点燃烽火，但诸侯以为他还是为了佳人一笑，没有一路诸侯前来救援。犬戎杀死周幽王、伯服，掳走褒姒，西周从此灭亡。”

嬴香一双明眸熠熠生辉，说："易经曰：'否极泰来。'凡事福祸相倚。周幽王得到美女，看起来是好事，但是种下了亡国的根源。西周灭亡，看起来是坏事，但是东周从此兴起。我们秦国也因此才得以立国，从此立于诸侯之列，就是从骊山而来。这一场灾祸，成就了秦国几百年的基业。"

秦伯赵籍讲述西周灭亡的故事，心情十分沉重，听到女儿这番话，吃惊地看着她。想不到她竟能从西周的灭亡中看到秦国兴起。

他刚才为女儿的绝世美貌担忧，担心这美貌会给女儿带来灾祸。现在他突然发现女儿拥有过人的智慧，心情立刻好转。

为了避免嬴香是小孩子随便乱说，秦伯赵籍探问："你可知道父亲为什么会给你讲这个故事？"

嬴香吐了吐舌尖，笑着回答："临潼之会，列国诸侯在座，父亲担心女儿有失礼仪，惹诸侯耻笑，所以讲这个故事作为告诫。褒姒因为一笑就被犬戎掳走，周幽王乱点烽火就导致西周灭亡。可知，女儿一定要乖巧听话，不能乱说乱动乱笑。诗曰：'战战兢兢，如临深渊，如履薄冰。'战战兢兢，就像面临深渊，就像脚踏薄冰。只有这样做，才能称得上无咎。吉可以化为凶，只有无咎才是真正的吉。凡事不能有过失，不能留后患。"

秦伯赵籍听得连连点头。

秦国历代君主辛苦经营，对子女们的教育非常看重，从小就由保姆养育，师傅传道授业。嬴香虽然深受宠爱，学业从不敢疏忽，对各种礼仪、典籍非常熟悉。

中国是诗歌的国度。春秋时期，列国的国君、卿士、大夫，经常以诗言志。当时，称为"不学诗，无以言"，不懂得诗，连别人说的话都听不懂。嬴香虽然刚满十五岁，已经能熟练地引用诗来表达自己的观点。

易经，更是当时人们最为熟悉的。日常生活就经常用到，不管是军国大事，还是个人、家族的前程吉凶，经常算卦占卜。

山路上，列国诸侯的车辇已经络绎出现，沿着山路向女娲宫缓缓进发。

嬴香看到一只金灿耀目的金凤迎着山风缓慢前行。金凤站立在一乘镶金玉辇前，双翅迎风招展，极为华贵富丽，列国诸侯的车辇相形之下，都显得简陋寒酸。

她心中一动，问："父亲，秦国一向不尚珍宝，不崇奢华，为何父亲会召集天下诸侯斗宝竞奢？"

秦伯赵籍看着眼前的壮丽山河，满怀豪情，道："谁说秦国不尚宝？华夏如此壮丽的山河，如此富饶辽阔的天下，就是秦国所尚之宝。珠宝珍玩，岂能与天下相比？先君景公薨逝时，以天子的葬仪安葬，可知我秦国之雄心。目下，周天子失德丧威，天下大乱，诸侯纷争不休。秦国要席卷天下，包举宇内，囊括四海，并吞八荒，使天下人得享太平安定，建立超越三皇五帝的不世功业！要一统天下，必须先了解天下列国，列国尚奢华，我就请他们来斗宝，观察列国诸侯的胸襟志向，才能决定如何出击制胜。”

他如电的目光，注视着天空飞掠而过的雄鹰，说：“苍鹰在进击之前，一定先在上空盘旋，仔细观察猎物，寻找扑击的时机。不战则已，战必胜之。”目光一转，俯视山路上列国诸侯的车辇，如同天际苍鹰盯视猎物，说：“先君轻率出击，被晋国战败，从此无力争霸，抱憾终生。先君临终前教诲：在没有确凿的把握前，决不能轻率出击，以免重蹈先君的覆辙。”

嬴香仰视父亲高大的身形，第一次感受到父亲的雄心壮志。

她看看远处高峰上破败的烽火台，又看看眼前高大宏伟的女娲宫，说：“女娲抟土造人，炼石补天，立下显赫功业，赢得万众敬仰膜拜，和秦国致力于建立不世功业，是一样的。”

秦伯赵籍用手轻抚嬴香头上戴的珠冠，说：“同样都是女人，褒姒美貌绝世，反倒给自己惹来灾祸。女娲不以美貌著称，只因她立下不朽的功业，万世人都要膜拜她，贵为天子也要年年祭拜。骊山两峰之间，相距不远；女娲和褒姒，相差天地之遥。女娲宫、烽火台，这些遗迹保存下来，不止是为了纪念先人，更是为了警醒今人。”

嬴香心中忽然对褒姒有了一些同情，并因此感伤她的命运。褒姒绝世的美貌，花儿一样的青春，在乱世凋零，实在令人嗟叹。她暗自揣想：“如果，生命能够重新来过，褒姒会不会选择另一种人生？”

第二章·女娲宫前

楚王熊居乘坐的镶金玉辇，在山路上缓缓前行。

骊山以前是周天子的离宫所在，虽是山路，但铺设了青石，方便车辇通行。

楚王熊居坐在车里，隔着轻薄的纱幔，听到随行的太子少师费无极说："感谢上皇，明天终于可以启程回国了。"

一旁的左司马沈尹戌说："费少师在秦国这段日子吃不好，睡不好的，清减了很多啊。"

费无极摸摸自己的脸，抱怨说："秦国真是太寒酸了，这样居然也好意思邀请天下诸侯。堂堂一国之君招待诸侯，比我们楚国大夫的家宴都差得远。算了，还是不要和西戎计较了，他们永远不懂得什么叫饮食，更不可能懂得音乐，每次宴会只会敲着瓦盆、拍着大腿叫嚷。"

沈尹戌笑着说："秦国不是西戎，和咱们楚国源出一脉，都是黄帝的后裔啊。"

费无极很是讶异："我一向以为秦国是西戎，沈司马博识多闻，能否讲来听听？我好增长点才学，多学点知识，也好回国后讲给太子听。"

沈尹戌赞叹说："大王选费少师当太子少师，真是好眼光，也是太子的福气。离了几千里，费少师还心里一直牵挂着太子，每天都要提起好几次。"

费无极叹息："我才疏学浅，一直十分惭愧，太子也总是瞧不起我。幸好有太子太傅伍奢教导太子。但我一片忠心，希望用这份忠诚来弥补我的不足，"

沈尹戌说："费少师太过谦了。费少师聪明过人，不管什么都一学就会，心思玲珑剔透。这是谁都及不上的。"

费无极点头："这点我承认。我的心真清澈得一眼就可以看得透，心里只有一片忠诚。"

沈尹戌连连点头："是啊。这是大家都知道的，所以大王一直都非常信任费少师，就是因为这个缘故。"

费无极说："沈司马不要一直夸奖我，还是给我讲讲秦国和咱们楚国有什么渊源吧。"

沈尹戌说："我们楚国的先祖高阳，是黄帝的孙子。舜帝时，高阳的后裔伯益协助大禹治水，立下盖世功业。舜帝赐给他黑色的旗旒，又把自己家族的美女赐给他为妻。伯益帮助舜帝驯养鸟兽，舜帝赐他嬴姓。大禹临终前效仿尧、舜，把天下禅让给伯益。大禹的儿子启杀死伯益，建立夏朝。伯益的后裔费昌，帮助商汤灭亡夏朝，建立商朝。费昌的子孙辅佐商朝六百多年，世代得到重用，为一方诸侯。商朝大将恶来，以勇力著称，传说能够生擒猛虎，用手撕裂兕牛。周武王伐商时，恶来为保卫商朝战死沙场。恶来的父亲蜚廉擅长奔跑，快如疾风，传说能日行千里。我们楚国现在敬奉的风神就是蜚廉。"

费无极听得连连点头："我们大王的车辇上刻得还有蜚廉的神像呢。"

沈尹戌点头说："还是费少师细心，我之前就没有留意到。蜚廉的后裔造父，善于驾车，周穆王西行巡狩，乐而忘返。徐偃王乘机作乱，造父为周穆王驾车，长驱疾驰，一日千里，赶回来平定叛乱。周穆王就把赵城封给造父，造父一族从此称为赵氏。造父的后裔非子擅长养马，周孝王把非子封在秦地，作为周朝的附庸国。周幽王在骊山被西戎攻杀，秦襄公率兵救援周幽王，又派兵护送周平王东迁到洛邑，被封为诸侯，把西周的发祥地封给秦国。从此，秦国正式成为周朝的诸侯国。秦国一直驻守在西方，常年与西戎作战，勇武强悍，有人就误会秦国是西戎。秦国，嬴姓赵氏。女子称姓，是为了避免和同姓结为婚姻。男子称氏，用来区别身份贵贱。舜帝赐姓，周天子赐氏，这都是秦国世代先祖立下显赫功业得到的荣耀。"

费无极听了，感叹说："原来秦国的祖先立下这么多功业！他们在偏僻的西方，常年征战，难怪不懂得饮食音乐。我是错怪了他们。"

沈尹戌微笑说："我们楚国的祖先也立下了显赫功业。高阳的玄孙重黎，有功于天下，能光融天下，被封为祝融，官居火正，是掌管五行的官。所谓五行，就是金木水火土。火正掌管火，称为火神，世代继承，封爵是上公，祭祀是贵神。在祭祀社稷的同时祭祀五行之神，尊敬崇奉。祝融的后裔鬻熊，是周文王的老师、火师，周朝建立后，周成王感念鬻熊的功劳，把鬻熊的曾孙熊绎封到楚地，建立楚国。"

费无极笑了起来："我们楚国真是像火一样。我们地处南方，五行属火。尊崇的神鸟凤凰，五行中也是属火的。喏，大王的车辇就是凤凰在前面引路。"

沈尹戌目光望向山顶，说："凤鸣岐山，周朝兴起，周天子把周朝发祥地岐山封给了秦国，岐山就在秦国都城雍城附近。秦国尊崇的也是鸟，天命玄鸟。秦国和我们楚国表面上看起来不太一样，其实有着很深的渊源。秦楚两国都民风强悍，勇武好战。周天子分封了上百诸侯国，但放眼天下，能够吞并列国、统一宇内的，非秦即楚。"

他们两人谈论着，不觉已经登上骊山第二峰。

楚王熊居走出车辇，见晋国、齐国等国的诸侯都已经步上台阶。

王子朝站在阶下，看样子已经等候了一段时间，见楚王熊居从车上走下来，迎上前，躬身下拜：“舅父！”

楚王熊居以手相扶：“折杀了！王子是代表周天子来的，列国诸侯谁能受得起你拜？”

王子朝一笑起身：“别人当不起，舅父怎么会当不起？”

楚王熊居说：“诸侯大会，舅父二字切莫提起。”他压低声音，说：“你是王子，身份高贵，言行要多加约束，莫要惹人谈论。”

王子朝笑容凝止，神情变得肃穆，说：“多承舅父指教！”

王子朝，是周天子最宠爱的庶长子，周天子一直想改立王子朝为太子。王子匄、太子猛极力攻击诋毁王子朝，使周天子犹豫不决，没有下定决心更换太子。王子朝对此耿耿于怀，又忌于晋国一直在暗中支持太子猛，只得多加提防，不敢大意，免得被王子匄、太子猛找到借口，再加以诋毁。

在陈、蔡、随、唐、许、胡等十几国诸侯的簇拥下，楚王熊居、王子朝相互谦让着登上三重台阶。秦国乐人立即敲击瓦缶，弹响秦筝。一队舞伎拍打着大腿，跳起搏髀舞，乐舞相迎。秦伯赵籍率领大庶长冉、公子蒲等人迎上前，恭请王子朝入席。

筵席设在女娲宫前宽阔的平台上。

三面白玉栏杆环绕，青山叠翠尽收眼底，北面是高大宏伟的女娲宫，一尊巨大的青铜鼎立在宫殿前，气势恢弘，与女娲宫相互辉映，给风景如绣的骊山增添了几分庄严、神圣。

周天子的权势虽然日渐式微，毕竟名义上还是天下共主，王子朝携大夫宾孟、儋翩前来，代表周天子，被恭请到主位坐下。

秦伯赵籍是此次临潼之会的东道主，坐在王子朝的右侧，大庶长冉、嬴香侍坐两边。

齐侯杵臼坐在王子朝的左侧，相国晏婴、公孙青坐在两旁。以下列国诸侯分列两旁。

楚王熊居在重席上坐下后，左司马沈尹戌、太子少师费无极分别在他身边坐下，太子太傅伍奢的儿子伍子胥侍立在楚王熊居身后。

在楚王熊居对面是晋侯弃疾，他眼睛斜睨了一下楚王熊居，鼻里冷哼一声。坐在他身侧的士鞅向楚王熊居微笑致意。楚王熊居毫不介怀，举起细细长长的觯，向士鞅颔首微笑，轻啜一口旨酒。

费无极愠怒：“晋侯太过无礼！”

沈尹戌劝说："大王都不和他一般计较。费少师，何必为豚子生气。晋国六卿夺政，够他忙的。且让他嚣张一时，又有何妨？"

伍子胥目光被嬴香吸引，悄声对费无极说："费少师，秦伯身边那位大夫比你还要生得绝色。"

楚国一向以爱美著称于世。上到君王，下到庶民，都崇尚华美，衣食住行乐舞，样样特异创新，连日常用的漆器，从上到下，从里到外，通体都绘上各种美丽图案，不放过任何追求美的机会。

楚灵王喜爱细腰，楚国臣子百姓都刻意少食瘦身。有的大臣一天只吃一顿饭，勒紧腰带，使腰肢看起来更加纤细。有的甚至饿得用手扶着墙才能站起。

楚王熊居也是爱美好色之人。

他当楚国公子时，见蔡国郹阳封人的女儿蔡女美貌，与蔡女私通，生下太子建，之后不断招纳美女，使得楚国后宫美女如云。

在楚国大臣中，费无极是最美的一位。他相貌俊美绝伦，精致的五官像是顶级画师精心绘就，白皙光洁的肌肤，在阳光下泛着迷人的光泽，通身上下散发着高贵优雅的气息。

费无极能够得到楚王熊居的宠爱，除了他善于迎合楚王的心意，最重要的原因就是因为他拥有绝色美貌，才成为楚王身边的近臣，极受重用。

听了伍子胥的话，费无极满怀不悦，心中暗想："世上的男子，怎会有比我更美貌的？"这样想着，举目看过去，这一看，不由得痴了，眼睛再也移不开，忘记了痛恨、嫉妒。

楚王熊居看了一眼坐在秦伯赵籍身边的嬴香，一颗心止不住乱跳起来。他毕竟是一国之君，掩饰着自己的心绪，随意笑说："子胥，那是一位绝色女子，你怎么拿来和费少师相比？"

伍子胥不解："他坐在秦伯身边，明明是秦伯近臣，怎么会是女子？"

楚王熊居脸颊漾起一抹红晕，轻轻地咳了一下，不再理他。他心里暗骂："这个糊涂小子，整天只会练武、学兵法。我见过无数美女，怎么可能像你一样，连女扮男装都看不出来？"

沈尹戌见楚王熊居不再理睬伍子胥，依伍子胥的倔脾气，看样子还要追问下去，便说："子胥，她是女扮男装。你看错了。"

伍子胥哦了一声，不再追问。

楚王熊居一双眼睛止不住地飞向嬴香，一时被她的绝色姿容迷惑，一时又在心里告诫自己："她女扮男装坐在秦伯身边，与大庶长同列，可见地位高贵，不能失礼窥视，惹秦伯不悦。”他这样告诫着自己，努力移开目光，心中还在思量：“秦国僻居西方，哪里来的如此绝色女子？”

沈尹戌留意到费无极的目光，从后面拉扯他宽大的衣袖，低声呼唤：“费少师！”

费无极恍如梦中醒觉，转眸看向沈尹戌。

沈尹戌说：“费少师莫要失礼唐突了。”

费无极惊觉失态，连忙向沈尹戌致谢。他心中思忖：“如此绝色的女子，如果把她献给大王，大王一定欢喜不尽。”

嬴香坐在重席上，好奇地打量列国诸侯。她突然发现了一个奇怪的现象，低声问秦伯赵籍：“君上，不是说请了十八国诸侯临潼斗宝，怎么来了这么多？有二十多位诸侯呢。”

秦伯赵籍的嘴角泛起一抹苦笑：“这都是楚子小儿的缘故。”

嬴香顺着他的目光看过去，看到一个男子，年纪大约二十岁左右，一双飞扬的龙眉，眼睛细长，眼尾微微上扬，顾盼间神光照人，令人不敢直视，带着天神般的威仪和与生俱来的王者气度。一个极美的男子，坐在他身边，一看便知是王者身边的宠臣。

嬴香有些讶异：“楚子真是个小儿，如此年轻，就是一方诸侯了。”

秦伯赵籍冷笑：“他的太子年纪比你还大呢。”

嬴香哑然。

秦伯赵籍说：“楚国水软山温，怎么能和秦地苦寒相比？楚子是楚共王最宠爱的儿子，从小锦衣玉食，又爱美好色，非常重视容颜姿貌。他的容貌能保持青春年少，没什么好奇怪的。”

嬴香注意到，楚国众人的衣冠服饰，果然比列国都格外美观奇异。

秦伯赵籍说：“你看他身边那十几个诸侯，周天子分封的一方诸侯，现在竟然都归为楚国的附庸国。陈、蔡等大点的诸侯国还好，像胡、沈这些小国，竟说国小无宝，此行只为随侍楚子而来。真是岂有此理！”

嬴香听父亲讲解，再看楚王，果然发现十几个诸侯如众星拱月一样，环绕在他身边。

这样一看，会场的形势就很明显了。周天子坐在主位，秦伯坐在东道主席，齐国高踞在上，晋国与楚国匹敌。虽然看起来楚国并不占优势，但参加临潼会的列国诸侯，有一半是楚王的附庸国，唯他马首是瞻，楚王已俨然是诸侯公推的共主，威仪远胜过名不副实的周天子。

嬴香切身感受到了父亲内心的苦涩。

即使这些附庸国都是小国，比不得晋、齐等大国国力强盛，但在十几个附庸国的拱卫下，楚国进可攻，退可守，进退之间，算无遗策。

楚国是天下最大的国家，疆域辽阔，物产丰富，人口众多，国力强盛，称得上当时的超级大国。秦国僻居西方，想要称霸天下，一统宇内，必须面对这个巨无霸。如果进攻楚国，没等接近楚国边境，已经陷入楚国附庸国的包围中。

乐舞停止后，秦伯赵籍向王子朝致意。王子朝站起身，向列国诸侯拱手还礼，说："诸君！天子以德治天下，分封诸君先祖于四方，施行教化，以辅德政。今天子处中央，诸君各领其民，宣扬周德，是万民所共尊而天子所重也。秦伯嘉言懿行，惠泽西戎，堪为世之典范。值此仲秋佳节，秦伯友聚诸君于临潼，天子特遣朝至，以尽仪礼，助诸君之雅兴，彰天子之厚恩。朝恭逢盛会，幸甚至哉。"

秦伯赵籍从重席上站起，拱手说："鄙秦有幸，与诸君共会临潼。蒙天子降恩，王子不远千里，辱临秦地，籍不胜受恩感激！"说罢，再次向王子朝拜礼，王子朝还礼归座。

秦伯赵籍向列国诸侯施礼，接着说："诸君远道而来，寡人不胜荣幸。传说山川之精英，每凝为至宝；乾坤之瑞气，恒结为奇珍。秦国地处偏僻，物产贫瘠，诸君各处宝地，多有珍奇，何不在女娲宫前，各展珍宝，与诸君共赏。"

晋侯弃疾的位次被排在齐侯之下，心中已怀不满，又看到楚王携众多附庸国赴会的威仪，更添恼怒。他睨视秦伯赵籍，说："秦伯太过谦了。秦国称霸西戎，占据岐山宝地，怎能说无宝？"

晋侯弃疾目光扫视列国诸侯，有几位诸侯慑于晋国的强势，急忙出声附和。

晋侯弃疾得意洋洋，说："秦伯，既为东道主，岂能落于人后，还是请秦伯先献宝吧！"

秦伯赵籍之前看楚王熊居不和晋侯计较，对于晋侯的言语也不介怀，微笑说："晋侯君令，怎敢不听从。"

举起双手，拍击三响。两名秦国侍卫捧着一个细长的锦匣走到斗宝台正中。

秦伯赵籍走过去，捧起锦匣，向天拜了拜，恭敬谨慎地打开锦匣。

在场众人见他神情恭谨，心中猜测秦国会拿出什么宝物?

锦匣缓缓打开，秦伯恭恭敬敬拿出一根破旧的马鞭。众人看得满头雾水，不知道他在弄什么玄虚。

秦伯赵籍手捧破旧马鞭，恭声说："先祖非子，为周天子养马，被封赐秦地，才有了秦国。秦国世代侍奉周天子，三百多年来，从不敢稍有忘怀。此心，天地可鉴！自古君子慎始敬终，我秦国能有今天的兴盛，始于为天子养马，先祖非子遗留下来的马鞭就是秦国的至宝。每逢新君即位，都要祭拜，以铭记周天子的深恩厚德。”

他这一番话讲出来，偌大的斗宝台一片寂静。等他话音落后，四下响起一阵细碎轻微的议论声。有人赞叹秦伯世笃忠贞，有人悄声骂秦伯诡诈……

晋侯弃疾怒目相向，恼恨秦伯诡诈，居然用一根旧马鞭充当国宝。

士鞅从地上捡起一片树叶，放在面前的案上，向晋侯弃疾低语几句。

晋侯弃疾听了，脸上露出喜色，大声说：“秦伯的国宝，真令我等大开眼界。我晋国也有国宝，愿与诸君共赏！”

他挥手示意士鞅：“请范子献宝！”

士鞅从席上站起，脸上微微含笑，从容地走到斗宝台中央，举起手中的树叶，朗声说：“晋国国宝在此，诸君请看！”

众人举目看去，只见他手中的树叶已经被削剪成长条形，下面端方，上面削成三角形，即使经过削剪，怎么看还是一片寻常无奇的树叶。

这时，众人都已经看出来：晋秦两国，不止在战场上多年厮杀，在临潼会上，也要针锋相对，一较高下。却不知道，这片小小的树叶有何宝可言？刚才秦伯把一根旧马鞭赞为秦国至宝，现在要听士鞅如何巧舌如簧，将一片树叶讲成晋国国宝。

第三章·临潼斗宝

士鞅擎起手中树叶，高高举过头顶，说：“昔日，周成王和弟弟叔虞玩耍时，把一片树叶削成玉珪的形状，送给弟弟叔虞，说：‘我现在把这片玉珪赐给你，封你做诸侯！’史佚于是请求选择一个吉日封叔虞为诸侯。周成王说：‘我和他开玩笑呢。’史佚说：‘天子无戏言。只要说了，史官就如实地记载下来，按礼节完成，并奏乐章歌咏。’当时，周武王驾崩，周成王继位不久，唐国发生叛乱，周公诛灭唐国，于是周成王把唐封给叔虞。唐国后来改名为晋国，叔虞正是晋国的开国始祖。我晋国以此树叶为国宝，以此为记，谨言慎行，晋国历代君臣从未敢忘。”

说罢，目光凛凛，扫视全场。

一向依附晋国的诸侯，听他话音刚落，马上大声赞叹，颂扬晋国之宝。

士鞅向秦伯赵籍颔首致礼，退归席上。

秦伯赵籍见他依样画葫芦，以小树叶对旧马鞭，讲得头头是道，只得点头赞叹，也归座坐下。

楚王熊居侧目看向费无极，见他脸带笑容，一副看热闹不嫌事大的模样，知道他心思巧变，秦晋两国斗舌弄巧，正合他的爱好。

再看沈尹戌，见他面色沉静，楚王熊居问：“沈司马，对此有何高见？”

沈尹戌说：“晋国，乃北方霸主之国，称霸已久，势力强大，列国诸侯都要逢迎附和，连周天子都被玩弄于股掌之中。此刻，居然从地上捡起一片树叶，充为一国之宝，真是令世人耻笑，有损大国威仪。”

楚王熊居点头：“沈司马所言甚是。”他眉尖微蹙，说：“秦伯召天下诸侯会于临潼，斗宝赏珍奇，现在只看到些旧马鞭、小树叶，真是扫兴。”

费无极听了，目光扫向一旁的蔡侯。

蔡侯庐急忙站起，满脸带笑，拱手说：“蔡国虽小，不揣冒昧，愿在诸君面前献丑！”

秦国侍从向外一层层传话：

“蔡国献宝！”

“蔡国献宝！”

……

一直传到三重台阶下，蔡国护宝人手捧宝匮，迈步登上九十九层台阶，将宝匮呈奉给蔡侯。蔡侯庐亲自打开宝匮，双手捧出一件雪白的裘衣。这裘衣一眼看过去便知是动物的皮毛制成，通体流光溢彩，耀人眼目，拿在蔡侯庐手里又像是丝绸般轻柔软滑。

蔡侯庐展开裘衣，向列国诸侯展示。

郑国执政子产惊叹说：“难道，这竟是传说中的火光兽裘衣？”

蔡侯庐点头微笑：“夫子不愧为举世钦敬，一眼就看出了这件裘衣的来历。”

子产说：“传说，昆仑山的外围环绕深深的弱水，在弱水之外又环绕火焰山。山上昼夜烈火燃烧，在火焰中有火光兽生长繁衍。火光兽的皮毛制成的裘衣，洁白如雪，永远不用洗涤。裘衣穿脏了，投在火里，烧成火红色，从火里拿出来后，还和新的一样雪白。——想不到，侨有生之日居然得见火光兽裘，真是幸甚。”

蔡侯庐请秦伯派人拿来火盆试看，秦伯赵籍命侍从搬来火盆，把裘衣投进火里，果然变成火红色，久烧不烂。然后，侍从从火盆里取出裘衣，用手拍打裘衣，果然雪白如新。满场响起赞叹声。

蔡侯庐捧着火光兽裘走到楚王熊居席前，躬身拜礼，说：“大王，庐感念大王深恩，无以为报，愿将国宝火光兽裘敬献给大王！”

楚王熊居站起身，说：“蔡君，寡人何德何能，怎敢接受蔡国国宝。”

蔡侯庐多次敬献，楚王熊居都谦让不接。蔡侯庐只得说：“蔡国蒙大王厚恩，才得以复国，重新立于诸侯之列，何惜此一件裘衣。蔡国上下，不论贵贱，唯大王是从，任凭大王差遣，不敢有辞！”

楚王熊居极是谦和恭让，说：“蔡君，你我一同列位诸侯，不必如此。”

一旁，唐侯中濒起身，说：“蔡君已献过宝，唐国也愿献上国宝，与诸君赏看。”

他向秦伯赵籍拱手说：“唐国鄙小，没有什么宝物，只能在秦君面前献丑了。”

秦伯赵籍有点奇怪，心里想：“唐国的国宝，和秦国有什么关系？”

不一会儿，唐国侍从牵上来一匹骏马，高大神骏，通体雪白。它闲逸自在地站立在斗宝台上，长长的鬃毛被骊山上的山风吹拂得轻轻飘动。在众人的围观下，骏马居然毫不惊慌。

唐侯中濒说：“秦国素产良马，唐国的宝马不值秦伯一笑，实在是惭愧。”

秦伯赵籍从座中站起，走到斗宝台中央，细细打量白马。

春秋时期，列国争霸，战乱纷起，战争中主力兵种是车兵。当时，一个国家拥有战车数量的多少，往往作为衡量国家实力强弱的主要标准。拥有一千乘战车的诸侯国，就被称为千乘之国。战车由马拉动，战马是非常重要的战备物资。

秦国地处西北，秦地出产良马。秦国又是靠养马起家，秦伯懂马，是祖传的绝技。

秦伯赵籍看了半晌，说："此马通体洁白如霜，是传说中的肃霜宝马。此马日行千里，世所罕见，神骏非常。没想到宝马居然在唐国。今日临潼之会，唐君使寡人得偿心愿，能够亲眼一睹传说中的良驹宝马。"

唐侯中濒向楚王熊居拜礼，说："大王，小子冒昧，谨向大王进献肃霜马。望祈大王笑纳。"

楚王熊居依旧再三婉拒，含笑谦谢，劝唐侯归于座中。

火光兽裘、肃霜马，都是传说中的奇宝，令列国诸侯大开眼界，但蔡侯、唐侯都要把奇宝献给楚王，以示忠诚恭谨，难免惹别的诸侯心生不满。

齐侯杵臼向坐在身边的公孙青示意，公孙青长身而起，朗声说道："齐国献宝！"

他声音清朗，直传到阶边侍从耳朵里，忙不迭地向下传话。

齐国侍从手捧金匮，呈到公孙青面前。

公孙青刚打开金匮，宝光瑞气便涌出来，映得半边天空都蒸腾起祥瑞之色。列国诸侯再也无法保持镇定，纷纷议论："作为春秋首霸的齐国，究竟会拥有何等珍宝？"

公孙青从金匮里取出一面旗帜，招展开来，只见一面翠色鲜艳旗帜，正中绣一只赤红凤鸟，旗上缀满如意珠、夜明珠、避火珠、避水珠、避尘珠、紫玉、红珊瑚、祖母绿等各色珍宝，整面旗帜宝光流转，瑞气千条。偌大的斗宝台上众人全都看得呆了，静寂无声，再没有一个人窃窃低语。

公孙青手捧翠旗，说："这是齐国开国始祖留下的翠凤旗。始祖太公佐助武王伐纣灭商之战，就是用翠凤旗发号施令，遣将排阵，一战功成，功高盖世，建立周朝，至今已有五百多年。齐国历代君主奉为至宝，以此旗为记，尊奉周天子，抵御异族入侵，保国安民，齐国当仁不让，愿为天下先！"

他话声刚落，斗宝台四下响起赞声，赞叹姜太公的盖世功勋，称颂齐桓公九合诸侯、一匡天下的义举。

第六个献宝的是燕侯载，他命侍从捧上一只宝箱，由箱里取出一面乌沉沉的鼓，乍一看就是一面毫不起眼的普通鼓，但多看几眼就会发现这面鼓的不同之处，鼓面黝黑发亮，在阳光下仿佛闪出莫名的光泽。

许国世子说："燕君是要击鼓助兴吗？"

燕侯载和许国世子年纪相仿。燕侯当世子时，就与许国世子极是要好，今年刚即位不久，听了许国世子的话，笑说："这鼓击不得。此鼓名叫灵鼍鼓。武王伐纣时，先祖召公击灵鼍鼓助战。此鼓击响则天地震撼，风云变色，是为燕国至宝。军令：击鼓则进，鸣金则退。燕国为周天子御边疆，只知有进不知有退，有死而已，决不退缩！”

燕国献宝已毕，鲁侯裯起身，笑着说：“武王即位后，以太公为师，周公、召公为辅弼，齐、燕两国已经献宝，鲁国怎敢落后。来人，呈上鲁国国宝！”

鲁国侍从呈上一只金匮，鲁侯裯手捧金匮，深深感叹。

王子朝问：“这是周公金縢之匮？”

鲁侯裯回答：“正是。”

王子朝忙率领大夫宾孟、儋翩等人跪拜金匮。王子朝代表周天子而来，他这一跪，列国诸侯不管心里是否乐意，都要陪他一起跪拜，斗宝台上顷刻间跪倒一片。跪拜之后，众人起身归于座上。

鲁侯裯说：“鲁国始祖周公，辅佐武王伐商，平定天下。灭商后的第二年，武王生了重病，周公向天祷告，写下册书，愿以身相代。周公把册书藏在金縢之匮，没有告诉任何人册书的内容。第二天，武王的病就好了。后来武王驾崩，周成王年幼，周公尽心辅佐，将周成王抱于膝上，朝见诸侯。列国散布流言，说周公欺侮幼主，图谋篡位。时间长了，周成王也生起疑心。周公为避流言，远去东方。两年后，秋天百谷成熟，还没有收获，天空出现雷电与大风。庄稼都倒伏了，大树都被拔起，国人非常恐慌。周成王和大夫们打开金縢之匮，看到周公以自身请代武王的祝辞。太公、召公和周成王询问众多职守人员。他们回答说：‘这是真实的。周公告诫我们不能说出来。’后来，周天子将金縢之匮赐给鲁国，宣扬了周公的仁德。鲁国以金縢之匮为国宝，一为纪念周公，二者是以仁德为鲁国至宝。”

他这番话讲出来，满场寂静无声，仿佛在怀念周公的仁德。其实，列国诸侯中多数心中在想：“春秋乱世，强者称霸，谁讲什么仁德？难怪鲁国贵为周公的后裔，现在变得如此弱小，经常受到别的国家欺侮。可见，崇尚仁德，正是鲁国没落的根源。”

一片寂静中，越子允常起身说道：“越国地处偏远，一无珠玉，二无珍兽，三来也没有祖传的奇宝，只有铸剑师欧冶子铸就的一柄步光剑，呈来与诸君赏玩。”

呈上来看时，果然与平常的剑不同，步光剑长达五尺，寒光凛凛，照人眼目。越子允常手持步光剑，轻轻斩下，一块山石斩为两断。

越国本是小国，偏居东南，向来不受列国重视，等见到步光剑的锋利后，列国诸侯不由得纷纷议论。要知道春秋时战争频起，在战争中，有锋利兵器加成，能使弱者变强，强者更强。这样一来，列国诸侯都对越国刮目相看了。

越国一向弱小，但越子允常并不弱。他胸怀大志，即位后招揽贤能、修治内政、拓土开疆，企图参与列国争霸。吴越两国疆域相邻，越子允常拓土开疆，就和吴国发生了冲突。吴国野心勃勃，六十多年前，寿梦已开始自称吴王，企图称霸，早就开始入侵越国。寿梦看到允常拓土开疆，更加紧对越国的进攻。吴越两国互相侵伐，不断爆发战争。二十多年前，吴国入侵越国，吴王余祭被越人杀死，两国之间的仇恨更加深重得永世无法化解。

此刻，看到越子允常演示宝剑，吴国公子光冷笑起身，走到斗宝台中间，手持吴戈，扬声叫道："吴国公子光也来献宝，愿与越君相试国宝。"

他手中的吴戈，长六尺六寸，顶端曲头利刃，纹彩斑斓，锋刃犀利。

戈，为天下兵器之首，不但成为兵器的代表，甚至成为战争的象征。吴国一向以兵器精良著称列国，吴戈甚至成为当时天下最精良兵器的代称。

一般长戈用于车战，短戈用于步战。斗宝台上没有战车，公子光挑战越子允常本来应该用短戈。兵器谱云：一寸长一寸强。公子光见越子允常的剑比一般的剑长出接近一倍，于是手持车战长戈，向越子允常发起挑战。

一场诸侯斗宝会，眼看就要变成血腥杀戮场。秦伯赵籍急忙喝道："且住！"

吴国公子光手持吴戈，越子允常手持步光剑，正要决斗，突然听到秦伯呵斥，二人止住脚步，手中利刃在阳光的照耀下，闪出森森寒光。

秦伯赵籍看他们二人怒目相视，知道拆解不开这段仇怨，站起身，勉为劝说："剑戈是无情之物，只宜杀敌剿寇。今日临潼会，诸侯竞宝，公子和越君比试国宝，恐有伤损，轻则残疾，重则致命。可否比试射礼，以决胜负？"

吴国公子光嘿嘿冷笑："多谢秦伯关爱。光欲将国宝吴戈演于诸君观看。利刃无情，伤损有何足惜，能血洒骊山，是光之幸。"他微微眯起眼，斜视越子允常："越子，可敢与光，以命相试国宝？"

越子允常左手两指掐成剑诀，轻轻抚拭步光剑脊，目光之凌厉似乎更胜剑光："步光剑渴饮君之血。允常等待这一天，已经很久了！"

吴国公子光怒叱一声，挥出吴戈，荡起烈烈战风。

秦伯赵籍满脸失望，叹息说："二位好自珍重。"归于座内。

他身为东道主，劝解一回，毫无效果，不再发言。一双锐目盯视斗宝台中央，观看吴越交战。

吴国公子光高大力猛，吴戈带起一道寒光，啄向越子允常天灵盖。

越子允常踮脚尖，向后退半步，举步光剑轻轻一撩，正撩到吴戈啄击而下的锐利的锋上，发出"铮"的一声金属相击的鸣响。

以步光剑的犀利，竟然削不断吴戈的尖锋，可知吴戈确非凡品。

公子光吼喝一声："杀！"将吴戈向前顺势击出，用锋利的上援搪击越子允常。越子允常竖剑抵挡，被迫得连连倒退，但公子光也始终杀不得他。

公子光忽然把力一松，越子允常收力不稳，向前冲跌，公子光掌中吴戈一翻，下援钩向越子允常的脖颈。

这一啄、一揕、一钩，正是戈的必杀连环三绝技。戈能成为天下兵器之首，就在于灵活巧变，连环进击，令敌人难以抵挡。

越子允常避无可避，步光剑刺出，刺向公子光的左肋，剑尖向上斜挑，竟是要与敌人同归于尽的必死战法。

在场众人都惊得呆住了。想不到以吴国公子、越国君主之尊，二人竟然出手就是必杀技，不惜同归于尽，血洒当场。

忽听一声震响，公子光吴戈的下援刚擦着越子允常脖颈的油皮，已被一条八棱竹节青铜鞭挑得飞起。越子允常刺向公子光的步光剑也被打落在地上。

公子光、越子允常大惊失色，这时才发现身边已经多了一个人，正是一直侍立在楚王熊居身后的伍子胥。

伍子胥陪着楚王赏看列国奇宝，看到吴国公子光和越子允常性命相搏，眼见情势危急，即刻上前为二人拆解。

伍子胥勇武过人，把二人分开在两边，这才抱拳说：“公子、越君，伍员得罪了！”

公子光虎口被震得鲜血直流，忌惮伍子胥力大威猛，冷笑一声，退归座上。

越子允常忙向伍子胥致谢。

楚王熊居慢条斯理地饮啜美酒，偶尔与身边的费无极低声说笑，似乎根本没有留意到斗宝台上的战斗。

接下来献宝的是陈侯吴，他命侍从引领十二只铜人，走上斗宝台。铜人制作得非常精巧，容貌和真人一样，身高也和真人一样大小，疾走缓行，俯仰自如，就像活人一样。每只铜人手里都有一件乐器，乐器上点缀着彩色花纹。

十二只铜人走到斗宝台正中，先向王子朝拜礼，再向列国诸侯环拜，然后坐在席上，围坐成一圈，开始弹琴、鼓瑟、吹笙、击筑，演奏起来，乐曲悠扬悦耳，比刚才秦国乐伎演奏的还要动听。列国诸侯看得赞叹不已。

陈侯吴献宝完毕，下一个站起来的是顿子亮。他命人牵上宝马。

秦国素产良马，刚才又看过唐国的肃霜宝马，加上顿国是个不起眼的小国，大家都觉得顿子是没有国宝，随便来凑数的。

等顿国的宝马牵上斗宝台时，众人眼前一亮，只见这匹马浑身上下，没有一根杂毛，赤红鲜艳，像是一团烈火。马站在台上，翻蹄亮掌，欢跃嘶鸣，和刚才的肃霜马完全不同。

秦伯赵籍离开座位，走过去，顿子亮急忙劝阻："此马性如烈火，难以驯服，平常人接近就会被马踢飞。秦君身份高贵，万一被伤及，小子百死难赎。"

秦伯赵籍微笑摆手："寡人是养马世家，若被马踢伤，那真是天大的笑话。"

他绕着宝马，缓缓踱步，仔细端详，问顿子："顿君，可否告知此马之名？"

顿子亮说："此马名为纤离马。"

秦伯赵籍击掌赞叹："好马！好名！离为火，此马色如烈火，性如烈火，真是一匹火焰驹！"

顿子亮说："此马产于顿国山地，四蹄生风，日行千里，用为战马，可以冲阵掠地，威力无穷。"

秦国养马出身，秦伯赵籍看到这匹宝马，奔腾欢跃，虎虎生威，忍不住出手拉马的缰绳，说："寡人可否试骑一回？"

顿子亮忙说："秦君切不可以身犯险！"

秦伯赵籍爱马心切，夺过缰绳，说："寡人知道！"

纤离马感觉到脱离了主人的掌控，立刻仰首嘶鸣起来，昂然奋蹄，马蹄踢向秦伯赵籍。

第四章·天下至宝

马蹄飞踢而至，秦伯赵籍闪身躲过，手抓着马颈上披拂的鬃毛，想飞身骑上马背。纤离马快如闪电，向前飞奔，拖得秦伯赵籍整个身子飞起。

场上众人惊骇非常。秦国上下人等却镇定自若，一来自信秦伯定能驯服烈马，二来秦伯法令森严，未听他的召令，众人不敢妄动。

纤离马在台上迅疾奔跑，快如闪电。众人只看到一团红光，在眼前一圈圈飞驰而过。

不知何时，秦伯赵籍已经翻身骑上了马背。纤离马一时向前俯冲，一时人立而起，四蹄翻飞，狂奔乱跃。秦伯赵籍双腿夹紧，任凭纤离马冲突跳跃，始终没被它掀下马背。

纤离马翻腾跳跃，飞奔了半个时辰，摆脱不掉秦伯，累得浑身大汗。秦伯赵籍暗用劲力，压制纤离马。纤离马连声嘶鸣，马蹄刨得斗宝台上几乎出现一个深坑，终于立定不动。场上响起众人喝彩声。

秦伯赵籍跳下马，仰首笑说："好马！"他牵着纤离马，要归还给顿子亮。

齐国的公孙接目睹纤离马的神骏，走过来，也想试骑纤离马。

秦伯赵籍递过缰绳，说："公孙，小心了！"说罢，归回座内。

公孙接刚接近纤离马，纤离马打着响鼻，鬃毛乱拂，旋身凌空尥几个蹶子，台上尘土飞扬，后蹄飞起，踢向公孙接。

纤离马力大无穷，踩踏之下，非死即残。公孙接被尘土迷了眼，眼看就要被马蹄踢中，性命难保。

正在危急时刻，伍子胥纵身飞扑而至，就在马蹄堪堪落在公孙接身上的时候，拦在纤离马和公孙接之间，左手接住马蹄，右手一把按住马首。

纤离马长声嘶鸣，马蹄在空中拼命踩踏，却不能前进一步。巨大的冲击力被伍子胥硬生生架住，终于在一番挣扎以后服输，老老实实地踩在地上，被伍子胥推得向后倒退。

纤离马身高力猛，刚才秦伯赵籍也只得借着马势，任凭纤离马奔腾跳跃。此刻，伍子胥竟将纤离马推得步步倒退，可知膂力惊人。

和公孙接同来的古冶子、田开疆上前，向伍子胥谢过救命之恩，搀扶公孙接走下台。顿子亮忙命马夫牵纤离马下了斗宝台。

第十二个献宝的是宋公佐。他是商朝后裔，被周天子封为公爵，呈上的是商朝的珍宝——结绿玉。只见玉色澄碧，没有一点杂质，莹润透彻，是美玉中的佳品，价值连城，称得上国宝。

接着，随侯简从锦盒里拿出一颗明珠。

此时，正是白天，阳光普照，这颗明珠直径有一寸多，色泽纯白，在阳光下发出明润柔和的清光。

珍珠共分为九品：直径一寸以上的，是大品。其次是一种大珠，不是很圆，一边扁平，一边像倒扣的锅，叫珰珠，有光彩闪烁，一粒价值千金。其次是走珠，放在平底的盘子里，会滚动不停，价格和珰珠差不多，去世的人嘴里含一颗走珠，就能保持尸身不腐，所以天子、诸侯不惜重金购买走珠。其次是滑珠，色泽光亮滑润，但形状不是很圆。其次是螺蚵珠、官珠、雨珠、税珠、葱符珠等。像小米、豌豆大小，色泽不够润泽，形状不够圆滑的珠，只能称为玑，不能称为珍珠。

随侯这颗明珠，一看就知是珍珠中的极品。

随侯简说："先君一次出游途中看见一条受伤的大蛇，心生恻隐，命人给蛇敷药包扎，放归草丛。这条大蛇痊愈后衔一颗夜明珠来到先君住处，自称龙王之子，前来报恩。这颗明珠就被称为'灵蛇珠'，晚上亮如明月，光照一室，又被称为'明月珠'。"

众人看得啧啧赞叹，认为比之前所有的国宝都更加珍稀宝贵。

只见卫国一名臣子迈大步走到斗宝台中央，气概激昂，面对王子朝和列国诸侯，立而不跪。

秦伯赵籍问他："你是什么人？"

那人回答："我是卫国臣子，前来斗宝。"

秦伯赵籍见他气宇非凡，目光转向卫侯元。

此刻，卫侯元也走上台来，含笑说："这是卫国献上的活宝。"

秦伯赵籍点头："敢称为活宝，一定有过人之处。寡人和诸君，要见识了。"

卫侯元向众人示意："这是卫国的力士孟鮀，力举千斤，盖世无双！"

秦伯赵籍赞叹："卫国之音韵，柔靡动听，绕梁不绝，想不到卫国的力士是如此的威武雄壮。请力士演与诸君观赏。"

孟鮀目光四下打量，找足够重的东西，好举重给列国诸侯观看。

斗宝台上，设下筵席招待列国诸侯，到处是重席锦茵、几案豆笾，哪里有什么粗重的物件？

孟舵左看右看，终于看到女娲宫前那尊巨大的青铜鼎。他迈步走过去，先用手扶着鼎耳，摇一摇，揣测鼎的重量。

秦伯赵籍忙说：“力士，不可！此鼎重逾千斤，自从黄帝铸鼎祭祀女娲以来，从来没有人能搬动过。”

孟舵仰首回答：“不是千斤神鼎，怎能显出神力盖世？”

见他不听劝阻，秦伯赵籍不再说话，坐在席上看他举鼎。

孟舵手执着鼎耳，把鼎摇了一摇，大笑：“小人真是矫情了，如此巨鼎，哪里举得动！”

卫侯元说：“比千斤还重的巨鼎，如何轻视得！”

孟舵笑说：“卫侯也信真个举不起？看我举一举！”

他把上半截衣裳脱下来拴在腰里，弯下身去，一手抓鼎足，一手抓鼎耳，直起身来，那尊青铜巨鼎就慢慢地离开了地面。

在场众人见他如此神力，都屏住了呼吸，斗宝台上瞬间寂静无声。

只见孟舵把巨鼎举到胸口的高度，一张脸已变成赤红。他发一声吼，双手向上挺举，但双臂止不住阵阵颤抖，举到与肩平齐，再也举不过头顶。他咬牙试了几试，再也举不起来，只得把巨鼎扔在地上。一张脸红得似乎要滴出血来。

围观的众人看他扔下巨鼎，都喝起彩来，纷纷议论：

“这样重的鼎，能搬离地面，已是神力惊人。更何况几乎举过头顶。真是列国罕见的力士！”

众人议论声中，齐国田开疆走上来，向众人拱手致礼，说：“让我来试举，如何？”

田开疆是列国知名的大力士。他一出现，即刻轰动了全场。

此时，巨鼎已不是刚才立在女娲宫前的样子，被扔得倒在地上，把地面砸出了一个大坑。田开疆举鼎又与孟舵不同，孟舵是弯下身举鼎，田开疆则是扎束紧衣裳，蹲下身来，一手握鼎足，一手握鼎耳，运劲力，将巨鼎举过头顶，然后慢慢地站起身来。

场上立刻响起震耳的喝彩声。

田开疆完全站直身子，巨鼎高高举过头顶，站在台上，咬紧牙关，一张脸阵阵发白。他已举起鼎，但想放下鼎时，才发现，举鼎容易放鼎难。像刚才孟舵那样扔鼎容易，但一来对女娲不敬，二来太过草率，有损他大力士的威名。

他左右思量，如何能平稳地放下巨鼎，一双手臂阵阵酸麻起来，虎口沁出血来，他都没有察觉。

伍子胥看他手掌流出血来，忙走上前，单手托举起鼎，说：“你手掌破损了，我来帮你托一托。”

以田开疆之神力，双手举鼎，还觉得费尽了全身力气，伍子胥单手举鼎，竟像是毫不吃力。

他这一托举，田开疆才觉出双手、双臂，乃至全身都阵阵酸麻无力，刚才勉力支撑，不敢有丝毫松懈，不觉得浑身脱力。这时，伍子胥接过巨鼎，田开疆才发现再没有一点力气，伍子胥来得迟一步，说不定巨鼎就砸下来，伤了自己，心中感激不尽。

伍子胥单手把鼎举在空中，看田开疆完全松开手，才双手举执鼎足、鼎耳，举着巨鼎走到女娲宫前，将鼎放归原位。然后，他拂拭衣袍，在女娲宫前遥向女娲圣像拜礼，拜礼之后回到楚王熊居身后站立。

刚才孟舵举鼎，已经有人喝彩。田开疆举鼎时，满场震耳的喝彩声。到伍子胥举鼎时，众人太过惊骇，竟然忘记了喝彩。无论如何不敢相信竟然有人能单手举千斤鼎，但若不信，又确实真真切切就在眼前，一时间，众人有如在梦中的感觉。

下一个献宝的是郑伯宁，献的是一面镜子。这是一面直径八寸的青铜镜，镜子正中间突起的镜鼻上，雕刻着一只蹲伏的麒麟，环绕镜鼻划分出四个方位，雕刻龟、龙、凤、虎代表四象，四象按照四个方位排列，四方之外又布有八卦，八卦之外设十二时辰，同时附有十二生肖的图像。在十二时辰、生肖的外面又有二十四个字，围绕在镜子轮廓。这些字像是鸟篆虫书，仔细看又和鸟篆虫书并不相同，点画分明，却看不出来写的是什么字。

郑伯宁介绍说：“这是二十四气。”

镜子在阳光下一照，背面的图案和文字就显露在影子里，纤毫毕露，一丝不差。用手敲击，清脆的声音徐徐飘散，余音袅袅，很久才完全消失。

郑伯宁说：“轩辕黄帝当年铸过十五面镜子。第一面镜子直径为一尺五寸，效法十五月圆，以后，每面镜子都递减一寸。这是第八面镜子，名为紫珍镜。晚上把镜子放在暗室里，可以把整间屋子照得像白天一样明亮。宝镜可以驱妖辟邪，凡是身患疾病的人，用镜一照，疾病就可以消除。但是上天降下来的瘟疫、疾病，不可以用宝镜禳除，以免违背天意。”

众人不由得连声赞叹。

接着是许男买，献上许国国宝，是一盏青玉五枝灯，灯高七尺五寸，下面雕刻了一条蟠螭，口中衔着灯，灯点燃后蟠螭身上的鳞甲全都会动，虽在白天，光耀明亮，如同漫天星辰光芒闪烁。

之后站起来的莒国国君庚舆，莒男庚舆献的也是一面镜子。这面镜子不是圆的，而是一面方镜，宽四尺，高五尺九寸，光华四射，里外通明！

众人刚看过郑国的紫珍镜，心想："有紫珍镜在前，这面镜子又有什么奇异之处？"

莒男庚舆看出大家的兴致不高，拿起镜子说："诸君，此镜也是轩辕黄帝所铸的宝镜，名为'照胆镜'。凡照此镜者，可以照见五脏六腑。如果有疾病，就得知病情之所在。"

众人一听，这宝镜太神奇了，照镜子能照见五脏六腑？谁也不敢相信。

莒男庚舆拿着镜子，走到王子朝面前说："请王子先照宝镜。"

王子朝往镜子里看，果然见镜子里的影子竟是透明的，自己体内的五脏六腑历历在目，甚至可以看见血液在血脉里流淌。

王子朝不由得脱口赞道："好宝！"

莒男庚舆躬身说："王子康健，并无疾病，真是万千之喜。"

王子朝这么一赞，列国诸侯也都想照照这面宝镜。

秦伯赵籍大为惊异，心想："这才是真宝贝！这么好的东西，照出肝胆心脏来，谁有异心，必定会胆张心跳，用此镜一照，奸佞可以现形了！"

他心中思量，担心被别人抢去此宝，忙说："生老病死乃是天定就的，此宝镜不可随便滥用。莒君，快请收起宝镜！"

这次斗宝会上，秦伯赵籍没有夺走宝镜，直到秦始皇统一六国，才得到这面宝镜。秦始皇经常用宝镜照人，有胆张心跳的就推出去杀死。后来，天下反抗秦朝暴政，义军纷起，汉高祖刘邦先率兵攻进咸阳，在咸阳宫还看到了这面"照胆镜"。

十七国献宝已毕，秦伯赵籍看楚王熊居一直端坐不动，心中不悦，也不出言催促，静等他有何言语。

沈、胡两国国君上前拜礼，说："大王，临潼之会，大王能否展示楚国之宝，令列国诸君一开眼界？"

楚王熊居微笑："楚国偏居南方，蛮夷之地，哪里有什么宝物？刚才列国宝物纷呈，楚国实在不敢献丑。"

蔡侯庐说："大王过谦了，天下谁人不知，哪个不晓，论宝物，列国之宝加起来也不及楚国宝物之一二。我等能有幸一睹楚国之宝，实在是荣幸之甚。"

楚王熊居微笑摇头："中原诸夏，物华天宝，小小楚国，哪里有什么宝物？"

随侯简说："世人以随国的明月珠为宝，其实，明月珠怎能及得上楚国的和氏璧？和氏璧乃是天下至宝，举世无双。"

楚王熊居站起身，拱手说："和氏璧确是楚国之宝。和氏璧之宝，并不在于宝玉如何珍稀罕见。卞和，是楚国一介庶人，在山中采得璞玉，马上献给君主，两次献玉，玉匠都鉴定是石头，指责卞和欺骗君主，把卞和的两只脚都砍下来，作为惩罚。卞和抱着璞玉哭得眼泪干了，流出血来。他之所以悲伤哭泣，不是因为双脚被砍掉，而是悲伤宝玉被称为石头，忠贞的人被称作骗子。卞和能够认出美玉，这是他的才华过人；卞和献宝反被砍掉双脚，毫不抱怨，失去了双脚还要坚持献宝给君主，忠君爱国，一片赤诚。厉王、武王，两次请玉匠鉴定璞玉都是石头，文王第三次请玉匠鉴定，还是石头，文王命人剖开玉璞，才看到里面的美玉。辨玉难，辨人更难。武王、文王，面对被人称为骗子的人，都毫不介怀，完成他的心愿。鉴定出是石头就砍掉脚，发现是美玉就重赏，赏罚严明，惩恶扬善。可知武王、文王之公正贤明。以和氏璧为宝，就是昭告天下，我楚国以忠君爱国为宝，以公正贤明为宝。玉之美，不足称道。君臣庶民之美德，才是天下至宝。"

他这一番话说出来，陈、蔡、许、顿、沈、胡等十几国诸侯连连附和赞叹。

王子朝含笑问："楚君，既然以和氏璧为天下至宝，可否展示与诸君一同观赏？"

楚王熊居躬身回答："王子！和氏璧因德才可称之宝，人能躬行道德，远胜过和氏璧那块石头。"

转身对伍子胥说："子胥，来，与列国诸君观赏！"

伍子胥按照他的命令走到斗宝台中央，向列国诸侯施礼环拜。

楚王熊居朗声说："楚国所献之宝，乃是人中之宝：楚国太子太傅伍奢之子——伍子胥！"

伍子胥听了，想要谦让，但又不敢违抗楚王，只得站在台上，满面含笑，心中忐忑不安。

楚王熊居说："伍子胥力举千斤鼎，武力盖世无双。临潼之会，伍子胥从不炫耀勇武，三次出手，皆是救人义举。武力盖世，可羡可叹，不足敬重。多次救人行义，从不居功，毫不自傲，足以令世人敬服。我楚国先祖祝融，光融天下，造福世人；开国之君为天子师，才德盖世。今以伍子胥为宝，以明我楚国虽有武力，决不敢擅启战端。勇武之师，救人济世，不敢居人之后，愿奉行义举，共匡天下！"

陈国、蔡国君主感激涕零，跪拜在地，说："我国被灵王所灭，多蒙大王为我等恢复社稷，重建宗庙，才得以参与今日临潼之会，立于诸侯之列。大王的深恩厚德，感激无限，而今而后，愿倾举国之力，任凭大王驱遣！"

临潼会上，伍子胥力举千斤鼎，武力盖世无双，楚王熊居得诸侯敬拜，一时风头无两。秦伯赵籍一口老血几乎当场吐出来。碍于他是东道主，只能脸上堆笑。

斗宝结束，筵席已毕，送列国诸侯各自回归宾馆后，秦伯赵籍才发作满怀怒愤，痛骂楚王熊居。

大庶长冉等他发泄完胸中怒火，开口说：“大王！此次临潼会，大王是为图霸天下而设，并非为意气之争，何必为了楚子小儿如此气愤。”

秦伯赵籍无言以对。

临潼会前，他满怀豪情，期待乘此乱世，横扫天下，一统宇内。现在却发现连一个楚国都令他头疼不已，称霸天下的壮志，顷刻间化成了泡影，实在令他难以接受。

大庶长冉说：“兵法云：‘伤敌一千，自损八百。’与其强攻，不如收为己用。昔日穆公为图霸天下，先与晋国联姻，结成姻亲之好。今日楚国势大，大王何不与楚国联姻，结成盟好？秦楚结为盟国，再徐图大计，天下可定。”

秦伯赵籍叹了口气，说：“秦国早已与楚国结为姻亲之国。秦晋失和后，穆公已经与楚成王结为姻亲之国，结盟起誓，两国亲如一家。但晋楚两国，何等的奸诈。穆公多次襄助晋国，更结为姻亲之国。晋国不思报恩，居然在崤山设下埋伏，使我秦军遭遇惨败。从此，东进中原之路被晋国扼制，穆公不得不向西用兵。秦晋之好变为世仇。穆公又将爱女嫁给楚成王，楚成王反倒宠爱陪嫁的媵妾——郑国女子郑瞀，改立郑瞀为夫人。先君景公把胞妹嫁给楚共王为夫人，楚共王也是宠爱媵妾，冷落夫人，致使夫人无一子嗣，凄凉终老。秦晋之好，秦楚联姻，对秦国全无益处，还是不要再提起。”

大庶长冉抚须沉吟：“大王不必烦恼。臣有一个主意，不知可行否？”

第五章·秦楚之好

秦伯赵籍说："你是寡人的股肱重臣，有何话说不得？只管讲来。"

大庶长冉说："前番穆公嫁女、景公嫁妹，都是嫁给楚王，陪嫁诸侯之女，作为媵妾。此番大王结亲，将公子嫁给楚国太子，听闻太子建温良恭让，与以往的楚王大不相同。再者，此番只带随从侍女，不需诸侯之女陪嫁，免得再生事端。"

秦伯赵籍反复思量，说："周礼：公子出嫁，诸侯陪嫁媵妾。寡人的女儿出嫁，没有诸侯之女陪嫁，岂不是有失体面？"

大庶长冉微笑说："大王的公子出嫁，是何等的荣耀，天下谁人敢有异议？不带诸侯之女陪嫁媵妾，免得再与公子争宠，惹公子不快。"

秦伯赵籍点头："这倒说得是！能娶寡人的女儿就是天大的福气。什么礼仪礼法，束缚人的就不需要遵行。"

他突然眉头一皱，说："不妥！"

大庶长冉问："有事不妥？"

秦伯赵籍说："寡人的女儿，必须三媒六礼，才能出嫁，怎么能让寡人上赶着嫁女儿的？"

大庶长冉笑着说："大王，敬请宽心，臣一定让楚国三媒六礼，恭恭敬敬地前来提亲迎娶，决不能失了公子的尊贵。"

宾馆内，费无极前来拜见楚王熊居。

虽然下了骊山，住在山脚下的宾馆，楚王熊居神魂似乎还飘荡在骊山斗宝台上，欣赏嬴香的绝世姿容。

费无极见楚王心不在焉，轻咳了一声，说："大王！"

楚王熊居思绪被打乱，皱起眉："有事快讲！"

费无极说："大王，此番临潼会，臣见秦国女子姿容绝色，想向大王请求一事。"

楚王熊居笑眯眯地看着他："是想请寡人找秦伯，把那名绝色女子赏赐给你？"

费无极连连摆手："大王吓煞小臣了！小臣岂敢有此妄想？"

楚王熊居盯着他，问：“那你请求什么？”

费无极说：“大王，太子建已年满十八岁，可以娶亲成家了。秦国女子既然有如此绝色，何不向秦国提亲，迎娶秦伯的公子，说不定也是位绝色佳人。况且，秦国是西方霸主国，常年与西戎作战，民风强悍尚武，秦楚联姻，可以为楚国增加一个强大后援。”

楚王熊居点头：“你真是每天都要念叨太子好几遍，隔了千里之遥，还记挂着太子的婚事。太子有你这个师傅，真该好好地谢谢寡人，为他挑选的好师傅。”

费无极满怀辛酸委屈，不敢向楚王提起经常因为才学浅薄受到太子建斥责辱骂的事。

他努力吞咽下心里的苦水，脸上堆起笑容，说：“为太子着想，是臣的职责所在。臣愚鲁，才学浅薄，不足以承担当太子师傅的重任，实在深感惶恐。”

楚王熊居满脸不屑，说：“才学好的大有人在，寡人就是看中你这份忠贞无二。太子的师傅就是以教导道德为重，才学不足，以后可以慢慢学。道德品行有差，那成什么样子？怎么能为人子？为人君？太子太傅伍奢一族，百年来深受国恩，世代为楚国重臣，忠良之誉，天下列国尽皆知晓。费少师对寡人的忠心，更是满朝钦敬。有你们当太子的师傅，是太子的福荫，费少师不要再谦虚了。”

费无极经常被太子责骂羞辱，时常自己反省不足以担当此任。听了楚王这番话，他深感安慰，泪水竟涌出眼眶，怕楚王看到出言取笑，急忙擦拭泪水。

楚王熊居假装没有看到，挥挥袍袖，说：“费少师，你既然有这份心，快去向秦国提亲吧。寡人太子的婚姻大事，就全托付给你了。”

费无极俯身领命。

刚退出来，正要命人备车，前去找秦国提亲，就看见沈尹戍引着大庶长冉走过来。

大庶长冉为秦楚两国联姻之事而来，费无极也正要向秦国提亲，两人心意相合，一说起都是满心欢喜。

费无极作为太子少师，又受楚王托付，负责此次秦楚联姻的一切事宜。在列国诸侯离开临潼各回国都之后，费无极就开始奔走于楚秦两国。

秦楚两国相距千里之遥，中间山水阻隔，为了楚王的重托，为了太子建的婚姻大事，费无极奔波往返，不辞辛劳。

定亲之后，秦宫举行盛大的笄礼，公子嬴香以前低垂的发髻高高挽起，高髻上插戴发笄，是楚国送来的聘礼，奇丽精巧，和秦国一贯的质朴厚重完全不同。

完成笄礼后，嬴香抿起双唇，不再像以前调皮嬉笑，眉宇间笼罩着一抹轻愁，眼眸莹光闪烁，仿佛凝着泪光。

夫人看着女儿，一时欢喜，一时又止不住流下眼泪。

秦伯赵籍压抑住心里的惆怅感伤，勉强笑着说："大喜的事，你怎么哭起来了。"

夫人擦拭着眼泪，说："女儿将要嫁到千里之外的异国，做母亲的，怎么会不伤心。以后再想看女儿一眼就很难了。"

嬴香被母亲说得几乎要哭出来，说："母亲，女儿不愿嫁到异国他乡，远离父母双亲。"

夫人劝慰说："快不要这样说，公子远嫁异国，是礼仪，岂能不遵从？等日后太子建即位，女儿就是天下最强大的楚国君夫人，何等的荣耀显贵，天下人羡慕都来不及呢。"

嬴香只管挽着母亲撒娇，说："女儿不去！"

秦伯赵籍沉下脸，说："你可知自己的身份？"

嬴香低下头。

秦伯赵籍问："你何德何能，为什么会享受无上的尊荣？"

嬴香轻轻咬着自己的嘴唇，说："父亲是一国之君，女儿托父亲的福荫，贵为一国公子，才得以享受尊荣。"

秦伯赵籍叱喝："错！"

嬴香吓得偎进母亲怀里。

秦伯赵籍说："你身上流淌着秦国公室的血，对国家有着义不容辞的责任。重任在肩，才赋予你如此的尊荣显贵。"

嬴香怯怯地望向父亲，说："国家由父亲治理，女儿又不要治理国政。女儿向母亲撒娇，有什么错？"

秦伯赵籍说："世间小儿女都有资格向父母撒娇，只有公子没有资格。贵为公子，要知道自己的本分。你的言行举止，要成为国人的懿范，才不辜负秦国给你的这份尊荣显贵。"

嬴香低下头，沉默无语。

秦伯赵籍接着说："世间小儿女，都可以在父母膝前承欢，觅得如意郎君，结下姻亲，享一家团圆幸福。贵为一国公子，婚姻不是看个人的好恶，必须考虑国家的利益。公子远嫁异国，是为秦国结下姻亲之国，收异国为秦国所用，成为秦国称霸图强的有力援助。"

夫人抚慰嬴香，对秦伯说："女儿乖巧懂事，自然会明白这个道理。你这样凶巴巴的，小心吓坏她了。"

嬴香低着头，想了又想，细贝一样的牙齿咬着下唇，努力翘起嘴角，微笑着说："母亲，此去楚国，山高水长，道路阻隔，但女儿以后一定要回来看望母亲的。"

夫人知道她是言语宽慰，实际上无法做到，只能说："你到了楚国，一定要照顾好自己，不要让父母为你担心悬念。"

嬴香点头。

夫人讲各种出嫁后需要注意的事项，如何侍奉舅姑，如何小心谨慎。这些都是嬴香从小就接受过的教育，但在夫人看来，十五岁的女儿远嫁到千里之外，桩桩件件，都要再讲得清楚详细，免得女儿在异国受苦。

秦伯赵籍听夫人念念叨叨，反复叮咛，不厌其烦，想退出去，让她们母女谈心。忽然，他想起来一件事，走到室外，命人捧上一只锦匣。

秦伯赵籍拿着锦匣，送到嬴香面前，说："婚礼一切物件都有专人准备妥当。这是父亲送给你的礼物。"

嬴香拜谢了，打开锦匣，见里面放着一根破旧马鞭，正是临潼会上，秦伯赵籍向列国诸侯展示的秦国国宝。

夫人皱起眉："新婚喜事，你拿这个又破又旧的，算什么礼物？"

秦伯赵籍手指抚摸着马鞭，说："我秦国起初是为舜帝、周天子放马的马夫。马鞭是马夫的立身根本。现在贵为一方诸侯，但不论何时都不能忘记，我秦国是从马夫起家。不论何时都不能忘记自己立身的根本。"

嬴香看着马鞭手柄上刻的金字，是"嬴"、"赵"两个字，正是舜帝、周天子所赐的姓、氏。

她仰起脸，看着秦伯，问："父亲，女儿嫁到楚国，立身的根本，又是什么？"

秦伯赵籍说："你虽然是诸侯的女儿，但出身不一定能保你立身周全。我秦国历代先祖都是以功业立身。人生于世，出身不足为贵，钱财不足珍惜，只有建立功业，才真正能够立身处世，即使在乱世，也能保自身周全。功业不计大小，人不分尊卑。就算是一名马夫，也能建立盖世的功业。"

嬴香沉吟着点头。

秦伯赵籍说："马，不通人言。人能够驯服马，要先了解马的习性，然后顺着马的习性，和马做朋友。哪怕贵为诸侯，想拥有一匹属于自己的宝马，都必须亲自服侍马，为马刷毛、饮水、喂食，不能有丝毫怠慢。如果怠慢了马，在战场上，马就不会听从命令，殒身灭国，都有可能发生。"

嬴香拜礼，恭声说："女儿多谢父亲教诲。"

入夜之后，楚国迎亲的队伍进了城。

此时，城里大多数人已进入沉沉的梦乡，不知道来了一支戒备森严、威武浩荡的队伍。

这是一座很小的城，临近秦、楚两国边境。百姓们日出而作，日落而息，安居乐业，让人几乎忘却正置身于诸侯争霸、战乱纷争的时代。

辚辚的车声停在馆驿前，有人上前叩门。正在里面吃酒赌钱的守门人，打开门，只见暗夜里影影绰绰站着数十名全副甲胄、手执利戈的军士。军士护卫着一乘乘车辆、轿舆，密密匝匝，一眼望不到尽头，更不知道后面还有多少人呢！

蓦地看见这许多面目威严的军士，守门人大吃一惊，待看清他们都穿着楚国的戎装，这才松了口气。

早已疲惫了的士卒，不耐烦地说："快叫管事的过来答话。"

驿丞闻讯，急步走出，但见在众军士的簇拥下，一个神态举止都极为倨傲的美男子迈步踏上台阶。

驿丞见他衣饰华贵、气度不凡，便知是位高官，慌忙躬身退立在一旁。

猛听有人喝道："太子少师在此，还不跪下答话！"

驿丞立刻跪伏在地："拜见少师！"

费无极说："罢了。快去打扫驿中厅堂住室，毋得迟误。"

驿丞忙吩咐属下众人打点厅堂内室，准备铺陈，焚香洒扫，一切收拾停当，转回门首来迎接少师大人。

却见费无极抢步走到一乘顶饰金凤、幔帐低垂的车辇前，恭声道："臣费无极，恭迎公子！"

幔帐挑处，一缕淡淡的幽香，随风入鼻，令人不禁神魂一酥。一位身材修长、体态曼妙的女子，扶着侍女的手，步下车辇。地上早已铺设红毯。

嬴香轻声问费无极："为什么不见公子蒲？"

此番嬴香入楚完婚，秦伯赵籍令公子蒲护送公子嬴香到楚国。一路上，都是公子蒲随侍在左右，是以嬴香有此一问。

费无极连忙回答："连日来路途奔波劳苦，公子蒲不幸病倒，所以由臣前来侍奉。"

嬴香轻叹："辛苦他了。"

费无极道："晚间风寒，请公子及早安歇。"

嬴香点点头，扶着侍女，走进馆驿。

费无极将嬴香安置在后面内堂，五十名侍女在左右侍奉，又安慰公子蒲安心歇息，命令随行的军士在馆驿前后屯扎。安顿好了一切之后，他自己却无心睡眠，久久回想方才初见嬴香那一刻。

为楚国太子建迎娶秦国公子嬴香，整件事从头到尾都是费无极亲自操办，但他直到今晚才第一次见到公子嬴香的容颜。虽有轻纱掩映，寒风拂过，薄纱轻轻飏起，那一瞬，公子嬴香绝世的容颜，映着冬夜星月的寒辉，印在费无极眼底、心上。他想不到，自己千里迢迢为太子建迎娶回来的竟是一位美貌绝世的佳人。他曾经见过列国许多有名的美女，也曾经见过楚王宫中的嫔妃，却没有一个人能够比得上嬴香美貌的十分之一。

嬴香竟是当日临潼会上那名绝色美女！

长夜无眠，费无极提笔描画公子嬴香的姿容，于丝帛上重现佳人绝世芳华。

端详画中的佳人，费无极眸光闪烁。虽然贵为太子少师，但他却并不得意。太子建对太傅伍奢尊重有加，对他更多的是斥责、嘲讽，甚至是羞辱。为了扳回败局，费无极向楚王熊居献策，为太子建迎娶秦国公子，秦、楚两大强国结成姻亲之国，对楚国来说如虎添翼。而这位秦国公子竟然姿容绝世，更使费无极欣喜若狂。美色动人心。太子建年轻气盛，美色当前，一定会扭转对费无极一向的偏见。赢得太子青睐，一旦太子即位，当上楚王，费无极飞黄腾达之日屈指可待。

得意之下，费无极顾不得公子蒲有病在身，第二天一早，安排迎亲车队慢慢前行，自己找个借口，携带公子嬴香的画像，长途奔趋，日夜兼程赶回郢都，向太子建报喜。

一路奔波劳顿，费无极不觉劳累，反倒愈显精神，直奔太子宫中。太子建正在练武场习剑，迎面看到费无极喜滋滋地赶来，剑在腕间一翻，已递到费无极咽喉！

费无极吓得定在当地，手足无措："太子，您这是……"

太子建微笑："费少师，听说你去了秦国，怎么这么快就回来了？"

费无极说："臣正要向太子回禀。太子，先把剑移开，小心割破臣的喉咙！"

太子建只是微微一笑，手腕轻颤，剑锋在费无极喉上闪出凛凛寒光。

费无极颤声说："太子……手下留情啊！"

只听一声呵斥："太子休得胡闹！"太子太傅伍奢大步走过来。

太子建撤回剑，费无极两腿一软，"扑通"一声，跪在地上。

太子建微笑："费少师，何必如此多礼！"

伍奢扶起费无极。费无极擦拭额上的冷汗，横了伍奢一眼，拂袖离去。

伍奢斥责太子建："怎能对费少师如此无礼！"

太子建睨视费无极远去的背影："这个奸佞小人，恨不得将他立斩剑下！"

伍奢说："胡说！费少师为太子迎娶秦国公子，千里奔波，不辞劳苦……"

太子建打断伍奢的话，满怀怒气说："先君共王迎娶秦国公子为君夫人，结果一无子嗣，只有媵妾生下庶子。周朝礼法：立嫡不立长。共王没有嫡子，众庶子为了抢夺楚王之位，自相残杀，使得楚国大乱，几乎亡国。前鉴不远，费无极又为我迎娶秦国公子，岂不是包藏祸心？存心要亡我楚国吗？”

费无极跌跌撞撞地走出太子宫，进太子宫时神采飞扬，此时却是失魂落魄。太子建要将他立斩剑下的愤恨之言，清清楚楚地被寒风吹送进他的耳中。他不明白，太子建何以如此恨他入骨？他满心欢喜为太子建奔走忙碌，竟然落得这样的下场。

北风萧索，寒气袭人，费无极裹紧衣袍，怅目遥望，只觉天地之大，竟茫然不知何处是他容身之所。

道边有座高楼，挑出鲜艳的酒旗，在风中招摇。费无极走进酒楼，坐在临窗的重席上。他一个人痛饮闷酒，只想将自己灌醉以忘却愁烦。但酒醒之后，该何去何从，他不敢想。

一个年轻人走过来，向他拜礼问候，然后坐在他身边为他斟酒。费无极认出来，他是相识的鄢将师。

借酒浇愁，费无极拉着鄢将师的手，向他倾吐满怀愁闷：“我辛辛苦苦地为太子奔波忙碌，却被太子羞辱。伍奢呵斥太子，太子反倒对他尊重有加。为何对我如此不公？”

鄢将师好心劝慰：“少师不要和伍奢相比。他祖父是名臣，父亲是名臣，儿子是名将，世代受大王宠信。满朝文武，谁能和伍奢相比较？这样只会自己增添烦恼。”

费无极自伤自怜：“伍氏世代名臣名将，地位尊崇。我费无极只有孤身一人，看来只能自取其辱。”他说到伤心处，眼泪滴落下来。

鄢将师压低声音说：“前天，我遇到成公乾。他说起太子一件事，不知费少师知道吗？”

费无极说：“我这段时间一直奔走秦楚两国，连自己的家都没时间回，哪有时间听别人的闲话？”

鄢将师说：“也许不是闲话，也未可知呢。”

费无极被他神秘兮兮的神情吸引，问：“成公乾怎么说太子的？”

第六章・十字岭下

鄢将师说："那天，成公乾在城外麻田地里遇到太子。太子竟然问他：'这是什么？'成公乾说是田地。太子问田地是什么？成公乾说这是用来种麻的田地。太子又问麻是干什么的？成公乾说是用来做衣服的。成公乾说：'以前庄王讨伐陈国时，住在有萧氏那里，对客舍的人说里巷的道路大概不好吧？为什么不疏通水沟呢？庄王从小生长在深宫里，还知道里巷道路不好是因为水沟没有疏通。现在太子竟然不知道田地是用来种麻的，麻能做衣服。'成公乾说，太子大概不能被立为楚国的国君了。"

费无极听得阵阵心惊，惊骇地说不出话来。

鄢将师连连劝酒，说："酒后多言，我刚才说的什么都忘记了，费少师也不记得了吧。"

费无极点头。

连喝了几觚酒，费无极脑海中灵光一闪。他喃喃低语："伍奢的祖父伍参起初只不过是庄王的嬖人，以色相取悦君王，才博得高官厚禄……"

费无极突然抱紧怀里的帛画，仰天狂笑，笑得眼泪横飞，淋漓洒在脸上。

一旁的鄢将师小心翼翼地问："少师，你……气疯了？"

费无极大笑，扶着鄢将师的肩头，站起身："苟富贵，勿相忘！他朝我能博得富贵，再与君相见！"

鄢将师呆呆地看着费无极摇摇晃晃地走出酒楼。

费无极回到自己府中，洗去一身酒气，换上崭新的袍服，进宫觐见楚王。

楚王熊居正在观赏游鱼戏水，听内侍禀报，命费无极进来。楚王熊居看他换了一身新衣，脸上喜盈盈，说："费少师一路辛苦。"

费无极答道："臣为大王，赴汤蹈火在所不辞。怎敢言辛苦二字？"

楚王熊居点头，对他的忠心很感满意。稍停了一会儿，楚王熊居又问："此去路途遥远，一切都还顺利吗？"

费无极回答说："托大王洪福，一切都非常顺利。"

楚王熊居又问："费少师可曾见到秦国公子？她的容貌如何？"

费无极正要在楚王面前夸耀公子嬴香的美貌，听他此问，正中下怀，连忙奏答："臣曾经见过许多美女，却从来没有见过像秦国公子这样绝世的佳人。"

"哦？真有如此美丽？"楚王熊居闻奏，不禁心荡神驰。

"大王，"费无极乘机又说，"依臣拙见，不但楚国没有人能及得上她的美貌，就连那自古以来传说中的绝代美女，如妹喜、妲己、褒姒，恐怕连秦国公子的万分之一也比不上呢。"

楚王熊居生性好色，听了这番话，半晌不语。过了很久，他才长长地叹了口气，说："寡人枉自称王，却从来没有见过此等绝色美女，真是枉过了这一生！"

费无极说："臣有一言，不知当讲不当讲？"

楚王熊居手指轻扣案几："费少师但讲无妨。"

费无极向左右看了看，楚王熊居会意，命令左右人等退下。

费无极这才开口说道："大王既然爱慕秦国公子，为何不将她纳入后宫来服侍大王呢？"

楚王熊居摇头叹息："她是寡人为太子迎娶的夫人，有碍人伦的事，寡人怎么能够做得出来？"

费无极微笑说："没有妨碍的。秦国公子虽被聘为太子的夫人，但此刻尚未入太子宫，这怎么能算乱伦呢？"

楚王熊居一时语塞，迟疑半晌，说："虽然没有入太子宫中，但三媒六礼都已经完成，若是再将她纳入后宫，恐怕会遭人议论。"

费无极笑吟吟地说："大王迎佳人入后宫，谁人敢议论？"

楚王熊居觉得对不住太子，说："群臣好应付。太子一旦知晓此事，会影响寡人父子间的感情。此事决不可为！"

费无极从袖里取出嬴香的画像，呈在楚王熊居面前。楚王熊居看到画中栩栩如生的佳人，只觉心跳都停止了。

他移目看向费无极，迟疑说："她是……"

费无极低声说："是否与临潼会上的佳人相像？"

楚王熊居刚才一直在说服自己，决不能抢儿子的夫人。此时此刻，一颗心止不住地狂跳起来，他再也无法抑制住自己的欲望，猛地攥住费无极的手，问："你看得清楚？"

费无极说："临潼会上是男装，英姿俊逸。迎亲路上臣看到的是女装，国色天香。臣也不知道是不是同一人。大王将她迎进宫中，细细观赏，定有分晓。"

楚王熊居沉吟："如此佳人，定要细细观赏，不可唐突。"

楚王熊居一双凤目盯视着费无极，凛凛神威："你才智出众，一定能想出办法，让寡人迎她进宫，不会惹太子猜疑。"

费无极说："大王！臣有一计，可使大王顺利纳秦国公子入后宫，不会惹得群臣非议、有伤大王与太子的父子之情。"

楚王熊居反复观赏画像，说："爱卿有何良策，快快讲来。"。

费无极压低声音，说："臣来往楚秦两国，路途之上，有一地，名叫十字岭。如此这般，定能遂了大王的心意。"

他低声说来，楚王熊居听得连连点头："费少师真是腹有良谋，就依费少师所言。"

费无极躬身拜谒，辞别楚王，奔秦楚大道而去，中途迎上秦国公子一行，向秦国公子蒲解释此行去郢都作了种种安排，楼阁馆舍已经准备停当，正可赶在正月里结成秦楚之好、百年姻缘。公子蒲听了，连连点点头，赞谢费无极安排得周全妥当。

眼看迎亲队伍向郢都越行越近，费无极此番存了心事，格外留意嬴香随行人等。公子蒲因已离秦入楚，认为费无极费心周详，并无疑心。

这晚，又在驿馆歇息。众人睡后，费无极心中思虑辗转，在前后巡视。众人只当他重任在肩，如此谨慎，所以全无怀疑。

费无极渐渐转近嬴香寝室前，忽然听到细微语声在幽夜中传来。

那是两个无眠的人儿躲在暗荫里低声私语。两名随侍嬴香入楚的侍女，正倾诉着去国的忧思。

一名年纪较小的侍女泪水涟涟，抽泣着："母亲听说我要跟公子一起来楚国，哭得死去活来。可是，她没有办法留住我，我也没法子改变自己的命运。为什么上千名宫女里面偏偏挑中了我？为什么我们这样命苦？"

另一名侍女没有流泪，低声说道："你还有母亲为你送行，为你流泪。而我……"她的声音哽咽了，但转瞬间又恢复了平静，接着讲，"我本是齐国人，因为逃难到了晋国，后来又辗转来到秦国，被充入后宫，做了宫女。不久，父母就去世了。现在，我又跟着公子来到楚国。今后，还不知会怎么样呢？……"

先前那名侍女听得呆住了，拉住了她的手，泪水淌了一脸，只带着哭腔低喊了一声："阿姐！"便再也讲不出话来。

被唤作"阿姐"的侍女凄楚地笑了一笑，将她的手轻轻地、极温柔地拍了拍，两眼望着清冷的夜空，轻叹说："要是天下不这么乱，不再打仗了，我们的日子也许就会好过一些。"

她们的说话声虽然低微，在寂静的子夜，究竟容易听得十分真切。

费无极大步走来，手按佩剑，呵斥："什么人！"

花木后面传出一阵细碎声响，是惊慌的侍女企图逃匿。另一个情知逃不脱，便大着胆子站了出来。

月光映亮了她的面容，费无极一看，暗暗吃惊。这女子竟像极嬴香！但她不及嬴香气度高华，又身着侍女衣裙，面色苍白，显然仅是一名随行的侍女。

费无极心头一阵狂喜，却只是沉着声音，问道："你是谁？为何深夜在此？"

侍女忙趋身拜伏："小奴名叫女齐。不知少师大人在此，多有冒昧，请望恕罪。"

费无极见她举止端庄，颇知礼仪，怒气在不知不觉间已消尽，便问："这名字有些出奇，是谁给你起的？"

女齐说："公子说小奴生于齐国，二十八星宿中女宿的分野是齐国，所以为小奴取了这个名字，让小奴不要忘怀了故国。"

费无极点头："你是公子的侍女？"

女齐回答："小奴生于齐长于晋，后入秦宫，服侍公子。"

费无极说："此处非讲话所在，你随我进房来。"

既入楚地，太子少师的话，女齐不敢不遵，只得随他入房，却不知已陷入了一个重大的阴谋。

入房之后，费无极立刻屏退左右，紧紧地闭上门窗。女齐不知他作何打算，心里一阵慌乱。

费无极凑近女齐，压低嗓音，道："老实说，方才秦伯派密使来报，希望公子能被楚王纳进后宫，由你代公子嫁给我国太子。你以为此事怎么样？"

"……"

此事关系重大，女齐一时不知该如何作答。何况她一个弱女子的命运又岂能被她自己操纵？

费无极接着说："若能成为太子夫人，不久即可为君夫人，地位尊贵无比。你生来就具有贵相，还是顺应天命吧。"

突如其来的好运，非但没有使女齐感到惊喜，反倒令她更觉慌乱。慌乱中她想起了嬴香，忙问："公子知情么？"

费无极说："秦伯密使会前去拜见公子，公子应知情才是。不论知情与否，此乃机密大事，万万不可泄露半点风声。切记！"

女齐见他神色不对，情知不妙，假意答允，辞别出来。她思想秦伯密使一事，荒谬可笑，不值一信。即使秦伯派密使前来，女齐身为公子侍婢，自会由公子吩咐她行事，怎会由费无极出面告知？

女齐想到这里，惊觉嬴香处境危险，费无极心怀不轨，必将不利于嬴香，赶忙跑去向嬴香报讯。

刚转过回廊，只见费无极站立面前，面露狞笑：“你可是要向公子报讯？”

女齐慌乱地回答：“不是！小奴分内职责，自当侍奉公子左右。”

费无极举手一挥，两旁士卒拥上来，将女齐拖进密室。费无极冷笑：“你想明白了！身在楚国，一切尽在我的掌控之中，岂会容你一个小小侍女掀起风浪？休想再妄动，安心听我吩咐吧。”

女齐流泪道：“公子与你何仇何怨，你为何要陷害公子？”

费无极微笑：“我只是抬举你享受泼天的富贵，你不要不识好心。贵为君夫人，享尽荣华；还是求生不得，求死不能？将如何自处，你自己慢慢想吧。”

他迈步踱出密室，只留下女齐在黑暗中痛苦哭泣。

第二天，费无极对公子蒲说：“前面有座大岭，名叫十字岭，岭上有盗贼横行，屡剿不清。寻常人过岭还好说，公子千金贵体，万一遭遇贼人，将变生不测。”

公子蒲微笑说：“秦国士卒勇猛如虎，天下共知，岂会惧怕小小盗贼，即使盗贼遍布，也将踏平十字岭，为楚国清灭此祸患。”

费无极说：“多谢公子！公子远道而来，不知此岭的厉害之处。这里山岭纵横，道路繁密。路人经过此岭，能平安通过甚好。一旦盗贼现身，往往会借天然迷道，致使过往客商迷失在岭中。”

公子蒲沉吟说：“费少师想是多虑了，我秦国山川险峻，险峰崇岭不计其数，蒲自信不会失陷其中。”

费无极说：“臣以为，十字岭既以迷道取胜，何妨以其之道，还施其身。臣有一计，公子金顶凤辇惹人眼目，不如与另一乘银顶凤辇相换。到十字岭前，盗贼来时由公子清剿盗贼，臣保护公子一行逃脱险境。金顶凤辇、银顶凤辇，两道分行，盗贼即使能分身来追，也无法辨知公子反在银顶车辇内，这样迷惑盗贼，以免生意外。不知公子以为当否？”

公子蒲拊掌道：“如此甚好！费少师真是巧计！”

费无极说：“既然公子以为拙计可行，那就依计而行。中途万一走散，约在郢都相聚。过了此岭，前面尽是坦途，不需再挂心了。”

两人约定后，公子蒲告知嬴香，当即金顶凤辇、银顶凤辇相互交换。在费无极严密监视之下，女齐无法与公子相见，只得坐进金顶凤辇内，只觉心慌意乱，知道大祸已经临头。

不远就到了十字岭前，果然见一个高高的峻岭立在眼前。公子蒲打量山岭，不觉忆起秦地险固山河，再看树木葱茏茂密，其中隐隐杀气弥漫，吩咐随行军士留意，一行人护送公子过岭。

一路行来，居然平安无事，众军士稍有些懈怠之情。公子蒲一路走一路看岭上密密的岔道，暗暗心惊，一旦失陷其中，不知何时能走出此岭。正在思忖，耳边突然杀声骤起，公子蒲横戈喝道："来得好！"

在公子蒲带领士卒冲杀时，费无极护送银顶凤辇急奔，金顶凤辇也在楚国军士保护下向另一个方向疾走。一行人至此分为三路。公子蒲在当地击杀挡路盗贼，金顶凤辇、银顶凤辇分两道路径下岭，沿途遇到零星盗贼，且战且走。奔到十字岭下时，公子蒲仍在岭上激战不止，却不知道一场泼天的大祸从此引发。

费无极催促护银顶凤辇直奔郢都。费无极到达郢都，正是正月初一的好日子。他便以隆重大礼将金顶凤辇送进太子宫中，银顶凤辇却悄无声息地送进楚王宫中。

太子完婚，楚国文武百官俱前往庆贺。太子建对费无极满怀愤恨，不情不愿地完成了大礼，等进入洞房看到女齐，被她的美貌所吸引，心花绽放："想不到偏居西戎的秦国，居然有如此温柔秀雅的女子，真是天大的运气。费无极居然做了好事一桩。"

女齐见太子建满面欢喜，心底凄然，低声说："太子，费无极……"

太子建不等她说完，已连连点头："实在是多劳费少师，他尽心奔走秦楚两国，今日我才能与你结成良缘，说来真要多谢他呢。不用你提起，我也不会忘记。"

女齐泪珠滚滚落下，紧咬朱唇，再也说不出一个字。

太子建以为是女儿哭嫁的缘故，忙为她擦拭泪水，说："我知你远离故国双亲，心中悲苦。从今以后，秦国是你的父母邦国，楚国才是你的家。今宵天赐良缘，快不要哭泣了。秦楚两国虽然相隔遥远，也不是没有再见的机会，日后总要一同回去拜会双亲的。"

女齐听了，越发哭得伤悲。太子建打叠起百般温柔，软语劝慰。忽见立在床头的错银祥凤灯爆出喜花，灯花映照下，梨花带雨的新娘越发娇艳迷人，太子建不觉看得痴了。

公子蒲在十字岭上迎击盗贼，盗贼抵挡不住，借着熟知地利之便，夺路奔逃。公子蒲在岭上迷道左转右转，终于转出来，来到郢都时，已听说太子建和嬴香成就了百年之好，当时惊得目瞪口呆。

费无极急忙解释："至郢都时，正值正月初一，难逢的好日子。左右等不到公子到来，只得先为公子完婚。"

太子建成就姻缘，满心欢喜，连连向公子蒲致歉，反复赔罪。

公子蒲此行护送嬴香到楚国与太子完婚，如今完成使命，虽然错过婚礼大典，有些遗憾，也无法斥责太子建，开罪楚国，忙向太子道喜。在郢都休息几日后，公子蒲带领秦国军卒，返回秦国，向秦伯赵籍复命。

此前，太子建认定费无极是奸佞小人，对他憎恨入骨。此番成就姻缘，太子建欢喜不尽，对他一改往日态度。太子太傅伍奢虽觉意外，也颇感慰怀。

费无极却深知与太子建结下了莫大的仇怨，瞒得过一时，也瞒不过一世，每每想及，只觉心惊肉跳，寝食难安。不到半月时间，揽镜自顾，竟然清瘦了许多，扔下铜镜慨然叹息。

他纵然诡计百出，但以太子和楚王的父子亲情，岂是大臣可以离间破坏的？更何况，太子是楚王的嫡子，未来的楚王。一旦太子即位，成为楚王，倒霉的终究是他费无极！

费无极越思越想越是慌怕，心中暗暗下定决心：一定要除去太子建这个祸患！

于是，在经过无数个不眠之夜，苦思冥想之后，费无极向楚王熊居进言："楚、晋两国，乃是世代仇敌之国。晋国自文公以来，称霸中原。大王可想继承庄王余烈，称霸天下吗？"

楚国地处南蛮，历代楚王的最大梦想就是入主中原，称霸天下。楚王熊居当然也不例外。他知费无极必有下文，抚须说道："莫非费少师有什么良谋？不妨直言。"

费无极说："大王，何不令太子出镇城父，以图北方？大王专心治理南方。这样，或许可以图霸天下。"

楚王熊居自忖太子建优柔寡断，全无做一番大事的才能和雄心，在郢都繁华之地，尚不必为他担心。但城父地处北方，邻近中原列国，是北方重镇，楚王熊居遣太子建前往，不免有些犹豫。

费无极见楚王熊居踌躇未答，又附耳低声说道："秦国公子之事，时间长了，难免会走漏风声。若将太子派往远方，岂不是一举两得？"

楚王熊居恍然大悟。立刻命令太子建出镇城父，奋扬为城父司马，太子太傅伍奢也随同前往城父辅助太子。楚王熊居做了一番安排后，仍觉放心不下，又派遣伍奢的儿子伍子胥随太子出镇城父，以保护太子。临行之前，他将三人唤入内宫，吩咐道："以后侍奉太子，要像侍奉我一样尽心竭力！"三人齐声应诺。

奋扬、伍奢忠勇耿直，伍子胥勇冠天下、威震列国，这三人跟随太子前往城父，楚王熊居才感放心。费无极由太子少师升任上大夫，留在郢都侍奉楚王。

费无极一朝得意，将当日失意时酒楼偶遇的鄢将师提拔为右领。鄢将师感激涕零，对费无极极力巴结攀附。提拔鄢将师，为实施下一步计划，预先布下一个棋子，费无极也觉称心满意。

第七章·梦方醒时

太子建、伍子胥等人远去城父之后，楚王熊居再没有了顾忌，将国政交给令尹阳匄及囊瓦、郤宛、费无极等人执掌，从此便日夜与嬴香在章华宫饮宴作乐，连君夫人蔡姬也不挂在心上。

章华宫为楚灵王所建，广袤四十里。宫内楼台亭榭，千门万户，鳞次栉比，灿烂辉煌，极其壮丽。中间筑有高台，以望四方，台高三十仞，叫章华台，又名三休台——因其高峻，每登临此台必三次休息，才能到达顶端。

蔡姬备受冷落，又听楚宫众人纷纷议论：楚王自从新纳了美人，就不理朝政，疏远后宫众佳丽。蔡姬妒恨交加，打听到楚王和嬴香在章华宫日夜欢宴，于是带随侍宫女赶来。

行到章华台前，听高台上管弦悠扬，乐声缭绕，蔡姬故作不知，问宫人："是什么人在台上作乐？"

左右宫人回答："这是大王饮宴未散。"

蔡姬拾级而上，只见台上有数十名美少年，一个个浓妆艳抹，衣饰鲜丽，打扮得犹如女子相仿，手捧雕盘玉斝，和着丝竹之声，唱郢歌劝酒。觥筹交错，粉香相逐，飘飘然如入神仙洞府，令人魂魄俱为之迷醉。

嬴香见蔡姬突然到来，赶忙从锦席上起立，迎上前行礼。蔡姬理也不理，径自在楚王熊居左首坐下。

嬴香低头思量，并没有失礼冒犯过蔡姬，不意被她如此轻视、冷落，直觑得连下人都不如，一时委屈，立在当地，珠泪扑簌簌地滴落下来。她哪里知道，蔡姬连日来备受楚王冷落，儿子太子建被逐远方，也正有一腔怨愤之气无处宣泄。

楚王见蔡姬这般轻视嬴香，心中不悦，碍于蔡姬毕竟贵为君夫人，不便发作。楚王当下与蔡姬把盏，带笑说道："夫人，今日得闲到此，实为寡人之幸。"命嬴香："美人且歌舞一回，与君夫人赏玩。"

嬴香领命，长袖一抖，迈向一侧。乐人击打编钟，敲起编磬，吹响竽笛，演奏出美妙旋律。嬴香踏着乐声，缓步走到中间红毯上，舞动腰身，舒展罗衣，翩翩而舞，舞姿蹁跹，婆娑回旋，轻软的罗衣随风飘起，长长的舞袖，交叉摆向空中，随着轻盈的舞步，曼声低唱：

“懊恼懊恼，常思故土，
中心摇摇，凄凉日暮。
哀哀父母，生我劬劳，
天南地北，相期无路。
……”

歌声低回凄伤，如泣如诉，一曲既终，嬴香长裙曳地，仿如一尊白玉雕成的仙女。

楚王熊居听得呆了，忘了击节称好，完全陶醉在优美的歌声之中。嬴香歌舞已毕，但余韵袅袅，绕梁不绝，令听者如醉如痴，浑然忘记了一切。

蔡姬瞧得又妒又恨，怒道：“大王欢宴，谁要你唱什么懊恼曲来扫兴！”

嬴香忍气吞声，侍立在一旁。楚王听蔡姬一番言语，怒形于色：“寡人着美人歌舞一回，与夫人取乐玩赏，反被言三语四，夫人好不识抬举！”

蔡姬眼前一阵发黑，再也想不到楚王熊居竟会为了新宠而出言责备自己。她跪下奏道：“大王责备小童，小童不敢有怨言。但大王向来熟知音律，应知‘悲歌不祥’这句话。殷纣时，师延制清商之曲，而殷纣终为周朝所灭。晋平公闻清角之音，则薨于虒祁宫中。如今大王迷恋秦嬴，朝歌暮舞，疏于政事，诚为君道之所忌。小童乃区区女流，不识忌讳，妄言于大王之前，愿大王采纳忠言，痛改前愆。小童不胜幸甚！楚国幸甚！”蔡姬奏罢，辞谢下台而去。

她刚走出曲槛，就听到楚王熊居暴怒的声音在喊叫：“好个贱人！若不是贵为君夫人，寡人将她即刻赐死，方消我恨！……”

像是一阵彻骨的寒风掠过，蔡姬浑身猛地一哆嗦，然后将柔弱的肩膀俯在墙壁上，低声啜泣起来。

第二年，嬴香生下一个儿子。楚王熊居老来得子，欢喜非常，爱如珍宝，就为小王子取名为珍。小王子生得粉琢玉雕一般，聪明伶俐，十分惹人爱怜。楚王熊居由此更加宠爱嬴香，凡是她所喜欢的事情，无不千依百顺，只差把天上的月亮拿下来。但嬴香虽然受到楚王熊居百般宠待，却从未有过笑容。

小王子满周岁时，楚王熊居终于忍不住问嬴香：“夫人自入宫以来，常常忧愁叹息，很少展颜欢笑，难道有什么不高兴的事吗？”

嬴香垂头不语。楚王熊居再三追问，嬴香才回答："小童自进宫以来，承蒙大王恩宠，并没有不高兴的地方。"

虽是这样讲，嬴香却知道当初是嫁给太子建，现在到了楚国却嫁给了楚王，这里面一定有文章。她暗地里细细盘问宫人，宫人隐瞒不过，只得把其中的缘故说了出来。嬴香听罢，禁不住凄然垂泪："想不到我身为大国公子，却被那奸险小人所害。"

但事已至此，再难挽回，嬴香每日哀泣，以泪水洗面，也于事无补，倒是从此得了一场大病，病势缠绵，久久不愈。

楚王熊居疼爱美人，广请名医为她治疗。奈何嬴香公子心中伤痛，自暴自弃，虽经名医多方调治，终不见有大的起色。楚王熊居心情烦乱，脾气变得狂暴，动辄责打宫中侍从，弄得人心惶惶。宫中侍从终日里提心吊胆，生怕一个不慎，被楚王熊居撞见，又是一顿毒打。

费无极探得这一消息，却是暗暗欢喜。他大摇大摆步入宫廷，朝楚王熊居深施一礼，说："大王，臣不才，对于岐黄之术倒也颇知一二。秦嬴之病，臣有一剂良药，可解大王忧烦。"

楚王熊居一怔，知他话中藏有机锋，便问："依费大夫之言？……"

费无极微笑道："若无把握，臣怎敢在大王面前肆意妄言？"

楚王熊居微微颔首，似乎对费无极的回答很是赞许。但他踱了几步之后，脸忽然一沉，沉声道："你可知天下名医对秦嬴的病，俱都束手无策。"

费无极神色不动，一如平常，从容答道："心病必须心药治，那些寻常草药怎能治得了秦嬴之病？"

"何为心病？依你说又该如何治法？"楚王熊居逼问。

"秦嬴心病根结，大王与臣心照不宣，不必在此处言明。"费无极在楚王熊居的严厉逼视下，毫不退缩，以极其平静的声调回答，"至于如何医治，依臣之见，只需一味丹药，即可药到病除。"

楚王熊居拧起龙眉，狐疑地盯视着费无极："怎么讲？"

"投其所好。"费无极说，"大王若肯逢仰其所欲，必能博得美人欢心。忧愁一散，秦嬴的病自然就会好了。"

"依费大夫之见，怎样做才能博得美人欢心？"

费无极见楚王熊居面色已稍稍缓和，脸上不觉露出了微笑，声音却更加恭谨："依臣拙见，大凡世间女子无不喜爱珍宝、美饰。但秦嬴生长于秦宫，寻常珍宝自然无法使她动心。大王想要博她欢心，本来着实不易，但眼下却有一个绝好的机会。大王要博美人一笑，倒也并非难事。"他讲到此处，故意顿了顿，注意到楚王熊居似乎颇愿意听他继续讲下去，这才接着说道：

“自古后宫佳丽以色侍君者，大多色衰而爱弛。倘若生下儿子，情形则又不同。日后她的儿子若能继承王位，她就可以凭着儿子的威势，安然度过晚年。而秦嬴虽然为大王生下王子，但大王早已将太子之位传给长子建，这大概就是令秦嬴忧烦的原因吧。因为她不得不为自己的将来担忧。君夫人是太子建的生母，一旦太子掌国，蔡姬势必权倾天下。现在大王宠爱秦嬴，全系出自一番好意。可是，这番好意说不定正是日后令她无辜受难的祸根呀！”

楚王熊居听罢，沉吟良久，才从牙齿缝里吐出一股寒气：“夫人，若是活不到太子即位，那倒着实省了不少麻烦。”

费无极闻言，大惊失色，抢上两步，奏道：“大王，千万不可啊！蔡姬贵为君夫人、太子之母，一旦突遭变故，事情非同小可。太子知晓内情之后，将会更加不利于秦嬴啊……”

费无极最后一句话，触动了楚王熊居，也激怒了他狂暴的本性。他无法再伪装温和谦恭的外表，“啪”地一拍面前的几案，发出震人的声响，怒喊：“我还没有老！还轮不到他来耍威风！”

费无极本意是想劝楚王熊居废除太子建，没料到阴差阳错，一场祸事降临到蔡姬的头上。他心里又惊又怕，再一次由心底感到一种莫名的惶恐和不安。

当天，楚王熊居便召集群臣，发出冷酷而威严的君令：“立即将蔡姬逐回郹阳，终生不得踏入郢都！”

他不容任何人出言劝阻。在他神威凛然的目光逼视之下，群臣噤若寒蝉，没有人敢讲一个“不”字。

楚王熊居环顾大殿，看到每一位大臣都向他俯首，所有人都无比恭顺地听他发号施令。他又一次证实了自己强大的权威，强烈的自尊心和虚荣心得到了满足。于是，他以兴奋的腔调宣布：册封秦嬴为楚国新任的君夫人。

玉阶下，群臣伏地跪拜，恭声称颂。颂声在彩饰华丽、高大雄伟的宫殿中，久久回荡。

微雨天。

斜风夹着冰冷的细雨，纷纷扬扬。风中飘过从枝头零落的花瓣。那些憔悴苍白的花瓣，也曾有过鲜艳美丽的时刻，但当它一旦从枝头上凋谢，就只有任人践踏的份儿了。

蔡姬踏着零落的残花，踽踽而行。每行一步，都仿似踏在自己破碎的心上。

她停下脚步，凝眸回望，无端地泪盈满眶。并不是为了什么离情别绪，只觉仿佛惊醒了一场噩梦。回想数十年来竟似一场噩梦，梦方醒时，人已非昨，红颜暗淡，青鬓染霜。往事不堪回首，回首处，竟感觉连高耸入云的章华台也是那么的不真实……

她深深一叹，喃喃低语：“古今如梦，又何曾梦觉啊……”

正怅然失神间，听得一个女子含泪在唤：“夫人！”

是嬴香。她穿着一袭素白色轻薄绮裙，上面零落洒下十几朵浅粉色梅花，脸上未搽脂粉，发间簪着一枚白玉雕成的曲颈卧凤。整个人看上去很雅致，带着一种极优美的风度。

“夫人，我实在对不住你！”嬴香泣声哽咽。含着泪的她，看起来憔悴凄凉，一如飘在雨中的落花，全然没有一丝为君夫人的喜悦。

蔡姬凝望着她，忽然笑了笑。这是解脱了困烦之后的笑。

她忽然感觉到，以前的自己实在太傻，为了保住君夫人的地位，处处和嬴香作对，竟然从来没有仔细看过她，从来没有发现她竟是这样美丽。现在一旦失去了君夫人的头衔，她反而感到有种解脱了的快乐。数十年来，她困在一场虚幻的梦里，也真应该醒醒了。

她仔细端详着嬴香年轻美丽的面庞，心中泛起一股难言的滋味。回忆当年嫁给楚王，哦，当时他还只是公子。那时节，她也是这样的年轻美丽。两人一见情钟，大胆地冲破礼法制度，相约私奔。那时节，她也曾被宠爱过。百般温存，千般体贴，都随着时光一丝丝地消逝了。她只落得现今被无情地抛弃。

她的笑容里掺杂进了几丝凄凉的意味。她在心里喃喃地说：“可怜的女人，你也一样无法主宰自己的命运。你或许会比我幸运，但绝不可能得到幸福。”

嬴香像是读懂了她的心语，哭得更伤心了，目光里充满了痛苦之色。她摇着头，泪水像断了线的珍珠，一颗颗坠落下来；“不！我并不比你幸运。我的苦处实在是连说也说不出来……”

蔡姬猛然惊觉，问：“难道……那件事，你已经知道了？……”

嬴香呜咽无语。

蔡姬顿觉悲从中来，扶住了嬴香的肩头，也淌下泪来。

两人正在痛哭之际，忽听马蹄声疾响，远处急驰来一乘马车。站立正中的青年，短袍革带，英武不凡，正是太子建。伍予胥站在车右侍立。

驰到近前，等不及马车停稳，太子建竟从马车上跳下来，叫道：“母亲，儿来迟了！……”

嬴香正在痛哭，猛听有人呼唤母亲，心知必定是太子建到了。她无颜与太子相见，急忙闪避了开去。

匆忙间的一瞥，只见那人清清秀秀一张脸，眉眼含着深深的忧愁。呵，这本该是她夫婿的陌路人！

嬴香内心一阵刺痛，急急掩面逃去了。

太子建见她好生面熟，竟有几分像自己的妻子，但气度高华，风姿绰约，一眼看过去不觉呆住了。

伍子胥目光如炬，看出了其中的微妙，可是并不说什么。他向一个青年走过去。

青年名叫伯嚭，看见伍子胥，忙迎上前："伍将军！……"

"惊闻恶信，我和太子才匆匆赶来，想不到在这里见到你。"

伯嚭低下了头："家父慑于大王威严，不敢直言劝解，致令君夫人无辜被逐。家父内心深感愧疚，命我代为请罪。"

"君夫人怎么讲？"

"她说：'不恨任何人，只恨当初不该嫁与君王。'"

伍子胥默然。自古以来，后宫佳丽遭遇多半凄惨堪怜。蔡姬的命运并非偶然，仅是必然中的必然。"弃捐勿复道"，既然已被抛弃，连那句话讲来亦属多余，徒增添人伤悲罢了。

"臣此次在城父，探听到一个重要消息，特来禀告大王。"费无极故意做出一幅极度紧张的样子，以期引起楚王熊居的注意。

楚王熊居果然追问："什么消息？"

费无极欲言又止："此事关系重大，臣请先行屏退左右。"

楚王熊居重重地看了他一眼，挥手示意左右侍从退下。

费无极这才开口说道："臣听说太子与伍奢有谋叛之心，暗中遣使请求齐、晋二国相助。大王不可不防！"

"我儿素性柔顺，怎会做出此事？"楚王熊居面无表情，使人猜不透他的心思。

费无极道："太子已知秦嬴为大王所换，心怀怨望，眼下在城父缮甲砺兵。他说昔年穆王杀父继位，后世安享楚国，子孙繁盛，意图效法穆王。大王若不早做决断，日后必遭其害。臣请求辞去官爵，逃往他国，免得被太子诛杀。"

楚穆王商臣是楚成王的长子，先被立为太子。后来楚成王宠爱幼子职，想要废商臣而立职。商臣得悉这一消息后，立刻发动兵变，带领兵士闯入宫中，逼迫成王自缢而亡。商臣自立为王，就是后世所称的楚穆王。后来，人们论及此事，都说楚成王以弟弑兄，其子商臣遂以子弑父，可算是天理昭昭，所报不爽。

今日，费无极提起楚穆王，直让楚王熊居一阵心悸。熊居本名弃疾，是楚共王幼子。后来，楚灵王诱杀蔡灵侯，灭亡蔡国，将公子弃疾封为蔡公。蔡公弃疾手握重权，成为楚国北方最高的军政长官。蔡国被灭三年后，蔡公弃疾施计杀害楚灵王、子干、子皙三位兄长，自立为王，改名熊居。熊居为了登上王位，杀死三位兄长，比起楚成王有过之而无不及。楚王熊居每每想到楚成王的遭遇，便觉心惊肉跳，提到楚穆王，更是触着他的痛处。

费无极看着楚王熊居阴沉不定的脸色，又说："太子是大王的骨肉，必不会像谣传所言，胆敢犯上逆父。大王可召伍奢前来，查清此事虚实真伪。"

楚王熊居心想有理，立即召伍奢速来郢都。

伍奢来到，楚王熊居劈头就问："太子建意欲谋叛，你可知道？"

伍奢见费无极站在一旁，立刻明白了：原来是这奸人从中挑拨！

他生性刚直，大声回答："大王父纳子妇已经做错了！又听信奸险小人的话语，怀疑亲生骨肉，大王于心何忍？"

楚王熊居被他说得脸红耳赤，无言以对。将秦国公子嬴香纳入后宫，这样机密的事，竟然被伍奢一语道破。楚王恼羞成怒，喝令宫中武士将伍奢押入大牢。

他却不知道，世上没有永远的秘密，即使事情做得再周详隐秘，也瞒不过别人。到了这时，不仅蔡姬、嬴香、伍奢等人知情，楚国文武众臣，几乎人尽皆知，单单瞒着楚王和太子两人。楚王自以为瞒天过海，太子蒙在鼓里，只有伍奢性情耿直，大胆言明，惹得楚王怒火中烧。

伍奢双臂被缚，仍高声叫道："大王！太子安危关系楚国社稷，决不能听信谗言，轻易废弃太子！……"

楚王熊居被他一阵高声叫嚷惹得烦怒，说道："快把这老匹夫推下去！"

众武士推搡着伍奢往殿外走。伍奢用力挣扎，试图摆脱约束，奔到玉阶前向楚王陈明是非利害。但他做不到。他一心效忠的楚王根本听不进他的话语。伍奢不由得悲从中来，仰天叫道："天啊！大王不听逆耳忠言，日后恐怕来不及后悔了！"说罢，号啕大哭。

第八章·密令杀子

楚王熊居怒道："这个老匹夫当真是疯了！竟敢在大殿上放肆乱言！"

费无极乘机奏道："伍奢竟敢当面斥责大王父纳子妇，可见他的心中是多么怨恨大王。太子知道伍奢被大王关押，能不提早动手吗？齐晋两国，兵强势重，一旦杀来，其势不可抵挡。"

楚王熊居冷冷地盯视着费无极，面无表情，一言不发。

费无极吓得向后退却："臣惶恐，臣不该在大王面前放肆乱言。"

楚王熊居说："你知道得太多，说得也太多。"

费无极出了一身冷汗，跪下拜礼。

楚王熊居说："你下去吧！寡人要静一静。"

费无极慌忙告辞离去。

楚王熊居盯着他的背影走远后，派人召城父司马奋扬来见。

奋扬接到楚王召令，急赴郢都，进入楚王宫拜见楚王熊居。

楚王熊居看着奋扬，说："寡人对你一向可好？"

奋扬叩首道："大王对臣恩宠有加，臣无以为报。"

楚王熊居颔首："太子在城父，可好？"

奋扬道："太子在城父缮甲厉兵，整顿战车战马，操练骑射，加紧耕作，聚积粮食，坚守北疆，以图中原诸夏。"

楚王熊居听得眉梢微颤，从案上拿起一封密函："你是寡人的心腹。寡人有机密之事，托付给你。你要小心办理。"

奋扬趋向前，接过密函，刚想打开来看。楚王熊居说："此事机密，不可泄露。你到城父后再打开，依照君令行事，不得有误！"

奋扬顿首："臣领命！"

楚王熊居拂袖道："你速回城父，不得迟误！事成之后，向寡人禀报。"

奋扬叩首辞别，当即乘车，星夜赶往城父。奋扬到达城父，打开密函一看，大惊失色。

此时，天已擦黑。太子建正与女齐在房中闲聊，忽听侍从来报城父司马奋扬有急事求见。太子吩咐请他进来，自己整理衣冠相见。

看见奋扬急急忙忙地闯进来，太子建心中诧异："司马何故如此慌张？"

奋扬命太子屏退左右侍从后，从袖内取出密令，递给太子，说："臣有一道大王密令，特拿来与太子过目。"

太子建接过来，一看，顿时吓得腿都软了，拿着密令的手，也簌簌颤抖。

只见上面写着两行字：

杀太子受上赏！

纵太子当死！

太子建面色惨白如死，跌坐在锦茵上，看也不看奋扬一眼，有气无力地说；"司马要杀建，尽管动手好了。建不敢反抗！……"

奋扬见太子建这般颓丧无用，一团怒火直冲上来，怒声道："臣欲杀太子，何必夜晚独自前来？"

太子建用无神的眼睛看着奋扬："司马此来，莫非还有别的事情？"

奋扬急怒攻心，再也顾不上什么尊卑礼仪，一把将太子建拉起来，压低嗓音，吼道："费无极欲借大王之手，致太子于死地。天下人皆知，太子难道真的不知道？城父城中，不少人已被费无极收买，太子此时不走，再拖延下去，想走也来不及了。臣言尽于此，是去是留，请太子自己决定吧！"

太子建惊得呆住了，不敢相信自己的耳朵。

内室中的女齐早知费无极的狠毒心计，见奋扬行色异于平日，便躲在屏风后偷听他们的言语。女齐听到这时，眼泪已流了下来。她从屏风后走出来，拉着太子建，夫妇两人一同跪在奋扬面前，流泪说："多谢司马大恩！……"

奋扬慌地也忙跪下："臣如何经得起如此大礼，折杀臣了！"因女齐就在面前，闪避不及，只得低头叩首，不敢抬头相见。

女齐泪流满面，泣声哽咽："司马相救大恩，我夫妻无以为报……"

奋扬双手扶两人起身，说："太子……你们，还是赶快逃命去吧。"

女齐泣道："司马虽不杀我夫妇，但楚王势大，费无极心肠狠毒，天地虽阔，哪里有我二人容身之处啊！"说着，泪珠儿又一连串地滴落下来。

奋扬深感为难。不杀太子，已违君令。难道当真要公然反叛楚王不成？

"司马！"太子建脸上连最后的一丝血色也褪尽了，嘴唇竟也发起抖来，抢上去拉住奋扬的衣襟，如同抓住了最后一根救命草。他双腿一软，又跪在地上，颤声道："求你一定要救救我们！现在只有你能救我们了。你一定有办法救我们的，对不对？”

奋扬看着太子建，很奇怪自古以勇武著称的楚国怎么会有这样一个懦弱无能、贪生怕死的太子！跪在他面前的这个人，倘若不是贵为太子，他早已在他无耻的脸上掮一顿耳光，甚至将他处死！以免得楚国蒙羞。可是……

奋扬别转脸，说：“赶快收拾东西，我送你们走！”

逃命要紧，寻常的物件都被丢下，女齐收拾起金银珠宝，连同价值不菲的器物，打成一个包裹，提在手上，另一只手抱着儿子胜，和太子建一起悄悄地溜出后门。

门外，奋扬已等候在那里。扶太子建、女齐登上车，他吩咐车上的心腹兵士：“速速逃离楚境，投奔宋国去吧！”

太子夫妇走远之后，奋扬自思违逆君令，罪不可恕。于是他让属下将自己捆绑起来，押解到郢都，来见楚王。

奋扬被绑得结结实实，跪在楚王熊居面前请罪：“臣罪该万死！太子已逃走了。”

楚王熊居大怒：“寡人将密令交在你手，并没第三个人知道这件事，是谁如此大胆告诉太子？”

奋扬回答：“臣不敢欺瞒大王，是臣自作主张，禀告太子。”

楚王熊居勃然作色，厉声喝道：“好大的胆子！竟敢违抗寡人的命令！”

“臣万死也不敢违抗大王的命令。”奋扬叩首说道：“臣记得辅佐太子出镇城父之时，大王也是在这里召见臣，大王曾对臣说：‘以后侍奉太子，要像侍奉大王一样尽心竭力。’臣谨记大王的教诲，侍奉太子从来不敢有二心。臣奉大王先前的命令，不忍按照大王后来的君令行事，所以放走太子。后来，臣虽然想到，放走太子，有违大王的君令，但后悔已经来不及了。”

“你私自放走太子，又胆敢来见寡人，不怕死吗？”

“不能听从大王的命令，已经犯下罪过。因为怕死而不来向大王请罪，就增加了新的罪过。何况太子并没有叛逆的事实，杀掉他没有正当的罪名。臣放走太子，假使能够保全大王儿子的性命，臣纵然被处死，也深感荣幸，虽死犹荣。况且，楚国地域辽阔，尽在大王掌控之中。纵然逃到国外，以楚国的威势，天下虽大，也没有人敢收留被大王问罪的臣子。臣无处可逃，所以来向大王请罪！”

楚王熊居听了奋扬的话，有些感动，沉默了很久，说：“你虽然违抗君令，但你为君尽忠，生死不计，很令寡人感动。寡人今次不计较你的罪过！”于是赦免了奋扬，让他继续担任城父司马一职。

赦免了奋扬的罪，伍奢还关押在大牢内。楚王熊居心想费无极巧计百出，上次派奋扬杀太子一事，没有和费无极商量就让太子逃亡而去，于是找费无极来商议，如何处置伍奢。

费无极说："伍奢公然污蔑大王，且对大王痛恨入骨。如果轻易放过，就是放虎归山，留下祸患。"

楚王熊居沉吟说："伍奢一族世代重臣，辅佐先王有功，何必苦苦追究？革去他的官职即可。"

费无极说："大王，即使伍奢可以宽容放过。但他有两个儿子：伍尚、伍员，都是人中豪杰。他们知道父亲被大王问罪，必定对大王心怀不满，思想报复，日后必是楚国的大患。"

楚王熊居说："依你之言……"

费无极说："斩草除根，方能消除祸患。不杀伍尚、伍员兄弟二人，必然遗祸无穷。"

楚王熊居问："伍员是一代名将，盖世无敌。依费大夫之见，派哪位臣子前往，能够诛杀伍员？"

费无极早已计划周全，不慌不忙地说道："伍员凶如猛虎，不可力敌，只能智取。臣举荐一人，伍员必死无疑。"

楚王熊居问："什么人，如此了得？"

费无极答道："伍奢！"

楚王熊居闻言，哈哈大笑："费大夫果然智计百出，真亏你想得出来。"

当即把伍奢从狱中提出来，楚王熊居温言说道："你教唆太子谋反，本当斩首示众，寡人念你祖先世代有功于楚国，不忍加罪。你可以写一封书信，召两个儿子前来郢都，改封官职。"

伍奢心底惨然，心想："楚王真的要加封官职，可以亲自传旨。现在让我写家书，明明是怕杀了我，将来我的两个儿子为父报仇。楚王熊居的用意是想用自己的手书，把伍尚、伍员二子骗来郢都，一起斩首，斩草除根，以绝后患。"

抬眼看到站在楚王身旁的费无极，伍奢明白了：又是这个奸佞设下的毒计！

伍奢向前膝行，叩首哀求说："大王！念我伍氏一族，世代为楚国尽忠，满门忠烈，今日我伍奢有罪，任凭大王发落。二子何辜，何苦要祸及臣的子孙？今天，让臣写手书，传二子前来郢都送死。大王，你于心何忍啊！"

楚王熊居被他一语道破，羞怒成恨，心中暗骂老匹夫实在该死，为什么每次都要说破寡人的心事？喝道："老匹夫，你只管写来！何必多言。"

命人在殿上设一张几案，让伍奢立刻写家书。

伍奢坐在殿上，手抚竹简，心中思量："写，还是不写？写下手书，就是让二子前来送死，于心何忍？不写，大王怎能饶过自己？不知道会施用毒刑？还是另设毒计？”

伍奢左右思量，说道：“大王！臣长子尚，慈温仁信，见到臣的书信必定前来。次子员，素有经文纬武之才，远见卓识，决不会轻易来的。”

楚王熊居说：“你听寡人之言，写下书信便是。他们来与不来，与你并不相干。”

伍奢不敢抗违君令，只得提笔写下家书。

费无极见他写完，拿过来一看，只是上面写着：

“书示尚、员二子：吾因进谏忤旨，待罪缧绁。大王念我祖上有功于先朝，免却一死，将使费无极等群臣商议以功赎罪，改封尔等官职。今奉王命，尔兄弟可星夜前来。若违命延迟，必至获罪。书到速速！”

费无极看过家书，手抚胡须，看着伍奢，心中暗笑：“老匹夫，你在信中写上我的名字，又写明奉王命，明明是告诉你的两个儿子，这封信是被大王强迫写就，是我出的主意。我岂能让你的奸计得逞？”

于是，费无极微笑说：“伍太傅，小臣贱名有辱贵目，何必提及。大王命你写家书这句，也不用提起。伍太傅，请把这两句抹掉，再重新写一份家书。”

伍奢气得浑身颤抖，看着费无极，心里说：“奸贼！你好狠的心！我如果按你说的写下家书，我两个儿子必将丧命于你们君臣之手！”

无奈之下，只得按照费无极所说，修改家书。费无极审看过，呈给楚王熊居看过后，将书信缄封停当，仍旧将伍奢收押，关回牢狱。

楚王熊居派右领鄢将师为使者，驾着四匹马拉的公车，手捧封函印绶，前往棠邑。

鄢将师到达棠邑，这才知道尚君伍尚已到城父。他急忙又赶到城父，一见伍尚，就兴冲冲地嚷着：“贺喜！贺喜！”

伍尚此时已知父亲被囚禁之事，愁眉不展地说：“父亲被囚禁狱中，何喜之有？”

鄢将师道：“大王误信人言，囚禁令尊，幸亏有群臣代为求情，劝大王说伍氏一族，世代忠臣，请求大王格外开恩，赦免罪愆。大王果然悔悟，免除令尊一切罪名，反封为国相，封二子为侯，君被封为鸿都侯，伍将军赐封盖侯。令尊久禁初释，思念二子，特地派遣臣来奉上印绶，又写了亲笔书信一封，嘱臣带来。请君侯与伍将军速速登程，也免得令尊挂念。”

伍尚没有料到事情竟然有此变化，一时又惊又喜，说道：“听说父亲被囚禁，心里如刀割一般痛苦，吃饭睡觉都不能安心，昼夜思念，担心父亲安危。能够免除父亲的罪名已是万幸，哪里敢贪图印绶？”

鄢将师笑道：“这是大王的恩赐，鸿都侯想推也是推不掉的。”

伍尚大喜。鄢将师接着说："怎么不见伍将军？这天大的好消息，也该告诉他一声，让他也高兴高兴。"

伍尚来到内室，把父亲伍奢的书信拿给伍子胥看："子胥，父亲幸免死罪，我们兄弟二人都被封为侯爵。报信的使者现在前厅，你赶快出来相见。"

伍子胥心中生疑："父亲得免死罪，已是不幸之中的大幸。你我兄弟二人近来并无战功，怎会突然被封侯？兄长不必匆忙，此事要仔细思量才是。"

伍尚道："现有父亲亲笔写的书信，难道还会有假不成？"

伍子胥道："此事疑点重重，据员推想定是楚王设下的计谋。以封侯为饵，用父亲亲笔书信来打动你我兄弟，目的是要诱我们前去郢都……"伍子胥说到这里，突然站起来："这样推想，此去必是凶多吉少，到了郢都，一定会被杀死！"

伍尚怒道："亲莫亲过父子骨血之情。父亲为什么要写下家书，害自己的儿子？可知你在乱讲！"

伍子胥耐心解释："大王知道杀害父亲后，我们兄弟两人必定会为父亲报仇，以雪冤仇，所以强迫父亲写来书信，骗我们去郢都，和父亲一齐受死，为楚国翦灭将来的祸患。"

伍尚道："这都是你的猜测，并没有实据。我若听了你的话，不遵照父亲的意思前往郢都，万一父亲的书信上所写属实，并没有欺骗我们，我们犯下不孝之罪，又怎么向父亲解释？"

伍子胥见他不相信自己的话，便问："请问兄长，此次前来报信的使者是哪一位？"

"鄢将师。"伍尚不明白伍子胥何以有此一问，"子胥为何有此问？"

"兄长可知道这鄢将师是何许人？"

"他官居右领。"伍尚问："难道有什么不对？"

"兄长！"伍子胥叫道，"你可知他是怎么当上的右领？他与费无极结为一党，同流合污。费无极在大王面前极力保荐，他才得到了这一官职。此番父亲蒙难，正是拜费无极所赐，鄢将师今日此来，怎能有什么好意？"

伍尚迟疑道："子胥所言，未免失于武断。我不相信会欺骗我们。"

伍子胥叹息："兄长，你为人温良仁慈，注重信义。你可曾想过，世上并不是所有人都像你一样善良。兄长请想，父亲的家书，为什么不派家臣前来，而是派遣右领鄢将师前来？鄢将师是朝廷高官，父亲哪里有这么大的权力，怎么可能派他前来送家书？只有楚王才调得动他。"

他拿过伍奢的亲笔书信，看了又看，沉默良久，说道："这封书信的确是父亲的笔迹不假。但大哥可曾注意到这封信的语气，真的很奇怪。楚国与中原诸夏不同，文风华采绚丽，飘逸悠长。父亲这次的书信与平时所写完全不同。这封书信短而简洁，显然是在急迫的情况下写就的。依照常理，父亲死罪免去，改封国相，心情自然是轻松舒畅的，何以如此急迫？”

他接着说下去：“更令人奇怪的是，书信的内容只有五句话，其中有三句是催促我们速到郢都的。”他向伍尚指点着，并念出声来：“兄长，请看‘尔兄弟可星夜前来。若违命延迟，必至获罪。书到速速！’这一句，其他内容都很简洁，为什么会反复强调要我们速往郢都呢？”

“既然说明了要加官晋爵，为什么还要这么紧张，一而再，再而三，不厌其烦地催促，为什么？难道怕我们不去？笑话！放着天大的好事不要，我们兄弟可没有笨到那步田地！那为什么会这般苦苦催逼？原因只有一个，这封书信是催我们去送死！生怕我们去得迟了，夜长梦多，会有什么意外发生，使我们父子三人不能同时被杀害！”

伍尚起初对伍子胥的话还有些怀疑，但听着听着，他的脸色苍白了，连退了两步才站定，哑着嗓子，说：“够了！够了！你别再说了！”

伍子胥的分析，揭穿了这个阴谋，使伍尚直面人生的残酷。这一击使他几乎晕倒。

伍尚眼里流下泪水，叹息说：“不听父亲的话是不孝，不听君命是不忠。这封书信，不管是父亲所写，还是君王强迫父亲写下，如果不遵行，就是不忠不孝啊。”

第九章·灭门之祸

伍子胥说："何为忠？有利于国家才是忠。何为孝？有利于家的才是孝。君是昏君，听从昏君，何以利国？怎么能谈得上是忠？父亲被昏君威迫。家书是假的。遵从家书，则不利于家，不必听从。"

伍子胥抱住伍尚的肩膀："兄长，咱们快逃吧！迟了，就来不及了！"

"不！"伍尚把伍子胥的手从自己肩上推掉，说，"我不能这样做。"说话时，声音已哽咽。

伍子胥一怔，冷笑道："兄长现在还不相信我的话？连命都快保不住了，兄长还想做什么鸿都侯？"

伍尚不想多言辩解，说："我并非贪图侯爵，只是想见到父亲。"

"兄长！"

伍子胥自责误会了伍尚，想要道歉。但刚开口，只唤了一声"兄长"，喉头一阵哽咽，咽住了下面要说的话，心里说不出是什么滋味。隔了很久，才说道："楚王逼迫父亲写书信前来，一定是畏惧我兄弟握有重兵，不敢贸然杀害父亲。兄长千万不要赶赴郢都，我兄弟活在世上一天，楚王畏惧你我勇武，一天不敢杀害父亲。兄长如果执意前往，必定会和父亲一同遇害。兄长到达之日，就是父亲的死期。"

伍尚眼里流下泪来："父子亲情，血肉相连，难以割舍，若能见到父亲一面，就算立刻死去，我也甘心！如果上天佑护，父亲得以免难，不至于枉死，我就心满意足了。"

伍子胥见他不听劝阻，执意前往，仰天长叹道："和父亲一起被诛杀，只能是于事无补！血海的冤仇不报，遭受的耻辱不用血来清洗，伍员难以甘心！兄长一定要去郢都，做兄弟的只好从此告别了！"

伍尚满怀悲伤："楚王势大，子胥，你又能走到哪里？"

伍子胥神色坚定："如今楚王势大，无法报复仇冤，我要远走异国他乡。哪怕是走遍天下，我也要找到有能力击败楚国的国家。我要借助这个国家的力量打击楚国，杀死楚王，为父亲报仇！此仇不报，誓不为人！"

伍尚擦干眼泪，说道："我的文武才略都不如子胥，不能为父亲报仇。子胥文武全才，长于谋略，父兄的仇恨，你可以报复。我将按照父亲书信所说，回返郢都，能够和父亲生存在世上，是上天佑护。如果难免一死，能够以死殉父是为了实现孝道，你保存生命是为了替父报仇。大家的志向相同，只是所采取的方法不一样罢了。推测成功的可能性而行动，这是仁义；选择重任而前往，这是智慧；明知必死而不逃避，这是勇气。父亲不可以抛弃，名誉不可以毁掉，这样总比两个人跟在一起好。你努力吧！你一定要为我和父亲报仇雪恨！只可惜，从今往后，再也无法相见了。"说罢，掩面大哭。

伍子胥撩衣跪在地上，向伍尚拜了四拜。想到从此一别，兄弟俩再也没有相见之期，也是泪如雨下，两个人抱头痛哭。

之后，伍尚拭干泪水，说："你不前去郢都，鄢将师如果问起来，怎么办？"

伍子胥说："兄长就说我不愿入朝为官。"

伍尚说："他会甘休吗？"

伍子胥冷笑："天下谁人敢撄我伍员的锋芒？一个小小的鄢将师，给他天大的胆子，也不敢在我面前放肆。"

于是，伍尚走出来，对鄢将师说："子胥不愿封爵，不肯一起回郢都。"

鄢将师知道伍子胥厉害，不敢多加勉强，只得同伍尚登车，一起返回郢都，来见楚王。楚王熊居一见伍子胥没有前来，登时大怒，喝令将伍尚关进大牢，命令武城黑大夫带领二千精兵，前去城父捉拿伍子胥。

自从伍尚随鄢将师一同去后，伍子胥担心父兄安危，坐立不安，心绪难宁，派心腹家臣前往郢都探听消息。这一天，家臣回来禀报，楚王派军士前来捉拿伍子胥。

伍子胥听了，流泪叹道："楚王既然明目张胆派人前来拿我，父兄在郢都恐怕已是凶多吉少了。"他亲情连心，这些天来本已忧虑烦躁至极，骤然闻此恶信，心中悲痛难禁，突然一口鲜血喷在地下，昏死过去，

直到夜晚，伍子胥才悠悠醒转。灯光下，只见妻子贾氏正在擦拭七星宝剑，看见他醒来，微笑说："你总算醒了。"然后，她站起身说："我去给你弄点吃的来。"

伍子胥说："我吃不下。"

贾氏说："你大半天没有吃饭了，饿着肚子怎么能走远路？"

伍子胥纳罕问道："我要去哪里？"

贾氏说："离开城父，离开楚国，不管到哪里，总之要走得远远的。"

伍子胥带怒问道："谁说我要离开城父？"

贾氏问："楚王派兵前来捉拿你，你不走，又能怎样？"

伍子胥傲然道："兵临城下，只有一战。我伍员生平经过大小战役无数，何时惧怕过？"

贾氏又问："你武艺超群自然不怕。可是城父的军民都要平白遭受连累，你于心何忍？"她又接着说，"你纵然取胜，楚王还会继续派兵前来缉拿。你打得过一个，也打得赢整个楚国吗？"

她一连两问，问得伍子胥哑口无言。

贾氏说："楚国不是将军久留之地。将军想要为父兄复仇，只能远走异国他乡。忍下心头恨，待到他朝，雪复深仇。"

"多亏良人提醒，不然伍员今日险些做下错事。"伍子胥不胜感激。

贾氏将伍子胥随身衣物打成一个包裹，连同宝剑一起，递在他手里，说道："将军，趁天色未明，正好及早赶路。天亮再走，只怕就迟了。"

伍子胥将宝剑系在腰间，左手提着包裹，右手携起贾氏："好！我们现在就走！"

贾氏凄然笑道："将军虽然有盖世的武功，独自逃生，也非易事。婢子无知女流，不会武艺，只能拖累将军。将军快走吧，不必挂念。"

伍子胥怒道："你我夫妻一场，怎能事到临头，将你丢下？这话怎么说的！我平生从未遇过敌手，岂会连自己的良人都不能保全？"

贾氏说："将军勇武无敌，举世皆知，但投奔异国，远路迢迢，辛苦奔波，婢子不能受奔波之苦，还望将军体谅。"

伍子胥黯然叹息："我今避祸远走，留下你，只会连累你遭受罪愆啊。此地绝不可留！"

贾氏见他犹豫迟疑，不肯即行，知道是为了挂念自己的缘故，当下说道："将军身负父兄冤枉，岂有不思报复，一意担心惦念妇人的道理？你及早登程，勿需掂念婢子！"

说话时，衣裳已透出殷殷血迹！

伍子胥惨然心痛，叫道："良人！"

原来贾氏竟早已将一柄短剑隐在衣内，说话时，已经以利刃自戕。

伍子胥武艺高强，本可察觉，但他正值危难之际，夫妻分离之时，心乱如麻。伍子胥全然没有料到贾氏竟会自杀，以绝他思念之苦，更没有料到她将短剑藏在衣内。待到他惊觉之时，妻子的鲜血已经迸溅出来。

伍子胥心中伤痛，流泪道："你……何苦如此？"

贾氏命在垂危，呼吸极为急促，脸因痛苦而抽搐。她虽疼得厉害，却仍是强作欢颜，露出温柔的笑容。

伍子胥心痛更甚，抱着妻子的身子，放声大哭。他哭了一阵，发觉妻子渐渐瘫软下来，探她鼻息，已经气绝身亡。生平与妻子共处时的种种情景一齐涌上心头，一桩桩温馨情事于今记起犹觉甜蜜，然而，往事未忘，玉人已殒，越思越想越觉伤心、悲痛，热泪奔涌而下，落在贾氏尸身上，打湿了一大片。

他哭了一会，才想起总不能让妻子尸体暴露在外，便将尸体抱入后园，在一株花树下掘了个坑，把尸体放入坑里。他见短剑深入身体，不忍拔出，呆呆地望着贾氏的脸，瞧了半晌，这才捧土掩上。伍子胥又痛哭了一场，才缓缓地站起身来，擦干脸上的泪水。他尽情痛哭之后，神思已渐清醒，想起妻子临终前嘱咐，要及早登程。他望望天际，星隐月残，眼看即将天亮，当下不敢怠慢，换上一袭素色衣袍，取下壁上挂的宝雕弓，斜挎在肩头，背插竹节青铜鞭，腰间佩带祖传的七星宝剑，骑上梨花马。伍子胥考虑到此去沿途之上必然有重重险阻，他多携羽箭，腰间两袋，马上六袋，共携八袋羽箭，放策一骑，出城父向东飞驰而去。

伍子胥行到中途，暗自思量手下一干部属俱都忠心为己，此番远走异国，却未曾告知他们，未免失之鲁莽。他心下想着，不觉拨转马头，向来路奔去。伍子胥这样行出十多里地，忽然停住，心中暗想："父兄被囚郢都，妻子自戮丧命，伍氏一门如今只剩下妇孺老小，能报得深仇的唯有我一人，以后行事该当处处小心谨慎，一步走错，失掉性命事小，可叹伍氏的冤屈再无人替己伸张。"他这样想来，便觉大可不必返回城父。他来回往返，耽搁时日不提，倘使城父中暗藏有郢都的密探，探得自己逃亡的消息，预先报给楚王得知，那可当真是大大的不妙了。他心意已定，再无犹豫，打马向东飞驰。

当武城黑率领众多军士来到的时候，伍子胥已去远，只剩下一座空院落。武城黑犹不甘心，命令属下四处搜查。官兵凶恶似虎，直搅得家家不宁，人人不安，仍是一无所获。

肩负重任，武城黑不敢有丝毫泄怠，运用平生的智慧努力思索："伍氏父子因涉嫌太子谋反一案获罪，如今太子已逃往宋国。伍子胥会不会追随太子，也去了宋国？"

武城黑急忙赶至北门，仔细盘问把守城门的军士，可曾放伍子胥出城？守城的军士异口同声回答："不曾看见伍子胥出此门。"武城黑犹豫之际，忽见军士飞奔而来，禀告说："夜晚曾见伍子胥单人独骑出东门而去。"

武城黑闻言，暗吸一口冷气。出城父往东，再沿江而下，便是吴国。吴楚世代结仇，征战连绵不断。近年来，吴国势力不断增强，隐然几与楚国分庭抗礼。伍子胥此去若到达吴国，以他的才能，再借助吴国的兵力，反扑回来之时，只怕楚国连宗庙都将被毁掉！

武城黑忙令属下军士向东疾追不舍，一直追到旷野才赶上伍子胥。

武城黑站在车上，高声喊道："伍将军！"

伍子胥回头见武城黑率领军士追赶上来，知道无法走脱，于是勒马立在当地，马上拱手，说道："马上不便施礼，武城大夫莫怪。"

"好说，好说。我往城父探望将军，将军何故不辞而别？累得我好一阵急赶。"

武城黑嘴里说着话，却不下车过去与伍子胥相见。两人言语间讲得客气，但双方对峙，空气里已弥漫出杀气。

伍子胥说："大夫可是奉了楚王之令，前来捉拿我？"

武城黑自觉尴尬，强笑道："将军说哪里话？大王想请将军同回郢都参议要事，怎会捉拿将军？"

伍子胥冷笑道："请我伍员回郢都议事，可犯不着大夫带领这许多人来。"

武城黑脸色一变，又听伍子胥接着说道："熊居生性残忍，连杀三位兄长，亲生骨血——太子建都不肯放过，我们这些臣子，怎敢奢望他宽容放过。我伍氏一门遭奸人陷害，早知道他不会放过。大夫若不杀伍员，只怕也难辞其咎。大夫不必客气，还是及早动手吧！"

武城黑道："诚如将军所言，大王之命，武城黑不敢违抗，说不得要得罪了。"

伍子胥道："既为敌对，难免一场厮杀，剑戈无情，伍员要得罪了！"

说罢，他从箭囊里抽出一支羽箭，搭在弓上，手中弓弦一松，箭去如飞，射向侍立于武城黑身侧的车右。

伍子胥声名威震列国。车右来不及闪躲，只吓得面如死灰，怔了半晌，才发现自己安然如故，并没有受伤。惊骇之余，他左右四顾，不明白伍子胥为何竟射偏了。

武城黑脸已惨白。他看得明白，伍子胥一箭射出，正中车右手中握着的长戈。那支箭，端端正正射中了戈的长柄。

武城黑惊骇得肝胆俱碎，只见伍子胥又从箭囊中抽出羽箭，搭在弓上，那箭头正瞄准着他。武城黑知道他箭术惊人，吓得全无人色，"扑通"跪倒，哀声求饶："将军饶命！将军饶命啊！……"

伍子胥冷冷道："我本该杀了你，但念在你我素无仇怨，我今日且饶你一命。"

武城黑死里逃生，感激涕零，连连道谢。伍子胥说："你回去告诉熊居，他要想保存楚国宗庙社稷，必须保存我父兄的性命。如若不然，我一定带兵灭亡楚国，亲手斩下他的头颅，方能泄我心头之恨！"

由于极度的悲愤，伍子胥眼睛里充满血丝，目光冷厉可怖，令人看后不寒而栗。他这番恶毒的话语，更令武城黑听得心惊胆战，连忙满口答应，抱头鼠窜。武城黑带领部属，一路奔回郢都，将详细情形告明楚王。

楚王熊居听了，大怒。他拍案而起，怒喝："好大的胆子！他竟敢要挟寡人，太猖狂了！"

左司马沈尹戌忧心忡忡，在旁劝道："伍员言出必践，并非是要挟。他才智超群，若再加逼迫，日后必为楚国大患。大王不如善待伍奢父子，伍员定会感念大王恩德，幡然悔悟，来郢都向大王请罪。"

楚王熊居气冲斗牛，根本听不进沈尹戌的劝解，怒声道："楚国上下人才济济，难道会怕一个伍子胥？我现在就杀死他的父兄，杀尽伍氏满门，看他能奈我何！"

楚王熊居立刻传令费无极，将伍奢、伍尚父子及伍氏一族老小押往市曹处斩。

刑场上，伍氏一族男女老少皆被绳捆索绑，跪在地上，一共三百余口，放眼望去，黑压压一大片待罪的囚徒。众人惊慌恐惧之情，不可名状。又因为受了冤屈，无处申诉，不少人泪流满面，却碍于伍奢事先的告诫，不敢放声大骂、痛哭，只是呜咽暗泣。几个未成年的孩童瞪大惊恐不安的眼睛，直往母亲怀里躲。做母亲的柔肠寸碎，也只能以泪洗面，无可奈何。

这三百多名死囚中，只有伍奢、伍尚父子两人神态平静，毫无惧意、怒色。伍奢、伍尚互相凝视，目光久久不能分开，只为永诀前最后的一眼，只怕从此坠落黄泉，永难再期。

"大王逼迫我写下家书，骗你前来郢都，害你屈遭斩刑。你——恨我吗？"伍奢问。

伍尚面色沉静，一如平常。他甚至笑了一下："儿子早知此行是来送死的。"

伍奢的心抽动了一下，像是伍尚温和的笑容刺痛了他某一个十分脆弱的部位。

"你明知此行必死，还是要来？"

"父亲要儿子来，儿子便来。不管是生，是死！"

伍奢感觉那份刺痛在扩大，在蔓延，在吞噬着他的心，痛到了骨髓里。

他的目光也交织着痛楚："你不怨恨父亲？"

伍尚望着他，眸光清澈湛然，反问："父亲可曾怨恨过大王？"

伍奢万料不到他这一说，顿时心潮起伏，汹涌澎湃，热乎乎的。

"儿子心中好恨。"伍尚道，"恨费无极谗言惑主，杀害忠良。"

伍奢摇头："他并不可恨，也不值得恨。"

此时，费无极大摇大摆地走过来，说道："时辰已到，你们还有什么话要讲吗？"

伍奢仰天长叹："哎，子胥不肯屈死于此。我只担虑楚国君臣，从今以后，再也无法安然寝食了。"

提到伍子胥，费无极脸上一阵抽搐，嘿嘿地阴笑两声，冷冷道：“自身性命尚且不能保全，就少替别人担虑些吧。”

费无极转过身去，厉声下令：“斩！”

伍奢父子神态安然，引颈受戮。

围观的众人无不泪下。呜呜咽咽的哭泣声，给充满森冷杀气的刑场笼罩了一层悲伤的氛围。天地也仿佛为之变色，昏沉沉，惨凄凄。黯然无光的太阳被乌云吞没，天地间陡然起了一阵悲风，幽凄回旋，不忍遽去，像是冤死的魂灵。

楚王宫内，嬴香抱紧怀里的王子珍，浑身起了一阵战栗。她向四下张望，问随侍的宫女：“是谁在哭泣？”

宫女回答：“没有人哭泣。”

嬴香柔美的声音有些颤抖：“我听到悲哀的哭泣声，是谁在这里哭？”

宫女脸上露出惊惶之色：“君夫人在此，无人敢大胆惊扰，并没有人在此哭泣。”

嬴香咬紧嘴唇：难道只有她一个人听到这悲伤的哭泣声？虽然是正午时分，她只觉得遍体生寒。

第十章·令尹阳匄

怀抱里的王子珍突然哇哇地哭泣起来。嬴香抱着王子珍，耐心劝哄，但一向乖巧听话的王子珍却哭得越发响亮，脸上满是泪水，小手向空中乱抓，两只小脚也一起乱踢起来。

嬴香将脸贴在王子珍肉嘟嘟的小脸上，在他耳边喃喃地轻语劝慰。王子珍这才渐渐地止住哭声，用满含热泪的眼睛看着母亲，像是满腹委屈，却无法说出。

佩玉声响，是楚王熊居。他还没走进大门，已向王子珍展开怀抱，笑着嚷道："珍儿，快来让父王抱抱。"

他兴冲冲地走进来，看到嬴香母子两个满脸泪水，惊地呆住了。

楚王熊居怒目瞪视着一旁的宫女："是谁竟敢惹君夫人、王子伤心落泪？"

众宫女吓得跪伏在地，不敢出声回答。

嬴香劝解："是珍儿，刚才不知道因为什么，突然哭了起来。"

楚王熊居这才释怀，呵呵笑道："珍儿怎么哭起来了？珍儿从小就和别的孩子不一样，整天笑个不停。父王都听不到珍儿的哭声。"

嬴香示意宫女起身，将王子珍送进楚王的怀抱里。她打量着楚王的脸色，见他似有余怒未消，猜测又是为国事忧烦，随口说："大王最近为什么事烦闷？连珍儿也觉出来了。"

楚王熊居眉头微皱："是伍奢那个匹夫，居然敢顶撞寡人。寡人将他一门斩首示众了。"

嬴香惊得说不出话来。过了半晌，她才轻轻说："伍奢的次子伍员，天下无敌，就轻易束手被擒？"

楚王熊居拧起眉头："被他逃走了。"

嬴香望着楚王，又看看在他怀抱中挣扎乱踢的王子珍，只觉一颗心慢慢沉下去，沉入无底深渊。

楚王熊居不愿意再想令他不快的事情，用手逗着王子珍，说："珍儿生得聪明伶俐，寡人要将他立为太子，将来继承寡人的王位。"

嬴香垂首道："太子建深得臣民爱戴，小童岂敢妄想。"

楚王熊居闷哼："夫人休再提起。他胆大妄为，妄想谋反叛逆，阴谋败露，现已逃亡宋国去了。"

嬴香愕然，细细思量，已猜出其中端倪。她无法为太子建辩解，只得说道："珍儿年纪最小，大王若有意改立太子，可在公子子西、子期、子闾等人中择贤选立。这几位公子都是珍儿的兄长，选贤立长，才是社稷永固的根基。"

楚王熊居说："子西、子期、子闾等人都不是君夫人所生。寡人虽然子嗣众多，唯有珍儿是嫡子。立嫡子为储君，名正言顺。几位公子决不会有非分之想。"

嬴香深知内宫凶险，不忍将王子珍置于险境，推辞说："珍儿年纪尚小，立为太子，太过宠溺，有损福德。以小童之见，还是迟几年再议此事。大王春秋鼎盛，何必急着立储君呢？"

楚王熊居微笑道："夫人，有所不知。我楚国与天下列国皆有所不同，自古以来，都是幼子即位，国祚方才稳固。先君共王，共有五子，寡人年纪最幼。共王去世后，王权几番更迭，直到寡人即位，与民休息，楚国方才摆脱内乱之苦。虽然寡人也薄有寸功，但天佑我楚，幼子为王，楚国才能够兴盛。可知幼子得到太一神的佑护，珍儿自会逢凶化吉，福德绵长。"

他一边说着，揽嬴香入怀。他一手抱着王子珍，一手揽着嬴香，温言道："寡人知道一向亏欠于你，心中着实不安，立珍儿为太子，略可弥补一二。夫人，再不要推辞了。"

嬴香感激他的深情，低首无语，柔肠百转，苦于无法说出。她只能微微颔首，接受楚王的一片心意。

楚王熊居大喜，笑道："夫人答应了。寡人这就命人撰写君令，让观从占卜良辰吉日，准备册立珍儿为太子。"

嬴香看着他得意欢笑，心中愁苦难言，深深为楚王的命运担忧。

几日后，册立王子珍为太子的仪式隆重举行。楚王庄严地宣布君令，群臣俯首拜贺。头戴高冠、身穿华彩衣饰、腰佩玉剑的卜尹观从向天神祭拜，禀告楚王册立太子的吉信，在燃烧着的兰蕙香草上烧烤香喷喷的牲肉，奉上芳香甜美的桂酒、椒浆。钟鼓敲响，竽瑟齐奏，一众美丽的巫女在神前翩翩起舞，彩裳飘飞，诚心祈拜灵神赐福于太子珍。

嬴香看着眼前缭绕的香气、华美的女巫、摆满祭品的玉案，心神有些恍惚。这里和她从小生长的秦国是完全不同的。秦国民风刚健豪放、粗犷质朴，何曾有过如此浪漫唯美、多情缠绵的韵致？而强悍、尚武的精神，则是秦、楚两国共有的。

这样多情、浪漫的国度，不是她的父母邦国。但她贵为君夫人，这里是她的国邦。未来的楚国将在她的儿子掌控之下，变得更加强盛，威名震慑天下列国。

仪式结束后，楚王熊居派人向秦国报信，宣告：王子珍已经被册立为太子，是楚国未来的国君。秦楚两国姻亲永固，盟誓长存。

楚王熊居本来打算派费无极前去。向秦国求亲、迎亲都是费无极操办，但费无极巧言善辩，将事情轻轻巧巧地推给令尹阳匄。他的理由十分充足：阳匄，是楚穆王的曾孙，王室后裔，官居令尹，贵为百官之首。由他出面，更显出楚王对君夫人嬴香和太子珍的重视，更有利于巩固秦楚两国联盟。

阳匄明知费无极阴谋，又知他深得楚王宠信，不屑与他计较。阳匄接到王命，毫不推辞，准备聘礼，出使秦国。

秦楚两国，相距遥远，中间更山川阻隔。阳匄不畏道路艰难，千里跋涉，带着丰厚的聘礼，赶到秦国。

按照惯例，天下列国都设有馆舍，供使者歇息食宿。阳匄贵为楚国令尹，更应该受到盛情款待。出乎意料的是，秦国居然馆舍大门紧闭，并没有待客的意思。

阳匄不怒不躁，乘坐马车，来到秦国上卿府第拜候，向门人投上拜柬。门人回复：“上卿有病多日，连祭祀大典都无法出席，恕不见客。”

这一来，连阳匄的侍者都忍无可忍，向阳匄抱怨：秦国无礼太甚！

阳匄自信满满地道：“我既然远路来此，岂能就此而回，定要让秦国按照国礼相待。”

几辆大车拉着丰厚的聘礼，在秦国都城雍城宽阔的大道上奔跑，最后停在道旁一间酒肆前。

阳匄在众随从的簇拥下，走进酒肆。他心情大好，点了酒菜。酒保先奉上酒，阳匄喝了一口，只觉酒性浓烈。他喝惯了醇厚绵软的醴酒，猛然喝到烈酒，就像是一团火顺着喉咙一路烧下去，呛得难受。他问酒保：“这是什么酒，如此性烈？”

酒保答道：“此酒名叫凤酒。”

阳匄是楚国人，楚国自古尊凤崇凤，听到“凤酒”二字，很感兴趣：“名叫凤酒，一定是有来历的。酒保，讲来听听。”

酒保说：“雍城附近有座山，名叫岐山。当年，凤鸣岐山，周王室从此兴盛。此地出产的酒就被称为凤酒。后来周幽王烽火戏诸侯，西周被犬戎所灭，东迁洛邑，周平王建立东周。因秦襄公保卫周王室有功，特封赐岐、丰之地，秦从此列为诸侯。所以，此酒又叫作秦酒。”

阳匄点头赞叹。对于这烈酒，他喝不惯，停住不饮。阳匄吩咐侍者伺候笔墨，在席上写就一函书信，交给一名随行家臣，命他将书信送到楚国，再回来复命。

家臣惊疑，问道：“秦楚相隔遥远，臣返回之日，计算主君行程已返回楚国，为何臣要回秦国复命？”

阳匄笑道：“你此行一天之内便可回来复命，不必惊疑，赶快去吧。”

家臣更加疑惑不解，不敢再问，收下书信，乘马车离去。

阳匄面对酒保送上来的满桌酒菜，苦笑着无法下咽。他在郢都锦衣玉食，极其考究。而秦国的酒菜却是粗疏简朴，不堪下咽，连食器都粗陋得令他怀念楚国的精美器具。

他想了想，吩咐酒保叫歌舞伎来侍宴。酒保没多久就带了一队歌舞伎前来。阳匄一看，大失所望。这些伎女穿着艳丽衣裳，但在他眼中，只觉鄙陋之极。伎女脸上擦了胭脂，越发显得庸俗不堪。

但人已经来了，就让她们在席上歌舞一回。随侍的乐者，敲响陶瓮，叩打陶缶，弹起秦筝，拍打着大腿，控制节奏。秦国伎女随着乐声起舞，嘴里发出呜呜啊啊的歌唱声。乐声凄厉激越，舞姿狂野奔放，歌声粗犷悠长。阳匄欣赏着异国歌舞，心里暗暗感叹，楚国的歌舞是多么的柔美、绚丽。

在凄苦的秦筝声里，酒肆门前来了一乘马车。一位高官从车上下来，闯进酒肆，直冲到阳匄面前。

阳匄看来人怒气冲冲，不慌不忙，微微笑道：“佳人侍宴，且来一同观赏。”

来人怒气勃发，不可遏制，冲上前挥拳便打。阳匄的家臣随侍在侧，看到有人胆敢侵犯主君，错步上前，抬臂格挡进击，右手从左臂下穿过，直捣来人胸腹。

两人手臂刚一交错，便打在一起。跟着这名高官前来的一众随从立刻冲上来，要群殴阳匄这名家臣。阳匄随从颇多，一看这架势，都冲上来。一场歌舞酒宴，转瞬间变成斗殴场，拳来脚去，打得甚是激烈。

阳匄笑眯眯地静观双方群殴，自己倒了凤酒，慢慢饮酌。

正被阳匄家臣抱住，双方互相痛打的那名高官叫道：“子瑕，这就是你的待客之道！”

阳匄抚须饮酒：“大庶长，这里可是秦都啊。我远来是客，待客的是你这位秦国上卿。”

大庶长冉双臂一振，将抱住他的那名家臣甩开，跳出群殴的圈子，叫道：“都住手！”

阳匄也挥挥手："散下去！"

双方停止群殴，各自散开。大庶长冉坐在阳匄面前，大口地吞饮凤酒，气喘吁吁，不知道是因为激烈殴斗所致，还是因为怒气未平。

连饮几盏凤酒，大庶长冉才平息了怒气。他瞪视着阳匄："你到底意欲何为？"

阳匄淡然地微笑道："我只想为你治病。"

大庶长冉不解："治病？"

阳匄笑道："我刚才到府上拜望，得知你身染重病，命在旦夕。你我的交情深厚，我当然要为你医治。你看，这才一会儿的功夫，你不仅重病痊愈，还和我的家臣一场激斗，可见身体已经恢复健康，更胜过老夫啊。"

大庶长冉脸色红了红，闷声说道："我不是来和你开玩笑的。你有什么话，就尽管说吧。"

阳匄摊手道："我远来是客，这就是你的待客之道吗？你我难道要在酒肆与你商议军国大事？我现在没事找你。你如果想和我商谈，就请我到上卿府商谈。"

大庶长冉脸色阴沉："子瑕，请吧！"

大庶长冉，并不是他的姓名。大庶长，是秦国执政官职名，掌握军政大权。因大庶长冉是秦国公室贵族，按照惯例不称呼他的姓名，而借用官职。

这样一位官高权重、出身高贵的秦国上卿，住的府第却并不奢华富丽，与阳匄在郢都的府第相差甚远。这和秦国的民风有关。秦国民风质朴，不尚奢华。

此时，大庶长冉和阳匄相对而坐。大庶长冉满面怒容："子瑕，你身为楚国令尹，岂可如此行事？"

阳匄坐在重席之上，慢条斯理地说道："你怒气冲冲，刚见面就老拳相向，怎么反倒指责起老夫的不是了？"

大庶长冉道："这要问你自己的作为了。居然派家臣向楚王报讯，让楚国攻打秦国。秦楚两国结交盟好，为何要干戈相向？"

阳匄讶然道："哎呀，我写给大王的书信，怎么你都知晓了？"

大庶长冉道："从子瑕一行踏进秦国都城时，就尽在我的监视之中。你派家臣返回郢都报讯，此举异常。我当然要让门吏将书信呈来一观，果然发现你的阴谋。嘿嘿，你的家臣已经被我扣留了。"

阳匄笑道："这样说起来，倒真是我的不是了？"

大庶长冉洋洋得意："自然是你的不对。你竟然破坏秦楚姻亲之国的联盟。"

阳匄道："哦，秦楚两国是姻亲之国啊。"

大庶长冉点头："对啊。你难道忘记了？"

阳匄道："既然是姻亲之国，为什么我堂堂楚国令尹，千里迢迢送来聘礼，会遭到种种冷遇？"

大庶长冉哑然。

阳匄追问："你倒说说，这是所为何来？"

大庶长冉神色尴尬，顾左右而言他："子瑕啊，你刚才在酒肆嫌他们酒菜粗疏，现在一定饿了。我马上叫人献上酒菜，一定合你的口味。"

阳匄毫不放过他："你先说个清楚明白。"

大庶长冉沉吟半晌，说道："是我的不是。子瑕一向不来雍城探视我，使我对子瑕心怀不满，所以乘机报复。子瑕宽怀大度，不会和我一般计较吧。"

阳匄微笑道："原来你是这样小气的人啊。"

大庶长冉点头："是啊。子瑕胸襟豁达，一定不会和我计较的。"

阳匄道："你看我写给大王的书信，可好？"

大庶长冉摇头："不好。蓄意挑唆秦楚两国的矛盾，其心可诛。"

阳匄道："我是年纪老迈之人，千里迢迢而来，什么辛苦都不敢提起。但到了雍城，你闭门不纳，又称病不见。我一路风尘劳累，再郁结于心，秦都也没有合我口味的饭菜，如若我一病不起，你说，会怎么样？"

大庶长冉张口结舌，无法回答。

阳匄又道："我虽然不济，好歹是楚国令尹，又是穆王的曾孙，一旦病死在秦国都城，你以为楚国上下君臣，会如何？"

大庶长冉道："这……子瑕身体康健，福寿绵长，休说丧气话。"

阳匄手托胡须，说道："我这苍苍白发，可作不得假。如果我有个好歹，楚国若不为我报仇，岂不是在天下诸侯眼里颜面扫地？我个人事小，此行是代楚王送来聘礼，你为难的不是我一个人，而是无视我楚国大王的威严。纵然我身体康健，此事若被列国行人使者得知，将会如何议论耻笑我楚国？你可曾想过？"

大庶长冉张嘴想要解释，阳匄接着说道："你我相交已久，我自然明白你的为人。你做不出来这种事。"

大庶长冉叹息："子瑕，实获我心！"

阳匄以手轻扣几案，缓缓说道："你官居上卿，执掌国政。能让你依令行事的，只有一人。"

大庶长冉叹道："此事怨不得我。你们楚国实在是欺人太甚，令人无法容忍！"

阳匄知道楚王熊居父纳子妇，纳秦国公子为君夫人，令秦伯赵籍气愤难平。于是，他轻叹道："'人非圣贤，孰能无过！过而能改，善莫大焉。'况且，嫁给太子，怎能及君夫人尊贵？如今王子珍又被立为太子，可知楚王是何等敬重珍爱。此事已不可挽回，何妨宽容相待？”

大庶长冉道：“奈何国君此恨难平啊！”

阳匄道：“私恨暂且忍下，何必惹得秦楚两国干戈相向呢？”

大庶长冉摇头叹息。他此前劝过秦伯赵籍，但并没有劝得回心转意。

阳匄一字一字慢慢地说道：“一旦秦楚交恶，君夫人该当如何面对？一为父母之邦，一为亲子之国，同是血脉相连啊。”

大庶长冉点头沉吟。

阳匄又道：“君既为秦国执政，又是公室贵族，该当为国君、君夫人宽解忧烦，莫要无事生出事来啊。”

大庶长冉道：“子瑕所言极是。我定会劝君上改变主意，以国礼相待，断不会轻慢子瑕。”

阳匄抚须微笑，轻轻颔首。他看似淡定沉着，心中却恨费无极无端惹出祸患，令楚王熊居为世人所不齿，又破坏秦楚两国姻亲联盟。虽然如今挽回一局，但秦伯心中芥蒂难消，早晚将酿成大患。

完成使命后，阳匄返回郢都，向楚王熊居复命。大庶长冉和秦伯赵籍赠送诸般礼物给阳匄。一旁的费无极看得眼热心跳，羡慕不已，懊恼自己当初为何要推辞此行。

第十一章·逆天改命

崇台上。

卜尹观从坐在浑天仪前痴痴地发呆。

楚王熊居走过来，站在一旁看着浑仪徐徐转动。

等观从发觉楚王来到时，忙站起身。

楚王熊居微笑道：“你我何必拘礼。”

他饶有兴致地打量着浑仪：“如此精巧，真是令人惊叹啊。”楚王熊居用手指点上面的玉环，问：“这是什么？”

观从答：“这是浑仪，和浑象一样，都是羲和所制。这些玉环，名叫璇玑玉衡。浑象用来演示天象，浑仪用来观测天象。璇玑玉衡就是用来测量天象的。”

楚王熊居问：“浑仪怎么会自动转动？”

观从说：“浑，就是圆球的意思。羲和认为天是圆的，天上的星星都像是弹丸，分布在天体上。人居住的地方，也是圆球形。浑仪就是仿照天体的运转，来测量天体。浑仪里面设有机关，用漏壶滴水来控制浑仪的运转，使它和天体同步转运，以便测量天体。”

楚王熊居点头赞叹，停了一会儿，说：“你心思如此灵巧，有件事能帮寡人吗？”

观从躬身说：“臣愿闻其详。”

楚王熊居苦笑说：“寡人有幸得到一位绝世佳人。可惜这位佳人从来不笑，寡人很觉苦恼。你能帮我出个主意，博佳人一笑吗？寡人费尽了心思，从来没有让佳人展露过一次笑颜。”

观从摇头：“臣愚鲁。”

楚王熊居叹了口气，说：“那寡人去问费无极，他的心思也很灵巧。”

观从脸上笼上一层愁云，说：“大王，臣观天象，不利于楚国，担心鬼神会发怒。”

楚王熊居叹息说：“最近楚国祸乱频仍，寡人也时常担心鬼神会发怒，怎么办？寡人怎么改过，才会逢凶化吉？”

观从说："臣不敢回答。"

楚王熊居坚持让他回答。

观从说："如果杀掉费无极，大概可以免除灾祸，改善国运。"

楚王熊居说："我做不到。"

观从满怀忧愁，说："如果做不到，那君王和楚国都可能遭受不测之灾。"

观从向楚王进谏，要诛杀费无极的事，不久就有耳目禀告给费无极。观从是楚王的心腹爱臣，费无极拿他没有办法。这件事使费无极心有余悸。

费无极想了又想，终于想到一个办法。

这天，费无极前去拜见楚王。

楚王熊居没好气地看着他，说："费大夫，你出的好主意！"

费无极这一惊，吓得跪在地上，叩首说："臣惶恐！"

楚王熊居说："你曾说能博得君夫人欢心，为何君夫人至今从未展露过笑颜？"

费无极听了这句话，悬着的一颗心才落下，笑着说："臣正是为此事而来！"

楚王熊居狐疑地盯视他，猜测这个巧计百出的臣子能想出什么办法。

费无极说："大王宫中有象苑，臣请求借用象苑中的大象，加以训练，演成象舞，定能博君夫人一笑。"

楚王熊居挥挥袍袖："费大夫快去办吧，早日演成象舞，请寡人和君夫人一起观看。"

费无极领命而去，此后每天来到宫中象苑，指导象奴训练大象。经过一段时间的训练，象奴终于教会大象跳舞。费无极马上把这个好消息禀报楚王。

楚王熊居邀请嬴香一起来到象苑。只见象苑装饰得华彩缤纷，一共十六头大象，全都身披红色锦毯，费无极高高地骑坐在为首的一只大象背上。

看到楚王和君夫人到来，费无极赶快从大象背上跳下来，躬身拜礼。

楚王熊居呵呵笑道："费大夫这样打扮，比平时更加俊美了。"

嬴香憎恨费无极，但因楚王宠爱他，只得漠然相对。

她一向忧郁冷淡。在楚王和费无极看来，和平时并没有什么不同，都没有察觉到她的恨意。

楚王熊居和嬴香端坐在台上。费无极走到下面的场地里，开始发号施令。

十六头大象分成两组站立，先一起仰起上身，弯屈前肢，向着楚王熊居、嬴香拜礼。楚王熊居笑道："这些大象，竟如此懂得礼数。"

拜礼之后，大象用长长的鼻子卷起红色的箭进行投壶表演。投壶所用的箭，没有锋利的箭镞，用铅丸代替，以免伤人。大象看起来笨拙，实际上非常聪明，几乎次次投中壶内，博得楚王阵阵喝彩。

接着，乐声奏响，大象和着乐声，跳起舞来。大象憨厚粗笨的模样，灵活可爱的舞姿，连一向忧郁的嬴香都忍不住展露笑颜。

楚王熊居盯着她绝世的容颜，低声说："夫人，寡人终于得以一睹夫人的笑颜。"

他声音低沉缠绵，倾诉满怀的爱意。嬴香听得低下了头。

楚王熊居放声大笑，召费无极前来，大声说："费大夫，博得君夫人一笑，寡人赏你千金。"

费无极上前拜谢。

楚王熊居笑着说："千金不足惜。能博得夫人一笑，即使举国倾覆，寡人也足慰平生！"

嬴香心头惊颤，突然想起父亲在骊山行宫讲的故事：

绝世美女褒姒嫁给周幽王。周幽王逐申后、太子宜臼，立褒姒为王后，立褒姒生的幼子伯服为太子。周幽王为博褒姒一笑，听信奸臣虢石父的话，屡次点燃报警的骊山烽火台，戏弄天下诸侯。当犬戎大举进攻时，周幽王点燃烽火向诸侯示警求援。诸侯以为又是骗局不愿前往。犬戎在骊山杀害周幽王、伯服，掳走褒姒。西周从此灭亡。

嬴香回忆自己的遭遇：被骗嫁给楚王，楚王逐蔡姬、太子建，立嬴香为君夫人，立嬴香生的幼子珍为太子。楚王为博嬴香一笑，令奸臣费无极献象舞，赏赐千金。

二百多年前的事情，竟然与今天如此相似！

想到伍子胥在临潼斗宝会上盖世无敌的勇力，想到伍氏一族被诛杀屠灭，伍子胥出逃异国，发誓要灭亡楚国，报复血海的深仇。虽在炎炎夏日，嬴香遍体生寒，心里一片冰冷。

她看着楚王熊居开怀大笑的面容，看着站立在一旁的费无极满脸的谄媚，咬紧牙，不让自己哭出来。

她仿佛看到了楚国倾覆灭亡时的景象。

二百多年前褒姒的悲剧，正在上演。此前，她深切同情的褒姒的遭遇，正一桩桩一件件发生在她的身上。

嬴香努力告诉自己：不要让褒姒的悲剧再次发生。她不要重蹈褒姒悲惨的命运。她是秦伯的女儿，虽然外表柔弱娇美，但在她血液里流淌的是秦人的勇武强悍，她不能容忍自己受到命运的摆布，一定要改写命运！

费无极得到千金赏赐，满心欢喜地离开楚王宫，返回自己的府第。鄢将师一向感激费无极提携的恩德，经常前来拜会。这一天，鄢将师又来到府中。两人絮絮而谈，漫无边际地悠然闲话。

眼看天色渐渐暗沉下来，鄢将师起身要告辞离去。费无极盛意款留，吩咐备下酒筵招待。

此时，府门外慢慢走来一个人影。这人仿佛是从暗夜中走出来的幽灵，一身黑色深衣，头戴风兜帽，长长的宽大衣裳遮掩住他的身形，低垂的风兜帽将他的脸容隐藏在黑暗中。无限的神秘，又隐约透出几分莫名的诡异。

这人走到府门前，仰起脸，打量费无极的府第，只见髹漆精致，雕镂生辉。他默默地端详着，笼在阴影里的脸上浮起一层阴森的笑意。

他举起手，扣响门环。门人开门询问。这人用生硬的楚国话答道："东郭，拜见费大夫。"

门人见他有些鬼鬼祟祟，不耐烦地说："大夫正在宴客，先生请改天来访。"

那位东郭先生从衣袖中取出一枚金币，塞在门人手里，说道："烦为通报一声，北地故人相访。"

门人攥紧手心里的金币，暗暗掂量分量，心里乐开了花，忙说："先生，请进来稍候。"

那人闪进门里。

门人向费无极禀报。费无极听到"东郭"时，浑不在意，挥挥手，正要斥责门人多事。当费无极听到"北地故人"四个字时，在他黑幽幽的眼眸中闪出一丝亮光，如同暗沉沉的黑夜突然亮起了火焰。他脸上漾起微微的笑容，说："请他进来。"

鄢将师被费无极府里的佳肴美味所吸引，没有留意到他眼里的亮光。

不多久，东郭先生被引请进来。费无极端坐在绮锦重席之上，看着他，笑眯眯地说道："先生，别来一向可好？"

东郭先生即使在府中还是头上盖着低垂的风兜帽，整张脸隐藏其中，仿佛不愿让人看到他的容颜。

东郭先生低着头说："不好。"

费无极笑眯眯地端详着他，却不答话。

鄢将师这时才觉出气氛诡异，停下手中的食箸，打量来人。

费无极向鄢将师介绍："这位是东郭先生。"

鄢将师看东郭先生头戴乐者所戴的风兜帽，有些讶异。

费无极接着说："他是吹竽乐师，当年曾在异国相见，何意今日重逢？"

鄢将师听费无极解释，但看东郭先生虽然低垂着头，不发一言，但气度不凡，猜测并非寻常乐师。

费无极笑道："东郭先生，既在中原上国任宫廷乐师，怎么想起来到这蛮夷之地啊？"

东郭先生低声答："大夫不知，臣已不再是宫廷乐师了。"

费无极随口道："哦，这是怎么说的？"

东郭先生抬起头。

这一瞬，鄢将师被他凶狠的目光所惊骇，几乎要跳起来拔剑相向，思量东郭先生是费无极故人，才坐在席上，安然不动。而他的手已不动声色地扶上腰间佩剑。

东郭先生凶狠的目光一瞬间又消失了，低下头，再次将整张脸藏进风兜帽里。他低沉着声音，说道："国君崩逝，新君即位，百般挑剔，臣无以安身。"

费无极脸上露出残忍的笑意："是你吹竽的技艺不佳，以前的国君好心容忍你，现在混不下去了吧。"

东郭先生悠悠笑道："诚如大夫所言。"

费无极侧过脸，向鄢将师说："你我且听听这位宫廷乐师的技艺如何，机会难逢啊。"

鄢将师曾在楚王宫听过楚国的宫廷乐师演奏，倒从没听过中原诸夏的宫廷乐。费无极提议，他便连连附和，手却不肯离开腰间的佩剑。

费无极命人奉上竽，东郭先生毫不推辞，接了竽，席地坐下。鄢将师难得欣赏到中原上国的宫廷乐，又见东郭先生举止高雅不凡，更添期待。

只见东郭先生手按簧管，轻轻吹奏起来，一缕怪音发出，尖锐刺耳。费无极无奈地摇头，用手掩起双耳，说道："先生，先生！停！快停下！"

东郭先生放下竽，仍低着头，不愿被人看到他的容颜。

鄢将师只看得目瞪口呆：这就是中原上国的宫廷乐师？

费无极笑道："你这样的宫廷乐师，真是难得啊。"

东郭先生全无羞惭："大夫过奖！"

鄢将师正喝酒，听到二人对答，一口酒喷出来，淋在席上。

费无极看看鄢将师，笑道："看来你无缘欣赏中原上国的雅乐啊。"

鄢将师看着东郭先生，不知道他是何方怪物。

费无极站起来，携起鄢将师的手："你且先回府，我接着欣赏先生的乐技。"

鄢将师赶忙告辞离去。

费无极将他送出府门，转回身来，吩咐门人，闭门谢客。他走上堂，让左右侍者全都退下。

堂上，只剩下费无极和东郭先生两人。东郭先生这时才取下风兜帽，抬起头来。明亮的烛光映射下，只见他面容俊雅，气度高华，一双眼眸闪亮如电。

费无极大大咧咧地坐在重席上，微笑道：“东郭——东国，王孙，真好兴致，扮成乐师，前来取笑。”

王孙东国在费无极对面坐下：“东国何敢在大夫面前取笑？东国此来，有事与大夫相商。为免世人猜忌，才扮成乐师，还望大夫见谅。”

费无极一双眼睛滴溜溜地乱转：“王孙是中原上国的公室贵族，我只是蛮夷之国的一个臣子，王孙何出此言？”

王孙东国站起身，走到费无极面前，躬身跪下：“大夫！东国的生死系于大夫一念，还望大夫援手相救！”

费无极大吃一惊：“王孙的生死？……谁人敢威胁王孙？”

王孙东国不答，只是连连叩首。

费无极忙伸手搀扶王孙东国起身。王孙东国执意不起，说道：“大夫不救东国，东国命不久长，与其不明不白而死，不如死在大夫面前。”

费无极道：“谁敢加害王孙？王孙请起！”

王孙东国道：“大夫相救东国，东国才敢起身。不然，请死于此地。”

费无极面露愠色：“你左右不肯说明事情缘由？我如何能相救与你？”

王孙东国道：“只是大夫不肯。但凡大夫肯相救东国，世上岂有大夫做不到的事情？”

费无极受他这一捧，心中不免得意，又知他出言相激，越发激起好胜心来。于是，他说道：“你既这样信得过我费无极。就说说是什么事。”

王孙东国知道他应允，忙叩头道：“大夫这是答应了。”

费无极不再搀扶，放开手，坐回席上，傲然道：“我费无极几时反悔过？”

王孙东国满心欢喜，站起身来。

费无极用手指轻轻地抚拭着案上的透雕龙纹熏杯，漫不经心地问：“你这么鬼鬼祟祟地前来，又跪地不起，是要我帮你做什么事？”

王孙东国道：“自从平侯去世后，蔡侯朱咄咄相逼，东国屡屡退避，眼看难以自保。不得已，东国只得向大夫求救。”

费无极抚须道：“这是蔡国的事情，我是楚国人，怎么好介入？”

王孙东国道：“蔡国奉楚国为宗主国，时时小心侍奉，以大夫的威势，一言既出，蔡国上下无不敬服依从。”

费无极轻轻地摇头，说：“你们自家亲人的家务事，我一个外人，怎么能插手？”

王孙东国道：“对别人来说是外人，大夫是何等人？岂可说是外人？”

费无极点头："依王孙之见，我怎么做，能救得王孙脱险？"

王孙东国眼里凶光闪动："斩草除根，才能免除祸患。诛杀蔡侯朱，才能免却祸患。"

费无极不悦，拂袖而起："你把我当成什么人了？我难道是杀人凶手？我究竟做了什么，让你这样看待我？"

王孙东国道："如果大夫能达成东国的愿望，东国将倾蔡国举国之力，为大夫效力。蔡国倾国的财富，都将任大夫随意择取。"

费无极撇撇嘴："我是这样贪财的人吗？"

王孙东国有些泄气道："大夫真的见死不救了？"他眼里放出疯狂的亮光，"不是我一心要杀蔡侯朱，而是我和他誓难两存。我不杀他，他必然杀我！"

烛光映照下，王孙东国俊雅的面容充满杀气，目光灼灼，放出野兽噬人般的凶光。

费无极轻轻地叹了口气："冤冤相报，何时了啊。"

王孙东国与蔡侯朱的仇怨，由来已久，更和楚国有着密不可分的关联。

说起来，这两人本来是亲人，同出于一脉，王孙东国是蔡景侯的曾孙，蔡侯朱是蔡景侯的孙子。

二十二年前，蔡灵侯杀死蔡景侯，弑父夺位。楚灵王诱杀蔡灵侯，灭亡蔡国，封自己的弟弟公子弃疾为蔡公。后来公子弃疾杀死三位兄长，即楚王位，封赏功臣，抚慰民众，敦睦诸侯。种种举措中，就包括为被灭亡的蔡国复国，立蔡景侯最小的儿子庐为蔡侯。蔡侯庐即位后诛杀蔡灵侯的太子友。而太子友正是王孙东国的父亲，蔡侯朱则是蔡侯庐的儿子。去年蔡侯庐去世，被谥为蔡平侯，太子朱即位。

于王孙东国而言，既有杀父之仇，更有夺位之恨。王孙东国本是蔡灵侯嫡传子嗣，应当继承侯爵，统治蔡国。如今他只能眼看着蔡侯朱发号施令。王孙东国每每思想起来，痛恨入骨，苦于弱小无援，才冒险到楚国来请求楚王的宠臣费无极相助。

王孙东国说蔡侯朱将诛杀他，只是一面之词，并无实据。但他从小就看惯宫廷杀戮，亲人之间互相残害，并没有什么亲族之情。天下列国比比皆是，蔡国并不是特例。在他的思想中，为了争权夺位，残杀亲族，理所当然，毫无愧疚。蔡侯朱眼下刚刚即位，没有将他诛杀，并不说明他就可以平安度日。他想到不久的将来，父亲太子友悲惨的命运，即将在自己身上重演，更令他每天活在恐惧惊怕中。

王孙东国突然拔出腰间佩剑，剑光森寒，映亮了费无极的眼眸。

第十二章·七月流火

费无极安坐不动，稳如泰山。

王孙东国挥动手中剑，鲜血飞溅而出。

他跪在费无极脚下，举起流血的手指，说道："东国今日在大夫面前立下血誓。从今而后，任凭大夫驱遣。如渝此盟，神人共殛。"

费无极手抚胡须，慢悠悠地笑道："王孙，你这可是在难为无极啊。蔡侯朱并没有开罪于我，我如今却要找个借口将他逐下君位，心中实在不忍。你须要答应我一件事，你即位之后，不可加害蔡侯朱。"

蔡国是周天子分封的侯爵诸侯国，虽然比不上晋、楚、齐等大国势力强大，但也非沈、吕、邓国之类小国可比。在天下列国之中，可以说是比上不足、比下有余的中等诸侯国。

费无极谈笑之间，就定下废立蔡国君主之事，可知势焰熏天，不可一世。

王孙东国连连点头："东国谨遵大夫之命，决不会做出对蔡侯朱无礼之事。"

费无极挥手道："那王孙请退吧。夜已深沉，我要歇息了。"

王孙东国躬身退出，态度非常恭谨，身影静悄悄地消失在夜幕之中。

费无极站立在庭前，仰首向天，看着黯淡的月影，悠悠出神，不知在想些什么心事。

事情进展十分顺利。

王孙东国回到蔡国后，蔡国果然废弃蔡侯朱，拥立王孙东国为蔡侯。一切如他所愿。

但他没有想到，在这顺利遂心的时刻，却暗藏着杀机。蔡侯东国从此踏上了不归路。

最初，他并没有意识到危机已经来临。当他惊觉时，已经迟了。

那是一个冬日，蔡侯东国在凌晨惊起，心中惶惶不安。他不知道发生了什么事情，但内心深处知道大祸已经临头。

蔡侯东国压抑住内心的恐惧，派人叫来弟弟公子申，开始教授他如何统治蔡国，倾尽心力培养下一代储君。

而在这个寒冷的冬季，被废弃的蔡侯朱千里奔逃，从蔡国都城新蔡，逃到楚国都城郢都，向楚王熊居哭诉他悲惨的遭遇。

楚王熊居被他的哭诉打动，承诺将派出楚国强大的军队讨伐蔡国，为他讨还公道，夺回君位。

感激涕零的蔡侯朱被送回馆舍安歇，等待楚王为他伸张正义。

正当幸运之神在空中向蔡侯朱招手，展现给他美好前景时，费无极进入楚王宫，对楚王熊居说："蔡平侯与楚国结下盟约，所以大王封他为国君。他的儿子朱对楚国怀有二心，所以废弃他。东国的父亲、祖父都被人杀害，大王为他主持公道，东国一定会对大王感激不尽，忠心侍奉楚国。而且废、立的权利掌握在大王手里，蔡国就不会有别的念头了。"

费无极的一番话使楚王熊居改变了主意。

本来要重新扶立为国君的蔡侯朱被软禁起来。楚王熊居让人为他提供良好的食宿，禁止他再次逃奔。蔡侯朱刚刚摆脱了在蔡国被囚禁的命运，又进入了一个更加安逸、牢固的牢笼。

伍子胥逃出楚国后，前往宋国寻找太子建。他一路上昼伏夜行，历尽了千辛万苦，这日来到陈国。陈国曾多次被楚国所灭，陈人无不惧楚。伍子胥心知陈国非久留之地，又向东行去。他行到中途，忽见一簇车马从远处奔驰过来，看车辆的形制、车夫所穿的服色，是楚国的装束。

伍子胥疑心是楚兵拦截，赶忙闪入林中躲避，暗中观看，见车上坐着一位大夫，乃是申包胥。他与申包胥相交甚厚，结为异姓兄弟。于是，伍子胥从林中走出。

申包胥看到伍子胥，赶忙下车相见，问："子胥，你因何在此？"

原来申包胥出使外国刚刚回转，经过此处。国内发生的一系列变故，他丝毫不知。

伍子胥把楚王枉杀父兄之事，哭诉一遍。申包胥听罢，恻然动容，道："不料大王偏信佞臣之言，竟至于此……可惜太师与棠君一腔热血，空洒红尘了。府上世代忠良，想不到竟落到如此地步。"不免流下两行眼泪。

哭了一阵，申包胥又问："你今后要投奔何处？"

伍子胥切齿说："父兄之仇，不共戴天。我将要投奔吴国，借兵伐楚，生嚼楚王之肉，车裂无极之尸，方泄此恨！"

申包胥劝说："大王纵然无道，毕竟是君王。你伍氏一门世受厚禄，君臣之分早已定下，怎能够以臣弑君呢？"

伍子胥冷冷说道："昔日夏桀、商纣皆贵为天子，最终被臣子诛杀，是因为他们昏庸无道，以致得此报应。楚王纳子妇，杀嫡嗣，信谗佞，戮忠良。我借兵伐楚，乃是为楚国扫荡污秽，况且，又有父兄之仇。倘若不能剿灭楚国，誓不立于天地之间！"

申包胥叹了口气，说："我若劝你报复楚王，则为不忠；若劝你不报此仇，又陷你于不孝。事已至此，我无话可说，只有就此别去。子胥矢志尽孝，我一定会为国尽忠。如果你能灭亡楚国，我一定会复兴楚国。你我相交一场，我决不把你的行踪告诉别人。今日别后，永无再见之期，只能各自珍重。"

伍子胥上下盯着他看，又点了点头，退后两步，拱手说："伍员告辞，来日战场再见！"

申包胥神色黯然，挥手说道："我只愿从此一别，后会无期。"当下登车别去，二人背道而行。申包胥让侍从严加保密，不要把路上遇到伍子胥的事情告诉任何人，一行返回郢都去了。

蔡侯东国令费无极很是失望，使他计划利用蔡侯东国掌控蔡国的设想彻底落空。连一个废君都无法控制，可见蔡侯东国的覆灭是迟早的事。

这一天，来得比费无极预想中还要早。

根源因蔡姬而起。

蔡姬被楚王熊居逐回蔡国郹阳后，太子建的消息不断传来，件件都是噩耗。先是太子建被派往城父，后来为逃避楚王熊居诛杀逃往宋国。宋国正逢华氏之乱，太子建又逃往郑国，郑国人以礼相待。谁知太子建竟利用郑国人对他的信任，与晋国人策划袭击郑国。郑国人察觉后，将太子建杀死。太子建的儿子王孙胜被伍子胥带着逃往吴国。

太子建的噩讯，令蔡姬痛心疾首，更对楚王熊居痛恨入骨。对孙儿王孙胜的思念，使她秘密和吴国联系，请求吴国出兵接她去与孙儿团聚。她已经失去了丈夫、儿子，只剩下孙儿是她唯一的亲人。

蔡姬并不是胆小怯懦的女子，不甘心听凭命运的摆布。在她还是美丽少女时就突破世俗的限制，大胆私奔，投向楚国公子弃疾的怀抱。现在，她已是一个绝望的女人。不惜一切代价，她都要投奔楚国的仇敌之国——吴国，去和孙儿相聚。这种强烈的愿望使她在痛苦悲惨的生活中，感受到亲情的温暖。即使楚王熊居从此成为天下列国的笑料，颜面扫地，她都不在乎。楚王负了她，她要报复。

蔡姬的书函送达吴国，令吴国君臣意外惊喜。

吴王僚，因为有机会打击楚国而兴奋。公子光，则思虑更深一层。

吴王僚和公子光，都是吴王寿梦的孙子。吴王寿梦有四个儿子：诸樊、馀祭、夷末、季札。按照周礼嫡长子继承制，王位应该传给诸樊。但吴王寿梦宠爱幼子季札，想把王位传给他，季札坚决不肯。于是，吴王寿梦定下兄传弟及的方法，让四个儿子依次当吴王，最后能够传给季札王位。诸樊等三位兄长爱护幼弟，为了实现父亲的心愿，一个个争着早死，想让幼弟早点即位。结果，夷末死后，季札仍然不肯当吴王。夷末的儿子僚登上王位，引发诸樊的儿子光不满。公子光认为：自己的父亲兄弟四人，应当传位到季札。季札既然不接受国家，按照嫡长子制度，自己的父亲是长子，自己就应当继位。于是，他便暗中招纳贤能之士，准备袭击吴王僚，夺回王位。

公子光的不满深藏心中，却被投奔吴国的伍子胥看破。伍子胥本想借吴国军队报复一家血海深仇，眼看吴国即将发生动乱，于是离开吴王僚，带着王孙胜退到郊野耕种。伍子胥外表看起来甘心平凡度日，暗中与公子光结交，又访得勇士专诸，推荐给公子光。

行刺计划已经展开，一张大网悄然撒向吴王僚。吴王僚身在局中却浑然不知。

真的不知吗?

吴王僚身边护卫兵士重重保护，身披棠铁之甲，虽在自己统治的吴国，却如临大敌，严密防卫。如果不是心有所知，为何如此戒备森严?

上一代的兄友弟恭，互相推让王位。下一代竟演变成剑气森寒。剧情瞬间逆转，一旦从暗中过招，变成公然开打，定会令世人瞠目。身在其间的吴王僚、公子光心中可曾感慨?

但置身其间，他们已经无法退却。季札是天下列国公认的贤公子，可以屡次推让王位。吴王僚、公子光不是云淡风轻的贤士，他们的舞台在王者争霸的战场。胜者王败者寇，不容有失。

为了吴国的图强争霸，吴王僚需要征伐楚国，张扬国威。为了顺利夺位，公子光需要战绩抬高自己的威望。两者同样的目标，都是攻打楚国。不谋而合。

兵行诡道。即使是出于蔡姬的请求，吴国出兵仍然要施放烟幕弹，不能让楚国窥破吴国的最终目标。

这个烟幕弹，选定为州来。

州来，地处淮河流域中心，是兵家必争的军事要冲。吴国从吴王寿梦开始称王崛起，与晋国结盟，一北一东，联合打击楚国。一直到吴王僚，几十年间吴国逐渐强盛。但因为溯江攻楚困难重重，淮水流域为楚国控制，没有取得突破性进展。尤其州来，成为吴国争霸必争的城邑，吴楚两国展开拉锯战。州来先后两次被吴国抢占，又被楚国收复。

吴王僚带领公子光举兵再次攻打州来。吴国两大关键人物全部出动。这一次，吴国势在必得，一定要夺取州来。

消息传来，楚王熊居大怒："吴子太猖狂了！"当即下令召集臣子，决定即刻出兵："定要杀他个片甲不留，灭一灭吴人的气焰！"

楚王熊居暴怒的声音在大殿上震荡："吴子胆敢犯我国境，简直猖狂之极！众卿谁人可去担承此任，替寡人杀灭吴人的气焰！"

话声刚落，费无极越众而出，躬身奏道："臣启大王，百官分担其职，各司其事。臣非领兵作战之材，不敢擅自逞强请命，实有负大王深恩！但臣虽不才，推举一人，堪当此任。"

楚王熊居道："讲！"

费无极道："就是令尹阳匄。"

此言一出，众人立刻窃窃议论起来。原来阳匄近日有病在家休息，况且他须发苍苍，领兵打仗，劳心费神不说，更兼长途跋涉，辛苦劳顿，非身体健壮之人决难承受。费无极推举阳匄，实令众人大感惊讶意外。

沈尹戌说道："费大夫此言差矣！令尹身染重病，让他领兵打仗，这不是让他去送死吗？"

费无极忙解释："各位不必为令尹大人担心。我推举他，不过是挂个虚名，实际部署自有司马薳越，再多借几国军力相助，此战决无败理。吴王亲自率军前来，我楚国由令尹大人亲自统率，传与军士知晓，可以鼓舞军威士气。"

说完，他朝楚王深深一躬，道："这不过是臣子的一点小小见识，聊资大王参考。究竟派谁领兵，臣等恭听大王君令。"

费无极觊觎令尹之位已久，思量阳匄是王室贵胄，无法与之抗衡。如果此次能让阳匄死在沙场，令尹之位空缺，他才有接替的机会。

楚王熊居心想费无极所言有理。于是下令："命令尹阳匄即日领兵出征。"

阳匄正在府中养病，听到消息，嘿嘿地冷笑："大王对费无极真是言听计从。"

赶到令尹府中探视的沈尹戌道："子暇，我身为左司马，率军作战是分内职事，岂能让子暇带病出征？子暇只管安心养病，我再请大王商议。"

阳匄虽在病中，仍然目光如电，看着沈尹戌，说道："大心，吴王此次犯境意在州来。五年前，囊瓦奉大王之命加固州来城防时，大心曾经说过一番话语。我如今年纪老迈，记不大清楚了。大心可否再讲给我听。"

沈尹戌沉吟说道："戌生性耿直，遇事爱发表议论，出言毫无顾忌。当时说道：

‘楚人必败。昔日吴国灭州来，令尹子旗请求讨伐吴国。大王说是因为没有安抚民众。如今情势依然，而加固州来城防挑衅吴国，能不失败吗？’”

阳匄道：“大心这样讲话，实在不妥。大王即位以来安抚民众，与民休息五年。咱们楚国自古图强争霸，开疆拓土，年年征战不息。大王罢兵五年，不启战端，怎么能说没有安抚民众？”

沈尹戌道：“我听说安抚民众的，在国内节约开支，在国外树立德行，民众生活安乐，而没有仇敌。现在王室挥霍无度，大兴土木，劳民伤财。民众生活在惊恐不安中，勤辛劳作，没有睡觉、吃饭的时间，仍然无法摆脱贫穷潦倒的困境，劳累到死也没有人收葬。这不是安抚他们。”

阳匄回想以往，神思悠然：“记得大王初登王位之时，并不是如此作为。”

沈尹戌道：“大王即位之初，可称得上是一位英明君主，只可惜……”

阳匄道：“只可惜，如今的大王已不是以前的大王了。国有佞臣，大王又怎会听得进大心的进谏？”

沈尹戌道：“戌决意犯颜进谏，决不能让子暇带病出征。”

阳匄淡淡地微笑：“国有佞臣，乃邦国大患，佞臣不除，楚国亡国不远。我有一计，定能令大王远此佞臣。”

沈尹戌见令尹成算在胸，大感欣然，追问：“子暇有何妙计？”

暮色暗暗四合，晚霞在天边变幻出绚丽的色彩。

映着霞光，阳匄本已透出病容的脸显得神采奕奕：“到时候大心自然就知道了。大心是国之栋梁，不可轻率行事。一身何轻，一国何重，轻重之间，大心要好生掂量。”

一股热流涌上沈尹戌胸口，噎在喉间，无法答话，只是点头应诺。

吴王僚来势汹汹，阳匄不慌不忙，派遣使者，发出军令，命顿、胡、沈、蔡、陈、许六国出兵，一同迎战吴军。

多年来，楚国开疆拓土，地域辽阔，在天下列国中称得上第一大国。而且，在本国之外，拥有众多附庸国，作为楚国的屏障。敌国入侵时，先要攻破附庸国，才能接近楚国本土。楚国向外用兵时，附庸国协同出兵，几国联军，声势浩大，威武严整。亦矛亦盾，攻守兼宜。楚国能够称霸天下，众多附庸国的力量，不可小觑。

此番楚国令尹亲自率军迎敌，六国纷纷派兵遣将，前来追随听命。胡、沈两国更是国君亲自领兵前来，极力博取楚国的欢心。

阳匄带领七国联军，救援被吴军攻打的州来。大军浩浩荡荡向前进发。消息传来，吴王僚即刻退防钟离，变攻为守。

阳匄素擅兵法，将七国联军分为左、中、右三军，胡、沈、陈三国之兵在左，许、蔡、顿三国之兵在右。阳匄亲自统率楚军居于正中。三路大军互为犄角，遥相呼应，向吴军进发。

行至中途，阳匄病体越发沉重，终于禁不住奔波之苦，吐血身亡。

司马薳越眼看大战在即，突然令尹病亡，惊得目瞪口呆，只得瞒下消息，秘密派阳匄家臣吴刿护送遗体返回郢都，并向楚王禀报。

时值七月，空气里透出凉意，已经是秋天了。

暮色四合，街头巷尾悄无人迹，一辆安车在街道上急速奔行，马蹄踏碎无边寂寥。

入夜之后，宫门、城门、闾门将一一关闭，禁止夜行。在黄昏之后，夜鼓击响之前，负责戒守的人还没有开始巡逻，正是街道上最空寂的时节。

安车驰进宫门，阳夫人步下安车，在宫中侍女的引领下，前去拜见君夫人嬴香。

沉沉的夜鼓击响，宫门关闭。巡逻守夜的人敲响木柝开始在各处巡视，以防寇贼。

令尹夫人夜晚进宫求见，嬴香疑心是出了什么事，看看楚王，楚王熊居心有所感，只觉不祥。太子珍反倒不慌不忙，小大人似的拉起嬴香的手，拖她去更换衣裳。

在偏殿见到阳夫人时，她已是泣泪满腮，向嬴香呈上一卷白色的丝帛。上面血迹淋漓，血已凝成深褐色，格外的沧桑悲凉。

嬴香心往下沉："这是……"

阳夫人答："子瑕知道此次出征，命不久长，临行前留下血书，烦请君夫人转呈大王。"

嬴香眼泪扑簌簌地坠下："令尹子瑕是穆王之后，国之重臣，有什么话不能对大王讲，为什么要留下血书？"

阳夫人惨然："大王听不进忠言，子瑕只得以死相谏。"

嬴香出言宽慰："吴子岂是令尹的对手，此行必定得胜而归，夫人过虑了。"

阳夫人泪落如雨："子瑕身染重病，大王让他带病远征，怎能有活路？"

嬴香无语。楚王的所作所为，世人都知道，但她无法置辞。

阳夫人顿首道："子瑕何惧一死，身死沙场胜过老死于牖户之下。但国有佞臣，奸佞不除，楚国亡国不远。临行切切嘱托，请君夫人代为劝谏大王。"

嬴香问："奸佞是何人？"

阳夫人道："费无极！"

"费无极"三个字如一根刺，直刺进嬴香心里。

第十三章·如火如荼

楚王熊居等待嬴香，不见回转，却有一个年老的内侍气喘吁吁地走进来，禀报道：“大王，司马薳越派人送急信来，说有要事回禀，现在外面候旨待宣。”

楚王熊居正等得无聊，心想：“我命薳越协助令尹阳匄抵御吴军，莫非军中有捷报传来？”精神一振：“宣他来见寡人！”

进来的是一名家臣，只见他腰系布带，脚上穿着绳子编结的鞋，手持孝杖，面容憔悴，眉宇间深藏悲戚，楚王熊居不由得一怔。

只听那名家臣道：“臣吴刿叩见大王！”

楚王熊居问道：“你可是从州来而来？那里可有什么消息？”

吴刿道：“微臣乃是令尹的家臣，此次跟随令尹出征，不想令尹不幸于前日病故。臣奉司马之命护送令尹遗体返回郢都，并亲来拜见大王，奉上司马书信。”

楚王熊居听后，十分震惊。阳匄年迈多病，他是早已知道的，却想不到他竟会真的死去，心里还指望他打胜仗，传捷报呢，此番却弄成了阵前亡大将的局面，真是一个不吉利的兆头。

楚王熊居接过薳越的奏报，看上面所写的战况，竟比他预想的还要糟糕。阳匄死后，由司马薳越暂时代摄各国军士。然而，司马薳越不及阳匄声威显赫，顿、许、蔡三国虽表面顺服，实际上根本不听号令。胡、沈两国国君年幼，不谙兵法。陈国大夫夏齧有勇无谋。七国军士虽众，却似一盘散沙。眼看大战在即，吴军兵精将猛，势难匹敌，只得请求大王再发援兵。

楚王熊居看罢，拍案怒道：“以七国之众，连区区一个吴国都打不赢，寡人还要这样的司马何用！”

他声震殿宇：“你带三百甲士回去见薳越。你告诉他，我楚国虽是千乘大国，可也侍候不起他这样的司马。再要援兵，只好把寡人的亲兵也派给他，你问他是不是还嫌少！”

楚王勃然大怒，只骇得吴刿心惊胆战，慌忙答应：“臣遵命！”

楚王熊居又喝道：“你让薳越记清楚，寡人屡增援兵，他若有损楚国威严，就让他提着自己的脑袋回来见寡人！”

吴刿领命退下。

楚王熊居返回后殿，仍然余怒未消，看见嬴香，脸上绽出笑容，道：“夫人……”

嬴香见他犹带怒容，软语劝慰：“国事重，大王身系一国安危更加重要，何苦来又和别人生气。”

楚王熊居温存地赔笑道：“夫人说得是。寡人性子粗鲁，总是乱发脾气。”抬手轻抚佳人云鬓，随口问：“子暇夫人此来，为着何事？”

嬴香的微笑凝住了，眼眸变得黯淡，低头不语。

楚王熊居留意到她手中多了一卷丝帛。雪白的丝上，淋漓染着暗红的痕迹。他辨出是血迹，轻轻地从嬴香手中取出丝帛。看到熟悉的字迹时，楚王熊居的脸色就变了。等看完之后，楚王熊居一言不发。

嬴香屈膝坐在楚王面前，手扶他的膝盖，仰起美丽动人的脸，看着面前这神威凛凛的君王，轻声说：“大王，子暇病得糊涂了，这不是真的。子暇不会有事的。穆王之灵在天上佑护着他。他是神灵的子孙，一定会凯旋而归，在大殿上向大王报捷……”

楚王熊居勉强吐出几个字：“子暇的家臣回报，他，已经……”

嬴香一震，像是不堪沉重的打击，低下头，无声地抽泣。

楚王熊居端起案上的羽觞，仰头吞下清酒，沉重地叹息道：“子暇啊，寡人怎么也想不到，他竟然……”

嬴香抬起头，脸颊上一痕泪迹：“子暇是以死相劝大王啊。”

楚王熊居又要发怒。可是，看着面前美丽的嬴香，怒气无法发作，他闷闷地说：“有什么话子暇不能和寡人讲？要血谏？寡人真的是无道昏君吗？”

嬴香经泪水洗过的眼眸格外清亮迷人，凝视着楚王：“大王听得进劝谏，子暇何以身死？”

楚王熊居张口结舌。

他不明白，为什么群臣要在背后非议他？只因为他纳了自己的儿媳为夫人？

他表面的暴虐易怒，掩盖的是一颗胆怯不安的心。他心虚，心虚得无法说出口。即使是面对嬴香，他最亲密、心爱的人，他也心虚害怕，害怕失去她。太子建才是她真正的夫君。他害怕面对群臣，害怕他们指责他抢了儿子的妻。

从何时起，不敢面对子暇？不敢面对群臣？他不记得了。他也不记得，从何时起，脾气一天天的暴虐起来。用暴怒掩盖自己，直到无法面对自己。夜半惊醒，都是一身冷汗。

自欺——欺人。

欺骗的是自己？还是别人？

他敢于面对的，只有费无极。即使奸诈，即使阴险，但只有在费无极面前，他才敢于说出心里的话。哪怕儿子身死，孙子逃亡异国，他真真切切地感觉到疼，感觉到真实的存在。就像他真真切切地感觉到堕落的快感。

即位之初，他施仁政，睦邻邦，即使被臣子驳斥也能做到宽容大度，不予追究。楚国在蒸蒸日上，但他不痛快。他的欲望被压抑着，想找到一个出口，直到费无极的出现。

是他误了费无极？还是费无极误了他？

从此，君臣二人，如系在一叶小舟上。天地之大，只有他们两个人才能理解对方。二人之外，全是唾骂他们的声音。暴君、奸佞……

但在最初，他只不过稍微放纵了一下自己的欲望，何曾想到，竟会是这样的局面。

一步踏错，他只能在错误的泥潭里越陷越深，无力自拔。

阳匄病亡后，司马薳越统率七国军士，与吴军形成相峙局面。吴军急于入郹阳迎接蔡姬，然而忌惮薳越颇善用兵，不敢贸然急进。薳越日夜盼望救兵增援，终于等得吴刿归来，传下大王的命令，登时如一盆冷水当头浇下，凉个彻底。

吴国探子探到消息，立刻报给公子光得知。公子光听了大喜，赏了探子，打发他回楚营继续留心打探。

公子光打发探子走后，来到吴王僚营帐内，笑着说：“恭喜大王！”

吴王僚诧异：“何喜之有？”话一出口，他立时明白了：“想是公子已有了破敌之策么？”

公子光笑道：“大王圣明，果然一猜即中。”

于是，他将探子所报的消息，讲给吴王僚听。讲完后，他又接着说：“这正是上天赐给大王的绝好战机。楚军阵前亡大将，其士气已经丧失。而且，跟随楚国出征的六国军士虽然众多，但他们并不是自己想和我们打仗，只是迫于楚国的威势，不得不服从。这些人在战场上必定不肯尽力。薳越虽有大将之才，然而不被楚王重用，在军中难立威仪。楚军主帅虽勇，奈何麾下不听他号令。今日一战，楚军必败无疑！”

吴王僚道：“这样说来，公子已是胜算在握了！你打算怎么个打法，不妨也讲来听听。”

公子光道：“先攻其弱点，挫其锐气。然后，一鼓作气，直入郹阳，迎接蔡姬。速战速决，一击成功，立即抽身撤走，让楚军无法追寻。”

吴王僚道："若非熟知兵法、果断勇决之人，决难想得出这个主意。"

公子光暗中观察吴王僚面上的神情，小心翼翼地说："臣只是做此设想。具体如何调兵遣将，还要请大王示下。"

吴王僚道："楚军分为三路人马，我亲自统率中军，世子庆忌领右军，这左军就要偏劳公子掌管。"

公子光站起施礼，恭声道："大王差遣，光敢不从命。"

吴王僚拉着他的手，笑道："你我自家弟兄，何必如此拘礼。坐着讲话无妨。"

公子光依言坐下，问："大王准备何日兴兵开战？"

吴王僚沉吟道："公子以为何日兴兵为宜？"

公子光道："速战速决，不宜耽搁。"

两人商议已定，决定明日发兵。当夜吩咐军士备好战车、马匹，提早做饭，次日一早即刻出兵。

等第二天早上，饱餐了早饭，整束好甲胄，听得军士来报，楚人已于昨天晚上乘着夜色悄悄拔营起寨，走得人影全无。

公子光哈哈笑道："薳越，你倒跑得快。"他催促吴王僚率军追赶。

薳越率领七国联军，回师鸡父，准备休整后再作行动。吴军一路追踪而至，迅速向楚军逼近。

大战一触即发。

薳越仓促间，安排六国军队在前，掩护在后的楚军。

追踪而来的吴军却并没有发动进攻，不慌不忙地扎下营寨，埋锅造饭。全军饱食后生起大堆篝火。

火舌漫卷，映得公子光的脸忽明忽暗，变幻不定。公子光心中思虑重重。

他回想上次进攻楚国是在六年前。那是吴王僚即位的第二年，吴国公子光率舟师沿长江逆水而上。楚国令尹阳匄率舟师迎击，双方在长岸激战。楚国司马子鱼战死，楚军继续攻击，大败吴军．缴获吴王乘坐的王船"余皇"。丢失王船是死罪，公子光派三名勇士潜入楚国军营，假扮成楚国人当内应，制造混乱，乘楚军大乱之际，夺回王船，返回吴国。

而今令尹阳匄已病亡，公子光不把薳越放在眼里。即使面对七国联军，他也稳握胜券。

但他的目标不在楚国，而在吴国之内的吴王僚。他暗中结交伍子胥，用亲善之计，厚待专诸及其老母。这令专诸感激涕零，情愿用生命报答他的恩情。公子光不需要专诸的生命，他要的是吴王僚的命。专诸生死何足惜，死也要带吴王僚一同踏进鬼门关，死得其所。面对戒备森严的吴王僚，纵然勇猛如专诸，公子光也不敢确信能够一击成功。他只能隐忍，等待时机。

公子光回头看不远处营帐内的吴王僚，目光如盘旋在空中的秃鹰盯视着地面上的尸体，随时准备飞扑而下。

等他站起身来，脸上满是开朗的笑容。公子光大步走进营帐。

吴王僚抬起头，盯视着公子光，仿佛想看透他的肺腑，直看进他的心底里。

公子光道："我军远途追踪而来，不宜开战。今天放过楚军。明天再战不迟。"

吴王僚沉吟道："明日正逢晦日，是兵家忌日，不宜作战，莫如……"

公子光道："兵行诡道。今日追踪而至，楚军以为我军必定立即开战，偏偏安营扎寨，不动如山。明日是兵家忌日，从来没有晦日作战的先例，楚军必然疏于防范，正可出奇兵制胜。"

他久经沙场，战功卓著，生平仅有一次败绩，败在楚国令尹阳匄手下，言谈举止之间自然流露出一股威风凛凛的仪态。这令吴王僚见了又妒又羡，又禁不住自心底为之折服。于是传令下去，将麾下军士分为三路，吴王僚亲自统率中军，世子庆忌领右军，左军由公子光掌领。各自饱餐战饭，准备明日开战。

第二天，七月二十九日，正是兵家忌日的晦日，吴国三军摆下战阵。每一百名士卒排成一行，一百行排成一军。上士站在各行的前头，抱着大铃，拿着棨戈，举着旗帜，捧着犀牛皮做的盾牌。每十行由一名下大夫率领，举着用五色羽毛装饰的旗子，提着战鼓，挟着兵书，拿着鼓槌。每一军排成一个方阵，由一名将军统率，将军的车上插了绘有日月图案的大旗，把鼓挂在车柱子上，挟着兵书，拿着鼓槌。

中军全是白裳、白旗、白甲、白色的羽箭，远远望去像一片雪白荼花。吴王僚亲自拿着钺，形如大斧，象征王权。载着绘有熊虎图案的白旗，站在方阵的中间，率领中军。左军全是红裳、红旗、红甲、红色的羽箭，远远望去像一片火海。右军全是黑裳、黑旗、黑甲、黑色的羽箭，远远望去像一片黑墨。

战场上，左中右三军，分三种颜色齐整排列，透出莫名的诡谲。

吴国表面上看起来诡谲的战阵，其实并没有什么奇异之处，只是采用了五行相生的原则。

从远古的传说开始，就认为天地万物是由金、木、水、火、土五行组成。五行化生万物，以颜色相配五行则为五色：青、赤、黄、白、黑。吴军所采用的三种颜色赤白黑，对应五行中的火金水。五行相生相克，变化无穷。排兵布阵，当然将己方设为生阵，取五行相生：木生火，火生土，土生金，金生水，水生木。

吴国是周王室的分支。当年周文王的两位伯父：太伯、仲雍，为了让贤能的周文王姬昌继承王位，放弃王位继承权，迁徙到东南荆蛮人居住的地方，自创基业，建立勾吴国。这才使得周文王的父亲季历顺利即位。周灭商后，周武王封太伯的三世孙为吴侯。周天子以火德兴，吴国也继承火德。吴国再选取象征战争的金和象征智慧的水，以表示战无不胜、智勇无敌。

公子光带领左军，率先向胡、沈、陈三国联军所在的营地发起进攻。他一改常法，将三千名罪人列在战阵之前，步卒在三千罪人之后，战车更在步卒的后面。众大夫不明白他的用意，难免惊诧。公子光微笑道："战无常法，能够打胜仗的就是好法子。各位大夫不必惊疑，待会儿好好地听我号令，努力杀敌，管让各位再立新功。"

胡、沈两国国君和陈国大夫夏齧听到探报，还以为是笑话。他们大笑道："哪里有这样的事情？今天是晦日，吴子怎么会选这个日子进犯？那不是他自触霉头吗？"

三人把报讯的轰出营帐，继续饮酒作乐。过不多时，又一个士卒急奔进来，禀道："吴军已经越过壕沟，杀了过来。"

三人将信将疑，陈国大夫夏齧说："公子光熟知兵法，决不会于此时贸然进攻。这说不定是他帐下的哪个大夫，贪功好胜，才这样莽莽撞撞地杀过来。待我去教训他！"

夏齧披上甲胄，提着一柄大戈，驱车来到阵前。他眺望敌阵，看见吴军士卒左冲右杀，全无纪律，乱糟糟就像一群没有受过训练的流民，只拼命厮杀，毫无章法。他禁不住哈哈笑道："我料得不错，果然是一群冒失鬼。公子光调教出这样的手下，可见他的声名只不过是别人吹嘘出来的，其实没有半点真才。"

他没想到对手竟如此无能，看得有些失望，便欲返回大帐。忽听人报，司马薳越派人过来。

夏齧见来人有些面熟，问："你可是令尹阳匄的家臣吴㓼？"

来人答道："大夫真好记性，正是吴㓼。"

夏齧道："令尹不幸亡故，你不随他的灵柩回郢都守丧，还留在这里？"

吴㓼面色沉痛："令尹带病远征，不幸身先亡故。我已发下誓愿，一定要击退吴军，以偿令尹遗愿。"

夏齧见他如此忠心，不觉为之感动，点头叹息。

吴㓼道："司马薳越让吴㓼提醒大夫，吴军狡诈，公子光多谋。大夫须要小心提防。"

夏齧道："司马薳越未免太过谨慎了。你看吴军全无章法。打败这样的敌人，不过举手之劳而已。"

吴㓼道："这是公子光故意引诱咱们轻敌，他可乘机进击。大夫切莫要小瞧了公子光。"

夏齧不耐烦地道："好了，你先请回吧。待我打败公子光，还要麻烦你送捷报给薳越呢。"

吴刿见他不听劝告，也没有办法，只得告辞。

夏齧等吴刿走后，回头对手下将士说道："将这些吴军生擒活捉，送到薳越面前。瞧他还赞不赞公子光勇武无敌。"

他亲自带领一彪军士，冲上阵前，迎击吴军，并且颁下军令："活捉吴军者重赏！"陈国军士听到这一命令，个个奋勇争先，追逐捉拿吴军。吴兵原本就不成阵形，一番混战，乱跑乱奔。陈国军士彼此争功追逐，队伍也乱了。

公子光听到禀报，陈国大夫出兵迎战，业已被设在前阵的三千吴国罪人扰得阵容散乱。他纵声大笑道；"诸君，立功的时刻到了，进军！"

在旗帜的指挥下，吴国步卒出击，战车跟随在后。

此次进攻，公子光所用的战法，称得上是创举。以三千罪人列在阵前，向敌人示弱。主力军队在后，实行突然袭击。步卒在前，战车在后，用的是先正后奇的战法，意在出车兵出奇制胜。

吴军主力军队冲上战场，本已阵容散乱的陈国军士不堪一击，纷纷溃败。战车所到之处，更是所向披靡，令陈国军士望风丧胆。

夏齧正在观看陈军追击吴军，追得吴军四处逃散，溃不成军，心情大为振奋。突然看见吴营内主力杀出，陈国军士一路败退，令夏齧看得心惊肉跳。战场上惨呼倒地之声不绝于耳，听来竟大半都是陈军。

夏齧刚催着车夫把战车转过头，想夺路奔逃，一辆战车已奔到他的前面，截住去路。车上那员将军执戈而立，威风凛凛，身穿红裳、红甲，头上戴一顶金胄，映着阳光，熠熠生辉。

夏齧从未见过这个人，不知怎的，忽然将一个名字脱口喊了出来：

"公子光！"

公子光傲然微笑，挥动长戈，劈面直搠过来！

第十四章·碧血丹心

夏齧用的也是戈，可是比起公子光的长戈短了将近三分之一。他刺不到公子光，所以只能用来防守。他用尽全力迎着公子光搠来的势道往外挡架。

只听“当！”的一声巨响，双戈击撞在一处。夏齧被这声巨响震得双耳欲聋。他的双臂也被撞得酸痛难忍，双手紧紧握着的长戈脱手飞出去。

公子光的长戈割过夏齧的咽喉，轻轻一举，将他整个人举在半空中，反手甩出。夏齧落在地上，立刻被混战的军士踏得血肉模糊。

公子光亲自击响战鼓，鼓声阵阵，直传到庆忌耳中。庆忌率领右军也赶到阵前。左右两军合在一处。庆忌笑着向公子光说：“王叔首战告捷，可喜可贺。王叔且先暂作休息，下面瞧侄儿的。”

公子光吩咐道：“世子这场仗与我方才却又不同。我方才斩杀陈国军士殆尽，已挫对方锐气。世子此番用兵，却要饶过胡、沈二国的军士，单只斩杀两国国君便是。”

庆忌不解：“为何要饶过军士，单杀国君？”

公子光道：“不杀国君，不足以立吴国军威。一味地杀戮军士，反倒会更激起对方敌忾之仇。咱们的敌人只是楚国，犯不着跟其他六国硬拼。”

庆忌恍然道：“明白了，这就是王叔跟大王所讲的‘攻其弱点，挫其锐气’。咱们先攻打实力比较薄弱的胡、沈、陈三国，挫败对方的锐气。只杀国君，放掉军士，用的是‘杀鸡骇猴’的法子。放那些军士传过话去，许、蔡、顿三国的大夫不脚底抹油，溜之大吉，才算怪呢。”

公子光笑道：“世子果然聪颖过人，一点即透。”

庆忌道：“这是王叔的谋略，侄儿可是寸功未立。”

他拱手辞别公子光，登上战车，指挥众部属向前冲杀过去。

这时胡、沈两国国君已闻知陈军大败的消息，急急忙忙地穿上甲胄，率领手下军士向吴军冲锋。他们俱是骄妄气盛的年轻人，不知天高地厚，还一心想着击败吴军，向楚王邀功。他们哪料得被庆忌包抄围住，一阵强攻，将胡、沈两国军士杀得大败。

庆忌吩咐部属不准任意杀害敌军，把捉到的俘虏用绳绑缚起来，四周由步卒手持着利刃监视，以防俘虏逃窜。他自己高高地站立在战车上，注视着战场上的战况。吴军训练有素，战斗力颇强，冲锋厮杀之际，强悍无比。胡、沈两国军士哪里是吴军的对手？被俘虏的军士越来越多，密匝匝地坐了一地。剩下的犹在作困兽之搏，不肯轻易就缚。

内中有一员白袍将军，拼死护住胡、沈二国君，左右冲杀。他一袭白色的战袍已被敌人的鲜血染成红色，仍然力战不退。

庆忌见他勇猛，顿起好胜之心，命令众军士退开，催动战车来到那白袍将军面前。

那白袍将军被数百名吴军围在当中，已是血染征袍，汗湿重甲，心知今日难以保全性命，便使出全力拼杀，暗想："老子纵要归天，也得先杀满百人垫背！"

他正想着，忽见吴军退在两旁，当中闪开一条道路，四匹高大骏马拉着一辆华贵的战车奔驰而来。车中站立一名英伟的少年，手持长矛，腰悬宝剑，气质高贵，英气逼人，正是吴国世子庆忌。

庆忌出手极快，车驰到近前，举起长矛当胸直刺！

那白袍将侧身避过，奋起长戈回击，两人战在一处。吴军将士擂起战鼓，为庆忌助威掠战。八匹马拉着两辆战车在战场上往来盘旋，车上的庆忌和白袍将打得难分难解。两名驾车的御者也拿起武器，与对方展开殊死的搏斗，一下不慎，其中一名御者被刺落地下。那得势的御者催动战车奔驰过去，不容他挣扎坐起，巨大的车轮已自他头、胸上轧过，血肉迸溅，惨叫声凝结在血腥冷酷的空气里。

御者坠车丧命，驷马失去控制，由着性子乱跑。车上的白袍将难免慌乱，迫于庆忌的凌厉攻势，只得仓促应战，毕竟心存旁骛。庆忌觑着空隙，攻得越发紧急，一轮强攻，逼得白袍将手忙脚乱。两车交错之际，他一双虎目正跟怯弱的沈国国君相对，蓦地一翻掌，反手挥矛，回臂刺出。身后"扑通"一响，他知道得手了。沈国国君被击杀于车下。白袍将纵然勇猛，但在这电光石火的刹那，也无法挽救。

四下里顿时响起如雷般的欢呼声，吴军将士群情激昂，呐喊声震天动地。

白袍将见势不妙，乘两辆战车交错而过，尚未调转方向返回的机会，驾着战车飞奔逃走。吴军将士本远远地围成个大圈子，观看庆忌和白袍将两人对战，这时吴军瞧见白袍将意欲逃遁，发一声喊，一齐拥上前来。白袍将如同一只陷入困境的猛兽，被激起了疯狂的野性。他不停地鞭打战马，把战车赶得飞快，不及躲闪的吴军被车轮无情地辗过，势如疯狂。

庆忌这时已调转车头，看见吴军死伤颇众，扬声高喊："穷寇莫追，儿郎们都退下。"

吴军遵命退下，有不服气的军士低声嘟囔："竟这样由他去，留下他，必是日后的祸害。"

庆忌傲然而笑："放心！我岂能轻易由他逃去。"

话虽如此，他却仍没有追击的意思。直到白袍将的身影去远，他才叫道："拿弓来！"

庆忌天生神力，用的是特制的强弓，能射三百步，箭是黑色的羽箭，箭尖锋锐无比。

军士奉上弓箭，庆忌接过，搭箭、张弓，瞄准远处飞奔的逃亡者，射出羽箭。

一箭射出，弓弦声惊心动魄！

方自逃脱险境的胡国国君尚未吁出一口长气，安定下心神，便已听到那可怖的声响，愕然回首，看到一支黑色羽箭，迅如奔雷，疾射而至，三魂七魄登时被骇散了，只余下一具躯壳，浑浑噩噩，无力抵挡这雷霆一击。

白袍将眼见箭矢如飞而至，不慌不忙一手挽紧驾车飞奔的战马，一只手举起战车上的大盾格档。

孰料箭矢强劲，直射穿三层牛皮的盾牌，余势未消，震得白袍将持盾的手阵阵发麻。

庆忌箭方射出，战车已飞驰追上来。庆忌随手拿过车右的长戈，借着战车飞奔的力道进击。白袍将一只手驾车，本来就吃力，战车奔逃不及，匆忙间举盾牌格挡，被长戈刺中手臂。

庆忌一击即中，收戈撤回。白袍将被刺中的手臂随即被卸下来，血雨飞溅，一条手臂连带着大盾跌落尘埃。

庆忌闪身避让，连一滴血都没有溅上甲衣。

白袍将失去一臂，疼痛椎心，虽还能忍住痛楚，勉力支撑，但究竟力不从心。几匹马拉着战车在战场上受惊奔跑。车上的胡国国君被血溅了一脸，吓得惊恐大叫，状如疯狂。

白袍将忍住疼痛，道："君侯，快走！"

他一句话没说完，张口喷出一大口鲜血，身子往后倒下。原来庆忌乘胜追击，长矛脱手掷出，正刺中白袍将胸膛，力道强劲，将他生生钉在战车上。白袍将血流如注，仍然未死，一只手挣扎抽搐，在空中不停乱抓，看情形意欲挣扎坐起。庆忌身穿重甲，起落如飞，在两辆飞奔疾驰的战车间飞身跳跃，跃上敌军战车，一脚踏在白袍将咽喉上，一连串骨节碎裂之声，伴随着嘶哑低弱的绝望嘶叫，听来仿似响尾蛇发出的恶毒邪异的响声，令人不由得毛骨悚然。

白袍将死了。一颗头颅软软地低垂下来，双目却睁得异常大，空洞失神的眼眸死死地瞪着庆忌，里面像是盛满了仇恨的毒咒。

庆忌却再不看他一眼，拉紧车辔，止住狂奔的骏马，往回一带，折转方向，向来路奔回。此时，残余的负隅顽抗者，全部就缚。在万千部属的欢呼赞叹声里，他凯旋而归。

庆忌跳下战车，傲然而立，大声喝道："来人！将这厮斩了！"

庆忌指的是懦弱无能的胡国国君。他早已瘫倒在车里。白袍将的血溅了他满身满脸，腿都骇得软了。庆忌斩杀白袍将的神威令他不寒而栗，浑身颤抖，无力奔逃。

三颗滴血的头颅高高地挂在旗杆上，张扬的是吴军的军威，惊碎的是俘虏的肝胆。

大地被鲜血浸湿，染成触目惊心的红色。滚滚红尘消散在苍凉的风中，却吹不散无数惨死者幽怨悲泣的亡魂。

人群中隐隐传来低抑的啜泣声。是悲泣的鬼魂？还是惊心断肠的胡、沈军士？才只是初秋时节，气氛之肃杀凄冷，尤胜过严冬。

庆忌大步走过来，脸上带着胜利者特有的骄傲。他挥挥手，吩咐手下解开捆绑俘虏的绳子。众俘虏惶惑不安，无法猜测自己将要面临的命运。

只听庆忌朗声说："你们不必害怕。吴楚世代为仇敌之国，跟别的国家并没有过节。你们的国君不自量力，居然与吴国为敌，身死异乡那是他们咎由自取。念你们来此争战也是身不由己，并非自己情愿，我今日且放你们回乡。倘若有哪个活得不耐烦，想自己找死的话，不妨就请留在这里。"

这几句话朗朗传出，在众俘虏听来不啻于喜从天降，狂喜之情实难用笔墨形容。不等庆忌将最后一句话讲完，大家立刻起身，走了个干净。

庆忌见状，哈哈大笑，命人回报吴王僚和公子光。二人得知庆忌已扫平楚军右营，相顾而笑。公子光道："世子已立下首功，接下来该劳烦大王率三军进击了。"

吴王僚笑道："王兄良谋已定，僚敢不从命。"当即统率三军进发。

公子光却带领三千精锐军士，离开战场，投北而去。

吴军三路大军一同进击，来势凶猛，楚营却乱成了一团糟。右营逃亡回来的胡、沈二国军士将激战情形一讲，薳越气得直骂夏齧蠢笨。许、蔡、顿三国联军骇得心惊胆战，暗地里商量着一齐撤兵回国。薳越闻讯赶来劝阻，可哪里能够劝阻得住？三国领兵的大夫尤其怕得要死，唯恐吴军拿自己开刀，忙不迭地率领本国军士撤退。

这正是公子光的攻心计。以吴国一国军力与七国联军开战，势难与之抗衡。因此，先攻打胡、沈、陈三国联军，故意放回战败的军士，扰乱许、蔡、顿三国军心。不止六国联军无力助楚攻吴，六国军士慌乱奔逃，也挫了楚军士气。

两军相逢勇者胜。作战靠的是一股勇气，锐不可当，所向披靡。勇气消尽，即使装备精良的精锐部队也如同拔了爪牙的鹰犬，无力一搏。

到了这个地步，六国联军抱头窜逃，楚国军心士气也已经散乱。薳越见败局已定，倘若再硬撑下去，只能徒然落得全军覆灭的下场。于是，他带着楚军落荒而逃。

吴王僚带领吴军随后掩杀，粮草兵器甲衣，缴获无数。此番一举打败七国联军，又得到许多战利品，众人俱是兴高采烈，喜气洋洋。

庆忌道："父王，楚兵已败。咱们还是及早进兵郹阳，接应王叔吧。"

原来当吴、楚交战之际，公子光已统率三千精兵，轻装直奔郹阳，迎接蔡姬去了。

吴王僚点头称是，当下下令饱餐战饭，大军向郹阳进发。

楚军大败奔逃，看吴军不再追赶，才停下来休息。楚军一清点人数，发现大半军士非死即逃，只剩下一行狼狈不堪的残兵败将。

虽说打了败仗，可威风不能坠。薳越强作镇静，安抚纷乱的兵士，一面命人前去探吴军的动静。不多时，探报匆匆忙忙地奔回来，禀道："吴军将大营洗劫一空，已经奔郹阳去了。"

薳越闻报，大吃一惊。蔡姬正在郹阳，她虽已被废黜，但毕竟曾经贵为楚国君夫人，一旦被吴军掳走，楚国颜面何在？国威何在？薳越想到此处，不禁冷汗如雨，汗珠从额头淌下，沿着额角和两颊滚落，连脸色都变了。

吴刿向他望过去，看到薳越眸子里满是仓皇和惨淡，从未见过的狼狈，甚至比他的兵士更甚。

兵士们忧虑的只是生死，他却需顾忌更多。

放得开的是生死，放不开的是声名。一生征战，戎马生涯，风霜催白了他的须发，赤胆报国的忠心却日逾弥坚。想不到一番鏖战，落得惨败，一世努力缔造的声名，竟似那江水，滚滚东逝！

"司马！……"吴刿的呼唤声把薳越从沉思中唤醒，蓦地惊觉，此时战机一纵即逝，不容再耽搁。

薳越奋力将长矛在空中一挥，划一道圆弧指向西北：

"去郹阳！"

薳越鼓足余勇，星夜兼程，赶赴郹阳，只盼能够遇上吴军，再战一场。这一仗败得实在冤枉，前来助战的六国军士非但没有起到应有的作用，反倒由于他们的惨败，摧垮了楚军的士气，以致加速了败亡。他渴望再进行一次战争，即使战死也无妨，战败的耻辱要用血汗来洗！

楚军一路急速奔袭，接近郹阳城时，天已近黄昏。于宁静中薳越感到极大、莫名的恐惧。沿途没有遭遇到一队吴军，已足以使他心慌，勇气在逐渐溃涣，他强抑住内心的慌乱。正在这时，郧阳城门突然大开，原来守城的官员看见楚国的旗帜，出城迎接。

薳越无暇客套，第一句话便问："吴军可曾来过？"

那官员面露难色，支支吾吾地回答："上午来过，已经走了。"

薳越面色骤变，急问："那蔡姬呢？现在可还安在？"

那官员头垂得更低，嗫嚅道："吴军气势汹汹地杀过来，城里守军根本无法抵挡，只能眼看着他们将蔡姬抢掠而去。"

薳越气极，恨恨地把脚一跺，解下一匹战马。他翻然跃上马背，动作干脆利落，仿似又回到了意气英发的少年时。他一言不发，也不理会军士们诧讶敬佩的神色，猛地用剑鞘击打马匹，两腿夹紧马腹，直向水边迷濛的夜雾奔过去。

众军士略一迟疑，也跟了下去。吴刿奔在最前面，一边催促战马拉着战车飞驰，一边高喊："司马！司马！……"

薳越沿着河岸狂奔不止，吴刿拼命打马，抢在他前头，从战车上滚下来，匍匐在地："司马！吴军早已去远了，追不上了！……"

薳越不理，只是不停地用佩剑击打战马，呼啸着。此刻只有这样狂奔、呐喊，他才可以忘记，忘记战败的耻辱，忘记他心头那无法说出口的恐惧。然而，吴刿用双臂拦住了马腿，阻住薳越的去路。狂怒的骏马试图摆脱他的约束，不住地将马蹄往他头上、肩上、背上踏下。他什么也不管，只是固执地用双臂，用整个身体阻挡薳越的去路。坚硬的马蹄从他脸上踏过，留下一道道血痕。

薳越有些不忍，拉住马，跨下骏马一声长嘶，退后几步。

吴刿由地上爬起来，血迹斑斑，满身尘土，但他的一双眼睛仍然明亮，仰视着高高坐在马上的薳越。他这才发现薳越竟仿佛一下子衰老了二十年，花白的胡须在夜风中瑟瑟颤抖，脸色惨白得全无血色，一如月光下清冷的河水。以往锐利威严的眸子失去了所有的神采，变得黯淡失神。他仿佛已疲倦地丧失了全部的精力，连那身坚甲的重量也难以承受。

吴刿惊叫出口："司马！"

薳越的目光却并不看他，茫然地遥望远方，神情里有着说不出的憔悴和疲倦。隔了好一会儿，他才将目光转向吴刿，问："你原是令尹阳匄的家将，跟着我打仗不过是为了给令尹报仇。我打了败仗，你该怨恨我才是。为什么还跟着我，护着我？"

吴刿道："小的愚鲁，不明白什么道理，只知道忠心报国。令尹一生为国事操碎了心。他是个好人。小的跟着他再苦再累也不怕。如今令尹亡故了，小的瞧司马也是他那样的好人，所以跟着司马。不管是胜是败，小的都要随护在司马身边。"

薳越唇边隐现出一丝苍凉凄苦的笑意："我怎能和令尹相比？令尹文经武略，堪称一代英杰。我却败给了吴军，连君夫人也落入异邦。我还有何面目生存于世！”

吴刿叫道：“司马！这一仗咱们输得冤。吴军强敌压境，兵精粮足。可大王却不给咱们派援兵，只借来几个小国的兵将。那些异国人根本就不跟咱们一条心，一开仗，就溜得不见影踪。这种仗叫谁也没法打。大王是存心要咱们这些人来送死的！”

薳越摇头轻喟：“君叫臣死，臣不得不死。”

吴刿“扑通”跪倒在薳越马前，惨叫道：“司马！……”

薳越仰天长叹道：“我当日奉命戍守昭关，不能缉获伍子胥，致使伍子胥逃往吴国。这次在鸡父被吴军击败。伍子胥逃奔吴国，已经留下了祸患。使国君的军队败亡，即使战死沙场也是有罪。又使君夫人流落仇敌之国，已经犯下无可饶恕的罪愆，不能够不死啊……”

话声未落，但见寒光一闪，吴刿急忙向前扑去，急叫：“司马！……”

第十五章·诛杀蔡侯

然而，已经迟了。一柄锋利的长剑已刺进薳越的胸膛。

薳越双手握住剑柄，再刺，刺得更深，长剑穿胸而过，从后背刺出。吴刿泣不成声。由薳越体内流出来的血，一点点的滴在他头上、脸上，缓缓垂落。

众军士赶过来的时候，薳越已自马背上跌落下来。吴刿将他的身体抱在怀里，放声大哭，悲痛欲绝。众军士也都忍不住流下泪来，双膝跪地，将甲胄上的朱缨默默摘下。

一名军士哭了一阵，走到吴刿面前，问道："你为什么不拦住司马？为什么看着司马自杀不拦住他？"

吴刿痛哭失声，无言以答。那名军士眼珠充满血丝，一面流泪，一面嘶声喊问："你为什么不拦住司马？为什么？……"

他抢过一条皮鞭，没头没脑地抽打吴刿，打一鞭，问一声。吴刿似是已哭得痴了，也不闪避，任凭他抽打。他的脸上和肩、背刚才被马蹄用力踩踏，甲衣都凌乱了，现在又遭毒打，身上的衣服都被抽裂，露出青一块、紫一块，微微浸着血丝的皮肉，混着一道道鞭痕，皮开肉绽，鲜血直流。

旁边的军士看不下去了。几个人上前抱住那名军士，夺过他手中的鞭子，叫道："快别打了！再打下去，会出人命的。"

那名军士累得气喘吁吁，声音已经嘶哑，仍嘶哑着嗓子，问："你为什么不拦住司马！为什么！为什么！……"

吴刿双目流泪，哑声道："司马不自杀能怎样？回到郢都，大王会容他活下去么？……"

众人都怔住了，这时才想起来森然君令。

那名军士也怔住，怔了足足半晌，突然跪倒在地，膝行爬到薳越的尸体前，纳头叩拜。这一拜，再也无法起身，七尺男儿哭成了一个泪人。

四下一片哭声。

楚王熊居坐在大殿上，脸色阴沉得可怖。

令尹阳匄临战病亡，司马薳越战败自戮，前任君夫人蔡姬被吴子抢到吴国，军事要地州来被吴国占据……这一连串的消息，令楚王熊居深受打击。自楚国立国五百多年来，可以说从来没有遭受过如此沉重的打击。

吴楚两国世代为仇敌之国，争战不休，战败，甚至失去州来，都不是第一次。但今时不同往日。

早在楚王熊居即位之初，州来就曾被吴军占领。当时令尹子期请求讨伐吴国，楚王熊居不允许，说："我没有安抚民众，没有侍奉鬼神，没有修缮防御设备，没有使国家安定，在这种情况下去使用民众的力量，失败了来不及后悔。州来在吴国，就像在楚国一样。子姑待之（你暂且等待）。"

楚王熊居借用了春秋第一位霸主郑庄公的名言："多行不义必自毙，子姑待之。"虽然那时州来被吴国占领，但楚王熊居自信满满，有一代霸主的风度。果然在几年后，楚国收复州来。

而今，楚王熊居再也没有了当年的威风霸气。他从心底深处，感到绝望和恐惧。

他不怕吴国崛起争霸，楚国称霸已久，吴国根本对楚国无法造成真正的威胁。真正令他惧怕的是楚国。放眼楚国，已经是人才凋零。伍奢、伍尚被杀。伍子胥投奔吴国，蓄意报复。令尹阳匄病亡。司马薳越自杀。一旦危机来临，谁是可以力挽狂澜的国之干城？

即位之初的满朝人才济济，转眼间竟已经凋零散尽。他不敢想，自己是怎样一步步地走到了今日。

手中握紧染着令尹阳匄血迹的丝帛，楚王熊居深深地悔恨，为什么会对费无极言听计从？

费无极——真是天下第一奸佞之臣，毁了楚国多少栋梁重臣啊！

此刻，楚王熊居终于意识到费无极对楚国的危害。但他没有想：为什么无数忠良的劝谏，他充耳不闻？费无极所献的奸佞谗言，即刻得以实行？楚王熊居只觉被费无极陷害，以致落到如今地步，无力挽回，满怀愤懑，不可抑制。

遣退了所有的宫女和内侍，偌大一个宫殿，只剩下君臣二人，气氛沉闷得使人几欲窒息。

费无极行罢叩拜礼之后，毕恭毕敬地侧身侍立一旁，偷眼察看楚王神色，暗叫"不妙"，不好妄言猜测，只得小心应付。

楚王熊居脸色阴沉，盯视着费无极。有顷，突然发出一声暴喝：

"费无极！"

"臣在。"

费无极早已在他的目光瞪视下，被骇得心慌意乱，骤然听到叱喝，双膝一软，“扑通”一声跪倒在地。

楚王熊居斜飞的凤目，冷傲中透出杀机，说：“你好啊！”

费无极未料到他竟说出这样一句话，瞬息间心念百转，最后只有硬着头皮回答：

“臣……罪不可赦！”

楚王熊居冷笑：“你有何罪过？”

费无极纳头拜道：“臣错荐令尹阳匄带病出征，以致令尹病亡，楚军大败，州来被夺。臣——罪无可赦！”

楚王熊居积蓄了满腔的怒火，想痛斥费无极奸佞祸国，还没出言斥责，费无极竟已经自陈罪过，出乎他的意料之外。他预期中会听到费无极巧言如簧地极力辩解，求饶。蓄力已久的一记重拳还未击出，竟惊觉对方如一团软棉花，令楚王无从发泄怒火，只得嘿然冷笑。

费无极跟随楚王日久，深知他的为人，刻意揣摩楚王心意，已有心得。听楚王阵阵冷笑，费无极向前膝行，叩首在地，说道：“臣有负大王君恩深厚，任凭大王发落。”

楚王熊居冷眼观察，静听下文。

费无极顿了顿，不见楚王答话，又说道：“臣今日死在此地，也是无法弥补所犯的罪愆。臣有一句话，冒死也要向大王言明。”

楚王熊居道：“讲。”

费无极道：“令尹、司马皆年纪老迈，身死沙场，是为臣子的荣光。州来一地，虽然被吴子抢劫，以楚国之强盛，必将踏平吴国，收复失地。臣之所虑，在于蔡姬……”

楚王熊居听到“蔡姬”二字，脸上肌肉微微跳颤。

费无极继续道：“蔡姬身在蔡国，居然被吴子抢劫而去，臣万死也要为大王雪复此仇恨。”

楚王熊居面无表情，冷冷地吐出一个字：“讲。”

费无极说：“此事，蔡国干系重大。蔡国身负保护蔡姬之责，居然任凭吴子深入蔡国，掳走蔡姬。蔡侯罪责难逃。鸡父一战，蔡国未战先乱，搅乱楚国阵营，以致楚军大败，其心可诛。”

楚王熊居听得握紧双拳，怒气勃发。

费无极道：“蔡姬一事，为大王之忌讳。臣请代大王出面，诛杀蔡侯，报复此仇。”

前任君夫人蔡姬被吴王僚带到吴国，令楚王大丢面子，深为忌讳，想要发怒，又无法出口。听了费无极的话，楚王熊居脸色阴沉，解下腰间佩剑，扔给费无极，沉声道："杀！"

费无极膝行向前，双手捧起楚王佩剑，举过头顶，恭声道："臣必不辱大王使命！"

费无极走出楚宫，浑身冷汗淋漓，被秋风一吹，遍体森寒。

刚才，楚王召见费无极，本意斩除这个奸佞之臣。一番言语，费无极将大祸转到蔡侯东国头上，逃脱一劫。当时，费无极虽然镇定从容，出了宫门，便觉浑身发软，恍如在鬼门关走了一遭，侥幸生还。

虽然是信口推脱，但费无极认为蔡侯东国实在是死有余辜，亲手杀了他也难消此恨。

当初，扶立蔡侯东国，不是费无极的本意。东国苦苦哀求，费无极认为从此收得一个诸侯国听从己命，大有好处。想不到好事没有，坏事接二连三地发生。先是蔡侯朱跑到郢都向楚王告状，这次又失落了蔡姬。连被废弃的国君、君夫人都看不住，费无极想不出来蔡侯东国还能有什么作为。这样蠢笨的人干脆杀了，免得以后再惹出什么祸患，继续让费无极替他背黑锅。

费无极扪心自问，已经帮了蔡侯东国两次，可算对得起他。再帮下去，他自己都要不保了。费无极无论如何，也要先保住自己的性命。

蔡侯东国这次一定要死，才能消除费无极和楚王的心头恨。

如何诛杀蔡侯东国，是摆在费无极面前的一道难题。

虽然蠢笨，蔡侯东国毕竟是一国诸侯，不可小看。事情又要做得干脆利落，不留后患。费无极需要大费一番心思，安排部署此事。

楚王赐下宝剑，以费无极的聪明才智，绝不会傻到认为楚王是让他拿着剑冲到蔡国去诛杀蔡侯东国。那样做，第一个死的是费无极。蔡国的文武群臣不是摆设。事情闹大了，楚王更丢面子。费无极即使杀了蔡侯东国，也会被楚王杀了泄恨。

左思右想，毫无头绪，费无极又找来鄢将师陪他喝闷酒。

不知道从什么时间开始，费无极喜欢让鄢将师陪他一起喝酒。平时压抑在心头，无法对别人言说的痛苦，费无极都可以全无顾忌地向鄢将师倾吐。

世人都以为费无极和鄢将师沆瀣一气，狼狈为奸。在费无极看来，他自己愁怀难遣，被世人误解、唾骂，只有鄢将师理解他，肯听他诉说。而鄢将师感激费无极提携的恩德，无以报答，就陪着费无极喝酒，听他絮絮叨叨，诉说心中的愁烦。鄢将师听不懂费无极的愁苦，只是偶尔点头，多半闷头灌酒。这使得费无极大为感叹，认为世无知己，终于觅得鄢将师一人。这样时间久了，他越发喜欢找鄢将师来倾诉愁肠。

今天，费无极又和鄢将师一起喝酒。席间，不知道是谁的哪句话牵扯，提及那年来访的诡异乐师东郭先生。

鄢将师笑得打跌，说他从来没听过那么难听的乐奏。

费无极含笑的眼眸里射出寒光，心里已经有了计较。知道如何才会让蔡侯东国死得干脆利落，不留后患。

借着三分醉意，费无极写下一封书函，命人送给蔡侯东国。寄书人走后，费无极仰面躺倒在重席上，看着窗外湛蓝的天空，轻轻漂浮的白云，心里想："世界如此美好，他是如此的智谋无双、巧计百出，世人的唾骂，又何必计较呢？"

蔡侯东国接到费无极的书函，立刻南下，朝觐楚王熊居。

按照周礼规定：各国诸侯要定期朝见周天子，"春见曰朝，秋见曰觐"。在礼崩乐坏的春秋乱世，各诸侯国拥兵自重，不朝周天子。诸侯争霸，战乱频频。楚国是南方霸主国，很多小的诸侯国臣服效忠。蔡国作为被楚国灭国之后又复国的附庸国，蔡侯东国朝觐楚王，称得上是合乎礼仪。

而此次蔡侯东国名义上是朝觐楚王，其实是奉费无极之召，前来拜见。

和他同行的，还有他的弟弟公子申。

蔡侯东国教给公子申乱世生存之道，在列强包围的险境中如何使得蔡国不被吞并，要诀就在于小心地侍奉楚国。北方的晋国虽然强大，但国内六卿忙着瓜分晋国，党同伐异，政出私门，对外已经失去了一代霸主的威势。楚国却是贪婪霸道，随时可能灭亡蔡国。

公子申活学活用，跟随蔡侯东国到楚国之后，谨慎小心，赢得楚国上下的交口称赞。

见过楚王后，蔡侯东国就来拜见费无极。费无极在水榭招待蔡侯东国和公子申。

水榭临水而建，一池秋水，波光潋滟，却不及歌舞侑筵的美女眼眸里的波光明艳动人。

蔡侯东国的目光被一众美女所吸引，没有察觉到费无极隐藏的杀机。

公子申看着面前的费无极，这众口传闻中的奸佞之臣，很奇怪哥哥为什么要极力讨好他？只不过是一个大夫而已。智谋冠绝蔡国的朝吴就是被费无极逼得远走郑国。这令公子申不得不对费无极刮目相看，但左看右看，除了面目可憎，实在看不出来有什么出奇之处。

费无极抚须微笑，知道公子申就是未来的蔡国君主。这个毛头小子，根本不值得他费什么心机。

公子申被费无极看得背后阵阵发冷，找个借口辞席离去。席间只剩下费无极和蔡侯东国两人。

费无极面容带笑，只谈论风月、佳丽。蔡侯东国疑心费无极传书相召必有要事，探问了几次都没有结果，只得心事重重地和费无极谈论无边风月。

等筵席散去，费无极将他送出府门。蔡侯东国还想询问，费无极只微微含笑："好作好作。"听得蔡侯东国丈二和尚摸不着头脑。这一趟难道白跑了不成?

蔡侯东国急得追问："大夫……"

费无极笑道："君侯有弟如此，让无极极是羡慕啊。"

一笑送客，将蔡侯东国晾在当地。蔡侯东国怔了半晌，只得转回馆舍。

蔡侯东国满腹疑惑，无法向旁人问询，这样疑心着，到了晚上，就明白了。

当晚，蔡侯东国腹中剧痛，呕血不止。吓得公子申流泪痛哭，蔡侯东国看着弟弟，才明白费无极的用意。

让东国当上蔡侯的是费无极。夺去蔡侯东国生命的也是费无极。失去了利用价值，蔡侯东国只有死路一条。

即使被毒杀身死，蔡侯东国也不能吐露半点实情。费无极能杀死他，同样能杀死公子申。公子申身死，蔡侯东国一脉就至此断绝了。

临死之前，蔡侯东国挣扎着留下遗命，将蔡侯之位，传给弟弟公子申，为蔡侯申。

蔡侯东国死讯传来时，费无极已将楚王宝剑举在头顶，奉还楚王。

楚王熊居收回佩剑，一言不发。

费无极知道移祸蔡侯东国之计已经成功，终于逃过死劫。但从此之后，他再想像以往一样，让楚王言听计从，晋封官爵，是不可能了。费无极如失宠的妃嫔，被打入冷宫，永世不得超生。

步出楚王宫，费无极仰天叹息，机关算尽，竟落得如此下场。他不甘心。

楚国令尹、司马接连殒丧，令楚王熊居大伤脑筋，眼看国内人才空虚，只得把囊瓦提拔为令尹。

囊瓦，字子常，是楚庄王曾孙。他长得仪表堂堂，威武高大。楚灵王时，囊瓦曾任车右，战场上负责保护楚灵王。车右一职，历来由勇武力士担任，可知囊瓦武功超群。

令尹是楚国最高官职，仅在楚王之下，称得上是一人之下，万人之上。令尹对内主持国事，对外主持战争，总揽军政大权于一身，历来多由楚国王室贵族担任此职。

新官上任三把火，囊瓦一上任就开始展现他的才干。

虽然囊瓦以勇武力士著称，但令尹毕竟位高权重，不是一勇武夫就可以胜任的。囊瓦表现出筑城的才干。

说起来筑城，这是囊瓦拿手的工作。之前，在州来，囊瓦就筑城，加强防御，得到沈尹戌的批评。事实证明，沈尹戌是正确的，筑城并没有保住州来，一样被吴国占领。

但囊瓦毫不气馁，上次在州来，只是牛刀小试。当上令尹后，囊瓦展开大规模筑城工程。他对楚王熊居说郢都城地势低洼狭窄，在郢都城东，开辟新地，建筑一座崭新的城池，比原来的郢都城高七尺，占地二十多里。楚国都城迁到新城，这座新城仍然叫作郢都。原来的郢都城，因为在纪山之南，改名为纪南城。又在西面修筑一座城，称为麦城。三座城呈品字形矗立在楚国广阔的大地上，互为犄角，看起来壁垒森严，十分壮观。

楚王熊居住在崭新的王宫里，认为囊瓦做事雷厉风行，很是称职，满口赞扬。

嬴香将太子珍拥在怀里，用手轻轻逗弄，随口笑道："胖小子，给你娶个夫人吧。"

太子珍连连点头："好啊好啊。"

楚王熊居凑过来刮太子珍的鼻子："你懂什么？就好呀好的。"

太子珍躲闪着分辩："什么都懂啊。"

楚王熊居大笑，把太子珍一下子举在空中。嬴香急忙说："别吓着珍儿。"

太子珍瞪着乌溜溜的大眼睛，兴奋地大喊大叫。

楚王熊居笑说："寡人的太子，怎么会害怕？是不是？"

太子珍脆生生地回应："不害怕。"

楚王熊居笑道："珍儿怎么这么听话？"

嬴香接太子珍落在地上："别人只怕孩子淘气，哪有大王这样的？"

太子珍在地上站稳，拉着母亲的衣裙："给我娶个夫人吧。"

楚王熊居笑得合不拢嘴："珍儿当真了。"

嬴香道："越国女子柔美多情，珍儿喜不喜欢？"

太子珍拍着手叫："喜欢！"

楚王熊居这才知道嬴香不是信口说笑。

嬴香一只手揽太子珍入怀，另一只手在案上随意画出吴越两国地形："巫臣叛逃晋国后，教授吴人射御战阵之法，吴国从此日渐军力强大。晋国利用吴国侵扰楚国。越国与吴国地域相接，同风共俗，是天生的仇雠敌战之国。三江环之，民无所移。有吴则无越，有越则无吴。一旦越国强大，吴国无须大王再忧烦。"

嬴香仰起脸看着楚王，脸容清丽脱俗，美得令人心醉。

楚王熊居捧起嬴香的脸，叹道："夫人，国事虽艰，怎么能劳夫人挂念？"

第十六章·湛卢宝剑

嬴香垂下眼睑，神态哀婉动人："既然结发为夫妻，大王心中不安，小童自然难以安处。"

楚王熊居道："那夫人的意思是……"

嬴香道："与越国交为姻亲之国，楚越联合，合力抗吴。"

楚王熊居点头："越子允常，拓土开疆，志向远大。此后，越国必将兴盛。就依夫人之言。"

为了联合越国，扼制吴国，楚王熊居亲自带领舟师顺水而下，向吴国进发。

楚王亲自出征，一队队战船排列整齐，气势汹汹。

此次出行，楚王隐藏了真实的目的，宣称为报复吴国占领州来的仇恨，率舟师进攻吴国。

楚王熊居的庶长子公子申带领一队舟师，秘密进入越国，拜见越子允常。

越国，是大禹的后代，开国以来的历代君主中，以允常最具才略。开拓国土，壮大国力，显示出他意图争霸的雄心。

早在公子申来之前，越子允常已经接到禀报，楚王亲率舟师，向吴国进发，诡异的是，此行是向着吴越交界之地。越子允常毫不畏惧。越人自古住在越地，以舟为车，人行水上，来去如风。即使楚国是南方霸主国，越子允常也凛然不惧，自信在水上，除了吴国，无人堪与争锋。

等见到楚国公子申，听他转达了楚王的致意，越子允常倒怔住了。楚王居然会纡尊降贵，亲自前来，见一位在列国并不知名的蛮夷君主？

春秋时期，虽然各国战乱不休，但在天下列国中，以楚国灭国最多。楚国从最初受封为诸侯国时方圆五十里的小国，几百年来不停地向外扩张，灭亡众多国家，才有了天下第一大国的广袤国土。

楚王亲率舟师前来，是一团善意？还是意图灭亡越国？

越子允常的心中打了个结。

大夫胥犴向越子允常献策，愿意自领一支舟师前往慰劳楚王，一方面致越国友好之意，一方面代越子允常观察楚王此来是善意还是歹意。

于是，越子允常派大夫胥犴赴豫章之汭，慰劳楚王舟师。大夫胥犴向越子允常回复楚王此行确无恶意后，越子允常派公子仓将越子的一只船作为礼物赠送给楚王。在这船上，越子允常密会楚王熊居。楚、越两国订下联合扼制吴国的盟约，并订下婚约，两国结成姻亲之好。只等太子珍长大成人，就将越子允常之女送到楚国完婚。

结盟之后，公子仓和大夫寿梦带领越国舟师，跟随在楚王麾下，一同到圉阳，向吴国炫耀楚越两国武力。目的达成，楚王舟师返回郢都。

楚王熊居率舟师从大江威迫吴疆，耀武而还，令楚国朝野大为振奋。哪知好景不长，吴国公子光在楚王班师之后，出奇兵突袭，巢、钟离两城邑沦陷。

消息传出，顿时举国震惊，舆论哗然。吴、楚两国数十年来边战不休，然而，吴国连灭两邑，还是头一遭。这不能不说是一次惨败。

楚国在诸侯国中，向来威势极盛。楚国位列五霸，控野千里，连齐、秦等强国都礼让几分。尽管自楚庄王逝后，楚国内乱频频，已失去往日的锐气，可余威还在。吴国公子光接连率师侵入楚地，夺取州来，掳走君夫人，灭掉巢、钟离两邑。楚国接连战败，城邑沦陷，被公子光无情地揭穿了楚国外强中干的真相。这一击，大出楚王熊居的意料之外，他又气又恼又没有办法，竟一下子病倒了。

楚王熊居病倒，使本已陷入内忧外患的楚国更加混乱，朝中群臣个个心中忐忑，忧虑忡忡。其中也有例外的人。一向很得楚王宠信的太子太傅费无极失宠之后，并没有像一般人想象的那样烦恼、慌乱，一副万事不萦于怀的闲豫之态。

在闲豫的外表掩饰下，费无极行踪诡秘，经常一个人潜行城郊，自以为神不知鬼不觉，却不知道已被有心人窥破。

有心人是寝尹由于。

寝尹由于，名叫王孙由于，从名字就可以看出他是楚国王室贵族。

春秋时，列国诸侯的儿子称为公子，公子的儿子称为公孙。诸侯选定继承君位的儿子称为太子，太子的儿子称为王孙。如楚王熊居的儿子建叫太子建，太子建的儿子胜叫王孙胜。有些王孙的后代以此为姓氏，表明是王室子孙。因为王孙、公子是诸侯的子孙，出身高贵，后世借用王孙公子泛指贵族子弟。

寝尹，是官职名，负责管理宫寝之事，是楚王身边的亲信近臣。早在商代就设有寝官。商代的寝官主要职责不是一般的管理宫寝之事，而是拥有一定的军事指挥权，负责王宫守卫的武官。几百年的历史变迁，商、周政权更替，到现在连周朝也衰微已久，楚国的寝尹还保留着商代时寝官的传统。

王孙由于是王室后裔，楚国兴则王孙兴，楚国亡则王孙亡，对楚王忠心耿耿。虽然只是负责楚王宫寝之事，他明知楚王此次病倒因费无极奸佞祸国所致，见费无极举动不同与往日，心生疑虑，派出部属查探费无极行踪。

部属查得消息，向王孙由于回报：“费无极经常到郢都城郊去找一个名叫风胡子的人。两人在一起不知道密谈些什么，行踪诡异。”

王孙由于问：“风胡子是什么来历？”

部属答道：“风胡子原是越国人，流落到楚国，在城郊隐居。此人性情古怪，很少与人来往。故对他的详细情况无法查知。”

王孙由于沉吟思索：“费无极一向热衷名利。他竟然和风胡子这样一位隐士交往甚密。其中必定有缘故。”

问明了风胡子的住所，王孙由于改换上一身寻常士子的衣服，安步当车，朝西城走去。

囊瓦营造新都城，楚国各地富户也随之迁徙而至。是以国事虽艰，单论街市热闹繁华的程度，却比旧都更有过之而无不及。道上车水马龙，行人摩肩接踵；店铺林立，喧阗富庶。王孙由于在人群中挨挨挤挤，走了近半个时辰，才走出西城，眼前顿觉一片清明。远望苍山隐隐，近处是水波潋滟的赤湖，沿湖畔一带，如烟绿柳掩映出几户人家。

一路西行，过石桥，拂柳丝，步幽径，王孙由于终于来到风胡子的草堂前。草堂隐没于簇簇绿叶之中，寂寥清静，正合隐士的身份。

王孙轻叩柴门，等了良久，才见一个极高极瘦的老者缓步走出来。此人清瘦如鹤，偏偏穿一件宽大的红袍，走起路来，红袍飘飘甩甩，于古怪之中竟透出几分仙气。王孙由于猜测他准是风胡子，当下深施一礼，朗声说：“老丈可是风胡子先生么？在下仰慕高名，专程登门拜访，冒失打搅之处，万望涵容。”

老者双目低垂，听到王孙由于问话，抬眼看看客人，重又垂下眼睑，不言一字，只朝屋子方向略略做了个手势，径自返回屋内。王孙由于注意到，他方才一瞥目光如电。

遭此冷遇，正在王孙由于意料之中，他并不感到扫兴。所幸风胡子尚有待客之意，王孙由于便觉十分欢喜，于是移步进入屋内。

屋子很大，摆设却极简单。窗前摆有一张矮几，靠后墙尚有一只竹榻。迎面墙上极其突兀地挂着大大的河图、洛书，杂以八卦。墙下设一张方案，案上摆放香炉，青烟袅袅上升，在图前缭绕盘旋，给室内平添一层神秘色彩。其他几面墙上也密密麻麻地布满各种奇特诡异的符号。

风胡子席地坐在矮几前，聚精会神地摆弄面前的一大堆形状各异的盂、罐。王孙由于颇感好奇，立在一旁观看。风胡子将两个盂里的液体掺倒在一处，然后用力摇晃，迎着日光观察两种液体融合后发生的变化。风胡子说：“我正在研制一种可以使人常饮不醉，而且不伤害身体的药水。太子太傅费无极对此也很感兴趣。你来敝舍，想必也是为了看这种神奇的药水，是这样吗？”

王孙由于随口答道：“哦，是的。我觉得你做的这件事很有趣。”

风胡子自顾摆弄药罐，也不看王孙由于一眼，只管絮絮叨叨地说：“美酒香醇好喝，然而喝醉之后，却常常会误事。尤其有的人喝惯了它，沉迷忘返，把正经事情都荒疏了。所以，大禹在很早以前就说：‘将来一定有人为了喝酒弄得亡国的。’大禹的后代没有听他的话，夏桀建造酒林，作长夜之饮，最终被商汤灭掉江山，将他放逐南巢。这是多么沉痛的教训啊！我们平民百姓虽比不得君王，但是一样要从中吸取教训。不过大禹因此就拒绝喝酒，也并不是个好办法。我要做的事情，就是让人们既能放心畅快地喝酒，又不必担心醉酒误事。这不是一件很容易办到的事情。可是我想，我大概已经快接近成功啦。”

他说着将一只小盂递到王孙由于面前，盂里盛着深绿色、散发着刺鼻气味的浓稠汁液，说：“把它喝下去。”

王孙由于接在手里，一阵踌躇，猜不透这古怪的老者递给他的是什么药水。

风胡子摆弄着矮几上的装满奇异药水的罐子，目光依旧不瞧王孙由于一下，嘟嘟囔囔地说：“气味是难闻了点儿，可是你把它喝下去，感觉就会不一样了。它的味道还不错，而且对你的身体很有好处。把它喝下去，年轻人，这可不是毒药，你用不着这样苦着脸。我想毒死你，用藤黄便可坏你的性命，犯不着浪费这许多草药。”他的嗓音低沉沙哑，含混不清，仿如巫师念诵神秘的咒语。

草堂外种着各种林木，郁郁葱葱，枝叶繁茂，却遮挡不住灿烂的太阳。一缕缕阳光投射进室内，虽然阳光明媚，室内却有一种莫名的迷离诡异。

王孙由于有些恍惚，勉力定住心神，怀疑风胡子是越国来的巫师，随口问：“先生不用回头看，也知道我在想什么？”

风胡子道：“看人是用心去看的，眼睛看不看其实无关紧要。”

王孙由于道：“先生高论，弟子实在佩服。”

当下饮尽盂中的浓液，将盂还给风胡子。

风胡子道：“味道蛮新鲜的，是吗？”

王孙由于点头，问道：“请教先生，这究竟是哪几种药液配成的？”

风胡子道：“有天藤子、七孔莲、雪见草……哎呀，十几种草药，我哪能记得那么清楚。总之，包你喝下去决不会有毛病，还会令你血脉畅通，活血行气，有病驱病，没病健身。哦，对了，你喝下去时，可曾感觉到苦味？”

王孙由于点头道：“是有一股苦味，像是茶的味道，可又觉得不大像。”

风胡子笑道："那是梅叶冬青。它能清热解毒，生津止渴，散淤活络。作凉茶用的就是它。你喝下去自然有一股茶味。哈哈，其实我刚才给你喝的只不过是我自己调制的一杯凉茶罢了。"

王孙由于想不到这古怪老者，竟开起玩笑来，不觉也笑出声。

笑过之后，他问道："费大夫也常到先生舍下来么？"

风胡子慢吞吞地说："费大夫是高官显贵，每日里免不了饮宴吃酒，自然也被酒害得不浅。所以，他对我这项工作，颇为关注，时常来看看进展如何。"他望了一眼王孙由于："年轻人，看来你关心的不是我的研究，却是那位费大夫。"

王孙由于笑道："费大夫身居高位，世人瞩目，在下自然也不例外。是以听先生提起，便记在心上，请先生莫怪。"

接着两人又聊了几句，王孙由于才告辞别去。

风胡子一直坐在几前摆弄那些离奇古怪的盂和罐，连目光都几乎不曾暂离一下。可是，当王孙由于走出去之后，他立刻抬起头来，脸上的神情也全都变了，由方才的冷漠古板，变得充满了说不出的阴险和狡诈。

他的瘦脸上现出阴冷的笑容，冷笑道："这个毛头小子，居然也敢来试探我的底细。我叫你有来无回！"

推开复壁秘门，风胡子走进密室，费无极正焦急地在里面等待。费无极一看见他，立刻迎上来，问道："刚才来的是什么人？"

风胡子道："是个毛头小子，来试探你我底细的，已经被我打发上路了。"

费无极神色慌张："竟有人怀疑你我？"

风胡子冷冷道："我曾一再告诫你，无事少来此处。可惜你自作聪明，不肯听我的话。"

费无极面色发白，额上微浸汗珠，不安地搓动双手："我实在是担心呀！眼下楚王对我恩宠全失。我昔日为他所做的一切，都变成了他恼恨我的根由。他为人一向暴虐，不知道什么时候就会被他诛灭满门。我们必须提早下手。一旦被他抢在前面，一切打算都将落空。你却一再推拖，怎不叫我着急？"

风胡子道："你不必慌乱。吴国传来的消息说，欧治子已经铸成湛卢宝剑，不日即可送抵郢都。"

费无极喜出望外："果真已铸成宝剑了，多谢上天佑护！"

风胡子道："据说，湛卢宝剑神异非常，为诸剑之魁首。看来，此次确蒙上天佑护，大事必会成功。"

费无极犹有些不放心，问："宝剑虽已铸成，但不知何时才能送到？"

风胡子捋须沉吟："吴都距此路途遥远，事情又迫在眉睫，不容耽搁，我已向大王请求动用千里加急，相信数日内必能送到。

王孙由于走出草舍，行不多久，在此等候的部属迎上前来，说："风胡子诡异莫测，小心提防他设有毒计。"

王孙由于道："不妨事，他如此故作玄虚，反暴露了他和费无极必有不可告人的深谋。此人不过尔尔，无须挂怀。但他本为越人，突然来到楚都，其来历不可不仔细查明。"

他说完这句话，突然张口吐出一大口绿水。部属大惊失色："那斯居然下毒？"

王孙由于神色如常，道："我没事。刚才在风胡子那里喝了一杯凉茶，怕里面有什么不中喝的东西，一直没有咽下。现在吐出来，倒可以放心了。"

此时，楚王熊居已病倒。令尹囊瓦初掌国政，忙着收受贿赂，利用国家公权为自已牟取私利。府门前喧闹如街市，行贿献媚之人纷纷奔走逢仰。王孙由于见他汲汲于私利，把国家大事放在脑后，知道又是一个奸臣登场，暗暗叹息。

眼看费无极与风胡子互相勾结，必将再次掀起滔天巨祸，王孙由于不能坐视不理，只得来到后宫，求见君夫人嬴香。

嬴香心底深恨费无极，听王孙由于提起，不免询问风胡子的来历。

王孙由于已查得清楚明白，向嬴香详细讲解："天下列国，剑器以越国所铸最为精良，其中欧冶子、干将、莫邪三人声名最盛。这三人同出一门，共同拜太伯为师，师徒四人俱是名扬列国的铸剑师。然而，很少有人知道，太伯还有一位弟子，他就是风胡子。风胡子虽然拜太伯门下学习铸剑，可是他兴趣广博，不能够专心于一途，同时还学习了医术、占卜、星相等等。他所学颇杂，分散了精力，论起铸剑上的成就，他无法与同门相比。加上他生性狡诈阴险，为太伯所不齿。后来，风胡子被太伯驱逐出师门，从此销声匿迹，很少有人再提起他。想不到如今他竟出现在郢都。"

嬴香听了，沉思半晌，问："以王孙所言，费无极与风胡子相勾结，有什么企图？"

王孙由于道："从表面看，费无极和风胡子这两人，一个楚人，一个越人；一个是高官，一个是隐士。他们看起来没有任何关系。但费无极为人奸诈歹毒，刚刚受到大王斥责。风胡子又是狡诈阴险之人。这两个人凑在一起，虽然不能确知有何企图，依臣推测，必将不利于大王。"

嬴香低着头沉思："他们……难道要不利于大王？"

王孙由于急道："费无极已失去大王的宠信，此等奸险小人，为求自保，不惜犯上弑主。风胡子急功近利，为人阴险奸诈，正可和费无极互相利用，互为援手。……臣请即刻启奏大王，捉拿这两个奸人，免得生出祸变。"

嬴香悠悠道："无凭无据，单靠臆测，何以令大王信服？"

王孙由于一怔。

嬴香接着说："此前，多少臣子向大王劝谏，大王都听不进忠言。令尹子暇以死相谏，费无极才失去宠信，眼下仍然贵为太子太傅。大王始终不愿铲除费无极这个奸佞。"

王孙由于神色沮丧，喟然叹息："照这样说，只能眼看着他们设下奸谋。"

嬴香眼底闪过一点亮光，道："王孙，姑且耐心等待。大王深居宫中，奸佞有所图谋，必先暴露在王孙眼目之前。阴谋暴露之日，就是奸佞授首之时。王孙，何必心急，姑且耐心等待吧。"

第十七章·自翦羽翼

深邃宽阔的寝殿里，楚王熊居拥着锦衾，半躺半坐在床上，脸上气色已好了许多，然而神情紧张。

他正在向令尹囊瓦、公子申托付后事："寡人死之后，须择一秘密所在埋葬。千万不要依照旧例将我葬在西龙山中。切记！切记！"

囊瓦和公子申闻言大惊，齐奏道："大王身体康泰，春秋正盛，何以竟出此言？"

楚王熊居叹息："这几天寡人病体虽见好转，但不知怎么，总觉心神惊悸不安。想是大限将至，故有此不祥之预感。所以先行留下遗言，交代后事，免得到时候慌乱。"

囊瓦、公子申慌地一齐跪倒，口中将称颂赞美的话不断讲出，恳求楚王打消这个荒诞的念头。

怎奈楚王熊居主意已定，固执己见，丝毫听不进去两人的劝解之言。

他又接着说："寡人死之后，王位传于太子珍。珍儿聪慧、伶俐，将来必定是一个圣明的君王。"

他对囊瓦说道："你身为令尹，担负统率群臣的重要职责。珍儿继位之后，你一定要和群臣一起，同心协力辅佐他，使楚国在他的统治下，更加强盛。"

囊瓦想要说什么，楚王熊居已经转过脸，对公子申说："子西，你是珍儿的兄长，与他骨血相连，希望你全力扶持他，千万不要辜负了父王对你的期望！"

公子申纳头叩拜，恭声答道："儿臣遵听父王教诲，敢不从命。日后定当全力辅佐幼弟。然而父王体尚安康，言及子嗣继位之事，似觉过早。依儿臣拙见，不妨容后再议。"

囊瓦也道："是啊！大王身染小恙，于圣体全无妨害。请大王不必太过凄凉伤感。"

楚王熊居长叹道："寡人清楚自己的身体，近来常常感到力不从心。往太庙占卜，也是难得吉兆。可知去日无多矣！……"

说到此处，楚王熊居心底突然抽紧。他下意识地抓紧身上的锦衾，对囊瓦说："子常，寡人身后陵寝切不可让别人知晓。建成后，所有工匠都封在陵内，为寡人殉葬。再设下疑棺，乱人耳目。”

公子申跪下哀求：“父王，秦穆公杀生送葬，以人相殉，遭到天下人唾骂。父王切不可再以人相殉！”

楚王熊居一双凤目，凛凛含威，怒视公子申，命令囊瓦即刻去办理此事。囊瓦遵命离去。

宫殿里，只剩下楚王熊居和公子申父子二人。楚王熊居满心怒火，无法向公子申解释。

人殉的做法，并不是楚王熊居首创，源来久远。在商代时，人殉的规模达到鼎盛。墓葬中少则殉一二人，多则两三百人。有的墓中以数千人相殉。到了周代，人殉之风依旧盛行。“天子杀殉，众者数百，寡者数十；将军、大夫杀殉，众者数十，寡者数人。”已经形成明确的制度。东周时，周王室衰微，礼崩乐坏，人殉制度也遭到世人唾弃。位列“春秋五霸”的秦穆公以百余人殉葬，其中有秦国著名的三位良臣。秦穆公被天下指责为残暴君主。楚国与秦国风俗不同，虽然也有人殉，但不像秦国、周代、商代那样风行。

依楚王熊居的本心，也不想以人相殉，但他忘不了伍子胥。诛灭伍氏满门，却偏偏留下这个文韬武略冠绝列国的伍子胥，逃奔楚国的世代仇敌之国。伍子胥的用心可想而知。有朝一日，他必定带领吴国军队前来复仇。以伍子胥的才略，他刻骨的仇恨，楚王熊居即使身死，也熄灭不了他复仇的怒火。为了逃过伍子胥的报复，楚王熊居只能避开世代楚王长眠的西龙山，秘密安排陵寝。他命人杀尽工匠作为殉葬，只为严守秘密，不让伍子胥查知楚王的真正葬身之处。

这些楚王熊居无法向公子申耐心解释。他不能向别人透露心底里的恐惧。他是楚国至高无上的君王，周天子也不放在眼里。他怎么可能惧怕一个臣子的报复？

楚王熊居瞪视公子申，慢慢地缓和了脸色，说：“子西，你是寡人的长子，寡人一向待你如何？”

公子申答道：“一向多蒙父王教诲。儿臣，无以为报。”

楚王熊居道：“寡人不要你报答。你用心辅佐太子珍儿，就是对寡人的报答。”

公子申道：“儿敢不从命。”

楚王熊居抬起手，用手掌拍拍公子申的脸颊。这是他的骨血至亲。他一向把父子亲情深藏心底，从不流露出来。近年来更性情大变，暴虐易怒，对公子申也是多有斥责。在此时，父子相对，忽然有无限感慨。

楚王熊居轻轻地叹息道：“国事艰辛，你和几个弟弟都已经长大成人。只有珍儿年幼，寡人对珍儿疼爱有加，少有亲近你们兄弟几个。寡人现在心中懊悔，可惜已经迟了。”

公子申无法抑制心中感怀，眼里流下泪来。

楚王熊居道：“乘寡人现在精神还好，你把弟弟们都叫来，寡人有话叮嘱你们。”

公子申道：“父王且先将息，改日不迟。”

楚王熊居催促说：“你们兄弟已经长大成人，各自在宫外居住。寡人少有机会亲近，心中甚是悬念。快叫他们前来相见。迟得一步，寡人怕在生时再也见不到亲生儿子一面了。子西，快去快回！”

公子申感念父恩深重，拜首辞去，到宫外召公子结、公子启两兄弟前来。

楚王熊居共有五个儿子，蔡姬生的太子建被费无极谗害，先逃奔宋国。因宋国华氏之乱，太子建又逃往郑国，卷入晋郑两国纠纷，被郑国杀死。嬴香生的太子珍是最小的儿子。在这两位太子之外，还有三个庶子，是后宫姬妾所生。所谓子凭母贵，庶子因母亲不是君夫人，没有继承王位的权利，不能被立为太子。因是诸侯之子，被称为公子。这三位公子按照年纪长幼排序，分别是公子申，字子西；公子结，字子期；公子启，字子闾。虽然同为楚王的儿子，太子珍还是幼小孩童，三位公子已经长大成人。

楚王熊居目送公子申的背影消失在宫门外，心情复杂矛盾，难以言述。等了半晌，估计公子申已经去远，他抬手击响放置在床边的一只金铎。

铎声阵阵，洪亮悠远，传到王孙由于耳里。他立刻束整衣甲，来到楚王寝殿。

刚才楚王熊居与令尹囊瓦、公子申密谈，所有人都屏退出宫门，不允许听到密谈的内容。王孙由于虽然是亲信近臣，也不能入内，突然听到金铎声响，暗暗心惊。

放置在楚王床边的金铎，看起来不起眼，却只有在重大事情发生时才会击响。

王孙由于见楚王熊居脸色铁青，不敢多言，俯首听命。

楚王熊居沉声道：“安排甲士，埋伏在宫门。等三位公子进入宫门，立刻诛杀，不得有误！”

王孙由于听了大惊失色，不敢相信自己的耳朵。

楚王熊居目射寒光，道：“你敢违命？”

王孙由于纳头拜倒：“臣——不敢！”

在楚王熊居的目光注视下，王孙由于甲衣下汗流浃背，咬紧牙关，才没有在楚王面前簌簌发抖。

王孙由于传下楚王君令，安排甲士，埋伏在楚王寝殿宫门左右，只等三位公子前来自投罗网。

楚国尚奢华，不仅王宫，连贵族府第都广置帷幕，用丝绸织就的锦幔装饰在门口、墙壁。一眼望过去，丝绸的光泽流溢生辉，丝线织出的华丽锦绣更是奢华富丽。在这样华丽的帷幕内隐藏手执兵器的甲士，任谁都看不出来。

精心设下的华丽陷阱已经安排好，只等猎物前来，以鲜血染红楚宫，用亲生儿子的生命使楚王熊居得到心灵上的安宁。

郢都宽阔的街道上，马蹄声急，车声辚辚。公子申正催促御者打马快行，到公子结、公子启府上，召唤两个弟弟，带他们一起进入楚宫，拜见父王。

自古以来，嫡子与庶子虽然是同父所生的儿子，但地位天差地别。嫡子可以继位为楚王，庶子只能当公子，俯首称臣。但公子申等三位公子敬爱父亲的心情和嫡子并无二致，听说父亲命在旦夕，已是悲凄难禁。再听说一向性格强硬，不轻易流露父子亲情的楚王要召见儿子，留下临终前的嘱咐，三位公子心急如焚，恨不得插上翅膀飞进楚宫，及早与父亲相见。

王孙由于身穿重甲，坐在偏殿，等待部属禀报三位公子来到的消息。

他握紧佩剑，却抑制不住剧烈的心跳，背脊上全是冷汗，森寒彻骨。

铜壶滴漏，声音不疾不徐，点点滴滴，如阵阵雷霆，震响在王孙由于耳边。

每一滴漏声，都像是神圣威严的大司命踏出的脚步声，越来越近，越来越急迫。王孙由于仿佛看到三位公子惨死在自己眼前，鲜血淋漓，痛苦挣扎。

王孙由于猛地站起，推开偏殿大门，仰望天际，天色已经渐渐暗沉下来。

更夫击打着夜鼓，低沉悠远的鼓声传遍宫禁，一重重宫门依次关闭。但挡不住三位公子进宫的脚步，他们身份高贵，又奉楚王召令，紧闭的宫门也将为他们打开，让他们安然踏上死亡之路。

王孙由于把心一横，急步走过重门，踏进嬴香所居的宫殿。他请宫中侍女通报：王孙由于拜见君夫人。

漏夜前来，嬴香疑心是费无极又有奸谋，命王孙由于进来相见。

屏退了侍从，王孙由于跪倒在嬴香面前，道："君夫人，大王要诛杀三位公子，臣请君夫人援手相救！"

嬴香纤眉微皱："三位公子有什么罪过？"

王孙由于道："实无罪过。"

嬴香面容平淡如水："大王一向待三位公子不薄，岂会无故诛杀？"

急切间王孙由于连连叩首："公子即将进宫，再作拖延，公子命难保全。臣请君夫人相救！"

嬴香从重席上站起，走到门前，召唤侍女："带太子来见！"

不多久，太子珍在一众侍从的陪伴下走进来，向母亲拜礼。嬴香牵着他的小手，扶他起身，脸上漾起温馨的笑意，说："你三位兄长住在宫外，不常相见，你可想念他们吗？"

太子珍说："不想，他们总是凶巴巴的。"

嬴香用手轻捏他皱起的小鼻子，一脸的宠溺："又乱讲。"

太子珍格格地笑起来："母亲提起三位兄长有什么事呀？"

嬴香说："是你父王，他偏心你的三位兄长，准备了好玩的东西，叫他们连夜进宫，故意瞒着不让你知道。"

太子珍搂着母亲撒娇："父王真坏，母亲要给珍儿做主。"

嬴香微笑道："你现在去父王宫中，说你已经知道父王瞒着你的事，让父王带你和三位兄长一起玩，好不好？"

太子珍拍着手嚷道："好啊好啊。"

嬴香向侍立在旁的王孙由于示意："烦请王孙护送太子前往。"

王孙由于起初看得一头雾水，心中焦急难耐，到此时才明白了嬴香的用意，暗暗称妙。他忙答应了，牵起太子珍的手，一同来到楚王寝殿。

王孙由于不敢进去见楚王，停在门外。太子珍一个人走了进去。

楚王熊居听到脚步声响，杀机顿起。他等着听到期待中的杀戮之声，埋伏在宫门的甲士却没有动静。楚王熊居怒气上涌。

正在这时，看到他钟爱的太子珍走进来，楚王熊居一时惊疑不定。

太子珍人虽小，却懂得宫中礼仪，向父亲拜礼、问安。

楚王熊居说："罢了。你今天才来过，晚上不睡觉，怎么又跑来了？"

太子珍眨着一对乌溜溜的大眼睛，说："晨昏定省，是为人子之礼。珍儿不敢忘记。"

楚王熊居道："珍儿真乖。现在已经问过父王安好，珍儿快点回去睡吧。"

太子珍没有看到母亲所说的三位公子，说道："父王，这么急着赶珍儿走呀。"

楚王熊居被他的一句话噎住，又好气又好笑："珍儿，今天怎么不乖了？"

太子珍道："父王身体不适，珍儿要小心侍奉，不忍离去。"

楚王熊居暗暗估算时辰，三位公子即将来到，心中焦躁："父王已经好多了。"

太子珍眼睛四处打转，寻找父亲给三位兄长准备的好玩物件，却遍寻不见，说："珍儿想念三位兄长，父王可否让他们进宫来陪珍儿？"

楚王熊居听他提起三位公子，心中一紧，问："你说什么？"

太子珍见父亲脸色突变，隐现狰狞，吃了一惊，说："珍儿想念兄长。"

楚王熊居勉强耐着性子："明天父王召你王兄进宫来。"

太子珍搂着楚王的脖子撒娇："现在就要，珍儿要三位兄长陪珍儿一起玩。"

楚王熊居虎着脸，道："珍儿不乖，父王要打珍儿了。"

太子珍嘟起小嘴，眼睛水汪汪的，十分委屈。

楚王熊居不再理他，叫王孙由于进来："快带太子回宫休息。"

王孙由于遵命，牵起太子珍的小手。太子珍只得跟随王孙由于离去，一边走，一边回头看父亲。不知怎么，他突然一阵伤心，眼泪滚落双颊。

楚王熊居硬起心肠，只如不见。

太子珍被王孙由于带回嬴香宫中，扑进母亲怀里哭泣："父王要打珍儿……"

嬴香温言安慰："珍儿是父王心头的珍宝，怎么会打珍儿？"

太子珍抽泣着哭诉："父王说珍儿不乖，一直赶珍儿走。父王不疼珍儿。"

嬴香的一颗心突突乱跳，脸上仍是温柔的笑容，问："三位兄长呢？"

太子珍道："他们不在，父王说明天让他们陪珍儿玩。"说到这里，他突然用小手抓着母亲的裙裾，说："父王听珍儿提到王兄，脸变得好可怕，像要吃了珍儿。"

嬴香轻抚太子珍："珍儿又乱讲。父王疼珍儿都来不及。"

太子珍自觉委屈，极力分辩："是真的。"

嬴香心中辗转思量，已有了主意，双手捧起太子珍的脸，眼底无限的温存："乖，母亲去找父王，让他不要打珍儿，好好疼珍儿，好不好？"

太子珍满脸挂着泪珠，笑着点头："好。"

嬴香从重席上站起，只觉肩上承着千斤的重担，压得有些透不过气来。她示意王孙由于在前引路，缓步走出宫门。嬴香深深地吸了一口夜晚清凉的空气，悠悠道："已经是深秋了。"

王孙由于惴惴不安，满怀忐忑，看着平静如常的君夫人，心底突然起了一阵惊悸：以楚王暴虐残忍的性情，连亲生儿子都要诛杀。君夫人出言相劝，会不会有什么不测？想到楚王的残暴无常，王孙由于的额头沁出冷汗。

夜色笼罩下的郢都，不见了白日的喧嚣。朱门绣户、画栋雕梁都隐在暮色中，繁华淡去。

人潮涌动的大道上，如今寥落寂静，只有击柝巡逻的守夜人经过。

鸾和声响，三乘装饰华丽的马车在宽阔的大道上鱼贯奔行。马车上悬挂的灯盏伴随着飞奔的马蹄在夜风中晃荡。避风的灯罩隔挡了夜风扑灭火焰，却挡不住灯火飘忽晃动。

天边银河浩瀚，星光闪烁。

飘忽不定的灯火，闪烁迷离的星光，天地之间仿佛有着一种奇异的默契。

灯火忽然消失不见，隐在沉重的楚王宫门之后。

公子申、公子结、公子启三位公子步下马车，在宫中内侍的引领下，向楚王寝殿急步走去。佩玉鸣响，声音杂乱，没有了往日乐奏般的悠扬舒缓。

春秋时，君子必佩玉。君子无故，玉不离身，用玉之美来象征君子之德。又以佩玉来约束君子的举止。君子起坐走动时，佩玉相互撞击会发出鸣响。按照礼仪要求，佩玉声必须和谐悦耳，如同乐师奏出的美妙乐声，以此提醒君子的行止必须从容适度。走快了，佩玉声杂乱；走慢了，佩玉就不会发出撞击声；只有不疾不徐，从容适度，佩玉才会发出悦耳的乐声。

此刻，三位公子因悬念父亲，顾不上礼仪的要求，匆匆急行。杂乱的佩玉声，令三人的心绪更加烦乱。

三位公子一路急行，眼看来到楚王寝殿，因马上要见君王，将挂在左边的玉佩结在一起，避免发出玉佩相击之声。装束已毕，三人向宫门走去。

刚来到宫门前，忽然听到佩玉声响，一众内侍拥着君夫人嬴香来到。寝尹王孙由于在前引路。

嬴香看到宫门前的三位公子，面色不起一丝波澜，停下脚步。

三位公子见君夫人来到，忙躬身拜礼。

嬴香问："三位公子，来此何事？"

公子申在三人之中年纪最长，答道："奉父王之命，前来拜见。"

嬴香淡淡地说道："烦请三位公子稍待，不经小童传召，不得擅入此宫门。"

三位公子怔在当地。公子结为人冲动，忍不住说："君夫人在上，臣不敢顶撞。此来实为奉大王召见，请准许臣等进宫与大王相见。"

嬴香脸微微仰起，望着天际的灿烂银河，说："王孙。"

王孙由于趋向近前听命。

嬴香说："王孙把守此门，有敢近前一步，格杀勿论。"

公子结气往上撞，上前说道："君夫人……"

第十八章·歃血为誓

王孙由于拔剑侍立宫门前，拦挡公子结，说道："公子，君夫人与大王有要事相商。公子不得擅闯！"

公子结气得口齿都不灵便了，说："你，你，好大的胆子！"他勇武过人，当时就想冲闯。

王孙由于仗剑而立，毫不退让。

公子启性情温和，一把抱住公子结，说："子期，不要鲁莽。君夫人所言必有缘故，我们就在宫门外守候。哪里有冲撞君夫人的道理？"

公子申斥道："父王寝殿前，不得无礼。父王玉体有恙，子期不得冒失。"

三位公子和王孙由于在宫门前争执时，嬴香已经步进寝殿。她独自一人，缓缓而行，如闲庭信步，心中却有无限波澜。

佩玉叮当，乐奏悠扬。楚王熊居听到玉声，就知道来的是君夫人。按照礼仪规定，在君王面前，都要结佩，以免佩玉发出声响，只有后宫佳人不必依从。而在楚王心中、眼中，后宫佳丽虽多，只有君夫人一人。

看着嬴香款款行来，楚王熊居不觉想起当日初见时的情景。流年暗度，时光飞逝，嬴香的美貌并没有随着时光逝去，反倒比初见时更添一种成熟的韵致。自从嬴香入宫后，宫中众佳丽都被楚王扔在脑后，不再理会。七年来，万千宠爱集于一身，连楚王自己都感到十分诧异。他本不是专情之人，贪好美色，广置姬妾……这一切，因嬴香的到来而改变。

嬴香之美，冠绝后宫。嬴香从不施脂粉，容颜明媚娇艳，气度清华高贵，一颦一笑，一言一行，皆扣动楚王心扉，令楚王魂牵梦系，无力自拔。即使是相伴七年，也不感厌倦，只觉有此佳人相伴，一生再无遗憾。在他自感生命走到尽头时，心头想念的只有嬴香。诛杀三位公子是为了太子珍，更为了保全嬴香，纵然残杀亲生骨肉，他也在所不惜。如今，嬴香到来，出乎他的意料之外，令他心生猜疑。

楚王熊居站起，迎接他的君夫人到来。

嬴香屈膝拜礼："小童叩问君安。"

楚王以手相扶："夫人，何必如此拘礼。"

嬴香浅笑盈盈："大王，气色已经转好了。"

楚王熊居点头："寡人安好，累夫人多加挂念。"一双凤目注视着夫人，静待她道明来意。

嬴香眼眸轻转，说道："刚才珍儿向小童抱怨，说大王要打他。"

楚王熊居呵呵笑道："小孩子顽皮，该打！"

嬴香轻嗔："大王一向夸珍儿乖巧懂事，怎么又顽皮了？"

楚王熊居道："小孩子晚上不睡觉，跑过来，就该打。"

嬴香佯作惊讶："啊，这样说起来，大王，是要打三位公子了。"

楚王熊居听她慢慢接近主题，佯作不知："这是从何说起呢？"

嬴香道："三位公子晚上也不睡觉，跑来这里，大王一定是要打他们了。"

楚王熊居道："他们不是私自前来，是寡人召他们来此。"

这一句话说出来，嬴香暗暗心惊，装作不懂，问道："大王召三位公子前来，是有要事相商了。"

楚王熊居道："夫人智慧过人，一猜即中。"

嬴香道："既然大王有事商议，小童自当退避。"

楚王熊居微笑道："寡人不能相送，夫人见谅。"

嬴香从重席上站起，向宫门走去，心中辗转反复，又转回身来，说道："大王召亲子前来，商议要事，单单只避开珍儿一人。"

楚王熊居道："正是。"

嬴香深深地凝望着楚王："小童不解。大王可否告知一二。"

楚王熊居凤目中光芒闪动："夫人，何必知晓。"

嬴香低下头，淡淡的忧愁弥漫开来："小童不解，望大王告知。"

楚王熊居将她拥进怀里，那么用力，用力到心痛："寡人不要你明白，只要夫人安好。"

残杀亲子，楚王也不忍心，但情势如此，不得不杀。他无法出言解释。纵然被骂冷血残暴，他也甘愿承认。

楚王熊居只希望嬴香误会，蒙在鼓里，不知前因后果。但聪颖如她，也许一切早已明了。

嬴香推开楚王，身子微微颤抖，泪珠一颗颗滴落颊边："大王，好狠的心啊。"

楚王熊居默然。当年为抢夺楚王之位，他杀尽三位兄长，毫不手软。如今，为了保全他的君夫人、太子珍，即使与天下为敌，他也毫不畏惧退让。杀尽三个庶子，又何足惜。

嬴香抬起头，看着面前的楚王："大王可曾顾惜过我们母子？"

楚王熊居道："正因顾惜，才不得不如此。"

嬴香摇头："大王，错了！"

楚王熊居挑起浓眉："夫人，请讲！"

嬴香道："大王玉体安康无恙，此事为朝野得知，必定引发国人非议。实为不智。"

楚王熊居道："寡人的身体自己清楚，来日无多，不能不为夫人和珍儿考虑。"

嬴香泪痕犹未干："纵使如大王所言，万一之日到来时，珍儿年幼，小童弱质女流，将何以保全？"

楚王熊居道："三位公子羽翼丰满，诚为珍儿大患。寡人为珍儿铲除祸患，众卿、士大夫，必俯首听命于珍儿、夫人。"

嬴香道："大王可知，三位公子即是珍儿之羽翼，铲除公子就是铲除了珍儿的羽翼。满朝臣子，有谁及得公子与珍儿骨血相连，至亲至近？晋国六卿擅权夺政，犯上弑君。大王难道想让小童与珍儿受臣子胁迫？"

楚王熊居想起当日杀尽三位兄长，历历在目，仍感心惊肉跳，说道："当今之世，天下动荡，列国王室相残，何尝少过？"

嬴香道："正因列国王室相残，导致动荡不安，前车已然倾覆，后车当作戒鉴。如再行杀戮，楚国必将陷入内乱。"

楚王熊居听了，沉吟不语。

嬴香又道："今时不同于往日，吴国咄咄相逼，接连攻城灭邑，楚国正当患难之际。国外强敌虎视，国内若发生内乱，将会有亡国的危险。大王，不可不三思啊！"

楚王熊居听得阵阵心惊。

嬴香想起伍子胥对楚王刻骨的仇恨，指尖发冷："大王灭尽伍氏满门，单只逃脱了伍子胥一人，如今逃在吴国。此人恨大王入骨，势必报仇雪恨。他回到楚国之日，珍儿将如何保全？"

楚王熊居额上冷汗淋漓。在臣子面前，他可以装作对伍子胥全不在意。在嬴香面前，他不用再掩饰内心的恐惧，叹息道："夫人！寡人留下祸根，害了夫人和珍儿！"

嬴香与楚王熊居四手相握，俱是冰冷。

嬴香眼波顾盼间，满含深情："大难临头时，众臣可以逃难，能够保全珍儿的，只有王室至亲。大王切不可自翦羽翼啊！”

楚王熊居举手轻抚嬴香云鬓，叹道：“寡人不智，以至于累国家到如此地步。今天若不是夫人提点，寡人又将酿下大祸，日后追悔莫及啊。”

嬴香垂首，心里一阵阵刺痛，痛到心底里，痛到四肢百骸，痛得那么深，却无法说出。

楚王何止连累了整个国家，多少忠良贤臣都无辜枉死，蔡姬无罪被逐，太子建更被亲生父亲赐死，最终死在异国。嬴香呢？楚王待她情深如斯，但对她伤害更深。多少次午夜梦回，泣泪难禁。她恨楚王入骨，但利益攸关，她只能倾尽全力帮楚王挽回败局。为的是她的儿子，为的是天下少些战乱之苦。

嬴香垂首轻叹：“大王何出此言。”神情哀婉凄楚。

她见楚王熊居已回转心意，便告辞回宫。楚王以手相牵：“夫人，稍待。”右手振响金铎。

铎声悠悠传出宫门。

在宫门外等候的三位公子，久等不见楚王及君夫人召见。公子结焦急难耐，想冲闯宫门，情知两个兄弟一定阻挡，只得在宫门外来回打转急走。公子启背负双手，仰望星月，仿佛神思已悠然世外。公子申年纪最长，心中疑惑，隐隐猜出端详，却不能吐露心中所想，脸上镇定如常。他与王孙由于絮絮闲话，想套问实情。王孙由于态度恭谨，有问必答，却出言含糊，令公子申满怀郁闷。

正等得焦急，突然听到金铎振响，王孙由于忙辞别三位公子，进入寝殿。他还没说话早见君夫人脸上犹挂泪痕，一颗心沉了下去，暗道：“三位公子命难保全了！”等听到楚王传下君令，命他撤去宫门左右埋伏的甲士，召三位公子和太子珍来见，王孙由于大喜过望，忙叩首拜谢，忙不迭地撤去埋伏在宫门左右帐幔内的甲士。

看着一众手执利刃的甲士从容撤去，三位公子早惊得目瞪口呆，说不出话来。

王孙由于传下君令，请三位公子进殿相见。三人木呆呆地立在当地，半晌才回过神来，相顾无言，踏进宫门，只觉一门之隔，已是生死两重天了。

王孙由于派人去请太子珍前来时，三位公子已在楚王面前齐齐下拜。

嬴香想要避走。楚王熊居以目示意，嬴香只得与楚王同坐在一张重席之上，接受三位公子拜礼。

楚王熊居面色阴沉，说道：“你们可知父王今夜召见，是何用意？”

公子启咬紧嘴唇，身子微微打颤，泪水几乎要夺眶涌出，勉强忍住，只在眼里打转，不忍滴落。

公子结大声道：“君要臣死，臣不得不死。儿臣的性命是父王所赐，任由父王夺取，臣不敢违抗！”

公子申忍泪道：“父王所命，臣自当依从。只是不知臣等犯下何等罪过，令父王震怒至此。请父王教诲！”

楚王熊居以手击案，道：“好！果然是寡人的儿子。明知父王有杀子之意，也不敢怨怒、违逆。”

公子申道：“为人子者，自当恭敬孝顺，安敢违逆、怨怒。”

楚王熊居向三位公子讲解心事：“寡人命不久长，身后抛下太子年幼，甚是悬念不安。眼看列国王室纷争，杀戮夺位，寡人不忍太子日后罹难，故此，召你们进宫来……”

公子启听到此处，以头抢地，忍不住痛哭失声。

公子结牙齿咬得格格作响，双目血红仿佛要滴出血来，不发一言，静听楚王吩咐。

公子申竭力保持沉静，脸上肌肉微微颤抖，恭声道：“臣等从无谋逆之心。太子为未来社稷之主，臣等决不敢有犯上篡位之举。此心——天地共鉴！臣等不肖，惹父王悬念挂怀，深感不安。愿听父王君令，生杀予夺，任凭父王吩咐！”

他虽然努力保持镇定，却忍不住两行清泪洒下。

楚王熊居抚须道：“寡人召你们进宫，意在诛杀。如今，寡人已经改变了主意。”

三位公子听了，惊喜非常，几乎不敢相信自己的耳朵。

楚王熊居道：“如要诛杀，何必撤去埋伏好的甲士？赐酒、赐剑，寡人也不耐烦那样假惺惺的。”

三位公子惊喜过度，一时都说不出话来。

楚王熊居道：“你们可知道，寡人因何改变主意？”

三位公子中以公子申为首，一向由他应对楚王，当即答道：“儿臣不知，请父王教诲。”

楚王举手示意：“你们能在此听父王教诲，全拜君夫人之赐。若她晚到一步，你们已经血溅宫门了。”

三位公子回想刚才在宫门之前，君夫人出言阻挡，严禁他们三人踏进宫门一步。当时，他们只觉气愤难平，此时想来，遍体生寒，只觉险险地逃过一场死劫。

公子申带领公子结、公子启再次向君夫人行拜礼，叩谢救命之恩。

嬴香忙不迭地说：“全是出于你们的父王恩典，与小童何干？折杀了小童！”

楚王熊居道：“方才夫人一席话，点醒了寡人。虽然天下列国王室自相残杀不绝于史，但于情于理，至亲至近者，莫过于王室公子。前车既已倾覆，后车可作戒鉴。以史为鉴，我楚国自今开始，王室间务须友爱仁让。王室乃国之根本，王室仁爱相处则楚国兴，王室自相残杀则楚国亡。你兄弟几人须倾尽全力护持幼弟，不可使他有任何损伤。”

三位公子齐声答道：“臣敢不从命！”

楚王熊居解下腰间佩剑，扔到三位公子面前，面色威严：“歃血为誓！向天地神鬼，向列位祖宗神灵发誓，护持幼弟，不可使他受到任何损伤。君夫人是你们的嫡母。你们的生命拜君夫人所赐，要全力保护君夫人的尊严，不得使任何人冒犯君夫人。如违誓言，人神共嫉，天要诛灭你们，神要憎恶你们。”

嬴香脸色苍白，跪在楚王面前：“大王，不必发此血誓！”

楚王熊居双手扶起夫人，满脸爱宠：“夫人，寡人一向对夫人心感愧疚。寡人之错，已无法弥补。他们是寡人的儿子，要代寡人弥补以往的过失。从今而后，若有人胆敢冒犯夫人，公子不能及时出面，他们就不配作寡人的儿子。”

楚王熊居转过头呵斥三位公子，声色俱厉，须发皆张：“用父王的剑，割开你们的手指，把血抹在嘴上，让天地鬼神、历代祖宗听到你们的誓言！”

楚王熊居命王孙由于捧来铜盘，跪呈于三位公子面前。

公子申从地上捡起长剑，割破手指，血流如注，落在铜盘之上。公子结、公子启依次上前，以剑刺血。三位公子的血落在铜盘里，融合在一起，汇成一汪血水。

公子申捧起铜盘，饮一口血水，然后递给公子结。公子结依样饮了一口，递给公子启。公子启饮尽血水。王孙由于将铜盘捧还楚王。

三位公子长跪当地，口沾鲜血，向天地鬼神、历代祖宗发下最庄严神圣的誓言：“幼弟熊珍，贵为太子，身系国之存亡。臣等护卫幼弟，岂敢惜身。君夫人为臣等嫡母，至高至贵。臣等虽九死，君夫人之威严不可容人冒犯。如违誓言，人神共嫉，天诛地灭。历代祖先神灵在上，共鉴此誓!”

公子申向楚王、君夫人行稽首拜礼：“臣等感父王、嫡母深恩，无以报答，以愿此誓为证，肝脑涂地，决无顾反。”

楚王熊居大为满意，抬手示意：“好！你们没有辜负父王的教诲，父王就可以安心了。王孙由于，送公子们出宫。”

王孙由于领命，引三位公子离开寝殿。

嬴香看到三位公子安然离开，悬着的一颗心这才落下。此时，她只觉出冷汗已浸湿里衣。

楚王熊居揽夫人入怀，感叹道：“夫人，寡人一向心中愧疚难安。如今，才稍微弥补以往过失。夫人大度，可原谅了寡人吧。”

嬴香低头不语，泪水悄然洒落，打湿衣襟。

楚王熊居见她低头不答，心中感慨，苦笑道："寡人的过错，看来是无法弥补了。夫人心恨寡人，寡人都知道。只是情之所钟，难以自抑，一往而深，难以自拔。此生能得夫人相陪，是寡人大幸。纵然惹下滔天之祸，身受天谴，寡人也无悔。"

嬴香想起楚国未来将要遭遇的灾祸，不禁簌簌发抖，低声道："大王！"语音哀婉，不知是怨恨，还是怅惘。

楚王熊居仰头大笑，站起身来，扶嬴香从重席上站起："寡人送夫人回宫安息。夜露寒凉，莫要感染疾恙。"

嬴香本想婉拒，感他深情，便不再多说。夫妻二人相携在楚王宫缓缓步行，一众内侍、宫女远远跟随。

星月明灿，白露凝霜。周遭秋声四起，虫鸣啁啾，不觉已是深秋了。

王孙由于相送三位公子，一路上四人静默无语。直等三人步上马车，开启沉重的宫门，将三人送出王宫，王孙由于才返回复命。

宫门在身后慢慢关闭。御者驾车奔行，三位公子没有分乘各自的马车，而是坐在一辆车内。三人低头不语。

直等马车在公子启的府门前停下，三人才恍如梦中醒觉，抬起头，互相呆呆地凝视。三人的口唇边血犹未干，血迹殷红，触目惊心。

公子结闷声打破静默："兄长！……"

公子申道："何事？"

公子结道："父王今日要杀我们。"

公子申苦笑："何止是今日？只怪我们兄弟愚傻，竟然不明白父王的心意。"

公子结哑声道："父王——早就要杀你我兄弟？"

公子申脸色惨白，淡淡一笑："能等到太子长大成人，父王自然不会杀你我兄弟。一旦太子幼年即位，父王即便不想杀害自己的亲子，那也由不得他了。虽说亲子骨血连心，但与楚国社稷稳固相比，亲子又算得什么？"

公子结握紧拳头，骨节握得格格作响，身子却禁不住簌簌发抖。他纵然勇武，但面临亲父屠子的惨剧，也觉心寒彻骨。

公子启低头不语，隔了半晌，才慢慢地说："兄长，今天的事，兄长是早就知道了？"

公子申惨然道："我一向自负聪明，却猜不到父王的心。早知父王动了杀机，我一人从容赴死，不悔不怨，怎么会拉上自己的兄弟？事到如今，我才明白父王的用心啊。"

公子启轻轻地拭去唇边血印，脸上露出温和的笑容："我们兄弟生时一起生，死时怎能看兄长一人死。"

公子结把手伸过来，按在公子启的手上。公子申用手握紧两个弟弟的手。虽是夜寒彻骨，兄弟三人的手掌紧握在一起，掌心温热相互传递，只觉如血脉缓缓流动，将三人紧系在一起。

第十九章·天降祥瑞

公子结两行热泪悄然洒落："只恨你我兄弟的母亲，不是君夫人……"说话时，牙齿格格作响，话声哽咽，几乎不能成语。

公子启看着车窗外清冷的月，悠悠地说："太子建的母亲也曾贵为君夫人，如今，又如何……"

"如今的君夫人和以前的蔡姬不可相提并论。"公子申说，"蔡姬出身卑微，父亲是蔡国封人，私奔而来，只是凭着父王的恩宠才封为君夫人。如今的君夫人是秦伯的长女，出身高贵。秦国势力强大，为西方霸主之国。普天之下，虽然诸侯众多，能与秦国相抗衡的，只有北方晋国、南方楚国、东方齐国三个国家。四方霸主国各自称雄，但情势各不相同。晋国六卿把持国政，弑君夺权。齐国崔杼杀害齐庄公。庆封灭崔氏全族，夺取国政。栾氏、高氏、陈氏、鲍氏四大家族联手攻伐庆氏。其中陈氏收买民心，日渐强大。晋、齐两国看似强大，公卿夺权争位，国政已落入公卿手中，国君有名无实，两国将来必定有巨祸发生。秦国公族势力强大，政局稳定，很少发生政变，更没有公卿擅夺君权的事情，民风质朴强悍。假以时日，秦国必在晋、齐两国之上。"

公子启回头看公子申，眼眸中的光芒闪动。

公子申用手轻拍公子结的后背，压低声音，只让兄弟三人才能听到："子期，以我看，能有这位君夫人，不止是楚国之幸，更是你我大幸。"

公子结不解。

公子申说："天下列国王室相残不提，只咱们楚国就有多少王族被杀灭？你我兄弟看起来贵为楚王亲子，一旦有变，连庶民都不如。庶民还可以保全头颅苟活人世，你我兄弟哪怕逃到天边，也逃不过杀戮。太子建惨死郑国，前车不远，令人心寒。如今君夫人为秦伯的女儿。秦国一向公族势力强大。父王一朝归于泉下，太子年幼，国政必定掌控在君夫人之手，以秦国的先例，定会对你我兄弟不薄。真是上天佑护啊，让君夫人来保全你我兄弟。"

他说到此处，满怀感慨，不觉长长地叹息。

公子结听得悠然出神："君夫人……"

公子启道："今晚之事，不是君夫人援手相救，我们兄弟三人的首级早就不保了。"

公子申叹道："一道宫门相隔，生死两途，实在是命悬一线。上天佑护，君夫人能及时赶来相救。迟到一步，我们就命丧当场了。"

公子结低下头，沉默不言。他无法接受这个年纪比他还小的异国女子当自己的嫡母。表面上他和兄弟们都对嬴香礼仪周全，敬重有加，但每次想起母亲在深宫备受冷落，内心深处，十分痛恨。今晚，兄弟三人被这位嫡母所救。生母给了他第一次生命，嫡母使得他的生命得以延续，一时间，他有种重获新生的恍惚。而父亲要杀他的原因却正是为了这位嫡母，使得他反复思量，恩仇难辨。

他握紧拳，指甲深深地陷进肉里，沁出血来。

鲜红的血，使他混乱的头脑清醒过来。既然已经立下血誓，向天地鬼神、历代祖先发誓要用生命保护太子和嫡母，又何必苦苦纠结？不管是恩是仇，从今而后，如果有人胆敢冒犯太子和嫡母，必须先踏过他的尸体。

楚王熊居安排好身后事，只觉心头压着的一块大石终于落地，顿感轻松，病势竟渐渐地好转起来。

令尹囊瓦来见楚王，满面笑容，说道："大王，臣有一桩喜讯报与大王得知。太子太傅费无极府中昨日现出祥瑞，天降神剑，宝光四射。据卜者言道：此兆是应在大王身上，大王得上天佑护，是以国现吉瑞之徵。"

楚王熊居听得怦然心动，问："竟有此事？"

囊瓦道："此事千真万确。臣曾亲眼目睹那柄神剑，果然宝光瑞气，非凡物可比。"他收受费无极金银财宝无数，自然替他竭力吹捧。

楚王熊居眉头微皱，又现疑虑："费无极乃奸佞之徒，怎能轻信他的言语？"

囊瓦道："大王如若不信，可命他带剑入宫。大王一看，便知臣所言非虚。"

楚王熊居用手抚捋颌下胡须，沉吟着缓缓说道："命他明日带剑入宫，与寡人看试。"

楚王熊居自从听到国中现出祥瑞之兆的喜讯，心情兴奋难禁，次日一早就在大殿等候。

费无极已经失宠，不敢贸然来见君王。他远远地停下脚步，请内侍通禀。内侍奏报，楚王吩咐宣他上殿。

内侍下殿传命去了，楚王等得无聊，踱出大殿。他看到几名守卫在大殿前的王宫侍卫手指天空，失声惊呼："好一道长虹！"

楚王熊居举目上望，果见一道赤色长虹，跨越半个天空，直奔太阳，景象极为奇异，气势不凡。

楚王熊居心中惊诧，正在出神，费无极已在内侍的引导下，走了过来。

费无极整装肃容，怀里抱着湛卢宝剑，亦步亦趋地跟随在内侍身后，外表极其恭顺谨敬。在他耳边却不断回响起风胡子那阴恻恻的声音。

——“湛卢宝剑乃是神兵利器，你将宝剑献给楚王后，即刻离去。我在草堂披发作法，便可致楚王于死地。此举万无一失，而且能够免去你刺杀楚王的嫌疑！”

——“楚王死后，尚有太子珍继位，此人也必须除去。你身为太子太傅，出入自如，须及早将他杀死。”

——“楚王及太子死后，楚国必定大乱，到那时吴王亲自统领舟师，逆淮水而上，歼灭郢都，吞并楚国，便封你做楚地诸侯。”

风胡子的话语，深深地打动了费无极。他一生辛苦巴结楚王，虽已博得高官，但时时须提心吊胆，生恐一个不慎，触恼楚王，惹上杀身大祸。这到底比不上做一方诸侯来得快活。况且，楚王熊居残忍暴虐，已失去人心，迟早会失掉江山。他费无极倒不如顺从天意人心，倒戈吴国，也可立下大功一件。

费无极这样想着，越发觉得自己聪明无比，简直可以说是英明睿智。他心里想得高兴，不禁笑了起来。抬眼看见楚王熊居已在面前，他慌忙撩衣跪倒，笑吟吟地说道：“臣恭喜大王，贺喜大王！天降祥瑞于楚国，此乃大王永享福寿，楚国万世长存之兆！”

楚王熊居抬抬手，示意费无极站起来，目光随即落到费无极捧在手里的湛卢宝剑上。只见宝剑长约三尺三寸，剑鞘用金丝缠绕，镶嵌珠玉，装饰得极其堂皇富丽。

楚王熊居心头一喜：“此剑果然足以匹配在寡人身边。”他心里欢喜，表面上越发要显出端庄尊贵的王者气派，转身走进大殿。

费无极紧跟在楚王熊居身后，走进宫殿，再行拜礼，将湛卢宝剑递给内侍，由内侍呈到楚王熊居面前。

楚王熊居接过宝剑，横托在手里，只觉有一种异样的兴奋、满足的情绪在胸中激荡。他有好一会儿才收敛住激动的心情，轻轻拔剑出鞘，顿觉一道红光直刺双眸。可停了片刻他再看，那剑通体黑沉沉，发出湛然清亮的光芒，森寒剑气直透入骨髓。他急忙将剑还入鞘内。

“好剑！”楚王熊居忍不住赞叹，“寡人见过不少宝剑，可是还没有一柄能跟湛卢宝剑相媲美。”

费无极顺着他的话接着说道：“最难得的是，这柄宝剑乃上天赐予的神兵宝器。可谓是天下罕见，举世奇珍。”

楚王熊居心花怒放，纵声大笑：“说得好！费少师献上这奇珍异宝，功不可没，寡人要重重地封赏你。”

费无极伏地谢恩之后，拜别楚王熊居，径直往太子所居的宫殿走去。他身为太子太傅，职责便是教导太子，无须另找借口，在楚王熊居看来还暗自称赞他专心于己职。

费无极刚刚去远，屈业大夫急急忙忙地走了进来，大声道：“大王，臣见今日天空出现长虹贯日之异象。此乃大凶兆。意指大王将有血光之灾，特来禀告大王，请大王千万不可接受费少师所献的宝剑。”

楚王熊居听了，十分不悦：“屈业大夫不可胡言乱语，湛卢宝剑乃天降祥瑞，你又来讲什么大凶兆，分明是危言耸听！”

屈业大夫分辩道：“剑是凶器，怎会代表祥瑞？大王切不可听信谗言呀！”

楚王熊居沉下脸：“令尹与太子太傅所讲俱是谗言，大夫所讲句句都是忠言吗？”

屈业大夫神情肃穆，指天铭誓：“臣屈业赤胆忠心，句句均出自肺腑，苍天可鉴！”

楚王熊居冷笑：“惺惺作态，自称忠良，好不让人恶心。”吩咐侍卫们将屈业大夫赶出宫门。

众侍卫一拥而上，架起屈业大夫就往外走。屈业高声叫道：“大王，你不信屈业之言，后悔莫及啊！”

楚王熊居不住地冷笑。他的冷笑声突然凝住！

众侍卫架着屈业大夫正转过游廊，看对面大殿内的一切俱是清清楚楚。他们看见悬挂在壁上的湛卢宝剑竟突然间自动飞出剑鞘，就好像长了眼睛似的，刺进楚王的后背，由后背刺进，剑尖在他胸前露出，穿胸而过！

楚王熊居的笑声就在那一刻凝止。

众人目睹这一奇怪现象，都骇得呆住了。

王孙由于在殿上侍立，看着费无极献剑离去，悬着的一颗心刚刚放下，骤见此惊变骇得呆在当地，只来得及撕心裂肺喊了一声：“大王！”就昏倒了过去。

他这一声喊，却惊醒了众人。有的慌忙抢步上前扶他坐起，抹前胸，抚后背，救他醒转。有的急忙将楚王熊居的尸体扶起来，再去找那柄作恶的宝剑，却是全无影踪。有几个侍卫没主张，仍旧架着屈业大夫，无法决定究竟是该将他放了，还是照楚王熊居的命令赶他出宫。

正乱作一团时，鄢将师迎面走了过来，他一身戎装，下令道：“速将这贼子押下去！”

楚王熊居殒命剑下时，费无极已来到太子宫中。太子珍正端坐于堂上用心读书。旁边帘栊掩映，内室坐着一个衣饰华贵、容貌艳丽的女子。

这女子正是君夫人嬴香。她自从错嫁楚王，内心常感幽怨凄楚，然而木已成舟，再难挽回，既无法可想，也只得将错就错。她远嫁楚国，身边一无父母亲人，唯有太子珍是自己的骨肉. 便将他视作珍宝，小心呵护，常伴在身边。纵是深更半夜，她也经常由梦中惊醒，赶来探视太子珍是否睡得安稳，是否着凉受寒。至于平日间，嬴香更是关心爱护，每有闲暇，必定要来督促太子珍读书习武。她一颗心全都放在太子珍身上，只盼他平平安安地长大成人，将来继承王位，做个贤明君主。

费无极进得门来，一眼便已看见伏案读书的太子珍。他心中暗喜：乘君夫人不在，正是绝好的时机，此时不动手，更待何时!

原来那挂珠帘造得好生精巧，嬴香由内向外望时，看得一清二楚。但是，在费无极看来，却只见珠光流转，不见人影。

费无极正在暗暗地盘算如何骗走宫女、内侍，加害太子，突见珠帘轻挑，嬴香款款地走出来，举止闲雅，说道："原来是太子太傅到了，珍儿快过来见礼。"

费无极这一惊非小，脸上的笑容也显得有些牵强。

嬴香看在眼里，却装作没有看见，对太子珍道："珍儿，你将新近学的一路剑法练给费太师瞧瞧！"她见费无极目露凶光，便故意叫太子珍演习剑法，用以震慑费无极，令他不敢妄动。

太子珍答应一声，从壁上取下一柄短剑，拔剑出鞘，走到堂前空地上舞起剑来。他年纪虽小，但天资聪颖，专心好学，一路剑法舞将起来，但见剑影飘飘，寒气森森，骇得费无极惊魂不定。待太子珍收式站定，他的一张脸已成雪白。费无极不住地用手擦拭额上沁出来的冷汗，勉强笑道："太子果然好剑法，好武艺！臣小小的胆子险些都给骇破了。"

嬴香将太子珍搂抱进怀里，态度十分亲切，温言道："咱们楚国一向以勇武威震天下，身为一国太子更要精通武艺。等珍儿再长大几岁，我还准备重金聘请有名的剑客来教习珍儿。"

费无极道："君夫人的主意自然是错不了的。不过……太子日后继承王位，掌管军国大政，总要以文治为主。"

嬴香颔首不语。

太子珍说："母亲，孩儿要学会上乘武艺，惩奸除恶，杀尽世上所有的坏人。"

费无极听了这话，不禁激灵灵打了个冷战。

嬴香说："好孩子，总算你没忘了'除恶务尽'这句话。"说着转向费无极. 说：

“费大夫，珍儿这么乖，要多谢你教导有方。”

费无极虽觉尴尬，但面上还得带着笑容，说道：“君夫人谬赞，微臣实在愧不敢当。”

一语未了。就看见执殿官匆匆赶来，禀道：“臣有要事启奏，请君夫人先行屏退左右。”

嬴香令左右侍从退下，对他说道：“有话请讲无妨，这位太子太傅无须避讳。”

执殿官跪拜叩首，流泪道：“大王在大殿上不幸遇害身亡。臣敬请夫人示下，该当如何行事。”

嬴香骤闻噩耗不觉悲从中来，抱着太子珍，一边拭泪，一边道：“此事你可曾通知上卿及列位公子、王室贵胄？”

执殿官道：“已派人前去通报，不久即会到来。”

嬴香抽泣道：“我孤儿寡母逢着这种变故还能有什么主张，但凭上卿、公子、王孙费心操办便是。等列位到时，你可将我这番话转告大家。”

执殿官道：“臣遵命。”

嬴香举手轻挥，道：“我身子不舒服，要歇一会儿。你们都退下吧。”

执殿官和费无极一同领命退下。

费无极一心要杀太子珍，苦于无法下手。再者楚王熊居既死，嬴香的话，便是无上的君命，他不敢不遵，只得退下，但一时无法释怀。费无极忽然想到楚王熊居已死，太子年幼，如能挑拨得楚国群臣不睦，楚国仍然免不了一场大乱。吴军亦可乘机攻陷楚国，到那时吴王定会封自己做一地诸侯。他越想越觉得意，脸上不禁露出一丝笑意。

鄢将师一番拷打，屈业大夫想要不招也不行。更糟的是，楚王被刺之时，费无极已经离去，在场的卫士都看到、听到他口口声声诅咒楚王。那柄杀人的剑，便是在他的诅咒声中飞来的。最糟的是，大家谁都相信屈业大夫精通巫术，飞剑杀人根本只是小试牛刀而已。而那位费无极是出了名的不学无术，占卜、巫术全都一窍不通，更不要说这等高深玄妙的邪术了。

结果，屈业大夫百口难辩自身冤屈，被逼咬舌自尽。鄢将师省了不少口舌麻烦，喜不自胜，忙向囊瓦禀告：“杀害大王的凶犯已畏罪自杀。”这一桩冤案就这样轻易了结。

王孙由于纵想为屈业大夫辩白，苦于全无证据指责费无极阴谋弑主，只得作罢。

费无极摆脱掉弑主嫌疑，又向囊瓦献计说：“太子珍年幼，而且其母原是太子建所聘的夫人，并非大王原配，不能算作正室。公子申是长公子，且素有善名。立长则名顺，建善而国治。倘若立公子申为王，楚国必能依靠他的福荫兴盛强大。”

囊瓦自己没有主见，听他讲得头头是道，便觉有理。全没想到这是费无极为祸乱楚国、挑拨太子和公子相互争斗的毒计。

沈尹戌听囊瓦欲立公子申为王，大为震惊，将囊瓦欲立公子申为王的话告诉公子申。公子申听了，大怒道：“若废太子，是彰扬君王的秽行。且太子之母已被立为君夫人，怎能说太子不是嫡嗣？君夫人原为秦国公主，秦楚联姻，可为楚国大援。废弃太子是弃嫡而失大援的愚蠢行为。楚国内外，有见识的人必定会嘲笑楚国没有良臣。令尹欲立我为王，似乎对我有利，其实是欲使我成为众矢之的。他再敢提起，我必杀之，”

改立新主的事，由于公子申的强烈反对，只得作罢。楚国群臣拥立年仅七岁的太子珍即位，改名为轸，史称楚昭王。

熊轸即位后，依照其父生前遗愿，将尸体秘密埋葬，尊谥号为楚景平王，尊奉嬴香为秦景夫人。因为她是秦伯之女，又是楚景平王的君夫人。朝中众臣以令尹囊瓦为尊。

楚国新立幼主的消息一经传出，吴王僚欣喜若狂。他立即命令掩余、烛庸两位公子引师两万，水陆并进，征讨楚国，围攻潜邑。潜邑大夫坚守城池，拒不出战，一面派人入郢都告急求援。

第二十章·火烧郤宛

这时楚王熊轸新立，听说吴兵进犯，举朝慌乱无措。左司马沈尹戌出班奏道："吴人乘我国丧来犯，若不出兵迎敌，将会被世人认为楚国软弱可欺。臣愿领兵前往救援。"

左尹郤宛也道："臣也愿前往。"

楚王熊轸大喜，说："两位爱卿忠心可嘉，寡人就命你二人领兵两万去救潜。"

沈尹戌和郤宛当即点兵出发。两人各引一万精兵。沈尹戌由陆路救潜，郤宛率水军从淮汭顺流而下，拦截吴兵后路。

沈尹戌带领陆军来到潜邑，吩咐兵士垒造石城，从外围将围攻潜邑的吴军围困起来，连汲水的道路也用石子垒断。吴国二公子大惊，连忙分兵两路，一半继续围攻潜邑，另一半攻打处于外围的楚军。沈尹戌却坚壁不战，传令部下将士，不得与吴军交锋开战。吴军来攻时，楚军只用弓箭将其射退。

掩余、烛庸攻打潜邑不下，又被沈尹戌率兵围住，正在慌乱之际，探子又报："楚将郤宛引水师从淮汭塞断江口，堵住我军归路。"

吴军进退两难，只得一面与楚军相持，一面遣人入吴国搬取救兵。

沈尹戌暗中下令放开一条道路，容送信人通行。郤宛得到通报，大惑不解，乘舟来找沈尹戌，探问其中的情由："吴军被困潜邑，不出月余，必然被我俘虏。司马为何故意放他往吴国求援？"

沈尹戌微笑道："吴国眼看大乱将生，岂会顾及到远在潜邑的这两位公子？放他前往吴都救援，不过是往火上浇一勺油，让那锅热水沸得更快些罢了。"

沈尹戌又针对当前形势，议定作战计划，以静制动，围住吴军，再相机出兵。

所谓当局者迷。公子光的野心已被沈尹戌父子窥知，困在潜邑的公子掩余、公子烛庸却还懵懵懂懂，全无知觉，如蒙在鼓中一般。他们望眼欲穿，盼望援兵到来，千盼万盼，终于盼到吴国传来消息，世子庆忌纠合郑、卫之兵，前来救援。谁知过未多久，吴都竟传出噩耗，公子光派刺客专诸刺杀吴王僚，自立为王，号称阖闾。紧接着庆忌也被公子光派出的勇士要离刺杀身亡。

掩余、烛庸得到消息，放声大哭。他们远在异国，虽然侥幸保住性命暂时未死，然而，陷于重重围困之中，难以脱身。况且，国已易主，纵然他们逃得过楚国包围，也无处安身立命。公子光行事素来果断狠辣，不留情面，连勇武无敌的庆忌都被杀害，又岂能容他二人存活于世上？

掩余越想越觉凄惶，流泪道："真正是'有家难奔，有国难投'。天下之大，却无你我兄弟存身之所。"

烛庸颇为精明。他哭了一阵，已想出一个主意，当下说道："困守于此，终究不是个办法。即使公子光不派人来杀我们，外无援兵，内无粮草，早晚也得被楚军攻破。倒不如乘夜深人静之时，我们逃出重围，投奔小国，再图日后举事。"

掩余叹道："楚兵前后包围，连只飞鸟都飞不出去，咱们又怎能逃得过？"

烛庸道："吴国难以回归，只得投奔楚国了。"

楚王轸听说吴国两位公子一同前来投奔，很是高兴，亲自接见他们。楚王轸十分的谦和有礼，一副大国君主的仪态。随后楚王轸让掩余、烛庸居住在养邑，准许他们自行练兵。

潜邑之役，楚国不仅赢得了胜利，还留下吴国两位公子。楚王轸设宴款待沈尹戍和郤宛，问起征战的情形。沈尹戍将功劳全部归于郤宛，极力称赞他治军有道，善于作战。楚王轸大悦，重重地赏赐郤宛，而且对他十分敬重，每有大事，必定要咨询郤宛的意见。

费无极见楚王轸宠信郤宛，心生妒意，又怕郤宛为人忠直，日后将会不利于自己，暗地里十分担忧。

这天，费无极告诉囊瓦说："子恶想要宴请相国，托我探问令尹，可肯枉驾光临？"

囊瓦说："子恶太见外了。能蒙他相招，岂有不去的道理？"

与此同时，鄢将师正在郤宛府中，笑着说："令尹对我说，想与你一同饮酒，不知道你可肯招待，托我前来探问。"

郤宛不知是计，说道："宛位居下僚，如蒙令尹枉驾光临，诚感荣幸至极！明日当备草酌奉候令尹大驾，烦请大夫致意。"

鄢将师道："这太好了。但不知你打算怎样招待令尹？"

郤宛平时和囊瓦没有什么交情，不知道囊瓦的喜恶好厌，颇感踌躇难答。

鄢将师道："令尹最喜爱坚甲利器，之所以想来你家饮酒，主要是因为听说你家里藏有不少锋利的兵器。你把这些兵器都拿出来，令尹见了一定喜欢。"

郤宛信以为真，果然按照鄢将师的话挑出五十件最锋利的兵器。鄢将师说："五十件大概就足够了。明日令尹来时，你在门后设置帷帐，由亲兵卫士拿着这些兵器藏在帷后。令尹见到一定会询问。等他问时，你就把兵器拿出来献给他。若是献给他其他东西，未必称令尹的心意。”

郤宛得到鄢将师的指点，十分高兴。第二天，他就在门后挂起帷帐，吩咐亲兵手执兵器藏在里面，一面托鄢将师往令尹府邀请囊瓦。

这时，囊瓦也正高高兴兴地更换衣服，穿上盛大聚会时才穿的礼服。郤宛是楚王身边的宠臣。囊瓦能够受到他的邀请，感到非常荣幸。他将要出门，鄢将师道：“令尹，我先去子恶府中看看，他是否已经准备好酒筵。”

囊瓦点头道：“是啊，若是我去得早了，子恶尚未做好准备，不免令他感到慌乱。有劳大夫先去探问一番。”

哪知鄢将师去未多时，便即急驰回令尹府，神色惊慌，气喘吁吁，说道：“我险些害了令尹！郤宛今日相请，我原以为他是一番好意，有心结交令尹。谁知我去到他府中，看见他的亲兵卫士都埋伏在大门两侧。幸亏令尹没有亲自前往，不然的话，此刻已经遭了毒手！”

囊瓦大吃一惊，问道：“子恶与我虽无深交，但也素无嫌隙。他为何要害我？”

鄢将师道：“想必是他倚仗大王宠信，想要取代你作令尹，所以设计加害令尹。”

囊瓦将信将疑，又派身边亲信前去探视。那些人回去禀报说：“郤宛府门两旁加设了帷幕，里面果然藏有兵士，一个个手拿锋利兵器。”

囊瓦大怒。当即将此事奏禀楚王轸，请求派遣军队攻打郤宛。楚王轸大感惊诧：“郤宛为何要加害令尹？莫非其中另有别情？”

鄢将师道：“臣听说郤宛与阳令终、阳完、阳陀、晋陈合谋，意图专权楚国朝政，已不是一天两天的事情了。”

费无极也说道：“臣也听说郤宛私通吴国。救潜之役，诸将决定乘机征伐吴国。郤宛却暗中收受吴人贿赂，以乘乱不义的名义，强迫左司马班师返国。吴国乘我国新亡大王，出兵偷袭。我国乘吴国政变、朝纲混乱之机，讨伐吴国，正好相报。若非收受吴国贿赂，他岂会违背众将的意愿轻易退兵？唉，郤宛若是得志，楚国就岌岌可危了。”

囊瓦勃然作色，道：“郤宛原是晋国公族郤氏的后裔。郤氏气焰太过嚣张，激起晋国众怒，被晋厉公诛杀灭族。郤宛的爷爷逃亡楚国，才保全性命。郤宛一族三代受大王恩宠重用，竟然又想在楚国作乱。我一定要亲手杀掉这个奸人！”

费无极说：“阳匄的儿子阳令终、阳完、阳佗以及晋陈一族、伯州犁的孙子伯嚭都是郤宛同党，斩草不除根，后患无穷。诛杀郤宛一族，莫要放过这些同党，免得像先王诛杀伍奢一族，放过了伍子胥，才招惹吴国连年攻楚。”

囊瓦见楚王轸迟疑不决，转身下殿，亲自带领一支军队，向郤宛家杀去。

郤宛设宴邀请囊瓦，等了许久，不见他到来。郤宛正打算再次派人去清，忽见伯嚭慌慌张张地跑进来，大声道："左尹，大事不好了！囊瓦带着军兵杀过来了！"

郤宛很感意外："怎会有此事？令尹今天要过府饮宴，怎么会无缘无故地突然领兵杀过来？大概是你看错了。"

伯嚭急得顿足大叫道："唉呀，左尹，你好生糊涂！费无极设计挑拨囊瓦来灭掉你我郤氏、伯氏全族，你还认为他真的要来饮酒么？"

郤宛愕然。正要说话，只听门前响起一阵嘈杂惊呼之声，卫士匆忙奔到堂前，叩头禀道："令尹带着一支军队杀气腾腾地冲了过来，口口声声说要诛尽伯氏一族！"

伯嚭拉过一匹快马，翻身骑上道："左尹，囊瓦愚笨固执，跟他没有道理可讲。你快跟我一同上马，逃命去吧！"

郤宛道："事关郤氏一族存灭，我岂能一走了之！？"

伯嚭叫道："囊瓦率军马上就到，怎能管得了那许多？咱们还是及早逃走，保全性命要紧。"

郤宛听他口口声声只为自己着想，胆小怕死，禁不住怒火上撞。他顺手抓起一只玉尊，掷向伯嚭，怒道："事到临头，你不为全族着想如何免祸，只知道自己逃命，你还算个人么？"

伯嚭低头闪避，额头已被玉尊掷中，登时鲜血直流。他见自己头上流出鲜血，又惊又怒，叫道："好哇，我好心前来报讯，你竟敢打我，竟敢骂我不是人。我就算不是人，也总强过你做断头鬼。我好心劝你一同逃命，你不听，你留在这里等死吧！"

他说着一带马头，直奔后园，仓皇逃命去了。

郤宛一生正直，想不到平日交好的伯氏居然出了这个不肖子。他又气又恼，眼前一黑，跌坐在地上。

这时囊瓦已来到府门前。他恐郤宛府中甲兵冲杀出来，吩咐将郤宛府第前后大门封死。四周围墙均由士兵手持弓箭包围起来，不准府中任何人出来。

楚国百姓见到这种阵势，十分吃惊。有几位上年纪的长者，走上前，说道："令尹何故包围伯大夫的府第？"

囊瓦道："郤宛私通吴国，图谋造反，我奉大王的命令来诛灭他的全族。"

众百姓听罢，一齐说道："伯大夫善良忠直，是难得的好官，怎会私通敌国？这一定是奸人在陷害他。"

囊瓦怒道："无知愚民，你们懂得什么？快快闪开，如再敢无礼纠缠，一并杀了示众！"

众百姓不肯退却，手挽着手，组成一道人墙，挡在大门前面，阻止官兵冲进去杀人。

囊瓦大怒："反了！反了！这些刁民居然敢聚众造反，快放火烧死郤宛。谁要救他，就一齐射死！"

众兵士依命一齐将火把投进郤宛府中，刹那间，到处都起了火。众百姓还要阻挡，却哪里是官军的对手？一顿拳打脚踢将众人驱散。眼看那火势越发大了，火舌乱舞，浓烟冲天。幸好左尹府附近无人居住，火势不致蔓延。

囊瓦立着观看火势，哈哈大笑不止，渐觉一阵阵热气扑面而来，炙热难当，连忙撤到远处。他又等了好一阵，才见火势逐渐转弱。原先一座偌大的宅院，烧成了一片瓦砾场。囊瓦待大火熄灭，派人前去探查，前后府门俱被封死，四周重兵围困，左尹府满门上下百余口，除了先行逃遁的伯嚭外，无一得以逃脱，俱被烧成焦黑，面目全非，惨不忍睹。囊瓦这才放心，乘着华车，大笑而去。

囊瓦火烧左尹府，杀尽郤宛满门，犹觉未足以泄愤，用通吴谋叛的罪名，把往常和郤宛交游深厚的阳令终、阳完、阳佗、伯氏、晋陈等人也一齐灭族诛杀。楚王轸年幼，囊瓦贵为百官之首，代摄朝政，他传下的命令没有人敢于违抗。为避开嫌疑，免受株连迫害，连郤宛一家的尸体也没有人敢出面收殓。左司马沈尹戌感叹同朝称臣，为众人收拾尸骨，建造坟墓。

囊瓦听说沈尹戌为这些被灭族的人修坟，很不高兴，当面质问："司马因何为那些叛国逆贼修坟？难道是鼓励人们背叛楚国吗？"

他这话的分量很重，沈尹戌不能不作解释："我见他们尸骨暴野，心下着实不忍。毕竟阳氏、郤氏、伯氏、晋陈都是一国重臣，纵使处死也要为他们留些体面才好。"

"为他们留体面？"囊瓦冷笑，"他们若知顾全体面，就不该叛变通敌。我们又何必留什么体面。"

沈尹戌叹道："即便有罪，也以身家性命相抵过了。令尹何苦紧紧相逼，不留一丝情面呢？大家究竟曾同殿称臣，一同侍奉大王，虽无私交，总还有同僚之谊啊！"

囊瓦沉默良久，说道："司马讲得确实在理，然而，不作严惩，恐怕楚国人个个都要学他们的榜样了。"

沈尹戌道："不瞒令尹，近日楚国人心浮动，怕是要发生变乱的先兆。"

囊瓦大惊，问道："到底是怎么回事？你快快讲来。"

沈尹戌道："近年来楚国内忧外患，接踵而至，使得朝廷无法专心料理正常事务。所以难免出现纰漏，引起百姓不满。这本是很难避免的事。可是近来郤宛满门被戮的消息传出后，在民众中产生了很大的反响。许多人都认为郤宛是被冤枉屈死的，要求惩处费无极、鄢将师两人以平民愤。”

囊瓦奇道：“郤宛的死和费无极、鄢将师有何相关？”

沈尹戌道：“因为百姓们认为郤宛是被费无极、鄢将师陷害致死。”

囊瓦道；“胡闹！胡闹！这些无知百姓，居然把郤宛的死归罪旁人。难道郤宛通敌叛国是费无极、鄢将师指使、教唆的么？当真是滑天下之大稽！”

沈尹戌见他固执己见，没有办法再说下法，于是说道：“令尹明日如果有空闲的话，不防隐瞒起您高贵的身份，微服探访民间。或许您能够弄明白事情的真相。”

囊瓦虽然固执偏颇，但出于对沈尹戌的尊重，就答应明日微服探访，并约沈尹戌一道同行。

囊瓦、沈尹戌两人位高权重，声名赫奕，担心在郢都会被人识破。于是，他们就来到麦城，随在人群中观看街市风光。只见麦城家家祀神，香火相接，人人顶礼膜拜，极为虔诚。

囊瓦看了，觉得好生奇怪，上前问一位老者：“你们供奉的是什么神？”

那老者叹息道：“是楚国的忠臣郤宛。他没有罪过，却被无辜杀害。我在祈求他死后的魂灵能够飞升到天庭，将他在人间受到的冤屈向上帝诉说。”

囊瓦先时一怔，后来越听越觉得恼怒。他正待厉言斥责老者，沈尹戌用手轻拉他的衣袖，低声说道：“子常何必跟这种无知愚民发脾气？千万不要为了一点小事暴露了自己的身份。”

他拉着囊瓦往前走，走到偏僻少人之处，才说道：“子常，你我微服出游，探访民情，不只是改换服色便行了，还得先行放下尊贵傲气。若是连一句逆耳的话都听不得，还能了解多少民情？还能听得到百姓的声音么？”

囊瓦怒气犹未全消，恨恨地道：“这些百姓，居然为叛国逆臣呼冤，实在可恶！”

沈尹戌道：“国以民为本。为官者能够顺应民心，才能够有利于统治。失去百姓的拥护，国家就会倾覆。昔日夏桀不修德政，武伤百姓。汤于是乘机起兵，灭掉了夏朝。殷纣惨杀贤臣，民生怨望之心。最终，被周武王大败于牧野，逃入鹿台，投火自焚。这些都是轻视民心的教训。令尹身为楚国百官之首，不可不慎察民心啊！”

一番良言苦劝，囊瓦怒火渐消，说道：“依司马之言，哪怕那些庶民百姓骂我，我也不能发火，对么？”

沈尹戌笑道：“子常宽宏大量，自然不会与百姓相计较的。”

囊瓦也笑道：“难怪楚国百姓对司马称颂不已。像你这样时时处处顾念着百姓的官员可是少见的很咧。”

沈尹戌道：“这大概因为我一贯带兵的缘故吧。打仗时全靠士兵上阵拼命厮杀。所以为将者，需要格外体恤下级官兵。而兵丁又是从百姓中征集的。因此，往往把百姓也都看成是不穿坚甲的士兵了。”

“这个比喻很有趣。”囊瓦说，“我还是头一次听人这样说。可是，我知道你所说的话一向都很有道理。”

他们一边谈话，一边向东走去。一路上他们只见家家都供着郤宛的神位。囊瓦不由地暗自寻思：“难道当真是错杀了郤宛不成？”

两人离开麦城，又来到纪南城。这时，红日高悬中天，已是正午。两人腹中饥饿，进入路边的饭馆，随便点了几样饭菜，坐下进食。

饭馆中客人不少。人们一边吃饭，一边高谈阔论，谈论的大都是新近发生的事情。囊瓦、沈尹戌留神倾听，果然听到人们谈论起郤宛，都道他无辜遇害，死得冤枉。其中有一位贩卖货物的商人，自称列国俱都游遍，知闻渊博。人们只听他大声说道：“郤氏一族遭遇着实可怜。当年，郤氏在晋国三代都是执政，四世共出了八卿。可怜被晋厉公灭族，子孙逃奔楚国。郤宛被楚景平王封为右尹，如今新王继位，又加封他为左尹。想不到过了没多久，郤宛竟然也被屈杀灭族了。”

众人唏嘘叹息，纷纷说道：“郤氏一族遭遇竟都是这般凄惨，好生可怜哪！”

第二十一章·木偶令尹

那名商人喝了一口酒，说："还有桩奇怪的事情呢。郤氏一族虽然俱被屈杀而死，但杀害他们的人可也没有好下场。就说晋国的胥童，屠杀郤氏的执行者，后来又被别人杀害。从此，胥氏便消失在晋国政坛。这真是因果循环，报应不爽。"

座中的一名虬髯大汉，拍案而起，叫道："骂得好！兄台，为你这番话，兄弟敬你一大盏。"

商人接过酒，一饮而尽。道："这位壮士豪爽得很，正合小弟的脾气。来来来，我也敬你一盏。大家初次相逢，难得的就是意气相投。一盏水酒，略表小弟的心意。"

那虬髯大汉也不推让，接过酒盏，张口饮尽。

正在这时，门外走进来了一个干瘦矮小的老者，衣着粗旧，背脊微弓，满面风霜之色，手里拿着两片竹板。一望而知，这是一位走江湖的卖唱艺人。

有人看见他，叫了起来；"张老爹，你来得正好，有什么新曲子唱给大家听么？"

那干瘦老者道："小老儿新学了几支曲子，不知各位想听哪一支？"

喊话那人道："刚才正说郤大夫无罪却被屈杀，你就将这件事唱给大家听吧。"

老者在门槛上坐下来，轻轻地敲打手中的竹板。竹板"啪啪"作响，声音虽稍嫌单调，却也自成音韵。他敲打了一阵竹板，开口唱道：

"劝君莫学郤大夫，忠臣反倒遭杀戮。
身既死，尸无余，烈焰焚烧何忍睹。
呀！令尹何太毒、何太毒！
楚国无君主，只有费与鄢，
令尹如木偶，任人来摆布。
湛湛青天浮云蔽，茫茫大地血染污。
忠臣良将俱惨死，荆楚霸业成画图。
叹！江山谁人主、谁人主！
……"

老者徐徐唱来，声调苍凉凄苦，使人听了不觉泪下。饭馆之内一片叹息啜泣之声。老者唱完歌曲，又敲了几下竹板，作为煞尾。先前说话的那人忍泪说道：“老爹，你不要再打那竹板了，一下一下好像敲打在人心上似的。”

老者长叹一声，收起竹板，说：“早知你们不喜欢听，我就不唱这支曲子了。”

那人道：“不，曲子很好听。只是太过悲凉，让人听了忍不住想要流下泪来。你知道这支曲子是谁编的么？他可写得真好。但我还是想请他把曲调改动一下。不然的话，我每听一遍，都像是心上被斩了一刀。这滋味实在不大好受。”

老者叹道：“这件事本来就很悲惨。你若想快乐的话，只管去听那些能令你快乐的曲子，而不要苛求编曲的人。至于你问编曲的那人是谁，我也不大知道。这支曲子是一个外乡人教给我的。他说郤大夫一生忠直，却遭惨死。他的英名应该让更多的人知道，应该让人们永远记住这个值得尊敬和爱戴的人。”

那人道：“哦，我想他的目的达到了。我虽然只听了一遍，可是我永远都忘不掉这支曲子了，还有那位郤宛大夫……”

那名虬髯大汉接着道：“还有那该挨千刀的费无极和鄢将师，我真恨不得亲手砍下他们的首级！”

他说着，用手狠狠地在案上一捶。那张几案在他手下裂成两半。他的目光中暴出怒火，仿佛面前那张被击裂的几案就是他痛恨入骨的费无极和鄢将师。

人群中，有人喊道：“还有令尹囊瓦，是他亲手杀害伯大夫的！”

“哼！这种木偶令尹，还要他作何用？他只知听信费无极、鄢将师的谗言，杀害忠良！”又有几个精壮少年这样嚷道。

囊瓦听得脸上一阵青，一阵白，压低声音说道：“这些人当真是要造反么？”

沈尹戌怕他恼羞成怒，急忙起身结账。两人在众人的咒骂声中匆匆地离开饭店。

一路上，囊瓦脸色阴沉，不发一言。

沈尹戌叹息道：“看来舆论对子常很不利。人们爱戴、敬仰郤宛，反过来对杀死他的人越发痛恨。子常受奸人挑唆，杀死郤大夫，如今已成为众矢之的。楚国一旦发生变乱，最先遭殃的恐怕就是您了。”

囊瓦闷哼道：“人人都说郤宛冤枉，他果然就没有罪吗？别人不清楚，你总该知道，救潜之役后，本可乘机击败吴国，若非他暗中私通吴国，怎会下令撤兵？”

沈尹戌正色道：“若是论及其他罪状，戌或许不知，亦无法为其辩白。但救潜一役，下令撤兵，并非郤宛一人的意思。吴国兵精将勇，未可轻启战端，是以决定班师还朝，却非暗通吴国之故。”

囊瓦脸色骤变，愕然道：“竟是如此？！你为何不早说？”

沈尹戌苦笑道：“子常不问情由，便带兵去将郤宛一家百余口烧成焦尸，我再说又有何益？”

囊瓦又恼又恨，愤愤说道：“费无极和鄢将师实在可恶，竟然谗害忠臣，陷我于不义。”

沈尹戌缓缓道：“当年，费无极谗杀令尹斗成然，怂恿平王逐太子建，杀伍奢，使先王恶名闻于诸侯。如今，又害死郤宛、阳令终、阳完、阳陀、晋陈、伯氏几位无辜大臣，使楚国人痛恨令尹。他的用心真可说是歹毒奸险得很呀！”

囊瓦怒道：“此等奸臣贼子，不杀之不足以泄吾心头之恨！”

沈尹戌道：“费无极、鄢将师二人，不同于郤宛。他二人狡猾奸诈，口舌伶俐。若没有充足的理由，怎能令他们俯首认罪？”

囊瓦冷冷地道：“谗害忠良，只此一条，便足以灭他满门。”

沈尹戌摇头叹息：“杀郤宛是令尹亲自带兵前往，和他二人并无直接关系。这样一讲，岂不是正中他们的奸计，自己取祸上身么？”

囊瓦料想不到费无极、鄢将师二人谋划竟如此周密。他们害死郤宛等三人，却将恶名全都推在自己身上。他二人倒落得一干二净。纵算要拿他们治罪，可也没有办法。他又气又怒，忽然想起沈尹戌既能将对方的奸计识破，那么，也一定有整治费无极、鄢将师的方法。他急忙说道：“唉！我一时糊涂，中了费无极、鄢将师的毒计，以致害得忠良惨死。愿司马助我诛此二贼，以平息民愤。”

沈尹戌躬身答道：“此乃社稷之福，戌敢不从命！”

返回郢都后，沈尹戌派人传出消息说：“杀害左尹乃是费无极、鄢将师二人所设的奸计，令尹误中奸计，后悔不已。如今要处死两名贼子，楚国百姓可以一同观看。”

消息传出，楚国百姓惊喜非常，听说要为郤宛报仇，人人振奋，个个响应。不仅郢都百姓闻讯向费无极、鄢将师家拥去，就连居住在外地的百姓，除了路途遥远，无法前来的之外，人们也都一路一路的结队而来。人群越聚越多，恰似怒涛波浪，汹涌而至。

囊瓦没有想到竟会来这么多的百姓，心底不觉有些慌乱。他悄声对沈尹戌说：“来这么多人，万一出了什么乱子，可不好收拾呀！？”

沈尹戌笑道：“子常不必惊慌。这些人是楚国的百姓。他们都要听您的命令，您为什么要害怕他们呢？再说，就算出了什么乱子，有楚国强大的军队做您的后盾，您还怕什么？只管放心好了。”

费无极和鄢将师听到囊瓦要杀他们两个人，以平息百姓愤怒的消息，都是惶恐不安之极，想要趁乱逃走。哪知沈尹戌早已派兵包围了他们的府邸，不容许任何人随意进出。

正在慌乱之际，囊瓦用楚王的名义传下命令："将费无极、鄢将师押赴市曹枭首示众！"前来传令的官员气势汹汹，将两个人五花大绑捆了个结实，押出府邸。

围观的民众见了，纷纷喊道：

"杀了这奸贼！"

"剐了他！这种恶人要剐上三千刀才解恨！"

"呸！他们就算死上一千次，一万次，也抵不了他们做下的罪孽！"

有的人痛恨之极，拿石子、木块掷向费无极和鄢将师。也有的人将口水向他们头上、脸上唾去。当来到市曹时，两人已经鼻青脸肿，脸上沾着不少唾液，狼狈不堪。

囊瓦趾高气扬，站在当中的一座高台上。有人将费无极和鄢将师押到台上，屈膝跪在囊瓦面前。众多百姓便围在高台四周观看。

只听囊瓦高声数落两个人的罪状，一共是十七条大罪。囊瓦念完他们的罪状之后，大声说道："此二人罪大恶极，不杀不足以平民愤。奉大王命，将其枭首示众！"

到了这步田地，鄢将师垂头丧气，只等一死。费无极却嘿嘿地冷笑道："欲加之罪，何患无辞！令尹欲杀我二人以平民愤，还怕找不到借口么？平心而论，你难道就是无瑕白璧，无罪可究吗？杀郤宛是你动手，与我二人何干？我今日被你屈杀而死，当真是不服啊不服！"

囊瓦怒道："大胆狂徒，死到临头还敢出言狡辩！"

费无极冷笑道："正因为死到临头，才不得不一吐冤屈，免得死后反留得恶名。"

他伶牙俐齿，将囊瓦驳得张口结舌，无言以对。

沈尹戌沉声道："费大夫当真不服死罪？！你可曾想过，在你手下有多少冤魂？

"令尹斗成然与你何冤何仇？只因一身傲骨，与你不合，你便谗言将他害死。太子建为斗成然鸣冤，你便逼他远走城父，又诬他叛逆造反，致使先王父子反目，太子建惨死异国。伍奢父子忠心为主，也被你谋害致死。你为谋取高官，不择手段，竟然怂恿先王派遣年迈病弱的令尹阳匄领兵远征。阳匄重病身亡，虽不是你亲手所害，却也是因你而死。左尹郤宛正直忠良，受当今大王宠信。你即心生妒意，设下毒计，诱使令尹囊瓦错杀郤宛。

"这一桩桩惨案，一条条人命，皆由你一人而起。纵然将你千刀万剐，亦不足以偿罪愆。赐你枭首之刑，乃是大王念旧日师传恩情，着意开脱。你不谢王恩，反倒大呼小叫，自称冤枉。费大夫，请问你有何冤情？！"

沈尹戌本人极其威严，正气凛然，让人见了不由顿生敬畏之情。这一番话语，义正辞严，无可驳斥。费无极虽狡猾善辩，也无法出言相驳。

沈尹戌见他不答，又道：“费大夫既不出言，当是再无冤枉。将你枭首示众，你可服刑？”

费无极垂首道：“司马要杀无极，某心服口服，绝不喊冤。”

沈尹戌道：“如此就好！”

当下一声令下，刽子手挥动手中斧钺，将费无极、鄢将师两人的首级砍下，鲜血从断了头的腔子里直喷而出，溅得高台上一片血腥。台下众人一起欢呼雷动。

囊瓦为平息百姓的愤怒，当众处死了费无极和鄢将师。然而，这并不能令他心安。他十分震惊地发现，楚国百姓对沈尹戌的拥护和爱戴，远远超过了他。他是楚国百官之首，却输给了地位上次于他的沈尹戌。无论是从政绩、战功方面，还是论名声，他都输了。

近来，囊瓦听到楚国百姓在私下里传唱一支歌谣：“楚人爱司马，不爱令尹。”这句歌谣实实地触着他的痛处，令他大为震怒。虽然沈尹戌仍是一贯的谦和、严谨的态度，并没有半点张狂的迹象，但囊瓦心中存了芥蒂，十分的不痛快，憋着火处处找沈尹戌的错处。他心想，纵然百密亦总有一疏，一旦找着短处，便可借机发挥，好好宣泄一下郁闷已久的怒气。谁知沈尹戌果然了得，为人做事滴水不露，连一丝把柄都捉不到。囊瓦只得在暗地里咬牙痛恨。

沈尹戌心知令尹嫉恨自己，但他为楚国大局考虑，不愿激起内乱，便处处退让三分，不和囊瓦逞强争斗。囊瓦战功远不及沈尹戌。因此，他十分热心讨伐征战之事，一心想要立下显赫战功，由这方面压倒对方。沈尹戌就顺着他的意思，让他主持吴楚之战，自己退守边疆，在方城以外操练军士，以备这位莽撞好胜的令尹闯下漏子之后，能够从容地收拾残局。

事态的发展果然不出所料。伍子胥将吴军编为三军，轮番骚扰楚国。这使囊瓦所统帅的军队辛苦奔波，疲惫不堪。接着，新近拜为将军的孙武用第一军佯动伐夷，拉开了攻克养邑之役的帷幕。吴国军队机变灵活，佯攻夷不克后，即兵锋一转，南下渡淮，直驱五百余里，攻打潜、六二地。当楚军的援兵即将到达时，吴军却已撤回吴疆，始终不与楚军正面冲突。几乎在同一时间，孙武调动第二军人马自淮水而上，疾行数百里，直扑楚国战略要地弦邑。但是，楚军一到，吴军大举撤退。一个月里，孙武把楚国的军队从夷城调到潜、六，又从潜、六调到弦邑，把楚军弄得处处扑空，斗志全无。这时候，孙武命令吴军的第三军对养邑发起了总攻，一举攻克养邑，擒杀了掩余、烛庸二公子。孙武初试锋芒，便大获全胜。

沈尹戌闻讯大为震惊。楚军暂时受挫倒不必担心，令他感到震惊的是孙武在这场战役中显示出来的卓越的军事才能。沈尹戌以其如炬的目光，一眼便已看出养邑一战，孙武不仅仅满足于夺取一座城池，他的目的在于扫除淮水北岸的楚军势力，为日后破楚入郢扫清障碍。擒杀掩余和烛庸二公子，则是为阖闾剪除未来的隐患，以免得吴宫再次发生兄弟相残的场面。庆忌已经身死，季札天性淡泊，无意争权夺位。如今掩余、烛庸一死，阖闾用不着再担心有人来争夺他的王位，内无变乱，在攻打楚国时才可以做到后顾无忧。养邑一役只是一次牛刀小试，吴军日后必定会倾其全力重创楚国。

一念及此，沈尹戌不由满腔愤懑：囊瓦一味争强好胜，自私贪功，长此下去，楚国必将毁于这愚夫之手！他忧心楚国安危，再也顾不得遭囊瓦的忌讳，星夜返回郢都。

沈尹戌回到郢都，来不及进家门，就进宫求见楚王了。楚王年纪尚小，国家政事由令尹囊瓦代为统摄。但这一次涉及令尹，他只得直接求见楚王本人。作战打仗牵连甚广，头绪纷杂，讲来楚王也听得不大明白，他就尽量用简单、浅显的事理讲解，希望楚王能够清楚囊瓦目前的策略无法对抗吴国的进攻。他又提出自己的建议：

“大王，吴军分为三军轮番来袭击我楚国，机动灵活，张弛有间。而我军被牵着鼻子走，处处挨打，兵士疲惫不堪。这就好比大王看武士角力时，三个人轮流打一个人。这个人落了单，没有支援，自然无法打胜。臣建议将楚军分为六军，以应对吴国的战略，吴军一军来袭，我二军同时还击，一正一奇，互相配合作战，正兵与吴军正面作战，奇兵从侧翼突袭，两面夹击，吴军自然要败了。这又好比原先那三个人打一人，可是这人变成了六个人，再去打那三个人，胜败的局势马上就扭转了。”

他将两军作战比作角力游戏，简单明了，又十分形象。楚王听了很感兴趣，说：“你讲得很有道理。可是寡人不明白，一个人怎么会变成六个人？你讲给寡人听听。”

真是孩子话。沈尹戌笑着解释：“大王，臣是将楚吴之战比作角力游戏。我军势力多过吴军数倍。吴军将全军分作三军，我军分为六军，即便一对一，那也比吴军强大得多。何况吴军远来，侵入我国境，并无支援。两军合战一军，便可将吴军全歼。孙武和伍子胥的一番精心谋划，正为我消灭吴军兵力创造了绝好时机，并不是真的一个人变成了六个。”

楚王虽觉沈尹戌所言有理，但毕竟事关重大，他自知年纪幼小，不谙军事，未敢轻易下定论。于是，他说：“沈司马，你提出的建议很好。可是和令尹的意见有些矛盾。你们两位都是国家的重臣，寡人的肱股。两位各执一端，叫寡人也不好妄下决断。莫若司马再与令尹多加商议，可好？”

沈尹戌知道楚王轸并未亲政，军政大权由囊瓦独揽，只得说：“大王既如此讲，为臣敢不从命。”

但找囊瓦商议的结果，还是囊瓦坚持己见，一力排斥沈尹戌。沈尹戌只得返回方城之外加紧训练军兵，以期待吴楚大战时能够力挽狂澜。

第二十二章·知人善任

刺杀楚景平王之后，风胡子曾经梦想能够平步青云，封官加爵。哪知吴王僚却被公子光刺杀，公子光篡位，成为吴国的大王阖闾。风胡子为吴王僚卖命不仅无功，反倒变成了不可饶恕的罪过。幸亏他见机快，头脑活，马上向吴王阖闾表白自己的一片忠心。他言辞恳切，声泪俱下，连冷酷绝情的吴王阖闾也动了一点怜悯之心。但吴王阖闾毕竟不是妇人，他是一位精明果决的大王。他并不轻易相信风胡子。他要风胡子再次入楚境，刺杀楚王轸，以此来证实对他的忠心。

刺杀楚王，对于风胡子来讲，已不是第一次。前年他潜入楚境，用一柄湛卢宝剑刺死楚景平王。之后，费无极乘乱将宝剑归还。如今宝剑仍在他掌中。然而，沾染了血污的湛卢宝剑已失去了往日的灵性，无法再飞剑取人首级。他费尽心机收买的费无极，也早已身首异处，做了囊瓦的刀下亡魂。

今遭如何能与往日相比？

面对冷厉威严的吴王阖闾，风胡子大汗淋漓。

吴王阖闾只视作不见。他是一贯善于利用刺客暗杀敌人的。不可一世的吴王僚死在了专诸的鱼肠剑下。英勇无敌的庆忌丧命于身材短小的要离之手。他知道他们都死不瞑目，死也不肯服输。

他不要他们服输，他只要他们的命！

吴王阖闾仰天长笑。世人只晓得替吴王僚、庆忌抱屈，又有几人能够明白他才是真正的英雄？

专诸刺吴王僚，他用的是亲善之计。善待专诸及其老母，令专诸感激涕零，情愿用自己的生命报答他的恩情。专诸死后，他重椁厚葬，又封专诸之弟专毅为大将军，恩宠有加，将这个勇猛善战的汉子收为己翼。从此，他身边又多了一个甘愿随时为他拼命的勇士。他的目的还不止于此，对专诸一家恩深义重，不忘不弃，是要收买天下勇士的心，将他们一网打尽。

要离亦是一名顶尖的刺客，但他与专诸不同。专诸感于恩义，万死不辞。要离是为了成就声名，不惜将妻子儿女甚至自己的身家性命尽皆抛开不顾。专诸之勇，在于勇不惧死。要离之勇，在于不知死为何物。他连生死都可以抛开不顾，还有什么事情做不出来？庆忌亡命在他手下，又有何遗憾而言？

而风胡子根本无法与专诸、要离二人相提并论。他胆小，怕死，又没有高超的武艺。他跟着欧冶子、干将一起学铸剑，别人都成了名扬天下的铸剑师，他这个做大师兄的却连一柄宝剑都铸不出来。这样一个无能且又怯弱的人似乎是一无是处，无用至极。可是，吴王阖闾凭着他极其敏锐的目光，一眼就看出在风胡子身体里，隐藏着一种极端阴险邪恶的可怕的力量。行刺楚平王的成功也证明了这一点。风胡子是做事不择手段都要谋求成功的邪恶小人。他怕死。所以，为了苟活下去，他会使用各种奸计去打击别人，伤害别人，以求保全自己。吴王阖闾虽不怕风胡子，但犯不着招惹这种小人。他命风胡子去杀楚王轸，就是要楚国人尝尝风胡子的毒计滋味。纵算楚王轸福大命大，躲过此劫，借他人之手为己除去风胡子这一祸害，也未尝不是一桩快事。

知人善任，这才是真正的君王。这句简单的话语中所蕴含的无穷奥妙，又岂是他人能够明了的？

大王之所以为大王，在于他知人善任的能力，也在于他笼络心腹、打击异己的高明手段。

这一点，又岂是一勇之夫所能够企及的？庆忌之流上阵杀敌是员猛将。谈到治国之术，君王之道，哪个能是他阖闾的对手？

吴王阖闾笑得十分得意。

风胡子被吴王阖闾这一阵狂笑，直笑得心里发毛。他全然猜不透这位大王的心思，只感到一种莫名的恐慌。

吴王阖闾对他的态度还算可以，虽然谈不上和蔼温和，但对于他提出的一些条件都应允下来，还答应他会在必要时派出手下得力的将领予以援助。

风胡子能够得到这样的回答，已经出乎意外、满心欢喜了。他在吴营里精心挑选了十几名英勇机智的斥侯，跟随他一起潜入楚境，前来刺杀楚王轸。

他本以为楚王轸年幼无知，容易对付，谁知到了郢都才发现根本不是这么回事。秦景夫人吸取楚平王被刺杀的教训，在楚王宫里里外外加强了戒备。楚王轸平时很少外出，即使离开王宫，也必定先由一队队全副武装的甲士在前面开道，驱散所有不相干的人。然后，由八名武艺超群、能征惯战的将军簇拥着，楚王轸的玉舆才缓缓前行。所有的一切都部署得毫无破绽，就算发动突然袭击，也根本不可能有成功的机会。

风胡子无法，只有等待。

他曾经设想绑架秦景夫人或楚王轸的庶兄，来扰乱楚王的注意，以便乘机动手。然而秦景夫人深居内宫，极难下手。三位公子本身又都是文武全才，有勇有谋，颇为干练，更加难以对付。他再一次失算了。他在绝望中不止一次地想起费无极。那个狡猾自私的家伙倘若还活在世上，他又何愁杀不了楚王轸。

风胡子身在异国，肩负着万分危险的使命。他的神经总是绷得紧紧的，不敢有半点疏忽大意。他和他的同伙像老鼠一样躲藏在王宫周围的角落，密切地监视着楚王轸，以及与楚王轸相关人等的动静，等待下手的机会。

天空黑云密布，星月都失去了踪影，夜空漆黑如墨。只听见大风咆哮，暴雨哗哗地下个不停。时而雷声轰鸣，天空劈下一道闪电，犹如一柄长长的利剑将黑暗的夜空劈开一条白亮的缝儿。闪电一瞬而逝，夜空反而显得越发黑暗沉重。

年幼的楚王轸被雷声惊醒。他听见窗外狂风扑打着窗棂“啪啪”作响，仿佛有无数只蝙蝠在那里拍打翅膀。他不由自主地感到一阵惊悸，想放声大叫，可是干燥的嘴唇粘在牙齿上，发不出声。

窗外，暴雨如注，雨声、风声、雷声，聒噪刺耳，除此之外再听不到其他声响。

楚王轸坐在床上，坐在陈设华贵的宽敞的宫殿里，却感觉像是一个人坐在漠漠荒原之中，孤独无助。

“来人！”

他终于喊出声来。

一名侍臣应声走过来：“不知大王有何吩咐？”

楚王轸看到他，心神渐渐地安宁下来，舔了舔发干的嘴唇，说：“寡人要喝水。”

侍臣答道：“是！臣这就取水来。”

侍臣退下去后，楚王轸觉得大殿里黑沉沉的，很是气闷，便掀开帷帐，跳下床来。他也不着丝履，赤足踩在铺设于地面的朱锦上面。他摸到灯台前，用火刀火石打着火，点亮灯烛。

突然，殿门“吱”地一声开了。一个人闪身进来，带进来一股湿漉漉的风，刚点起的灯火在风中飘摇欲灭。

楚王轸以为是那名侍臣失礼莽撞，大怒转身，但见身前十步之外，站立着一个人，却不像是那侍臣。

楚王轸的怒气顿时转为惊诧，喝问：“什么人？”

那人并不答话，只是一步步地逼近过来。

楚宫禁律森严。楚王轸年纪虽小，已颇具威仪。他开口问话，这人竟然不答不理，视楚王轸尊贵威严如无物，当真胆子不小。

楚王轸勃然作色，怒喝道：“你究竟是何人？！如此胆大无礼！”

那人嘿嘿地阴笑，却不回答。

楚王轸听他笑声阴险，不怀好意，立即觉出不妙。他借着飘摇的灯光望过去，只见那人瘦瘦的一张老脸，双目森冷如电，当中生一只高挺瘦长的鹰钩鼻，嘴唇削薄，嘴角向下微垂，含着冷笑，一望便知是个冷酷残忍的角色。

楚王轸从未见过此人，心想他必定是擅自闯入禁宫的狂徒，惊怒之极，放声大叫道：“来人！快与寡人将这狂徒拿下！”

那人冷冷地笑道：“你只管放声喊。外面下着大雨，你喊破嗓子也不会有人听到。……至于大王寝宫周围那些人，更是什么也听不到了。”

楚王轸惊道：“他们，他们……”

那人冷声道：“他们都已死了，还能听到什么声音？”

楚王轸这时才真正感到危机已迫在眉睫。他连连后退，颤声道：“你还要杀死寡人？……”

那人冷笑道：“不错。”

楚王轸“啊”的一声大叫，双手举起灯台，猛地朝那人砸过去。那人不闪不避，拔出身上佩剑，举剑一挥，那樽青铜精铸而成的沉重的灯台竟被斩成两段，落在朱锦上。

当他拔剑斩落灯台时，殿外正闪过一道闪电。闪电的亮光，竟似还不如那人手中长剑发出的寒光夺目。

楚王轸被他掌中那柄神奇的长剑惊得呆住了。莫说此刻手中无一兵刃，就算有武器在手，又怎抵得过那般神兵利器！

楚王轸一边后退，一边大声叫道：“寡人与你无冤无仇，你为何要行刺寡人？你若想要金银财宝、高官勋爵，寡人都可如你所愿，赏赐于你。你杀死我，便什么都得不到了，对你有什么好处？……”

那人冷冷地道：“你想拖延时间，等人来救你，那也休想。你拿命来吧！”

他话声出口，利剑刺向楚王轸。楚王轸忌惮他掌中的宝剑厉害，不敢招架，只有闪避。楚王轸原想趁个空隙逃出寝宫，乘机逃命。谁知那人精细得很，挥开宝剑封住他的去路，根本不给他机会逃脱。

楚王轸仗着年纪轻，身子灵活，又兼长期勤奋练武，已有些根基，左躲右闪，居然没被那人刺中一下。他一边躲，一边后退，已被逼到床前。

那人冷笑道：“我看你再躲到哪里。”宝剑劈出，一剑狠似一剑，只恨不得立时结果了楚王轸的性命。

楚王轸肚里暗暗叫苦：“枉我贵为泱泱楚国之君，今日却要惨死在这竖子手中。”想到自己的寝宫反而变成了害自己丧命的所在，心中更不是滋味。

那人越逼越近，楚王轸身后便是床榻，再无可退之处，心中大急。他忽然灵机一动，缩身钻到了床底下。此时，灯台早已被那人劈为两段，灯火早已熄灭。而暗无星月的夜空，也是漆黑一片。楚王钻到床底下，那人便很难再找他出来。一国之君被逼得使出这种伎俩，楚王不由得暗自苦笑。

那人怒道："你别以为钻到床底下便可保住性命。"他挥动宝剑，斩那坚硬的铜床如切豆腐一般。楚王轸再也无法躲藏，眼见那雪亮的剑锋将要落在头顶，心里只叫了一声苦，暗叹此番性命难保。

正在危急关头，一个人突然冲过来，大声喝道："风胡子，休得放肆！"

手持宝剑，欲刺杀楚王的那人正是风胡子。他本以为自己此次计划周密，绝无失手的道理，突见有人闯进来，张口便叫出了自己的名字。这一惊实是非同小可。

风胡子大惊转身，但见来的这人，身形好快，转眼间已抢至面前，挥掌击出。风胡子虽然有宝剑在手，武艺却实在一般，一个躲闪不及，被来人重重地击中左肋。风胡子大叫一声，冲出几步，栽倒在地上，昏迷过去。

楚王轸从床底下爬出来，见风胡子虽倒在地，手中仍持着冷森森的宝剑，心中犹自惊魂未定。

这时，刚进来的那个人行拜礼，说："臣王孙由于救驾来迟，望大王恕罪。"

楚王轸拍着胸口，说道："你来得正好，救了寡人的性命。寡人一定要好好封赏于你。"

王孙由于道："谢大王！"

楚王轸一低头，想起自己尚光着双脚，未免不成体统，忙弯下腰找丝履，一时却又找寻不到。正在着急，忽见火光一闪，王孙由于已打着火，点亮一支小小的灯烛，说道："大王可是要找什么东西？"

楚王轸借着火光，已瞧见了丝履，连忙跑过去穿上。他回过身来，笑道："没找什么，没找什么。"

王孙由于微微一笑，站起身，说："这烛光弱小，大殿上太过昏暗，容臣为大王点起灯火。"

楚王轸点头道："寡人正嫌气闷呢。"

灯台已被风胡子斩断。王孙由于只得找来两支巨烛点起，大殿上立刻明亮了许多。

楚王轸披上一件长袍，肃然坐在大殿当中，俨然一副少年老成的模样。他皱着眉想了想，问道，"王孙认得这名刺客？"

王孙由于答道："臣认得。"

"他叫什么名字？"

“刺客名叫风胡子。”

“他因何要行刺寡人？”

王孙由于略一沉吟，答道：“他奉吴王之命前来行刺大王，意欲颠覆楚国社稷。”

楚王轸听罢大怒，把手在案上用力一拍，道：“好可恨的阖闾！自寡人继位以来，每岁都有吴军扰境，如今又胆敢派人进宫来行刺寡人。他欺寡人年幼，不是他的对手吗？”

见他发怒，王孙由于不便插话，只有沉默不言。楚王轸发了一通脾气，转目望向王孙由于，问道：“你救驾有功，寡人刚才还说要赏赐你。对了，你想要什么赏赐，尽快说出来，寡人一定会满足你的心愿。”。

王孙由于叩首说：“臣下有一不情之请，万望大王能够开恩答允。”

楚王轸站起身，伸手搀扶，说道：“有话好好说，何必行此大礼？”

王孙由于道：“大王如不答允，臣宁愿长跪不起。”

楚王轸瞧他面色凝重，便道：“但凡寡人能够做到的，你只管开口。”

王孙由于沉吟未答，楚王轸转目望向兀自昏倒在一旁的风胡子，从风胡子手中夺过那柄宝剑，便要刺下。

王孙由于说：“大王，手下留情！”

楚王轸颇感意外，回首道：“此人胆敢谋刺寡人，你居然替他求情！”

王孙由于道：“臣正是请求大王饶过风胡子。欲谋害大王的是吴王。风胡子只是奉命行事，请大王饶他不死。此人从师于太伯，颇通铸剑之法，留在楚国铸炼兵器。从此，楚国将再也不惧吴人的利器。”

吴国兵器锋利异常，在诸侯国中堪称第一。吴楚两国交战，吴军便在兵器上占了不少便宜。楚王轸听说风胡子能铸利器，大是心动。他低头端详手中寒气逼人的宝剑，说：“他若能为寡人铸造似这般锋利的宝剑，寡人非但饶过他的死罪，还要赏他千金，封为上大夫。”

王孙由于说：“大王圣明！”

楚王轸由风胡子身上找到剑鞘，回剑入鞘，佩带在自己身上，用手扶着剑柄。他似乎已看到吴楚交锋的战场上，吴军无法抵挡楚军锋利的兵器，纷纷败退，狼狈不堪。他哈哈大笑，得意昂扬，仿佛一位绝世无敌的勇者，举手一挥，道：“快快把他弄醒，寡人要问他几句话。”

王孙由于伸手在风胡子背心上用力一拍。风胡子悠悠地醒转过来，第一眼便瞧见王孙由于，认出此人正是几年前往茅屋探访自己的年轻人。他当时看出王孙由于别有用心，就骗他喝下含有剧毒药粉的茶水。此人居然至今未死，风胡子顿觉遍体生寒，知道遇上了厉害的对手。

风胡子接着又看到了楚王轸。他知道自己这一次是彻底失败了。一念至此，他不觉双膝发软，跪伏在地，再也抬不起头。

楚王轸按剑问道："风胡子，你可知罪么？"

风胡子垂头丧气地回答："小人罪该万死。只因吴王阖闾逼迫小人行刺大王。小人迫于情势，冒犯大王。万望大王高抬贵手，饶了小人一条性命吧。"

楚王轸冷冷地道："今日若轻饶过你，楚宫威严何在？天下人岂非个个都可以来刺杀寡人了？"

风胡子向前膝行两步，哀告道："是小人糊涂，小人不该冒犯大王。小人愿终生做牛做马侍奉大王，以偿今日罪过。"

楚王轸初时见他满面凶残、阴险神气，片刻间竟变成这般卑微的奴才相，不禁浑身上下的汗毛都直竖起来，连连摆手道："不必！不必！由你在身边侍候，不晓得哪一天就会被你害死的。"楚王轸心中厌烦这种善变的无耻小人，暗想此人绝非善类，留着恐怕是个祸患，不如一剑斩了干脆。

王孙由于在一旁插话道："大王不要你留在身边服侍。你若想活命的话，必须为楚国铸造出天下第一的利器。"

风胡子听到这话，不由得倒吸一口凉气。对方讲出这话，可见是早已将自己的根底查得清清楚楚了。他到了这个地步，只得答允。

"若蒙大王开恩饶过小人性命，自当竭尽所能为大王铸一柄天下第一的宝剑。"

王孙由于更正道："不是一柄，是千千万万柄。"

"啊！"风胡子诧异地睁大了眼睛，几乎说不出话来，"这……这……怎么可能……铸千千万万柄。"

"怎么？你不肯答应么？"王孙由于问。

风胡子苦着脸，道："干将、莫邪夫妇二人，以三年之期铸成两柄宝剑，那也是机缘巧合，觅到五山铁精，六合金英，方才铸成宝剑。要铸千千万万柄宝剑，小人穷一生之力也是无法铸成的。"

第二十三章·阳谋天下

王孙由于说："吴国筑冶城于牛首山，铸剑数千。我楚国疆域广阔远过于吴国，铜铁矿藏之丰富，亦远过于吴国。你一人之力不够，可将铸造兵器之术传授其他匠人。大家一起劳作，定能铸造出千千万万柄利器！"

风胡子沉吟道："有匠人相助，十年之内，可铸利器十万。"

王孙由于向楚王轸奏道："大王，以此算来二十年内楚国便可重振庄王之世的雄风，让天下诸侯不敢轻易小觑荆楚。"

楚王轸眼睛一亮，喜道："此话当真？"

王孙由于道："楚国士卒一向勇猛善战，只在军备上输于吴国，所以近年屡屡受挫。倘能以二十年之期铸造二十万利器，必能战胜吴人。楚国夺取中原，最大的忧虑便是吴国，一旦击败吴国，便从此再无后虑了。"

楚王轸大喜，道："如此甚好。风胡子，你以后用心为寡人铸造兵器，寡人自会赦免你谋刺寡人的罪过。如有违抗，定斩不饶！"

风胡子叩头道："小人遵命！"

说话间，忽听殿外脚步声响，几名宫中女使袅袅婷婷地走了进来。

原来秦景夫人虽一向对儿子疼爱有加，管束也是十分严格，每日清晨便命女使前来探看，唯恐楚王轸贪睡迟起。这日几名女使走近楚王寝宫，见宫外无有卫士保护，都微感诧异。待推门进入，看到风胡子，女使更觉吃惊。几人面面相对，目光中俱是惊疑之意。

楚王轸笑道："你们来的真早啊。我正要到母亲宫里问候，你们就来了。"

他转向王孙由于、风胡子二人说："你们先行退下。"

二人躬身再拜，然后退出宫殿。这时，天边已透出微微曙光，大雨不知何时已经停了。乌云散尽，天空一片淡蓝。和风轻拂，带着一丝丝雨后的凉意。

走出一段路后，风胡子向王孙由于深施一礼，道："多亏君子出言相救，风胡子感激不尽。"

王孙由于微笑道："今后你不再作恶，专心铸造兵器，那便是最好的谢仪。"

风胡子连连点头："是！是！谨遵训示！"

王孙由于问道："你武功不高。我很奇怪，你是如何孤身一人潜进楚宫行刺的？"

风胡子在他面前不敢有丝毫隐瞒，只好从实交代："我的武功虽然不高，但带的财宝却不算少，所以我暗地里买通了一名服侍楚王的侍从。他将我带到这里。我略施小计，诱使他杀死侍卫。湛卢宝剑实在帮了大忙。而且他们本是极相熟的，谁也想不到他会骤下杀手，根本没有作提防。"

王孙由于微微颔首，道："你果然精明。"然后又问，"那名侍从现在又在何处？"

风胡子道："杀死侍卫后，我劝他进去连楚王一起杀掉。他坚决不肯。我没有办法，就乘他不备，一剑把他杀死了。"

王孙由于道："看来此人虽贪财忘义，却还有几分忠心。"

风胡子叹道："楚王宽厚仁慈。那人定是感激于他的恩德，不忍下手。唉，我若早知楚王是这样的好君主，就算被阖闾杀死，也不会来此行刺的。"

王孙由于见他装得诚恳，不禁暗自好笑，面上却正色道："你知道悔过就好。事情既已过去，从此不必再提起。"

风胡子忙道："是！是！"

一见到母亲，楚王轸就献上湛卢宝剑，又说了风胡子一事。

秦景夫人手捧湛卢宝剑，心底痛恨吴国太过狠毒，竟然妄想用一柄宝剑刺杀楚国两代君王。如果楚国不予以回击，不知道吴国还会继续什么样的阴谋。

她看着儿子，微笑说："轸儿，吴王阖闾派人行刺，你知道怎么应对吗？"

楚王轸摇头。

秦景夫人说："吴国所做的事，叫阴谋。见不得光，只能在暗地里谋害别人。即使是最高明的阴谋，只要被人看破，这阴谋就一文不值。做人处事，只会玩弄阴谋，就落了下乘。母亲今天教你阳谋，轸儿用阳谋来应对吴王阖闾的阴谋。"

楚王轸问："什么叫阳谋？"

秦景夫人牵着楚王轸的手，带他到窗前，说："轸儿，你看，阳谋就像太阳一样，光明正大，做人做事，都要堂皇正大。不要隐藏、遮掩、偷偷摸摸。"

楚王轸点头。

秦景夫人说："阴谋一旦识破，就意味着失败。阳谋则不怕任何人看破，因为阳谋一开始就是公之于世的。"

楚王轸问："那轸儿要怎么做，才是用阳谋来应对吴王？"

秦景夫人说："这柄剑是吴王阖闾心爱的宝剑。他只敢偷偷地派刺客前来行刺，不敢被别人发现。现在轸儿就公之于世，轸儿拥有了吴王阖闾的宝剑。"

楚王轸说："吴王阖闾的宝剑没有杀死我，现在还变成了我的。他知道了，会不会气死？"

秦景夫人微笑："不止于此。这柄吴王的宝剑，怎么会到了楚王的手里呢？"

楚王轸侧着头，想了想，说："不是我偷的，更不是吴王送给我的。难道是天上掉下来的？"

秦景夫人说："欧冶子铸的宝剑能够飞剑杀人。那就公告天下，这柄宝剑是自己飞来的。"

楚王轸笑说："飞来的宝剑，这样太好了。但是，湛卢宝剑为什么会飞到轸儿的身边？"

秦景夫人说："因为你是仁德明君，吴王阖闾是无道昏君，所以湛卢宝剑才会弃无道之君，投奔有道之君。"

楚王轸说："吴王阖闾丢了心爱的宝剑，还被骂是无道昏君。如果公告天下，他岂不是大丢面子？"

秦景夫人说："这就是阳谋。我们公开告诉天下人，吴王阖闾的宝剑归轸儿了。他是无道昏君，轸儿是有道明君。他也无法反驳。因为派人行刺这样的阴谋，他唯恐别人知道，自己更不敢说出来。"

楚王轸赞叹说："母亲好厉害。轸儿以后要向母亲学习，做人做事要光明正大，不玩弄阴谋诡计，要用堂皇正大的阳谋。"

不久，楚国公告天下：

楚王轸在寝宫睡觉，醒来后，发现枕边多了一口宝剑。第二天一早，召请相剑师风胡子入宫，把宝剑请他相看。风胡子说："这是湛卢宝剑，是越国铸剑师欧冶子所铸。当年欧冶子为越子允常铸就五口名剑：一曰湛卢，二曰纯钧，三曰磐郢，四曰鱼肠，五曰巨阙。湛卢剑居首。吴国向越国索要宝剑，越国于是把其中三口宝剑献给吴王，即：湛卢、磐郢、鱼肠。吴王阖闾用鱼肠剑刺杀吴王僚，自立为王。坑杀上万人，为去世的女儿殉葬，磐郢剑也一起陪葬。湛卢剑乃是五金之英，太阳之精，出之有神，服之有威。君王无道，这口剑就会离去，国家就会败亡。君王有道，这口剑就会凌空飞至，国家必定国祚绵远、兴旺强盛。如今吴王阖闾弑王僚自立，又坑杀万人，吴国人民怨沸腾，所以湛卢剑飞到当世名君楚王身边。抛弃无道昏君，投奔有道君王，湛卢剑是仁德之剑。楚王轸听了，非常高兴，于是把湛卢剑佩带在身上，向国人宣告，认为是天赐的祥瑞。

一场刺杀事件，变成了天赐祥瑞。秦景夫人将剑拔弩张、血腥残暴的痕迹轻轻抹拭掉，使本应在史册上记下的事件，顷刻间消弭得无影无踪。刚刚登上王位的楚王轸，以仁德明君的形象出现，公告天下。

就算有细心人从中看出些端倪，也只不过在自己心中猜测罢了。说出来有谁会相信？人们多半都喜欢听到好的消息，尤其是天降祥瑞这等大吉兆。行刺之事就这样不了了之。风胡子以无罪之身被封为大夫，因其精通铸剑之术，受命专督铸造兵器。

楚王轸得到湛卢宝剑的消息，一经传出，依附于楚国的各个诸侯国纷纷前来朝贺。在这些诸侯国君之中，蔡侯申最为惹人注目。

刚只是初冬季节，蔡侯申便已披上他那件做工极其讲究的火光兽裘衣招摇过市了。蔡国是周武王姬发亲封的诸侯国，建国既久，又地处中原，几代传下来，着实收藏了一些宝物。蔡侯申身上这件火光兽裘衣便是其中之一，再佩上一块美玉，自然显得格外引人注目。他献给楚王轸的贺礼也是一件火光兽裘衣、一块佩玉。

此前，临潼会上，蔡平侯曾要把火光兽裘衣献给楚景平王，楚景平王谦让不受。现在蔡侯申再次献上，楚王轸就不再推辞，接受了他的心意。蔡侯申也很感得意满足。

没想到令尹囊瓦竟会看中他这一身衣饰。囊瓦官居令尹，贵为楚国百官之首，府中美玉裘服少说也有数十。但他贪心不减，见到蔡侯申的火光兽裘、和田美玉，立时便想据为己有。怎奈蔡侯申却是个惜宝不惜命的角色，贪婪之心不在囊瓦之下。他好不容易搜罗来的宝物岂肯轻易转让他人？慑于势力强盛的楚国积威，不得不送给楚王轸一副火光兽裘、玉佩，就好像割取他心头一大块肉般疼痛，再也不肯将自己的宝贝送给别人。

囊瓦一番软磨硬索，没有得到美玉裘服。他又把心思转到了唐侯身上。唐侯拥有两匹肃霜马。马身雪白如练，高首长颈，跑得又快又稳，乃是稀世罕有的宝马。囊瓦一见，十分喜爱，就派人到唐侯的馆驿索求。唐侯爱惜宝马，连楚王轸面前也不肯献上，况且鄙视囊瓦的为人，便将他派来的使者打发了事。

囊瓦又气又恼，等二位国君朝贺完毕，便对楚王轸说道：“唐蔡两国私下里和吴国相互勾结。倘若放他们的国君回去，一定会联合吴军攻打楚国。不如乘此良机，将他们扣留在楚国。唐蔡两国就算想造反，也会有所顾忌，不敢行动。”

楚王轸听了，觉得似乎不妥：“唐侯、蔡侯俱为朝贺而来，却将他们扣留下来，恐怕不大合适吧。”

囊瓦道：“机会稍纵即逝，若是不能够把握，失去机会，等唐蔡联合吴军攻进楚国边境的时候，后悔就来不及了。”

楚王轸年纪尚幼，国家政事都交给囊瓦处理。他听囊瓦说得严重，便道：“既是如此，令尹就看着办吧。”

囊瓦立刻派遣兵丁将蔡侯申、唐侯所居住的馆驿团团包围起来。两位国君被软禁了！没有人知道他们会被关禁多久，甚至囊瓦自己也没有考虑过这个问题，更没有顾及事情的后果。长期骄奢放纵的贵族生活，以及高高在上的地位，养成了他狂妄骄横的性格。他视众生皆如蝼蚁，众生只配向他俯首恭顺，谄言媚笑。蝼蚁竟敢出言顶撞，怎不令他怒火上冲。软禁唐侯蔡侯是他用的一种手段。他要逼他们就范。

满朝文武得悉此事，只敢怒不敢言，连三位公子也不例外。大家心里都明白，楚王年幼，实际上的权力大都掌握在囊瓦手中。谁招惹了他，就别想过安稳日子。唯一令囊瓦打从心底里感到敬畏的沈尹戌避走方城之外，远在北疆，使得他越发肆无忌惮，几乎到了得意忘形的地步。

这时候，任何一个对政治敏感的人，都已经看出来楚国实际上已被推到了崩溃的边缘。自从周成王封鬻熊于荆山，建立楚国以来，楚国的势力不断扩大，逐个兼并周围的小诸侯国，与晋国交战，争夺春秋霸主地位。楚庄王熊旅在位期间，击败晋国，使楚国达到了强盛的巅峰，疆域向西北扩张到武关，东南到昭关，北逾宛城，南至云梦，成为诸侯各国之中拥有最为广阔领域的大国。楚庄王甚至还曾经问鼎于周天子，再一次向天下诸侯显示了楚国强大的威势。但当庄王去世之后，楚国就似乎一直都在走下坡路。虽然疆域仍有所扩大，然而连年征战，激化了国内各种矛盾，王室间的勾心斗角、夺权争位之事层出不穷，已经不再新鲜。楚国内部的混乱，从根本上动摇了楚国的根基。像楚国这样的大国，其他国家很难打垮它，毁灭它。可是，一旦内部起了动乱，自己闹得人心惶惶，那就意味着距离亡国的日子不太远了。

何况，此刻楚国的近邻——吴国，正虎视眈眈，日夜梦想着吞并楚国。身怀血海深仇的伍子胥和伯嚭，由于共同的敌人已经携手，结成一气，联合深谙兵法战略的孙武，集结在吴王阖闾的身边，策划着攻打楚国的大计。一场大规模的战争即将爆发。由楚、晋两国称霸的局面也将会成为历史。新一代的霸主将在未来的战争中崛起。

也许是因为楚国贵族已经习惯于躺在先人的功劳上享福吧，许多人也看不出这一点。他们常年遭受吴国不断制造的小小骚扰，感觉渐渐地麻木了，认为吴国仅限于小打小闹，不足为患。他们显然忘记了楚国今天的天下是先人们用血汗换出来的。当年楚国的先君乘着简朴的柴车，穿着破旧的衣服，辛辛苦苦地开基创业。而楚国之所以能够给其他诸侯国以威胁，之所以能够保持余威，原因就在于有那些附庸国供楚国驱使。向外开拓疆土的时候，附庸国是楚国的先锋部队。异国入侵的时候，附庸国就是楚国一道牢固的防御线。所以楚国能够在战略上保持不败。它或许在某一次战争中遭到挫败，但是，整个大局从未遭受到来自外部的严重打击。这就是楚国的厉害之处。

然而，囊瓦擅自软禁唐侯、蔡侯，不仅伤害了唐、蔡两国的自尊心，也令其他附庸国感到齿寒。楚国如此对待附庸国，日后当外敌入侵的时候，附庸国还会不会再为楚国卖命？

吴王阖闾暴跳如雷。

他下达给风胡子的君令，是死亡的命令。不是楚王轸死，就是风胡子亡，最好是两个人同归于尽，方才遂了他的心愿。阖闾怎么也想不到，楚王轸和风胡子不但无一受损，反倒奇迹般地化解了他们之间的仇怨，结成一气。在这个阴谋里，唯一受到伤害的就是吴王阖闾。他的计谋惨遭失败。他丢失了最心爱的湛卢宝剑。此时，楚国居然在大张旗鼓地庆贺天赐宝剑于楚王。这真是一个绝大的讽刺！

他被怒火激起了暴虐的本性，当时，就要下令讨伐楚国。

楚国，是久已悬在他唇边的肥肉。他望之垂涎欲噬，已经苦等了多年。此刻，狂怒之下，他越发想立即将其占为己有，并且亲手擒住楚王轸、风胡子，将他们撕成碎片，方才消心头恨意。

这时，他的亲信伍子胥和孙武及时上前劝阻。两人反复陈述此时进兵楚国的种种弊处，言真意切，用心良苦。

吴王阖闾望着伍子胥的满头白发，终于打消了这个冲动冒失的念头。他心里想：“伍子胥满门上下尽被楚平王熊居诛杀，他尚且能忍得下这口怨气直到如今，难道我倒不如他能忍么？”

进军楚国的计划就此搁浅，但攻打楚国的准备行动仍在加紧进行。

吴国西邻楚国，南面与越国疆土相接。楚越两国互为盟国，每当楚国发兵攻打吴国，越国总是与之配合，呼应楚国的行动。吴国君臣都十分清楚，越国将是吴国争夺霸业、攻克楚国的劲敌。为了消除日后攻打楚国的隐患，阖闾决定首先攻伐越国。

这场战争进行得十分顺利。吴王阖闾亲自率兵出征，由伍子胥、孙武两位将军协同，排开锐不可当的强大阵势，向越军一阵猛冲，杀得越军大败，使越国对吴国的威胁减少到了最低程度。

在进行战争的同时，吴国更注意养精蓄锐，为将要到来的浩大战争积蓄实力。吴王阖闾继续勤俭治国，发展生产，修缮城郭。孙武则加紧训练吴国军队，准备随时放手一搏。

征集新兵，然后，将这群年轻后生训练成一支勇往直前、战无不胜的军队，是一件极其艰苦枯燥的事情。而等待最佳的作战时机，更是一件漫长难挨的事情。

这一等，就是三年。

三年来，唐侯、蔡侯被软禁在楚国，仍然无法消磨他们的傲气，绝不向囊瓦屈服。

唐国人互相商量，请求代替以前跟随唐侯中濒的人，囊瓦答应了。唐国人让先跟去的人喝酒，灌醉他们，偷出肃霜马献给囊瓦。囊瓦这才释放唐侯中濒回国。

偷马的人把自己捆绑起来，到唐国司寇那里，说："国君由于玩马的缘故，使自身失去自由，抛弃了国家和群臣。臣下们请求帮助养马人赔偿马，一定要像以往两匹马一样的好。"

唐侯中濒知道了，说："这是寡人的过错。您几位不要羞辱自己！"对他们全都给予赏赐。

蔡国人听说了这件事，坚决请求，把火光兽裘、玉佩献给了囊瓦。囊瓦上朝，见到蔡侯申的臣子，对蔡国官员说："蔡侯所以长久留在我国，都是由于你们不馈赠饯别的礼物。到明天礼物再不完备，就要处死你们。"

第二十四章·沉玉汉水

蔡侯申终于得到自由，能够返回蔡国。在回国途中，蔡侯申走到汉水，拿起玉沉进汉水，说："以大河为证！我决不再次渡过汉水往南，朝拜楚国！"

唐侯中濒、蔡侯申忍辱含恨逃离了楚国。这两人毕竟是一国诸侯，虽比不上大国诸侯那般威风不可一世，但在国内地位至高无上，受人敬仰，几时经受过这等耻辱？

尤其是蔡侯申，失去心爱的裘服美玉，令他心疼不已，且无端遭囊瓦羞辱，更加恼怒到了极点。

回到蔡国，蔡侯申一狠心将世子元送到晋国做人质，借兵伐楚。

他向晋国求助，是看准了晋国与楚国世代为敌，不相和睦。况且，放眼天下，能与强楚一争高下的，也只有晋国了。晋侯果然应允出兵伐楚。为了师出有名，晋侯将此事禀告周天子。周天子命卿士刘卷以周天子的名义集会诸侯共同伐楚。一时间，宋、齐、鲁、卫、陈、郑、许、曹、莒、邾、顿、胡、滕、薛、杞、小邾子，连同蔡，十七路诸侯纷纷起兵响应。晋国士鞅为大将，荀寅为副将，统率十八国军队。大军集结在召陵，准备向楚国发起进攻。

吴国没有加入这场战争。吴王阖闾一心想独吞楚国。他不愿让其他国家搅在里面，特别是晋国。阖闾清醒地认识到，即使加入各国联军，一起打败了楚国，吴国也绝难从中捞到半点好处。"强者为王"，这句话残酷地揭示出一个真理：弱小的国家永远只有受强国欺侮的份儿。阖闾憋着气，期待着总有一天吴国强大之后，可以从此不再惧怕晋国。

同时，孙武和伍子胥都尖锐地指出，一十八国诸侯联军难以取胜！当年，吴楚钟离之战被他们引作先例。当时楚国联络多国诸侯，反遭惨败。原因便在于众心不齐，被吴国抓住弱处痛击，从而一举夺取胜利。这一战是由当年的公子光，今日的吴王阖闾策划指挥。因此，旧事重提，令阖闾不禁笑逐颜开。孙伍二人指出，如今的晋国六卿争权夺利，晋侯虽贵为一国之君，却是有名无实的一名傀儡而已。晋国内部已趋混乱分裂，不足以对楚国构成威胁。吴王阖闾雄心勃勃，一心想成就霸主之业，最强劲的对手就是楚国。楚国目前国势渐衰，然而，百足之虫，虽死不僵，仍然不可轻视。

于是，吴国君臣便抱着“鹬蚌相争，渔翁得利”这种幸灾乐祸的心态，来看待这场即将爆发的十九国大战。他们是楚国的敌人，但是，希望楚国能够打败以晋为首的十八国联军，最好双方打个天昏地暗、两败俱伤再收场。

哪知道，事情的发展却出乎他们的意料之外。这场即将爆发的战争，投入了十八国的军力，在当时天下所有的诸侯国中都引起了不小震动。谁也想不到整个事件竟会草草收场。

十八国军队浩浩荡荡地向楚国进军的时候，晋国副统帅荀寅对蔡侯申说道：

“听说君侯两副裘服佩玉赠送给楚国君臣，为什么没有东西赠送给我们晋国？难道是嫌晋国鄙贱，不配接受君侯的赠礼？虽然这样，可是我们不远千里兴师伐楚，这样做的目的是为了替君侯报仇，不知道君侯会拿什么东西来犒师？”这么一说，就暴露出来他和囊瓦一样的贪心。

蔡侯申再也想不到自己刚刚逃离虎穴，又跳进了狼群里。他又气又恨，却又没有办法。谁叫他自己求人家帮助呢？

他只好说：“孤因为楚国令尹囊瓦贪婪不仁，才会弃楚国而投靠晋国。只要大夫念盟主之义，灭掉强楚，扶助弱小，那时荆楚五千里沃野，全都是犒师之物，天下再没有比这更贵重的啦。”

荀寅听他这番话是打定了主意自己不拔一毛，心中气恼：“难怪囊瓦要关你三年，这种吝啬鬼真是天下少有。”

这时正是春季，竟接连下了几天大雨，泥水横流，难以行军。刘卷由洛邑初来南方，水土不服，不幸病倒。荀寅乘机和士鞅商量：“昔日天下诸侯中，最为强盛的莫过于齐桓公。他曾经率军攻打楚国，并没有打败楚国。先君文公于城濮之役胜了一场之后，楚国便不断地出兵骚扰报复。晋楚结盟之后，两国才相安无事。如今一旦开战，恐怕后患要殃及到子孙了。况且眼下雨水不断，瘴疠方兴，进兵未必能够取胜，后退又被楚军乘机追杀，将军不能不虑到这点。”

士鞅也因蔡侯没有送礼酬谢，微觉不悦，听荀寅之言，正合自己的心意。于是，士鞅借口大雨对行军不利，难以进兵，退却蔡国的人质，传令班师回国。其他各路诸侯见晋国率先退兵，也就纷纷解散退回本国。

蔡侯申见十八国诸侯联军顷刻间风流云散，走了个干净，大失所望之下，却也无可奈何，只得垂头丧气地返回蔡国。归途中，蔡侯申经过沈国，想起沈国不曾跟从诸侯联军一同讨伐楚国，便把压抑已久的怒气、怨气，一鼓脑全都宣泄到沈国头上，命令大夫公孙姓统率一支军队突然袭击沈国。沈国国君肉袒投降后，终被刺死戟下。

蔡侯申居然敢借兵前来攻打楚国，实是大出囊瓦意料之外。他又惊又怒，传令集结十五万大军，准备予诸国联军以迎头痛击。哪知双方未曾交战，十八国联军却已自行四散退去。囊瓦洋洋自得起来：“楚国无敌于天下，未曾开战，敌军先就吓破了胆。”所以，当他听到蔡国灭亡沈国的消息时，大为震怒。他当即兴师征讨蔡国。他要彻底打垮蔡侯申骨子里的狂傲气，毁灭掉蔡国。

楚国大军长驱直进，所向披靡，无人能挡，一直杀到蔡国都城下，将新蔡团团包围起来。

兵临城下，蔡侯申这时才真正感到了恐惧。他再也顾不上保全一国君主的颜面，派使臣到楚营向囊瓦求和。然而，被激怒了的囊瓦根本不容使者开口，他挥剑斩下使者的头颅，命来人带回新蔡，送到蔡侯申面前。蔡侯申看着使者的头颅，感觉看到的好像是自己的头颅。他的脸倒真的像极了那死人的脸，灰扑扑的，全无生气。

蔡国群臣乱成了一团糟。有的放声大哭，全然失去了身为贵族应有的尊严体面。有的纵情声色，疯狂地享受临死前的奢侈生活。还有的奔走呼号，其状犹如疯子相仿。

公孙姓看不下去了。他入宫求见蔡侯，痛心地陈词：“君侯！大敌当前，蔡国上下本当团结一心，共拒强敌才是。如今蔡、楚两国尚未作最后生死决战，君侯怎能先就消磨了自己的锐气呢？”

蔡侯申直着眼睛瞅住他傻笑：“难道大夫认为蔡国能够战胜强楚么？”

他那笑容是挤着脸上的胖肉勉强做出来的，令人见了不禁毛骨悚然。

公孙姓这时候才明白了什么叫“悲痛欲绝”。世上有一种人，遇上悲哀痛苦的事情，哭得呼天抢地，顿足捶胸，涕泪交流，看起来使人十分感动，仿佛是悲痛到了极点。而蔡侯这时不哭反笑，连那笑容里也似乎没有一丝悲伤，却有着一种近于死人的气息。他是连心都彻底死了。

公孙姓望着自己的君侯，望着眼前这个曾经骄横霸道、不可一世的国君，心痛如绞，半晌说不出话来。

君臣就这样默然相对。

良久。公孙姓用额头在阶前重重一叩，说道：“臣不相信楚国当真是无敌之国。臣欲东行求救于吴，借来吴兵，与楚决一死战！”蔡侯依旧不语。他的心早已凉透了，死掉了。经过十八国联军伐楚无功退兵之后，他再也不相信天下诸侯中，还有哪一个能够战胜楚国。雄霸西方的秦国或许能够与楚一战，但秦楚乃是姻亲之国，邦交友好，只有相助的道理，哪里会出兵伐楚？至于吴国，他根本没有考虑。连晋军都对楚国无能为力，区区一个吴国，又怎能是强大楚国的对手？

公孙姓明了他的心理，又道：“晋国不足以恃。吴王阖闾宠信伍子胥、伯嚭，此二人均与楚国有灭门大仇，向他们求救，一定会出兵相助的。”

蔡侯申见他如此坚持，便任由他行事。反正蔡国即将被楚灭亡，再怎么折腾也不会造成更大的伤害。

公孙姓为取信于吴王，请求将蔡侯的二儿子乾带到吴国作人质，蔡侯也任由他。反正蔡国一灭，王孙决无生存的道理。公子乾被送到吴国，说不定会因此保存一条血脉呢，纵算突围时不幸被杀，那也是迟一点、早一点的事，用不着格外替他伤心。

公孙姓十分机智小心地闯出包围圈，约上与蔡侯一同在郢都受辱的唐侯，一起投奔吴国去了。

他这一去，从此引发了一场改变春秋历史的宏大战争。

这是他事前绝对没有想到的。

他投奔吴国，是于绝望中拼了性命捞找一根救生草，是向吴国哀求援助。

他不知道，他送给了吴国一个绝好的战机——吴国君臣望眼欲穿，苦苦盼了三年的战机。

作为楚国的仇敌，吴国君臣对于楚国现状的分析，显然远比囊瓦等人看得清楚透彻。十八国联军虽无功退走，未损楚国一分一毫，但晋侯振臂一呼，各国诸侯纷拥群至，连一向依附于楚国的陈、许、顿、胡等国，都联合晋国一同伐楚。由此可见，对楚国心怀恨怨的诸侯并非只是唐、蔡两个诸侯国家。昔日楚国强盛时期所依赖的坚实根基已经动摇。此时正是攻打楚国的最佳战机！况且此次出兵伐楚，乃是应唐、蔡两国的请求，扶救弱小，以拒强敌，吴王阖闾不必担心攻打楚国会招来天下诸侯的指责与非难。

在五湖练兵的孙武兼程赶到姑苏，向吴王阖闾献上破楚之策。

孙武详细分析了楚国地形，结合他一贯主张的“避实击虚”的策略，决定避开防御坚固的楚都郢城，选择柏举为决战地。这一决定至关重要，能否攻破强大的楚国，关键便在于作战前的筹划是否周密，战术是否正确。这个作战计划是他和伍子胥经过了千百次反复推敲，反复考虑，终于确定下来的。

攻打楚国的另一个关键所在是确定行军路线。孙武提出，以唐、蔡两国军队作先导，以舟师沿淮水西上，经由黄邑、弦邑，然后舍舟登陆，自豫章地区西北边沿地段迅速南下，沿大别山和桐柏山脉的交汇处大隧、冥陋、直辕三关进入楚国腹地，渡过清发水，穿过雍澨地区，再强渡汉水，即可直取郢都。这条线路由于避开了楚军主力，而且有利于沿途会合唐、蔡之军攻楚，因此得到了阖闾的赞同。

经过充分准备，吴王阖闾决定兴师伐楚。他几乎调集了全国所有的兵力，亲自率师远征，拜孙武为大将，伍子胥、伯嚭为副将，公子夫概为先锋，公子山专督粮饷。姑苏城内也做了周密的部署，由太子终累留守，贤士被离及专诸的胞弟勇士专毅，一文一武，辅佐太子。

在飒飒的秋风中，三万吴军踏上了征程。吴王阖闾站立在船头，放眼眺望，但见宽阔的水面上触目皆是吴国战船，浩浩荡荡，威风凛凛。旌旗在空中飞扬招展，他感到胸中一股豪气在迅速膨胀。他从来没有像现在这样迫切地渴望建立不朽的战功。他预感到自己正在改写历史，天下诸侯间已形成的旧格局也将从此被打破！

从水路渡淮，三万吴军直抵蔡国。囊瓦见吴王阖闾亲自出征，且兴举国之师，不敢硬战。他放弃了围攻新蔡的打算，退守汉水，派人返回郢都告急。

囊瓦不是呆子，他已经看出来吴军此行的目的决不只是为了救援蔡国。持续数十年之久的吴楚之战，终于到了决战的时刻！

楚王轸听说吴兵大举来犯，立即召集群臣商议对策。

公子申说："子常非大将之才，请大王速令左司马沈尹戌领兵前往援助，务必使吴军无法渡过汉水。吴军千里远征，粮草军备难以维系。我军只需坚守数月，吴军久攻不下，锐气挫伤，实力耗尽，自然会撤兵退去。"

公子申年轻精干，一语道出吴军的致命弱点。群臣俱都点头。加上他举荐的是楚国功勋最著、谋略最深的沈尹戌，众人无一反对，均皆出声附和，赞许公子申说的极是。

于是，楚王轸采纳公子申的意见，命令沈尹戌率三万五千军士赶赴夏州以西的汉水南岸，协同令尹一同拒敌。

沈尹戌来到后，囊瓦将他迎入大帐。两人寒暄过后，便即转入正题。囊瓦向沈尹戌讲了几天来的军情。楚军撤出蔡国之后，吴军便和唐、蔡两军会合。大军在淮汭弃舟登陆，自江北陆路，走章山，直趋汉阳。眼下双方形成对峙局面。楚军驻扎在汉水南岸，三国联军在汉水北岸扎下营寨。两下隔汉江而望，连对方的旗帜都看得见。

沈尹戌听罢，点头道："吴人用兵好神速呀！"

他和囊瓦一同走出营帐，站在江滨高处，隔江向对面望去，果然看见北岸一面面鲜艳的旌旗在风中翻卷飞扬。旗帜下人头攒动、密密匝匝，正是吴、唐、蔡三国联军。

沈尹戌手捻长须，观望了一阵，缓缓转回头，看着囊瓦，沉声道："吴军将领深通兵法，看来是你我的劲敌。"

在他眼眸深处隐藏着一抹苍老、疲惫的辛酸。他知道吴军将领中有一位白发将军——伍子胥。这位曾经被他视作子侄的心爱部将，终于带着满腔的恨意，卷土重来了。多年前的仇怨非但没有随着时光的流逝渐渐淡去，在所有人的心中、眼中，这段永远难以化解的仇怨反倒更加清晰、真切地凸现在眼前。沈尹戌闭上眼睛。但是，闭上眼睛也没有用，残酷的现实正摆在他面前。他完全没有办法逃避，他也不能逃避。

直到回归大帐，囊瓦传令召集诸将商议破敌之计时，沈尹戌仍然无言。以囊瓦为首的一干众将，在大帐内议论纷纷，气氛十分热烈。

囊瓦最先开口说道："吴国不过是区区一个小邦，居然敢连年骚扰我国，简直是胆大妄为。我军不加以迎头痛击，不足以扬我楚国军威。"

武城黑连忙附和："令尹所言极是。小小吴国胆敢联合唐、蔡两国前来进犯。如果不给予严惩，倒让天下诸侯耻笑咱们楚国软弱可欺。"

囊瓦的心腹爱将吏皇抢着说道："末将不才，愿领一支军兵，杀过汉水，给吴军点儿颜色瞧瞧。"

一时间，群情激昂，营帐里的将领们一个个争先恐后抢着要第一个去攻打吴军。楚人自古勇猛好战。前些日子，囊瓦考虑到守卫郢都要紧，未及与敌交战，便即退出蔡国。很多人都不服。很多人都在心中憋着火，盼望着能与敌军大战一场。他们根本不把吴军放在眼里。吴人多诈，只会用诡计取胜。真正面对面地厮杀搏斗，天下有谁是楚军的对手?

唯独一个人出言反对。

这人是沈诸梁。他是沈尹戌的长子，跟随父亲自方城来到汉水已将双方的情势观察得很清楚。他知道伍子胥、孙武的厉害。他也知道吴王阖闾并非平常君主。此人身经百战，更不是泛泛之辈。他有必要提醒众人注意到潜在的危险。但他不便直言吴军将领比楚军将领高明，只得婉转陈言；

"如今吴、唐、蔡三国军队倾巢而出，来势汹汹，意在寻求决战。敌军锐气方盛。而我军围攻新蔡，没有攻下城池就后撤，士卒精疲力弱，锐气受挫。此时恐不宜与敌军交战。"

逞强好胜的囊瓦压根听不进异议。他用眼斜睨沈诸梁，说道："沈将军可是胆小惧死么？"

沈诸梁登时胀得满面通红。他万万没想到自己一腔赤诚，反倒遭人误会。他当下忍着气，说："沈某在沙场之上从未曾胆怯后退过。"

这句话本是他为己辩解之辞，因不愿担上怕死的话名，岂料正触到囊瓦的痛处。囊瓦领兵伐蔡，无功而退，别人虽不说什么，他自己却耿耿于怀，生恐被人以此作为把柄，肆意耻笑。此刻，囊瓦听沈诸梁言语十分刺耳，带笑的脸当时就沉了下来。

营帐中众将见情形不对，都忙止住话声，唯恐一句话讲不对，触怒令尹，又或者得罪了左司马。大帐内突然间变得鸦雀无声。

一直沉默不语的沈尹戌这时开了口："吴人惯习舟楫，利于水战，今日为求行军快捷，舍舟登陆，此乃是一着险棋。我军若能以静制动，把握机会，迅速出击，定让吴国君臣死无葬身之地！”

囊瓦闻言大喜，道：“果然是沈司马有见地！”说话时横了沈诸梁一眼，神情颇为得意。

沈诸梁对他视而不见，只在想父亲的话语，于心中细细想了两遍，忽然额头沁出冷汗，身子微微战栗。

第二十五章·前后夹击

囊瓦十分得意，移身向沈尹戌，问道：“大心，可是已有了破敌之计？不妨讲给大家听听。”

沈尹戌道：“吴军弃舟船于淮汭，以陆路自豫章至此，途中须经大隧、冥陋、直辕三关隘口。三关道路崎岖狭窄，一夫当关，万夫莫开。我军只需调一支军队绕到吴军后路，尽焚其舟船，扼守三关。到那时前后夹击，必能全歼敌军！”

囊瓦思忖片刻，击掌叫道：“好计策！两面夹击，果然比一味迎敌死战来得高明。吴军后路被截，军心必乱。我军乘势击之，便可取那吴国君臣的性命。”

沈尹戌道：“至于调哪支军兵前往，还请子常示下。”

囊瓦听他问起，便道：“抄袭吴军后路是沈司马的主意，就偏劳您担此重任。汉水南岸由我统军把守，决不让吴军掠舟渡江。”

沈尹戌起身道：“如此，沈某谨遵令尹之命。”

接下来，沈尹戌带兵向三关进发，去抄袭吴军后路。他留下大夫武城黑及二万军士相助囊瓦，自己亲率一万五千人。临行前，沈尹戌与囊瓦约定一同出击。在沈尹戌赶赴三关的时间里，囊瓦依托汉水阻击敌军，使其无法强渡汉水，以保证郢都安全。由于作战时双方的协调一致至关重要，关系到整个战争的成败，沈尹戌再三叮嘱囊瓦，任凭吴军如何挑衅、示弱，千万不可轻率出兵。囊瓦满口答应。

沈诸梁跟随父亲一起渡汉水北上，他的心情十分忐忑。沈尹戌说吴国舍舟从陆乃是一着险棋，而分兵抗敌这一策略，在沈诸梁看来实实在在也是一着极险的棋，更与父亲的一贯行止相违。他思量再三，向父亲说出了自己的担忧和不安：“囊瓦逞强好胜，不足以担当大任。由他防守汉水，着实令人担心。尤其此人贪小利而忘大义，一旦敌军诱之以利，多半会不知轻重，贸然出兵。汉水乃是郢都的门户。汉水失守，郢都将危在旦夕！”

其实沈尹戌又何尝不知自己行的是险招，亦无可奈何。毕竟自己此来只是援手，军中大权由囊瓦一手把持。他就算知道囊瓦胸无韬略，不足以担当大任，又能如何？！他只能默默地祝祷：“苍天保佑楚国社稷！休让囊瓦坏了破吴大计，毁了楚国宗庙！”

岂料他这一去，便有人在囊瓦耳边出言挑拨了：“如果沈司马引兵焚烧敌人舟船，堵塞隘道，由背后偷袭得利，那时战败敌军的功劳就归于沈司马了。令尹您位居百官之首，与吴军数次交战，屡屡失利。今日若让沈司马再得战功，必然招致群臣议论。说不定沈司马将会从此取代您现在的权势呀！”

说话之人是囊瓦的心腹史皇。他直截了当地讲出了囊瓦最为担心忧虑的事。

囊瓦自忖战功、声望，均不及沈尹戌。若此次破吴的大功归于沈尹戌的话，不用朝中群臣议论，连他自己都没有颜面继续统摄众臣了。他派沈尹戌绕到吴军后面，也是基于这一点考虑。他害怕两人同守汉水，将来无法独占功劳，所以命沈尹戌带一小支军队作为侧翼，协同作战。毕竟守卫郢都的门户比什么事都更为重要。日后评定功劳之时，他的功劳自然是最大的。但这时经史皇提醒，他突然想起以沈尹戌的本事，从背后突袭吴军，必定大获全胜。这么一来，攻破吴军的大功竟是全归了沈尹戌。自己白白地替他牵制住吴军，却只能捞到一点儿便宜。他越想越气愤，既气沈尹戌一肚子鬼主意骗自己上当，更气自己一时大意，竟遭暗算，又迁怒于史皇，恼怒他为何不及早出言劝阻，害得自己如今是追悔莫及。

但因为囊瓦与沈尹戌事先已有约定，到时两人一同出兵，令吴军首尾难顾，他现在想反悔也来不及了。他可以提早出兵，独占功劳。然而，为了此事公然开罪沈尹戌，大家闹翻脸，以后再难相见，那就得不偿失了。

囊瓦顾忌颇多，一时下不了决心。

这样拖了几天，楚军和吴军隔岸相持，任凭孙武用尽心机，百般挑衅、引诱，囊瓦只置之不理。

楚军始终以防守为主，不与吴军正面交战，实是大出孙武意料之外。孙武善于用间。攻楚前他早已将囊瓦的性情探知得一清二楚。他正是利用囊瓦逞强好胜这个弱点制定的作战计划。他将军队集结在汉阳，做出随时都要强渡过汉水，直捣郢都的样子。事实上，真正的目的却是要想引诱楚军渡过汉水，到达预定的决战地点柏举。孙武十分重视地形对于战争的影响。他不会愚笨到让吴、唐、蔡三国联军背水而战，连一条退路都没有，自陷于绝境之中。然而，他想不到囊瓦居然沉得住气，没有轻易中计。

吴军千里跋涉，深入楚国腹地，军备粮草消耗极大。囊瓦能沉得住气，不轻率出兵，只不慌不忙地在对岸跟吴军相持。孙武可不敢拿吴国的实力跟楚军这样空耗。他一面想方设法引诱囊瓦出兵，另一方面派遣奸细混进楚营，打探楚军的详细情况。不久，派出去的奸细带回消息说道：“沈尹戌绕道三关，意欲截断我军退路。”这个消息对吴国君臣来讲，不啻于惊闻九天雷霆。大家都十分清楚，一旦退路被截，楚军前后夹击，吴、唐、蔡三国联军将惨遭重创。连向来冷静沉着的孙武，也不由得心里发慌，暗暗惊叹："好厉害的沈尹戌！居然要包抄我军后路，好狠的手段！"

但孙武并不因此就甘愿认输，束手待毙。吴军及唐、蔡联军人数总计六万，为了全力对付囊瓦所统率的主力军队，不宜分兵，孙武便命人重金收买当地强徒，让他们缠住沈尹戌，以便拖延些时日，自己才好专心对付囊瓦。在孙武眼里，囊瓦并不足虑，相信只需稍费时日，便可令他自动投入早已设下的埋伏里。一旦囊瓦所统率的楚军主力溃败，沈尹戌纵有千条良谋，也难以再挽回楚国败亡的大局了。

正在这个关紧的当口儿，楚营里的武城黑大夫不早不晚帮了孙武一个大忙。

武城黑是沈尹戌的部将，此次跟随沈尹戌一起由方城调来支援令尹囊瓦。他受不了沈尹戌治军的严谨劲儿，又一心想攀着令尹这个高枝往上升迁，于是千方百计讨囊瓦欢心。囊瓦想攻打吴军下不了决心，连日来心情烦躁。这一切全都落在武城黑的眼里。

他揣摸出囊瓦的意图后，看准一个机会，就进言说道："吴人擅长水战，如今舍舟登陆，与我军在陆地上决战，那是放弃了他们自身的长处。况且又在我楚国交兵，吴人不识地理，双方倘若开战，吴军必败无疑。"

"我军固守江岸，使得吴军无法渡江，相持多日，其军心已然懈怠。此时宜迅速出击！"史皇也极力怂恿。

囊瓦听两人所言颇有道理，禁不住怦然心动，几乎忍不住就要下令出兵。他突然看到陆续从各地增援的将领，想起沈尹戌临行前再三叮咛，自己也已经点头应允。君子一诺千金，岂可中途反复？一时间低头沉吟，默然不语。

武城黑眼珠一转，又道："我军战车多用皮革包裹车毂，不宜在水中久浸。然而吴军的战车都是木制车毂，不怕水浸。我军利在速战。耽搁的时日久了，车毂上的皮革都泡软了，将难以行军作战。此际情势紧迫，令尹不必太拘泥于与司马的约定。"

他既说出这番话来，囊瓦便也不再坚持，命令麾下楚军连夜造饭，于次日黎明时分突然强渡汉水，与吴军进行决战。

楚军来势凶猛，杀声震天，锐气势不可挡。吴军却因事出意外，未及防备，仓促应战，一场厮杀过后，吴军仓皇败退。囊瓦哪里肯轻易放过，挥师乘胜追击，恨不得立刻生擒阖闾。

吴军边打边退，似乎已经溃不成军。囊瓦在后督率楚军穷追不舍。几场交锋下来，他认定吴军徒称劲旅，其实外强中干，不堪一击，于是更加增添了自信。站在飞驰的战车上，囊瓦暗想："幸亏先前调走了沈尹戌老儿，此番大败吴军，终于得享大功了……"

有细心的将领提醒囊瓦小心中了敌人的埋伏。他仰首哈哈大笑，道："将军，一路之上，可曾留意过敌军安营扎寨留下来的遗迹么？几日来敌军做饭用的炊灶不断减少，由此可见，敌军连败数阵，已经心怯胆寒，有不少士兵逃亡。如此狼狈逃窜之旅，安能从容设伏？”

军中讯报传至郢都，公子申大为惊骇，急忙致书囊瓦，劝他即刻回守汉水，切莫中了吴人调虎离山之计。囊瓦自恃精明，决不会输于小儿孙武，将公子申规劝之言，只当作耳旁轻风，姑且听听，却未必相信。他继续指挥着楚军一路狂奔疾追下去。

一个逃一个追。这两股军队近三十万人马，就从小别山一直来到大别山，来到柏子山下，举水之前。

囊瓦望着呈现于眼前的高山、流水，道：“这里是——柏举？”说话时，忽然有一种莫名的阴森寒意袭了上来，他不自禁地打了个寒噤。

这是不祥的预兆，但囊瓦把它归结于黄昏时候森冷的空气。此时，已是初冬季节，草木都凋零了，北风呼啸着卷起地上的枯叶漫无目的地扑打、飞旋，使人见了越发冷到骨子里去。

当晚，楚军在柏举扎下营寨，休息安顿。囊瓦及其部属军将们连日来奔波劳累，都已颇感疲惫。加上白日里胆怯逃窜的吴军早已不知跑到什么地方去了，连人影子都看不见一个，楚军原先那点儿防范之心便不免松懈下来。

楚军的营寨扎在居高向阳的地方，旁边靠近山谷，这是囊瓦的主张。他得意洋洋地对部下说，此处居高临下，易守难攻，地势绝佳。孙武白白放弃掉此地，可见此子全然不懂得兵法！众将俱都点头附和，同声一致称颂囊瓦善于用兵，那孙武小儿岂是令尹的敌手。一番吹捧，使囊瓦乐得心花怒放，浑身轻飘飘地几欲飞升到云端。他以前对于沈尹戌的敬畏之情也在悄然减退。他暗想：“此次大败吴军之后，楚国上下总该明白我囊瓦的才智丝毫不在沈尹戌之下了吧。”

这一夜，囊瓦睡得格外香甜。他在梦中看见自己生擒吴王阖闾进献到楚王面前。叛国之臣伍子胥、伯嚭也被活捉，五花大绑，押到刑场斩成肉酱，分给群臣享用。那个自称精于兵法的孙武，则早已死在乱军之中，车碾足踏，连面目都稀烂难辨了。囊瓦看见楚廷上群臣仰望他的目光中都充满了崇敬和仰慕。当他乘坐车马驰过长街，国人们热烈地欢呼、雀跃，感激他歼灭强敌，使楚国得以保持繁华升平的景象。囊瓦禁不住纵声大笑。他在睡梦中笑出了声。

就在囊瓦好梦正酣之际，被他视作不懂兵法的孙武，指挥吴军发动了进攻。冲在最前面的是公子夫概。天边刚刚透出一丝微明的曙光，他已经率领自己属下的五千士卒攻上了楚军所在的高地。本来居高临下的楚军完全占据着优势，但楚军放松了警惕，根本没有料到吴军竟会出兵如此迅速快捷，如海潮般的呼喊声惊碎了楚军的美梦。夫概的五千精锐士卒冲到营寨门口，囊瓦才匆匆忙忙地披挂犀甲，提着戟，仓促地登上战车。

五千吴军仅仅是楚军的一个零头。但双方的实力对比，楚军并不占便宜。吴、唐、蔡联军计有六万余。楚军近二十万，数倍于敌。但吴军从汉水边打边退，虽是一路溃败，却只是表面上做出来的假象，故意迷惑楚军，意在将楚军引诱到孙武、伍子胥预定的决战地点柏举。吴军的主力部队早已经提前赶到柏举，做短时间的休整，养精蓄锐，等待决战。这时候，吴军蓄势已久，骤然间发起猛攻。那种气势，那股狠劲，一个个犹如猛虎出山。而楚军一路狂追，奔波劳顿，此时均已疲惫不堪，再加上心理上全无准备，乍从睡梦中惊醒，便已陷入与吴军士卒近身肉搏的残酷局面。睡眼惺松的楚军匆忙间投入战斗，心力与体力两方面自然要大打折扣。这样一支军旅怎禁得住吴军精锐诸如夫概、伍子胥所率劲旅的攻击？吴军一阵疾攻猛打，楚军纷纷倒毙，鲜血横流。

囊瓦初时尚试图整顿士卒，列阵与吴军一战，但他立刻发现自己已陷入了混战的漩涡中不能自拔。越来越多的吴军向他聚涌过来。一簇簇兵刃在阳光下闪着雪亮的光芒，向他砍杀过来。囊瓦仗着身高力大，立在战车上左杀右挡，一时间虽无性命之虞，然而也无法从容地指挥全军。他高声怒骂：

“孙武小儿！尔徒以诡计取胜，称得什么英雄！”

他洪亮的骂声没有传出多远，就淹没在嘈杂刺耳的呼喊搏斗声里，根本无法传进孙武耳中。何况孙武此刻就算听到骂声，他也不屑理睬。他此时正抽调伍子胥属下的三千“利趾”徒卒和五百名“多力”徒卒增援夫概，同时调集吴、唐、蔡三国军队主力随后掩杀楚军。

伍子胥亲自率领三千五百名精兵接应先锋夫概。“利趾”士卒行动迅速，专擅急行。“多力”徒卒勇武过人，不惧生死，放在战场上，个个都是以一当十的壮士。吴军这一通冲杀，彻底击垮了楚军的防御。近二十万楚军死伤过半，损失惨重。囊瓦奋力抗敌，正遇上杀红了眼的伍子胥赶到，一箭射中他的右肩。囊瓦大叫一声，手里握着的大戟跌落在地上。伍子胥乘胜紧追不放。幸亏史皇带领一支军队从旁杀出，才算解了囊瓦的危急。

众人保着囊瓦冲出一条血路，仓皇奔逃。史皇于慌乱中迅速查点了军队，近二十万人如今只剩下不足五万，且多半带伤。史皇询问之下，方知武城黑业已丧命乱军之中。

囊瓦眼见落得如此惨状，不由得悲从中来，落下几滴伤心泪：“早听沈司马之言，何致落得今日惨败？囊瓦一步行差，酿成大错，如今追悔莫及。天可怜见，请你赶快前来救援……司马若早来一步，楚国社稷江山或可保得安宁；来迟一步，囊瓦从此将成为楚国千古罪人了！……”

囊瓦于危急之中呼唤沈尹戌救助。他却不知道，沈尹戌此时也已遇到了预想不到的麻烦。

沈尹戌绕道三关隘口，意图尽焚吴军舟船截断吴军退路。谁知孙武善于用间，及时从楚营探听消息，用重金收买强徒，沿途拦挡阻挠沈尹戌顺利到达三关。这些强徒原是楚国百姓，由于连年争战不休，百姓流离失所，生计艰难，其中一部分体魄强悍的人，为求苟全性命于乱世，便沦为强徒盗匪。他们平常干些明抢暗盗的营生，胡乱填饱肚子度日。所以这些人虽被称作强徒，但一个个衣衫褴褛、面黄肌瘦，乍看上去，倒更加像一群乞丐。

面对这样一班强徒，足智多谋、战功显赫的沈尹戌，一时间也不免有些犯难。他心里清楚，这些人都是为情势所迫，才不得已沦落为贼，说起来还是多年来楚国政局混乱造成的恶果。他训练多年的精锐之师，是用来对付敌国军队的，却没想到未遇敌军，先就遇上了本国的饥民。

沈尹戌不忍伤害这些百姓，严令部下将士不准擅用兵器。对方那些强徒却不跟他们讲什么客套，一阵呐喊，手里拿着长杆、木棍以及农具，群起围攻上来。

沈尹戌所率俱是勇猛善战的将士，对付这批强徒，纵使不用兵器，也是绰绰有余。不消一刻，大军便将强徒驱散，拦阻的人逃了个干净。

大军继续向前进发。

沈尹戌面色沉郁，心事重重，对沈诸梁说：“国家遭受外敌的侵略，人民生活困苦，被逼为贼，这都是作臣子的失职，危及到楚国的社稷啊。”

沈诸梁叹道：“这并不是一时一日酿成的祸端。先王错诛伍氏一族，已经种下了亡国的祸根。费无极、囊瓦自私贪婪，只知道满足自己的私欲，根本不管别人死活，哪里还会顾及人民的生计。”

沈尹戌目光忧郁，黯然道：“只可叹荆楚千里江山，先君数代的辛劳，却要毁于今日！”

沈诸梁强笑道：“父亲太过担忧了，楚国强大的军队决不会输给吴军的。”

沈尹戌沉声道：“人民生计艰难，祸患不久就要来临。使我担心的不仅是吴国入侵的军队，而是人民生活如此困苦艰难，这样的国家还能够长存多久？亡国历来都是先要从它的内部开始灭亡的！”

沈诸梁无语以对。这番道理他心里清楚，只是一直没有说出口，只怕惹父亲伤心。想不到沈尹戌自己亲口说出来，可见他的心是伤透了，对楚国的现状已经失望透顶了。

沉默。

两个人都无话可说。只听那辚辚车声和步卒行进时整齐的脚步声单调、重复。听得时间久了，人仿佛也麻木了，忧虑和心事都被踏碎，抛在了身后。只晓得这样一直不停地往前走，至于前面会遇到些什么，那就都管不了啦。

第二十六章·柏举之战

囊瓦落败，在危急中呼喊沈尹戌。岂料一语未了，忽见前面山谷中闯出一彪军队，囊瓦以为是孙武预先设下的伏兵，这一惊险些由车上跌到地下。亏得史皇眼尖，已瞧见迎面飘来的旗帜上面大大地绣着一个“楚”字，脱口叫道：“这是楚国的军队！援军来了！”

众人正在沮丧不安的时刻，见本国援军来到，都是喜出望外，战败后的焦虑颓唐之气顿时大减。兵士们重新振奋起精神，纷纷嚷道：“这遭援军到来，咱们正可重整旗鼓，和那吴军再战一场！”楚人生性剽悍好战，此番虽是吃了败仗，伤亡惨重，但输得颇不服气。大家认为吴军以偷袭得手，赢了也不光彩。个个均盼望着战胜吴军，洗雪今日的耻辱。

囊瓦却是又羞又惭，比方才还要狼狈。他身为令尹，军中统帅，与吴军甫一交战，便一败涂地得不可收拾。他想想自己平日自负勇力，踌躇满志，一心想建功立业，拓土开疆，而今全都成了空言大话，怎还有面目去见前来增援的部属？

不过羞惭归羞惭，他总还得打起精神上前相见。他感到意外的是，来增援的军队并不是沈尹戌率领的万余军士，却是薳射、薳延父子带来的五万士卒。

两下相见，一问才知道，原来公子申规劝囊瓦不见奏效后，便已料定楚军必然受挫。由于汉水是郢都的一道天然门户，关系非轻，公子申奏请楚王再次派兵增援囊瓦，以应不测。公子申是楚王轸的庶兄，且富才干。楚王对他言听计从，当即调薳射、薳延父子俩统兵五万前往增援囊瓦。薳射父子领兵一路疾赶，到底到迟了一步，正遇上囊瓦战败退下来。

虽是败军之将，但在自己部属跟前，囊瓦的派头依然端得十足。这时他回过神来，看到薳射身后那一队队衣甲鲜明，戈戟雪亮的楚军，立刻又有了破敌之计。

“孙武暗中偷袭，方才略胜一阵。若两军正面交战，楚兵岂能弱于吴兵！将军初来乍到，锐气正盛，此时正宜与吴军决一死战！”

他讲得慷慨激动，薳射却不以为然。薳射是久经沙场的老将，着实有点儿瞧不起囊瓦，认为此人徒具勇力，对作战方略似懂非懂。他身居令尹高位，毫无作为不讲，反而屡屡糊涂误事。囊瓦今日惨败归来，薳射便越发轻视他了。所以薳射言词间就不怎么客气，硬邦邦地回了一句："若从沈司马之言，何至如此！"一句话噎得囊瓦说不出话来，脖子根都涨得通红。囊瓦心底下不住地骂："老不死的！你好神气么？将来总有一日让你尝尝我的手段！……"

薳射似乎没有留意他尴尬难堪的情形，自顾自地接着说道："吴军兵多将广，伍子胥、孙武又都精于用兵之道，极难对付。当今之计，唯有深沟高垒，不和吴兵交锋，等待沈司马领兵赶到，然后合击，方可大败敌军！"

囊瓦冷冷道："将军的眼中，只知有司马，不知有令尹吗？！"

骤闻此言，薳射不禁愕然。愣了一会儿，薳射方始摇头说道："沈司马谋略过人，令尹若肯听他的，岂会遭致惨败？令尹处处与沈司马的意见相左，末将实在是不明白其中道理。"

不仅薳射不明白其中的道理，就连囊瓦自己也没法说得清楚这种极其微妙复杂的心思。囊瓦兵败时，第一个想到的就是沈尹戌，悔恨自己不该自悔前言，贸然出兵，盼望他能领兵前来救援。但当事情刚刚有了一线转机，囊瓦立刻又想将沈尹戌排斥在外，怕他抢夺了自己的功劳。尤其他听薳射不断地提到沈尹戌，心里更觉反感、厌恶，连带着瞧见薳射也厌烦。囊瓦当下闷哼道："我主意已定，将军不必多言。即刻传令军士重整旗鼓，与敌军再决胜负！"

囊瓦刚愎自用，根本听不进别人的劝说之辞，当即重新整顿军兵，向吴军发起猛烈的进攻。他咬牙切齿地发誓：要用吴军的血和首级洗雪今日战败的耻辱。倘若不能取胜，宁愿战死沙场，以身殉国！

薳射面露冷笑，低声对儿子薳延说道："囊瓦此去必败。到时候咱们率领一队人马及早退走，免得这数万人马陪他一齐丧命。"

薳延吃惊得几乎说不出话来："父亲！……"

薳射冷冷道："吴王阖闾、伍子胥、孙武等人岂是易与之辈？可笑囊瓦不自量力，自取灭亡。他身为百官之长，号令群臣，你我不得不遵命行事。但两下交锋、混战之际，咱们便可乘乱退走，回防汉水，以保卫郢都门户。"

楚军在囊瓦的指挥下调头反扑。楚军远远地望见前面密密层层、漫山遍野，都是吴国军队。吴军一路追赶而来，但军容丝毫不乱，出奇的严整。囊瓦不由得倒抽一口冷气。他定睛看时，为首一人头戴鷩冕，身穿冕服，赫然竟是吴国君王阖闾！

囊瓦一双鹰眼盯视住阖闾，里面仿佛要喷出火来！鼓声骤然响起，一下一下。擂得缓慢，但十分沉稳，此时此地听来，声声都满含杀机。

紧张的空气顿时被推到了极限！

这时刻，四下都静得异常，每个人都屏住呼吸，血脉贲张，积蓄浑身的气力，等待殊死一搏！

只听那鼓声渐转急促，震得人心都随之怦怦地狂跳。

突然有人厉声猛吼："杀！"数万名吴军向楚军的队伍冲杀过来。旌旗多得遮蔽了日光，射出的箭矢像雨点一样密集，车驰卒奔，吴军迅猛的进攻冲破了楚军的阵势。

囊瓦又气又急，右肩的伤口迸裂，鲜血和着伤药往下奔流，半个脊背都被血染成红色。为他驾车的人慌乱之中绊到一棵树根，战车竟然轰隆一声掀翻在地。吴军步卒一拥而上，将车夫和车右斩作数段。囊瓦拼命厮杀，终于保得活命，但身上多了四、五处伤口，腿上也是伤。他走路一瘸一拐，踉踉跄跄，十分吃力。

乱军之中，史皇依然不忘忠心保卫主帅。他见囊瓦如此狼狈，毫不犹豫纵身跳下战车，扶囊瓦上车，自己立在车右保护。

史皇杀退一股吴兵，命车夫将战车赶得飞快，冲出吴军包围。他们在一处空旷地稍作休息。为囊瓦包扎好伤口后，史皇解下皮囊，饮水解渴。这时他才发觉自己的兜鍪不知何时已经失落掉。头上裂开了一道口子，鲜血流出来，头发都濡湿了，粘粘地贴在伤口上，刺得火辣辣地痛。血不断地往下淌，沿着额角淌下来。他狠狠地抹了一把，用手撕下一角征袍自行裹伤。

到了这步田地，囊瓦脸上的傲气、戾气，全然消尽。望见自己手下的军士纷纷倒毙，血流遍地，他心中忽然起了一阵恐慌，黯然叹道："吴军果然厉害！悔不该轻敌误进呀！"

"令尹难道怯敌害怕了吗？"史皇问。

他血流满脸，一副豁出性命拼死奋战的架势。

"我，只是想，吴军势大，不如先行撤退，来日再与他们决一死战。"囊瓦自觉心虚，说话吞吞吐吐，十分慌乱。

史皇愤怒了。在这个非常的时刻，他再也无法去考虑自己的措辞是否符合身份，会不会激怒这位暴躁易怒的令尹，语气变得十分激烈：

"国家太平时，你执掌大权。国家有了危难，你就想逃跑！你能逃到那里去？逃回郢都，你怎生向大王交代？你又有何面目以对楚国群臣？逃奔异国，有哪个国家肯收留临阵脱逃的将军？事到如今，只有拼死一战，或许可以洗脱你所犯下的罪过！"

"你——放肆！"囊瓦大声吼叫，却掩不住内心的恐惧和担心，指头微微地颤抖。

"令尹！拼死一战，或可留个英名于世上。临阵脱逃，只能惹来千古骂名啊！"

史皇双膝跪倒，涕泪齐下。

囊瓦犹疑了。生？还是死？人生最大的选择。

耳畔是嘈杂纷乱的喊杀声，搅得人心也纷纷乱。左思右想，权衡太多反而更容易迷乱，一时间怎下得了决心？

金鼓声催得更紧，囊瓦思绪翻涌，无法抉择。左右突然杀出两支军队，一齐攻上来，囊瓦无暇再多想，只得同史皇一起驱车迎上前去，岂知触目却非吴军旗帜。

一辆战车上，蔡侯申横戈高叫："囊瓦匹夫！还我裘服美玉，饶尔一命。"

囊瓦又羞又恼，但见蔡侯申身后旌旗招展，士卒众多，而自己统率下的楚军大多被吴军攻破，乱得不成阵形，无法再和蔡军作战，他只好向后退走。

迎面正撞上唐侯中濒带领着万余唐国军士掩杀过来，口中喝道："还我肃霜马，免尔一死！"

囊瓦气愤至极。他平生从没有被谁这样当众羞辱过，更何况是他从未放在眼里的唐侯、蔡侯？但此时不比往日，他统率的强大的楚军一败涂地，连带着他的信心和豪气也消散得无影无踪，只剩下强烈的求生欲望，再也顾不上矜持，顾不上骄傲了。

他跳下战车，抢了一匹快马，冲出一条血路，亡命奔逃去了。

他在这危急存亡的时刻，逃走了，不顾楚国社稷的安全，不顾楚国士卒的死活。他抛弃了他的军队，抛弃了他忠心的部属，逃奔郑国去了。

史皇恨得咬碎了钢牙，抹一把和着血汗的泪水，率领囊瓦弃下的残余战车和士卒，冲进敌阵，力战而亡。

薳射远远地望见囊瓦仓皇逃走，忍不住怒骂："妈的！这小子居然自己先溜走了！"

他见楚军败局已定，尤其囊瓦逃走之后，楚军人心涣散，队伍四散奔逃，便带领自己手下的两万残兵，向郢都方向败退。

吴、蔡、唐三国联军气势如虹，由后面紧紧地追杀过去。

前进的队伍经过一片丛林时，又被一彪人挡住了去路。

这已经是楚军第五次遇到拦截，但这次的情形显然跟前几次大不相同。对方看似杂乱无序的队列竟然与楚国"荆尸"阵法暗中相合。沈诸梁不禁微微皱紧了眉头。

两下一经交锋，便更加显示出这支队伍与先前那些乌合之众的差别：对方居然颇具战斗力。

沈诸梁见父亲面上也露出来些许惊诧之色，便说："我过去瞧瞧。"

他驱车迎上前，很轻易地擒获一个脸上长满乱蓬蓬络腮胡子的壮年汉子，将剑架在那人脖颈上，沉声喝问："什么人？胆敢拦挡我军去路！"那人眼神粗野沉郁，咧嘴狰狞而笑，却不答话，突然"呸！"地一口浓痰冲沈诸梁面门直唾过来。

沈诸梁扭转头避开，也不愠怒，只继续追问："说！你们是什么人？居然懂得楚军阵法，你们究竟是什么人？"

那人破口骂道："天杀的吴国佬！要杀便杀，何必啰嗦！"

沈诸梁冷笑道："旗帜上明明是楚国的字号，反胡说什么吴国佬。可见必是奸猾之徒！"

回首喝道："左右，将他与我绑了！"

一言未毕，猛听得耳旁风声疾响，忙挥剑格挡，只听"当"的一声响，一只箭矢掉落在地上。

沈诸梁转头看时，见左前方远处立着一个黧黑精瘦的汉子，手持弓箭，正瞪目相视。看此人年纪三十五六岁，衣着褴褛破旧，但立在众人当中，隐然竟似是一名头目。

沈诸梁心念一动，挥手命五十名步卒分两路由侧翼迂回包围，

沈诸梁自己亲率二十五名步卒冲进战阵。这样一来，双方的力量对比一下子就拉开了距离。以沈诸梁为首的楚军占据着绝对的优势，顽悍不驯的强徒陷入了包围，犹如入了网的鱼在拼命挣扎。沈诸梁并不急于收网。因为他知道那样做固然可以提早取胜，但势必会给楚军的实力造成消耗。而他决不能在与吴军决战前，使楚军的实力受损。于是，在他的指挥下，楚军的阵形发生了奇妙的变化。原先楚军联成的大包围圈，突然间分散开来，变成了许多个小包围，把强徒们由一个严密的整体分割开来。如果说一条鱼儿困在网里还能够挣扎反抗的话，那么到这时，鱼已被截成数段，再也无法挣扎，就像肉放在刀俎上，只有任人宰割了。

沈诸梁并不是屠夫，他没有命令属下肆意杀戮。一场激战过后，楚军几乎兵不血刃，将那些强徒用绳索捆绑在一起。强徒们虽没法再次跳起来搏杀，但一个个眸子里射出仇恨和怨毒的目光。这更加使沈诸梁感到惊奇，但他不动声色，步下战车，背负起两手，在众多被擒的俘虏中间缓慢地走着，目光掠过众人面上，似乎在寻找什么，但并不刻意。

当他走到先前放冷箭的那人跟前时，忽然停步，问道："你叫什么名字？"

话声平和，没有胜者常有的那种居高临下炫耀似的傲气，也不带丝毫的火气。敏锐的目光令对方在他的逼视之下，不敢直视，黯然垂下头。

然而，这被俘者尚不甘心彻底屈服，试图保持住最后的尊严，固执地不肯开口。

一阵沉默过后，沈诸梁又问："今日战败被俘，莫非你输得不服气？"

那人抬起了头，大声道："以众胜寡，死也不服！"

沈诸梁微微点头："好，既这么说，我就再给你一次机会。"

他回头吩咐左右，解开那人身上的绑绳，随手从身边一名士卒手中拿过一支长戈，

抛向那人，喝道："接住了！"喝声未落，他自己也抄起一支长戈，挺戈刺了过去！

那人刚接住抛来的长戈，沈诸梁掌中的兵刃也已到了跟前。他几乎来不及思索，急忙低头避过，手里长戈就在这一瞬间搠向沈诸梁的左胸。沈诸梁略微侧身让过，两个人战在了一处。

他们这一交上手不打紧，在场的众人不禁都看得目瞪口呆。只见这两人进退闪避之际，配合得丝丝入扣，娴熟之极。乍看起来，竟不似生死拼杀，倒更像是同门师兄弟在演练武艺一般，众人无不大为惊诧。只是沈诸梁所辖楚军，军规严谨，大家虽然诧异，但没有一个人敢擅言稍动。那些被俘的强徒却骚动起来，有不少人竟失声惊呼。

原来沈诸梁先前见对方所摆的阵法颇似楚国世代传袭下来的"荆尸"阵法，心中已存着几分疑虑，只是无法确然断定。他猛地忆起，三年来自己随父在方城练兵，帐下士卒每日操练不辍，其中尤重实战搏击之术，个个都练得烂熟于胸。楚国军队实际作战时便是借此方可破敌制胜，攻城掠地。所以此番他出手便用上起手第一式，对方果然依着原来的招式套了下来，竟然分毫不差，这一下无异于自暴身份。沈诸梁急怒之下，一阵抢攻，杀得对方手忙脚乱，觑个空隙，抬手抓住对方兵刃，右手长戈回兜，正抵在那人咽喉上，冷冷叱道："当真是叛军，好大的胆子！"

那人面色如死，两片干涩的嘴唇一阵颤动，喃喃道："果然是楚国的队伍来了，果然是楚国的队伍来了……"

他将这句话一连重复了两遍，不知是什么原因，使他的声音听起来干板麻木，并且毫无生气。他的眼眸也全无生机，灰黯失神，就那么定定的，一动也不动。

沈诸梁冷冷地瞅着他。

那人像是从心底里发出一声沉重、无奈的叹息。他拧紧眉头，终于下定了最后的决心，突然舍身向前一扑！

距他咽喉处不过半寸远，就是锋利雪亮的铜戈！

等沈诸梁觉察到他的企图，往回撤兵刃的时候，戈尖已经刺破他脖颈上的细皮，鲜红的血随即流了出来。

沈诸梁把长戈抛回那名士卒。左右士卒立刻上前将那人牢牢制住，阻止他再次自戮。

"想死还不容易？但你得从实招认，为何率众叛逃？又为何大胆拦阻我军的去路？"沈诸梁目光炯炯，盯视住他。

"将军，小人等并不是故意叛逃，实在是活不下去呀……"他想起伤心事，止不住的泪水夺眶而出，声音也哽咽了。隔了好一会儿，他才接着说："此次拦阻将军的去路，乃是奸人从中挑唆捣鬼。小人等愚昧无知，误信人言，以致冒犯将军虎威，实在罪该万死。”

沈诸梁听其中大有蹊跷，便问：“究竟是怎么回事？你仔细讲来。”

那人道：“此事说来话长，小人原是令尹阳匄府中的一名家臣。只因当年先王听信谗言，不顾令尹年迈多病，逼令令尹出兵抗敌。鸡父一战，尚未交兵，令尹便不幸抱恨而逝。小人为完成令尹遗志，留在军中，不惜捐躯舍命，只求能杀退敌军，报效朝廷和令尹。哪知道列国联军只顾自家的利益得失，不听薳越将军号令。薳越将军遣小的返回郢都请求增派援军。先王非但不发一兵一卒，还颁下严令：只许成功，不许失败，败则以死罪论处。那场仗根本没法打。吴国大王、公子都亲临战场指挥作战。将士们斗志昂扬，锐不可当。咱们楚军新亡了主将，士气低落。再加上列国联军无能怕死，一开战，先就被吴军打得溃不成军，死的死，逃的逃，投降的投降，连累得楚军的防线也被攻破了。薳越将军好不容易收拾起残军，但鸡父一战落得惨败，回郢都也是死路一条，薳越将军被迫饮剑自尽。小人们也是有家不能回，有国不能投，又不甘心全都做了野鬼冤魂，只好流落草莽，艰难度日罢了。”

沈诸梁见眼前此人及一干被俘者，俱是衣衫破旧，面容黑瘦，想必吃了不少苦头，心下为之恻然。便道：“你等拦阻我军去路，是受人蒙骗？”

第二十七章·拜祭英灵

那人叹道：“小人等听说吴军有一支军队进攻荆楚，须经此地，所以埋伏在此，不想却冲撞了将军。”

沈诸梁又问：“虽然是受人蒙骗，但各位久在军中，难道连楚军的旗帜都认不出来么？”

“吴人多诡计，咱们经得多，都怕了。望见将军的旗号，还以为是吴人故弄玄机，哪晓得倒是多虑了。”他苦笑。

沈诸梁见他脖颈不住地淌血，皱了皱眉头，让人替他包扎伤处。

他望向沈诸梁，目中现出来惊异的神色。

隔了一会儿，沈诸梁再问：“你是令尹府中的家臣，总该有个名字吧？”

那人低头沉吟良久，答道：“小的叫吴句卑。”

沈诸梁一怔，道：“哦，好奇怪的名字。”

“小人原名吴刿，但，这些年来所作所为自思有辱令尹清誉，所以改名吴句卑。”吴句卑的声音里充满无限悲伤和悔恨。

沈诸梁向父亲禀报了事情的经过。沈尹戌点头赞许：“你做得很对。此时与吴军大战在即，我军只宜以智取胜。若是以力相拼，那便是吃了亏了。”

他想了想，又说：“这些人既然是薳越将军的旧部，当年又确是事出有因，并非一般私自叛逃的军士可比。今日正是用人之际，若能将他们收归部下，也可增添一份力量。”

沈诸梁沉吟说道：“望父亲三思。这些人是否为吴国奸细所收买，还未可确知。如若暗藏歹心，图谋不轨，那岂不是要自惹祸患？况且，他们久处民间，惯于懒散生活，收编入军旅，恐怕会乱了军纪。”

沈尹戌颔首道：“你所虑也不无道理。”

他这样犹豫着，挥手命令御者：“上前。”他要亲自看看那些人，以便作最后的抉择。

张着华盖的大车驰到了队列的前面，众军士纷纷执戈行礼，场面肃穆威严。连那些衣着褴褛、蓬首垢面的俘虏，也被这主将的威仪所震慑，骇得大气都不敢出。沈尹戌的面容于庄重中透出慈和，目光在众人身上扫了一遍，最后落在吴句卑身上，轻轻地点了点头，说："你就是吴刿？"

吴句卑纳头叩拜，答："正是小的。"

沈尹戌淡淡地道："我在令尹府中见过你一面，转眼已经过去十多年了。"

吴句卑听到这句话，泪水忍不住地纷涌出来，心里百感交集，又是伤感，又是悔恨。他一时忆起当年令尹阳匄的恩德，一时又感叹今日这位主将居然还记得自己这等身份低贱之人。真是苦辣酸甜，各味俱全。他原想说些感激的言语，这时却一个字也说不出来，喉头哽咽得难受，闷了半晌，才迸出一句话："小人辜负了令尹的恩情，更愧对将军，请将军治小人死罪！……"

沈尹戌沉声道："你既已有悔意，便该改过自新才是。眼下吴人进犯，正是壮士为国捐躯效命的时候到了，你留在我军中听用，这才不枉令尹平时对你的教诲。"

吴句卑几乎不敢相信自己的耳朵，吃惊地睁大眼睛，结结巴巴地说："将军的意思是，饶了小的？……"

"大王误信奸佞，致使鸡父兵败，罪责本不该由你等承担。但你不应私自叛逃，今日姑念你等已知悔改，又正在用人之际，且先记下罪状，盼你来日将功抵罪。"沈尹戌目光转向众俘虏，道："你们若有人肯归在帐下听用的，也一律暂赦无罪。"

吴句卑感激涕零，当时就跪倒在地，高声喊道："小人情愿供司马差遣，抛头颅、洒热血，亦在所不辞！"其他人也都跟随他一同跪下，表示愿意听命服从。有几个贪生惧死的，原还有些犹豫，转念一想，在这乱世里讨生活十分艰难，倒不如随军征战。哪怕过几日便会战死沙场，好歹于死前吃上几餐饱饭。这样想着，他们那膝盖便不知不觉软倒在地上了。

沈尹戌见这许多人齐刷刷地跪在车前，心中感动，步下车来，大声说道："众位请起来！从今而后，大伙齐心合力抗击吴军！"

他后面这句话并不仅指吴句卑等人而言，也是指在场所有的人。包括楚军将士和刚刚收降的人，一齐大声应道："齐心合力，抗击吴军！"声音雄厚浩荡，震撼人心。

沈尹戌要的就是这股气势。他一向认为，指挥军队与个人的修养很有些相近相似的地方，那就是这两者都讲究养气蓄势。他训练军士，更着重于培养他们勇往直前、无所畏惧的精神。特别是在这种大战即将爆发的前夕，他更加需要激发起军士们昂扬的斗志。这样才能使他们以最佳的状态投入到战争中去。而另一方面，他十分注重保存军队的实力。他从不轻易动用他的军队，而是使它保持在备战的状态，却又不虚耗实力，造成不必要的损失。这次出兵，中途收纳一部分以前流散的兵勇，也是意外之喜。当即让他们换上新衣，饱餐饭食，然后，大军继续向前进发。

沈诸梁的战车一直跟随在沈尹戍左右。沈尹戍对儿子说："我看这些人可以用。人孰无过，只要知道改悔就行。"

话不多，但语重心长，他是在教儿子做人的道理，教导他怎样当一名统帅。

沈诸梁深深地铭记于心底。

几日后，队伍终于来到了以险要著称的三关隘口。

这里原本是楚国的属地，然而，现在把守隘口的是吴军。孙武出其不意地攻破三关之后，考虑到此地易守难攻，只留下两千军士守卫三关，其余数万人马片刻不停，直杀进楚国腹地。那时候，他没有想到沈尹戍居然会亲自带领一支军队去截他的后路。等到他获悉这一消息时，正是吴楚两军相持的关键时刻，根本不容他分兵增援。他将全部赌注都押在将要与囊瓦进行的柏举之战上。对比之下，三关防守显得较为薄弱。而且，那两千军兵仗着有天险可恃，难免有些松懈，被沈尹戍略施小计，便轻轻巧巧地收复了失地。

楚军继续向北疾驰。这天接近黄昏时分，大军已经到了息邑。大家十分兴奋，因为沈尹戍早已提前传下军令："今晚在息邑歇息，明日早起一鼓作气杀到淮汭，焚烧吴人舟船。"军士们都是年轻人，跟着沈尹戍在方城苦练多年。这次与吴人作战，个个兴奋得摩拳擦掌，跃跃欲试，打算在主帅跟前显露自己的本领。

沈尹戍一路上忧心忡忡，担心自己一离开，囊瓦会耐不住性子，破坏同自己订下的约定，提前与吴军开战。但到了这里，眼看淮水已经在望，用不了一日功夫，就能够烧毁吴军战船，彻底截断吴军的后路，他总算可以暂时舒一口气。可是毕竟无法安心，他离得越远越为汉水的局面感到忧虑。他在营帐之中辗转难眠，索性起身盘桓，巡视营区。

这晚的月儿格外清冷，映着满地寒霜、干枯杂草。虽没有风，也让人觉得冷飕飕的。

已经是冬天了。

沈尹戍到各营去查看巡夜的哨兵，看见他们年轻而充满忠诚的脸上流露出兴奋、激动的神气。他知道他们在憧憬即将到来的战争，他们渴望着那辉煌的时刻！能够投身沙场，报效楚国，是他们的理想和光荣。就算为此付出宝贵的生命，也不会皱一下眉头！

沈尹戍暗暗点头：楚国以武立国，也需要以武力安定国邦。眼前这些年轻人虽稍嫌稚嫩，但历过磨炼之后，足可以成为支撑荆楚大业的栋梁，足可以担当力挽狂澜的重任。

他的脸上掠过一丝不易为人觉察的微笑。

蓦地，一阵急促的马蹄声，惊破冷寂的夜空，飞驰而来。

沈尹戌于深夜骤闻此声，倍觉惊心，忙派人去探看个究竟。不多时，派出去的兵士返回来了，身后还跟着一名风尘仆仆的兵士。

这人走过来，叩头行礼之后，说道："启禀左司马，令尹囊瓦已率军越过汉水。"

沈尹戌闻言，大吃一惊，连脸色都变了。他上前一把抓住那名兵士的衣襟，急问："囊瓦固守汉水南岸，怎么又变卦了？他因何要犯险而进？"

那兵士道："小的只是奉命传讯，其中缘由亦是一无所知。"

沈尹戌自知失态，黯然地放开手，叹道："吴人诡计多端，令尹贸然进兵，只怕前途凶多吉少。……"

那名兵士道："公子也是这么说来着。只可惜令尹固执己见，不肯听从。是以公子派小的前来报与司马得知，请司马速速回兵汉水，保卫郢都安危要紧！"

沈尹戌若有所思，问道："但不知你是奉的哪一位公子的命令？"

那名兵士回道："乃是大王的庶兄公子申。这是公子的书简，请左司马过目。"

沈尹戌从亲兵手中接过书简，朝那兵士点了点头。他这时才注意到面前这兵士满面尘土，形容疲惫，想是日夜兼程劳乏所致，便说："你辛苦了，请先到帐中休息。"

那兵士当即叩谢退下。

沈尹戌吩咐亲兵把各营的将官请来。众将官听说主将深夜召见，心中俱是惊疑不安，暗自猜测："莫非出了什么大事情不成？"及待走进大帐，拜见之后，人人都不禁倒吸一口冷气。只见沈尹戌面色苍白，连紧抿的双唇都失却了血色，竟像是得了大病一样。

沈诸梁抢前一步，道："父亲……"

沈尹戌神态肃穆沉重，抬手止住儿子，并示意众人全部坐下，开口说道："召你们来，是因为有一件事情要告诉你们。"他的声音缓慢低沉，说到这里稍顿了顿，才接着说："适才接到讯报，令尹囊瓦已经率军渡过汉水，现在不知道战况如何……"

这番话讲出来，帐里众人都怔住了。所有的目光齐刷刷地盯在沈尹戌一个人身上。但见他颔下灰白的胡须微微颤抖，右掌猛地在案上重重一击，道："汉水乃郢都的门户。汉水有失，楚国数百年基业将毁于一旦！保家卫国，是你我职责所在。诸位传我军令：从即刻起，迅速南下，急速回兵汉水！"

刚刚踏上归途，前线又传来凶讯：柏举一战，楚军大败，令尹囊瓦弃师逃奔郑国！

沈尹戌听到这个消息，眼前一黑，几乎从战车上一头栽下去。

先前听说囊瓦贸然渡过汉水，他便已料定此一举必然凶多吉少。然而，他心里还存着侥幸，希望天佑楚国，自己能够早一日率部与囊瓦会合，共御强敌，想不到……

结果竟然是这样。

既在意料之中，又出人意外。令他没有想到的是，身为楚国最高统帅，百官之首的囊瓦竟然是这样一个懦弱胆怯的匹夫！沈尹戌至今还记得囊瓦掠财聚宝时那般贪婪狠恶的模样。原来这就是色厉内荏啊，在如狼似虎的凶狠外表下面，却是一个胆小怕死的鼠辈！

“我先前倒还将他瞧得太高了！”沈尹戌这样想。他感到牙齿有些发冷，不禁想冷笑两声，但是笑不出来。

柏举一战，楚国死难的将士十余万。不用想他也知道那是怎样一番惨烈的情景。战死的将士们尸体堆积，这个的头枕着那个的腿，那个的身子叠在另一个的肩背上，喷涌出来的鲜血几乎要汇成一条河流，离开了腔子的头颅孤零零地闪在一边，点缀着荆楚河山！沈尹戌痛心疾首，冲口骂道：“囊瓦匹夫！你坏了老夫的大事！更毁了楚国的社稷啊！”

他素来沉稳持重，喜怒不形于色。此时，他实是痛心到了极点，话刚说完，一口鲜血狂喷了出来！

沈诸梁极为担心，知道父亲是因为痛心囊瓦误国才致吐血，当下扶父亲在车中坐定，说：“爹爹不必过于忧伤，楚国数百年的基业岂会就毁在囊瓦手中？儿子虽然才薄，但拼舍了这条性命不要，也要光复楚国霸业！”沈尹戌于心灰意冷之中，突然听到这样斩钉截铁的话语，胸口一热。他一下子抓住儿子的双手，紧紧地攥在掌心里，点了点头，说：“好！正是你这句话！囊瓦误国，咱们就要担起这副担子！”

沈诸梁见父亲目中射出一股坚毅的光，又重新恢复了往日的威严，心里甚感欣慰，响亮地答道：“是！”

接着，沈尹戌再次颁下严令：“抛掉辎重物品！全速前进！务必赶在吴军前面守备郢都！”

一路行军，日夜兼程！人人都清楚压在肩上的重担：楚国的安危存亡系于此役！能否及时赶赴汉水，拦截住吴军的进攻，成了最最关键的一环。倘若迟到一步，吴军先攻克郢都，这些人便全都成了千古罪人，即使跳进汉水也洗刷不掉浑身的罪孽！

车赶得飞快！鞭子不停地抽打马背，激发起骏马所有的潜能，向前没命地飞奔。

士卒们跟在车马后面奔跑。为了减轻负担，他们几乎抛弃了身上所有的物件，只留下甲衣、武器和干粮。

这时候，连吃饭和睡觉所用的时间也缩短到最大极限。

人人都在为自己鼓劲：一定要坚持住！一定要抢在吴军之前到达汉水！

沈诸梁深知这样急行军对军士的体力消耗极大，便向沈尹戌请命：愿带一支劲骑先行南下，其余军士按常速行进，保存主要实力，以便与吴军决战。

沈尹戌摇头不允，他说："此次吴、唐、蔡三国军队倾巢而出，来势汹汹。如若分兵先行，难免会落得全军覆没，仍旧于事无补。"

沈诸梁默然不语。隔了好一会儿，他问道："这样子下去，等到达汉水，军士们累也累得垮了。即便能赶在敌军前面到达，两下交战，又能有几成胜算？"

沈尹戌眼中充溢着一条条血丝，满面苍凉。他不看儿子，只是望定照耀在西天的惨淡的红日："我不知道有几成胜算。我只知道与其日后因羞愧自刎而亡，倒不如战死在战场上。为国捐躯赴难，不能讲什么代价，不能问值不值。只要有这份心，尽了这份力，自己无愧于天地，对得起列祖列宗就成。至于别人怎么讲，那就任由他们去讲好了。"

望着骤然间变得苍老、疲惫的父亲，沈诸梁忽然想放声大哭一场。他知道父亲此次是存下了必死的念头，誓与敌人决一死战。这种想法本来没有错。这本来也是做臣子必须恪守的本分。但他只觉得不值。他打心眼儿里替父亲感到委屈和不平：凭什么囊瓦、费无极这些人飞扬跋扈，决断自专，弄得楚国动荡不安，面临崩溃的边缘；需卖命的时候，却要父亲一力承担下来，去为国尽忠效命，死而后已！老天难道不长眼么？就任由那些小人任意妄为！神灵为何也不显灵？不然，为什么父亲屡进忠言却无人采纳？一片忠心赤胆难道只是在国破人亡的时候才能显露给大家看么？！

他别过脸，不忍再看父亲，也不忍看远处的残阳。那残阳，在他眼中，此时仿佛是一滩淋漓刺目的血印。

这一路上可算得上是凶信连连，不断有战败的消息传来。但多数是从逃难的百姓口中获悉的，与吴军作战的楚兵却始终没有音讯传报。起初囊瓦为帅，暗怀妒忌之心，故意隐瞒消息，不使沈尹戌知晓。等到囊瓦逃亡异国，薳射立即派人与沈尹戌联络，告知柏举惨败的实情。但接下来又没有了消息。沈尹戌不免就信了流民的活。

想是薳射将军战败身死，他所率领的楚军尽数丧命沙场，是以才没有一点消息！

派出去的探报回来禀报："前面便是清发水，河里漂满尸体。其中大半是楚军的尸首，薳射将军也葬身河中。"

沈尹戌面色淡然如常，绝无悲戚之色，只点头说道："死得好！薳射将军战死沙场，死得其所！"大军继续向前推进。当日下午，大军到达清发水，远远便闻到一股腥浊的气味飘散在空气里。等到了近前，那股气味更加浓烈。河里果然满是尸体。满河的尸体，满河的血水，连带着少许的薄薄的冰屑，河水流也流不顺畅，尸体、血水和冰屑就那么搅在一处，混在一起。

沈尹戌望见这种情景，从战车上走下来，一直走到河岸前，突然双膝跪倒地上，恭恭敬敬地磕了三个响头。

他往地上一跪，身后所有的人也都跪了下去。黑压压跪倒一大片，众人一齐磕头，震得大地一阵颤抖。

磕完头，沈尹戌站起身，仰天说道："诸位荆楚豪杰，英灵未远，当助我等斩杀敌寇，保卫家邦！"

众将士人人热血沸腾，高举兵刃，大声道："誓死斩杀敌寇，保卫家邦！"

第二十八章·决战前夕

吴、唐、蔡三国联军，自从在柏举击溃楚军后，乘胜追击，又采用夫概“半济而击”之计，在清发水大败薳射。楚军伤亡惨重。薳延率领侥幸生存下来的残兵败将，一路西逃，直奔出二百里，来到汉水旁边的雍澨。将卒饥困，再也没有气力奔逃。薳延回望来路，不见吴军的影子，暗想：“这一路狂奔，总算将穷追烂打的吴军甩在了后面。”他心里暗自盘算：“眼看郢都就在前面，只需渡过汉水便即到达，后面追兵又无影无踪，倒不如先在此地歇息片刻，吃顿饱饭，再渡汉水去固守待援。”

主意一定，薳延传令部下将士，暂且停止前进，埋锅造饭，再行渡江。

其实，用不着他下命令，不少又累又饿的军士早已经瘫倒在地上爬不起来了。大家听说可以暂停前进，埋锅造饭，个个喜出望外，也不知从哪里来的劲头，取出随身带的干粮，搭起锅来煮饭。

饭还没有煮熟，一名性急的军士先尝了一口，狼吞虎咽地吃下去，也没有尝出好坏，却连声叫道：“好烫！好烫！”旁边的人忍不住骂他几句。众人眼巴巴地等饭煮熟，正要开饭饱餐一顿，忽听人群里发出一声惊呼：“不好，吴军来了！”

这时候，连连战败受挫的楚军，已经成了惊弓之鸟。听到喊声，楚军胆子都几乎吓破了，只来得及望一眼冲过来的吴军，立刻就撒腿奔逃。刚才还望之垂涎的饭食也顾不上吃了，连薳延将军的号令也没人理睬了，没头没脑地乱跑。队伍乱成了一团糟。大家都为了活命奔跑，却不料自相践踏，死的人更多。再加上吴军一阵冲杀，这些清发水一役的幸存者，不消一顿饭的功夫，就全部丧命于此。薳延也不能幸免。为他驾车的御者仓皇逃命，将他抛在车上。他被夫概赶上前一戟刺死。

吴军大获全胜，令吴王阖闾得意非常。望着隔岸的郢都，他放声大笑：“楚子小儿，看寡人亲手砍下你的首级，饮庆功酒。”

那狂傲放肆的话语，那挥洒豪放的神态，十分明白地显现出他决不甘心做一名平庸的君王，他要做威慑天下的一代霸主！

这个愿望由来已久，只是以前他还是公子光。这个念头只能深深地埋藏在心底，从未敢吐露半点。刺杀王僚后，他顺利地当上了吴国的大王，但吴国势小力微，使他未敢过分地张扬。而此刻他统率大军，打得历来在南方称霸的楚军节节败退。唐、蔡两国国君甘心情愿地随在他的麾下俯首听命。这在历代吴国君王都是从未有过的事。他为此颇感骄傲和自豪。

志得意满之际，他没有忘记帮助他取得这些胜利和荣耀的人。

吴王阖闾对伍子胥和孙武两人大加称赞："两位智谋过人，用兵如神，破楚之后当封第一功！"

伍子胥胸中满蓄仇恨的烈焰。他不在乎什么功劳、爵位，只说："臣不敢领功，只请大王答允一件事。"

"哦？子胥只管讲来。"吴王阖闾兴致勃勃，半眯起眼睛眺望楚国山河，一边随口答道。

"臣与楚平王有不共戴天之仇。平王虽死，此恨难消。臣要掘墓鞭尸，为父兄报仇。"

吴王阖闾听罢哈哈大笑："好！寡人拨给你三百亲兵，帮你挖那老儿的坟墓。你记着替寡人多赏他一百鞭。"

伍子胥感激涕零，当即跪下谢恩："多谢大王！"

"起来！起来！"吴王阖闾亲手搀扶，并说，"卿家的仇人就是寡人的仇人。爱卿何必言谢？"

他的目光转向孙武："孙将军有什么请求，也只管讲来。"

孙武说："臣无求无欲，只想提醒大王一句——郢都近在眼前，我军固然胜券在握，然楚国左司马沈尹戌听闻囊瓦柏举大败，必定火速回兵。此人足智多谋，用兵老辣，非囊瓦、薳射等人可比，大王须格外提防此人。"

吴王阖闾笑道："囊瓦逃窜，薳射已死，只剩下沈尹戌一人，纵有能耐，也是独木难支。将军不必多虑。"

孙武听吴王阖闾这样说，也就不再作声。他的眼角余光忽然瞥见夫概脸色阴沉，似有不满之意。孙武不禁有些纳闷，想起与楚国交战以来，夫概身先士卒，英勇无敌，可算得一名骁将。清发水一役又是他提出以计谋智取的办法，故意放楚军渡河，等过一半，才发动攻击，轻松取得胜利。孙武暗想："此人武功、智谋皆在众人之上，可算出类拔萃。大王却为何从未对他格外施以奖赏？"这么一想，便觉出些蹊跷来了。但他不愿介入复杂的王室内部纠葛，移开目光，不再多作考虑。

吴王阖闾带着不可抑制的兴奋和自傲，传下命令："三军饱餐战饭后，即刻渡江破郢！"

众将士也都格外兴奋，吃着楚军煮得香甜的粟米饭，一边望向只隔一江之遥的郢都，憧憬着攻破郢都后的喜悦。

吴王阖闾与将士们一同进餐，但他食不甘味。在等待了十多年后的今天，他终于走进楚国的版图，第一次这样接近地凝望郢都——这个使他魂牵梦绕、日夜挂怀的地方，十多年的艰辛和苦苦等待啊！他自信在这一点上并不逊于急躁的伍子胥。伍子胥仅只是出于狭隘的复仇心理，其实楚平王、费无极都已死去，仇恨既失去了对象，这时候复仇便成了一种自欺欺人的借口。而他阖闾为着光大吴国的目的，第一个目标便是楚国。楚国在南方世代称霸，曾经问鼎周王，威力震慑天下诸侯。打败它，吴国就可以一举代之成为南方霸主，然后再图中原。这是一个十分理智的计划。

可是，当郢都近在眼前，胜利即将在望的时刻，吴王阖闾心底里忽然起了一种惊慌恐惧的感觉。一个从未有过的念头突然间闯入他的头脑里："打败楚国后，吴国真的可以称霸天下吗？"目前的节节胜利虽说是十多年的艰辛努力得来的，然而，在很大程度上也是沾了时势的光。虽然阖闾自己不愿意承认这一点。但他忘不了当听说沈尹戌设计前后夹攻吴军时，他所感受到的恐惧和压力。假如楚军内部没有错综复杂的矛盾，假若囊瓦听从沈尹戌的建议，那么一切都将是另外一种情形。此刻，倒毙在地上的将会是吴军将士……

吴王阖闾不敢再想下去。在异国作战，一旦失败，谁都清楚结果会是怎样。他的额头浸出了细密的汗珠，扪心自问："难道所取得的胜利竟是这样侥幸换来的？"多么脆弱的成功啊，简直不堪一击！他举目四望，楚国山河辽阔广袤，哪里能望到尽头？自从九月出兵以来，大军跋涉奔波，转战千里，才仅仅到达楚都的大门口。这是怎样强大的国家呀！一旦它停息了内部的自相残杀，再次振作起来，天下有谁是它的对手？吴王阖闾这时完全失去了先前的骄傲和锐气。他十分惶恐地想："此次攻伐楚国，会不会反倒惊醒这个沉睡的巨人？此刻所取得的胜利，会不会就是将来亡国的根由？"

吴王阖闾慢吞吞地吃着饭，每一口都像咬在自己身上，每一口都像在吞咽着自己的血肉。但他不能在属下面前显露出任何惊惧、不安的神态和举止。他在思考，在即将攻下楚国都城的时刻，怎样才能说服众将士接受撤军的命令？这显然是一个难题，没有人会同意在这个时候撤军。然而，使阖闾陷入这个难题的却是他自己。他先前只是过多地关注霸主的威风、显赫，如今，置身楚国，他才真正感受到楚国的可怕。但为时已太晚了。

最后，他总算摆脱了这种苦恼。因为伍子胥快步走到他跟前，说："据探子禀报，楚国左司马沈尹戌正率军从后面杀过来……"

"擂鼓——准备迎敌！"他几乎不假思索，就脱口答道。

伍子胥领命去了。吴王阖闾站在原地，怔了一会儿，终于明白自己的理智被欲望击败了。每到关键的时刻，渴望成为一代霸主的欲望便压倒一切地控制了他整个人。不过这样一来，他倒不必再烦恼，重又恢复了往日的勇武和生气。

沈尹戌率部风驰电掣般地出现在吴军面前时，任谁都能看得出这是一支疲劳困顿的军队。令人吃惊的是，这支显然经过长途跋涉的军队，居然还保持着一股旺盛的士气。

吴王阖闾不敢轻敌。他首先派出先锋夫概迎战，借以试探对方的虚实强弱。

沈尹戌熟知兵法，晓得此刻敌强己弱，不宜与敌军硬打硬拼，当下摆动旌旗，命令军士疏散开来，布了一个疏阵。在队列稀疏的地方多竖旗帜，把光亮锋利的武器插在旗帜旁边，虚张声势，使敌人不敢小觑楚军的实力。这就是兵法中所谓的“虚实变幻、诡秘莫测”。楚军兵力少，所以沈尹戌故意显示出强大的威势。他在四周多设军兵，尤其队伍前面排下精锐部队，中间却加大行列间的距离和间隔。经过这样一番部署，仅只有万余人的军队，外表看起来倒似有五六万人一般威武浩荡，气势惊人。

夫概久经沙场，熟知兵法，一见这个阵式，便疑心是个疏阵。沈尹戌善战的英名，只是加深了他的戒备之心罢了。他催动战车，冲在最前面，是士卒们奋勇争战的最好榜样。哪知道一阵疾冲，刚刚接近楚军阵列，忽听对面阵中一声金鼓骤响，阵式起了变化，手执戈盾，肃然挺立的楚军身后抢出一队弓箭手，千矢齐发，一阵猛射，冲在前面的吴军步卒登时倒下一大片。夫概左手执盾挡住身躯，右手挥戈拨打箭矢，未曾损伤分毫。但见属下伤亡惨重，原本准备下的弓箭手又被对方的凌厉攻势压得抬不起头来，夫概只得下令暂时退却。他心思细密，唯恐楚军乘机追杀，命铁甲军手执大盾，压住阵脚，余部徐徐后撤。

楚军旌旗指处，由阵中冲出五十辆战车。每辆战车跟随七十二名步卒，连同车上三名甲士，一共三千八百人。另有三百人作为后备，共计四千一百人，一起追杀过去。夫概部署在后面的铁甲军不惧箭矢，但被楚军战车一阵冲杀，又死亡五百余人，登时乱了阵脚。

吴王阖闾见了，忙命伍子胥前往救援。沈尹戌率军远道而来，士卒疲累，不愿恋战，便乘此机会收兵。吴军忌惮沈尹戌善于用兵，也撤兵罢战。两下相隔二十里扎下营案。

沈尹戌明知此时敌众我寡，兵力对比悬殊，担心被吴军探得真相，从此再无顾忌，吩咐搭设营帐时多搭帐篷，点起许多火把。吴王阖闾、伍子胥、孙武等人远远窥见，俱都暗自惊心。但郢都已然在望，吴王颇不甘心就此退走，无功而返，于是传令众将士加强戒备，小心谨慎，并召集高级将领连夜商讨对敌之策。

这一夜，月冷霜浓，吴楚双方统帅都无法入眠。

吴营众将共同商讨破楚之计的同时，沈尹戌也在辗转反侧，苦思对策。

柏举一役后，楚军主力部队几乎尽丧。史皇、武城黑、薳射、薳延等众多将领相继牺牲。楚军方面可算是伤亡惨重，元气大损。而吴、唐、蔡三国同仇敌忾，出兵以来，节节胜利，气势锐不可当。以沈尹戌率领的区区万余疲乏困顿之师，又岂能挡得住阖闾率领的吴蔡唐三国的六万大军？这一仗必败无疑！

沈尹戌想到此事，嘴里不免有些发苦。他并非妄自菲薄，也不是自灭志气。只因他清楚，战争乃是一种十分残酷的游戏，必须很严肃地面对它，来不得半点虚妄和幻想。作为一名身经百战的名将，他自认已经深谙其中的奥妙。双方尚未开战，他便能预先知道哪一方会取胜。这话听起来像是很玄妙，说穿了其实很简单，只需把作战双方所具备的实力以及天时、地利放到一起，一经比较，便可决出胜负。

比如，此时的吴、楚双方，吴国三万多人马再加上唐、蔡两国三万余军士，总数多于楚军。这场仗不用打，楚军便已是输定了。历史上也曾有过以少胜多的时候，柏举之战便是一例。但当时与此际的情形大不一样。柏举之战，楚军兵力虽多，先就失去了天时地利。楚军统帅昏庸，又少了人和。双方交手，楚军实际并不占优势。更何况吴军统帅阖闾、伍子胥、孙武个个善于智谋，讲究出其不意，攻其不备。囊瓦中了敌人的计谋尚且不知晓。这场仗吴军自然会胜券在握。

细思此时楚军的处境更是大大的不妙。敌方六万气盛的兵力对付万余疲惫不堪的楚军，其结果是可想而知的。“只是可惜了这些军兵！”沈尹戌痛心地想，“三年训练，一番苦心经营，不意却是断送在今朝！”他自信训练的新军论能力和战斗力，绝不在吴军之下。只可惜天不佑人，情势所迫，一则兵力相差太过悬殊，二则失却了天时地利，再加上一路急行，日夜兼程，连战马都禁受不起，何况是人？他本欲用计拖延些时日，待休整将养之后再与吴军交锋，但想起精明狡猾的阖闾，只得打消了这个念头。

思忖良久，他起身来至帐外，命人传唤沈诸梁进来。不多时，沈诸梁走进大帐，行过拜见礼后，说道：“深夜传唤，不知有何吩咐？”

沈尹戌示意他在自己对面坐下，轻轻取过一柄铜勺，舀起一勺清酒，倾倒在觯中。

他神色平淡，一边倒酒，一边徐徐说道：“与吴军一战，势难避免，我想听听你的意见。”

这个问题沈诸梁已考虑了很久，此刻听父亲问询，他仍然沉思了好一会儿，才回答道：“敌我双方势力悬殊，况且，我军远道而来，劳困疲乏，这一仗实难取胜。”

沈尹戌无语。

话一出口，便觉过于率直，沈诸梁忙飞快地瞟了一眼，见父亲神色如常，正慢慢地饮啜清酒，这才稍稍宽心。但沈尹戌不说话，他也不便再贸然开口，只有这样等着。

沈尹戌饮尽觯中酒，将觯放下，用左手抚了抚胸前长须，开口说道：“就算要败，也有不同的败法。大伙儿倾尽全力，与敌军决一死战，拼个全军覆灭，报答先王与大王的恩典，这是死战之法。知难而退，撤回郢都，以一时战败的耻辱企图来日报仇雪恨，这是向死里求活。忍得一时辱，保留下一点实力，保卫大王的安全。依你看，这两种法子，哪一种使得？”

沈诸梁道：“声名是身外物，为臣子的首要职责是保护大王不受伤害。”

沈尹戌微微点头：“说得好！身为大将者，最忌贪图虚名浮利。你能够看淡声名，这一点最是难得。”

沈诸梁道：“父亲平日的教诲，孩儿不敢忘怀。”

沈尹戌点头，微笑。不知怎的，在他笑容中竟似有种凄伤难言的意味。但他的仪态依然稳定、沉着。

沈诸梁脸上也绽开了笑容，说：“既然父亲赞同儿子的意见，那么，是否要传令下去，大伙儿强渡汉水，撤守郢都？”

他一直担心父亲将要以死报国，这时突然放下了胸中的大石头，心情变得轻快了许多。

沈尹戌道：“是你要撤回郢都，并不包括我在内。”

就算耳边突然响起一声霹雳，也不能令沈诸梁像现在这样震惊。他脸上刚刚绽开的一点笑容，立刻冻结了。他突然间变得手足无措起来，慌乱地望向对面的老人。因为他很清楚方才那句话将会带来什么样的后果。

沈尹戌不慌不忙地说下去：“目前，军中尚有一万五千人。你带领五千军士返回郢都，回去保护大王。我和留在这里的一万名军士，尽一切努力，拖延吴军进攻郢都的时间。你们可以在这段时间里撤离郢都。记着！一定要让大王先行悄悄地撤出郢都。吴军来势凶猛，不可挡其锋芒。郢都万难保全。只要保得大王无恙，等阖闾他们自以为取得胜利，斗志松懈下来，那就是反击的最佳时机到了。”

他在教授儿子克敌制胜之策。但沈诸梁根本无法听进去，只说：“儿子愿与敌誓死周旋。爹爹深谋远虑，撤回郢都，正可协助大王击败吴军。”

沈尹戌沉下脸，道：“这里是军营。自古军中无父子，你敢违抗军令？！”

沈诸梁慌忙跪倒地下，道：“臣不敢！”

沈尹戌道：“我调兵遣将，自有我的道理，并非念什么父子之情。你年纪轻轻，已颇具才干，日后成就不可限量，死在此地实在可惜了。何况保卫大王并非易事。楚国五百年基业、宗庙社稷，一旦毁于敌手，妻儿家人、田产财富瞬间丧失净尽，又有哪个肯让大王离去？重任在肩，岂容你轻易推卸！”

沈诸梁答应了一声："是！"两行热泪夺眶涌出，沿着脸颊流淌下来。

沈尹戌伸手扶他站起，替他拭去脸上的泪滴，沉声道："我军虚张威势，只能瞒得过一时。拖得久了，被吴军窥破真相，再想走就来不及了。你须速速带兵离去！"

想到马上就要永诀，万难重聚，沈诸梁再也抑制不住汹涌沸腾的情感，扑倒在沈尹戌脚下，叫道："父亲！您是支撑楚国大业的磐石。楚国不能没有您！子高无能，不能担负光复的重担，情愿以死报效朝廷！"

沈尹戌望着他，轻轻地叹了一口气，说："生死早该看淡了。"

的确，身经百战，看惯了拼杀搏斗，对于生死，沈尹戌早已视之淡然。目睹清发水满河的尸身，刺目的血水，他于心痛之余，也变得麻木了。此刻，再看人间万象，生离死别，都只如一抹轻烟罢了。

他淡然地微笑着，举起铜勺，倾满一觯离别酒，推到沈诸梁面前："饮尽此酒，你就该上路了。"

吴营中，气氛紧张。因为众将怎么也想不到，吴王阖闾竟会在此时提议撤兵。

伍子胥的满头白发几乎全都要竖起来了，神情激动地说："臣请大王三思！眼下郢都已然在望。楚子小儿实如囊中之物，探手可取。大王千万不可错过歼灭楚国的大好时机！"

吴王阖闾扫了他一眼，心中闷闷不乐。伍子胥忠于吴国，忠于自己。这是有目共睹、无可置疑的事情。但他念念不忘报复私仇旧恨，却未免太过固执狭隘，终究不是能够善终的样子。

吴王阖闾自顾想着心事，不发一言，在旁人看来倒像是被说动了似的，于是众人更加紧劝说。

等众人讲完之后，他望着夫概问："王弟为何一言不发？关于撤兵一事，你有何看法？"

第二十九章·血战雍澨

夫概道："我军自出兵以来，连战连胜，一路告捷。此时，轻言退兵，臣恐怕会堕了三军士气，为敌军所乘。"

"哦，原来你也是不赞同撤兵的。"吴王阖闾长吁了一口闷气，说，"众位将军所言固然不无道理。然我军此次倾巢而动，空国远征，从秋到冬，三个月来，跋涉两千里，军需粮草，每日消耗极大。虽然连战连捷，从无败绩，但不能因此便认为胜券在握，毫无顾忌。我听说天下从事战争的国家，一战一胜的，能够成就帝业；二战二胜的，可以称王；三战三胜的，可以称霸；四战四胜的，会导致国力疲弊；五战五胜的，就会招来祸患。旷日持久的战争，会使国家财力不继。如果军队疲惫，锐气挫伤，实力耗尽，那么，列国诸侯就会乘机发兵进攻。我军目前所幸尚未败阵，锐气未减。此时，退兵犹未算晚。等到被楚军击败，那时，只怕是有国难归了。"

其实还有一层意思，他忍住没有在众将面前讲出来。外国发兵进攻倒尚在其次，最令他深感担心的是：自己率师远征，会不会有人乘吴国内部空虚，抢夺自己的王位？这才是他真正最为关心的所在！征伐楚国，做一代霸主固然重要。但是，一旦失去王位，那一切都成了空话。离吴国愈远，他的担忧便愈深重。当年，他乘王僚一心攻打楚国的时刻，出奇谋，杀死王僚，当上吴王。他决不允许有人步他自己的后尘！

吴王阖闾神态威严地审视着众人的表情。他忽然哈哈大笑，笑声爽朗、豪迈：

"我军自出师以来屡败强敌，立下赫赫战功，足以威震诸侯，又何必于楚国毫不留情呢？所谓以仁服人，以德治天下，昔日三苗作乱，舜帝大修文德，作干羽之舞，终于感化苗人。舜帝不对三苗赶尽杀绝，正是教导天下人要心存仁爱，一味地血腥杀戮，只能徒然激起人们的愤怒。"

孙武微微欠身，从容答道："上古民风淳朴，宜用仁德感化教育，然而，这一套方法用在今世却不大适合了。大王岂不闻徐偃王好行仁义，不尚武力，结果为楚文王所灭吗？当此乱世，各国纷争不休，战争不断，周天子建立的诸侯国，于今已十去六七。单以汉阳而论，姬姓诸侯几乎被楚国尽数吞并。诸侯混战，民众也变得好勇斗狠。此时，用仁义去教育他们，难免会重蹈偃王覆辙。何况楚乃强国，疆土辽阔，控野千里，此刻它的内部动荡混乱，与各国之间的联盟也遭到破坏，这正是打击它，消灭它的良机，是上天赐给大王的恩惠。大王若不顺从上天的安排，就会触恼神灵，将会遭遇到不祥的事情。而且，楚国今日遭此惨败，日后一旦复兴，必定会报复吴国。大王一时仁慈，恐怕将酿成亡国的惨祸。”

吴王阖闾蓦地被孙武点醒，犹如当头浇了一盆冰水，遍体生寒，但更觉爽快。

他又是一通大笑，笑毕，说：“长卿啊长卿，你讲得像是很有道理。但依你所言，当今之世就行不得仁政吗？”

孙武答道：“施政不可拘泥于古法。当今之世，治心宜仁，治民须严。”

吴王阖闾点头，又问：“你说楚国乃是上天赐给寡人的恩惠？”

孙武道：“正是。大王自继位以来，饮食不兼二味，居处不用重叠的席子，用器不加红漆和雕刻，住的宫室不追求美观，所乘的舟车不加装饰，从不奢侈靡费，经常抚恤百姓。这些都是列国诸侯无法做到的，是效仿先圣大禹的做法。所以上天将富饶辽阔的楚国赏赐给大王，来表彰大王的善行。”

吴王阖闾听得十分满意。他忽然想起一件事，不觉又蹙紧了眉头，说道：“既然上天将楚国赐给寡人，为何那沈尹戌老儿故意阻挡，好不恼人。”

伯嚭生性圆滑，善于讲动听的言语。这时候，他忙抢着说：“大王！沈尹戌虽然有善战的美名，却又怎么能够阻挡大王的大军？以臣之见，不出三日，沈尹戌必然败北……”

一语未了，一名负责巡营守夜的将领走进来，俯身在孙武耳边低声说了几句话。孙武仔细听着，最后说：“知道了。”挥手命他退出帐外。

帐中众人都止住话语，只见孙武走上前几步，禀道：“大王，楚军在抢渡河的船只，像是要乘夜逃回郢都。”

吴王阖闾一直担心沈尹戌兵强势猛，不易对付。听到这话，他顿时觉得轻松了许多，笑道：“伯嚭大夫真好眼光，此番怕是被你说着了。”

伯嚭很是得意，也笑：“这都是大王的威名远播，连沈尹戌也不敢轻撄锋芒。”

“哈哈，果真是如此吗？”吴王阖闾兴致昂扬，拔出腰间佩带的长剑，手指轻轻地抚过森冷的剑锋，说，“沈尹戌一世英名，终究还是败在我的手下。今日一战，定要将他生擒活捉！”

近来接连打了几个漂亮仗，缴获许多战利品，吴军的军需装备也得到了补充，其中还包括近千艘战船。吴军自豫章南下，将舟船都停放在淮汭。这时吴军需要渡过汉水攻打郢都，正用得上战船。所以孙武命人将战船沿着汉水岸边停泊，另外拨了一支部队日夜看守。

沈诸梁打算将这些失去的战船重新再夺回来。他先派二十名精干敏捷的小卒去打探清楚敌军将战船停泊在何处，以及敌军守备情况如何。大约一顿饭的功夫，派出去的小卒陆续回来，报称敌军防守严密，沿河二十里布下重兵把守，无法靠近，只远远地望见河岸边密密匝匝的泊着许多战船。

沈尹戍眉宇间笼起淡淡的愁云，暗暗思忖："要夺回战船也不难。只需派一支军兵去攻打吴军大营，吴军必然慌乱。乘两军混战之际，子高便可夺船，渡汉水而去。然而，自己属下将士远途奔波，疲惫不堪，日间与吴军一场交锋，已然精疲力竭，需要好生休息调养。在这时候，怎能再要求他们披甲征战呢？"他心知将士们忠义可嘉，为保社稷安危，即使赴汤蹈火，也决不会皱一下眉头。但愈是如此，他愈是不忍心令他们妄自送命。

沈诸梁和父亲一般心思，沉吟片刻，说道："事到如今，只有出奇兵抢夺战船。但恐怕这样一来，倒暴露出我军的虚实，敌军没有了顾忌，便要打过来了。"

沈尹戍叹道："阖闾、伍子胥以及孙武等人，哪一个不是精明机智之人。能蒙骗过一时已算万幸，又怎能瞒得长久？你不乘今夜及早退走，拖得几日，再想走怕也难啦。"

当晚，沈诸梁挑选五千兵卒，悄悄带出军营，一路衔枚疾行，掩至汉水岸边。看看已到护船吴军的近前，连来往走动巡逻士卒的甲衣都瞧得清楚，这时沈诸梁才突然发出一声呼喊，冲杀过去。

负责护船的吴军虽时刻小心戒备，却也没有料到敌人来得这么快，听到喊杀声，人已到了眼前，矛刺戈戮，来势凶猛。吴军登时被杀得措手不及，一面点起火把向驻扎在远处的主帅示警讯报，一面仓促应战。

借着火把的亮光，沈诸梁看见停靠在河岸边的战船。他杀出一条血路，冲过去，用手中长剑斩断系战船的绳索，高声呼喊："大家不可恋战，快快上船！"他站在岸边，接应杀出包围的士卒，同时挥动利剑，逼退冲上来的吴军。楚军陆续登上战船，向南岸划过去。

这时，远处传来一阵喧哗呐喊之声，夹杂着战马嘶鸣声和车轮辗地的声音，声势极为惊人。沈诸梁凝神眺望，见无数支火把犹如一条巨大的火龙蜿蜒而来，显然是吴军大队人马闻讯前来援助。他心中盘算，五千名士卒多半已上船离去，大可不必跟对方倾力一搏。便召集余下的士卒上船，他自己走在最后，抢过来十几支火把丢在旁边几艘战船上。火把裹有油布，接触到木船，慢慢地燃烧起来，火势越来越大。等阖闾率众赶到时，只见烈焰腾空，火舌乱舞，那一大片的战船早被烈火吞没。沈诸梁乘着一艘大船随波而去。他站在船头，向众人拱手微笑，道："多谢诸位相送，在下就此别过。"

白白损失了百余艘战船，令吴王阖闾大为恼怒。他叫过来负责护船的将军，一顿叱责，再加上八十军杖，命人把那名将军拖下去受刑。可是心里的怒火还没有熄灭，他恨透了沈诸梁那含着嘲讽的微笑和尖刻的话语。然而，船已去远，来不及追赶，吴王阖闾只得恨恨地说："好小子！居然敢消遣寡人！"

一旁的伯嚭告诉他："那人是沈尹戌的长子，名叫沈诸梁。"

"又是那老匹夫！"吴王阖闾怒火上冲。当他发现楚军并未全部退走，尚余多数未曾离去时，就忍不住要指挥军队连夜攻下楚营。孙武道："大王，沈尹戌足智多谋，此时必定早有防范。倘若贸然攻入，只恐反中了敌人诡计。"

吴王阖闾重重地哼了一声，心中不快。

孙武又道："大王不必气恼，楚军今日虽然侥幸获胜，但也暴露了致命的弱点。以臣之见，此时楚军实已如强弩之末，外表威武强大，其实不堪一击。大王又何必急于这一时呢？来日再战不迟。"

"来日再战？"吴王阖闾冷冷地道，"沈诸梁星夜逃回郢都，必定是去请求援助。等援兵来到，那时越发难以对付那老儿了。"

孙武哈哈笑道："大王过高地估计了楚国的兵力了。柏举一战，囊瓦所统率的近二十万精兵尽皆丧命，楚军主力已然丧失殆尽。其后，薳射部下五万军兵又被击溃，死的死，逃的逃。只剩下沈尹戌一木独支，强撑局面。郢都自顾不暇，哪里还能抽出兵将前来援救？"

吴王阖闾的脸上慢慢地绽出一道笑纹，说："听你这么说，称王称霸，一向以武力强悍著称于世的楚国，好像已经到山穷水尽的地步了，是么？"

"确实如大王所言。"孙武恭声回答。

伯嚭也来凑趣："大王统兵击败强楚。从此，天下诸侯再莫敢小觑吴国。"

这句话正说在吴王阖闾的心坎儿上。他心中得意，不禁纵声大笑。

夫概一直望着沈诸梁乘船远去的方向。那边大火已被扑灭，由烧得不成样子的残船废骸上，升腾起一缕缕青烟。所幸船只都是分开停放，其余战船仍然整齐地停放在那里。江水拍打着木船，不疾不缓的。那声音像是在诉说着什么。

江风很凉，扑面刮过来，顺着脖颈将寒意弥漫在整个身子里。夫概裹紧了征袍，却依然驱不走那股寒意。

他低低的声音，喃喃自语似的说："沈诸梁星夜赶回郢都，不为搬取援兵，又是为了什么？"他想不通在大战前夕，沈诸梁为何要带领几千人一同离去。是沈尹戌早有破敌之计，有恃无恐？还是另有什么狡猾诡计？

吴王阖闾听到了，微微一怔，也感诧异，将疑问的目光投向孙武。孙武正要开口，只听伍子胥说道；“沈尹戌父子自命忠贞，此番沈诸梁返回郢都，其用意是为了保护幼主。沈尹戌看来是要在此地与咱们拼死周旋到底了。”

孙武道：“沈尹戌一世英名，哎……实在是可惜。”声音里充满惋惜和感叹。

夫概也不觉摇头叹息。伯嚭记起沈尹戌与父亲同朝为官，私交亦颇厚。父亲早死，沈尹戌也难免要葬身于此，他不由得一阵伤感。

吴王阖闾浓眉一轩，大声道：“嘿！这才是忠臣烈士，不愧为顶天立地的伟丈夫！”

他此言一出，在场众将都是心头一凛。

次日一早，吴、唐、蔡三国联军，排开阵式，向楚军发起猛烈进攻。吴王阖闾看穿了沈尹戌此时正处于困境之中，士卒皆疲惫困乏，郢都又决不会发来援兵，便乘着这难得的时机，吩咐属下将士，一鼓作气将楚军尽数歼灭。

夫概身为先锋，两军交锋抢在最前面。他吸取昨天的教训，一上来就命令士卒放箭，数千支箭矢同时射出去，黑压压一片，几乎遮蔽了大半个天空。弓箭手一边放箭，一边向敌阵逼去。步卒车骑紧跟在后面，队伍向前推进。楚军早有提防。步兵以盾牌护身，冒着箭雨向前冲杀。车兵身穿用丝绵织制严密的组甲，不畏惧对方射来的箭矢。战鼓擂得咚咚响，喊杀声震天动地。双方万箭齐发，箭矢密得像飞蝗一样。两方面都有不少士兵中箭倒下，但前面的倒下去，后面的人踏着尸体又冲上来。前仆后继，没有一个人犹豫退缩。战马被流矢射中，仍然带伤拉着战车向前飞奔，一旦伤重死去。车上的甲士便挥剑斩断系马的缰绳，毫不顾惜地继续向前冲锋奔驰。

沈尹戌站在战车上，一边指挥中军压住阵脚，一边关注着远处战场上的情况。

双方的先头部队一经接触，便展开了激烈的搏杀。这时候，弓箭已失去了效用。矛、戈、戟、殳这些长且锋利的武器派上了用场。士卒们呐喊着，挥动手中武器冲杀搏斗，矛刺、戈击、戟搠、殳戮，楚军一个个咬牙切齿，豁出了性命，抱定必死的念头，冲上战场就没有打算活着回去，杀死一个敌人够本，杀死两个还赚一个，死了也不冤枉！他们都是沈尹戌辛苦训练出来的精兵，身手敏捷，勇武过人自不必说。单这股敢打敢拼的凶狠劲儿，便让敌兵胆为之怯。吴军也是久经磨炼的精锐之师，可是相比之下，就不免逊色一些。况且楚国实力雄厚，士兵装备精良，连身份最卑下的步卒也身穿以生丝缀结的披练甲，比吴军身上穿的粗笨的革甲更能有效的保护身体。一场鏖战，吴军死伤人数大大超过楚军。夫概见情势不妙，又心疼自己的部属，忙向孙武请求支援。

孙武挥动令旗，伍子胥、伯嚭两人率领两万士卒，如同两股旋风搅进了杀得昏天地暗的战场。

两支生力军一经加入，战场上的情形立刻发生了很大的变化。已经累得精疲力竭的楚军，失去了原来的优势，原本巧妙无穷的阵势被冲得七零八落。

当沈尹戌看到两股吴军冲过来时，便即率领中军和后队向前冲去。令人痛心的是，他们晚了一步。伍子胥毕竟是久经沙场的无敌英雄。他的部下行动快捷的程度，沈尹戌没有料到。他更没有料到，伍子胥真个亲自无情地击杀养育了他的楚国人！

沈尹戌恨得双目冒火，须发皆张，喝令甲士驱车向前猛冲。他要寻找使楚国遭受丧国之辱的伍子胥决战。他要亲手杀掉这个背叛楚国、屠戮楚人的丧心病狂的祸首！

在他驱车冲向敌军的同时，命令掌旗官挥动大旗，引导中军和后队各自组成一个阵式，随他冲向敌军。他久经沙场，武艺高强，戎车过处，只见敌军血肉横飞，真个是挡者披靡。吴王阖闾看见沈尹戌在战场上英勇无敌，没有一个能招架住他三招。吴王阖闾仗着己方人多势盛，惧怕沈尹戌的那点心理被淹没了，顿时起了好胜之心，执意要上前和他比个高低。

孙武笑着劝慰："大王，今日的沈尹戌已经成了网里的鱼，刀砧上的肉，用不了几日，就会任由大王宰割。大王又何必以千金之躯踏入危地呢？您只消耐心地等待，便可以看到沈尹戌败亡的样子了。"

双方实力强弱早分，胜负也似乎是已经注定了，无法改变的。这也难怪孙武会笑得如此自信。然而，沈尹戌并不甘心立刻就溃败得不可收拾。他拼却了手下这万条性命，目的是拖延吴军攻入郢都的时日。如果做不到这一点，那么牺牲就白费了，死也死得不值。

沈尹戌在战场上往来冲杀，将先头部队中现存的所有战车和中军、后队的战车组织起来，连成一个圆圈，车兵站在车上和外围的敌人作战，步卒挥戈把圈在里面的敌军尽数刺死，然后拿起弓箭同车兵一起作战，近刺远射，杀伤了无数敌军。

楚军三阵联合，组成了一个圆阵。吴军虽然很难突破战车的阻挡冲杀进来，但是密密匝匝地将车阵围了个水泄不通。楚军也没有足够的力量杀出重围，战斗进入了相持阶段。

这时，天已经黑下来了，孙武命令士卒们点起火把，继续围攻楚军，不彻底击溃楚军决不撤兵。吴王阖闾亲自擂鼓助阵，激励三军斗志。

战场上，喊杀声冲天，到处都是兵刃交击的声音，震耳欲聋。

这是一场极其残酷激烈的战斗。然而，这些搏杀中的人们的心理却不尽相同。伍子胥原是沈尹戌的子侄、部将，如今虽说投了吴国，但他无法对旧时长者的部属大肆屠杀。在他刚强的性格里还存着善良的影子，所以与楚军对敌时，并不努力死战。伯嚭十分聪明，他见伍子胥不肯拼命作战，自己也不卖力气，喊声响亮，但长戟刺出去，总是偏着几寸，不往对方的要害部位招呼。夫概则是出于保全自己实力的私心，并不鼓励士卒不顾一切地冲杀。这三员吴军主将虚事敷衍，唐、蔡两国的君主却是憋足了怒气，指挥属下兵卒拼死战斗。曾经无礼对待他们的囊瓦兵败逃走，非但没有平息他们的怒火，反倒使他们越发痛恨楚国，真恨不得楚国一败涂地，永无复兴之日，方才消了这腔怒气！这样一来，在战斗中出现了一种奇怪的现象，向来软弱的唐蔡两国的队伍奋勇争先，舍生忘死，精锐强悍的吴军倒像是失去了原有的锐气。

吴王阖闾和孙武明知其中端倪。但是，谁也不说，佯做不知。阖闾将战鼓擂得咚咚响，配合吴军洪亮威风的喊杀声，听起来倒也杀气腾腾。也亏得吴军将士不拼死冲杀，楚军才得以保持不被击溃，仍然同数倍于己的敌人顽强搏斗。

第三十章·以身殉国

这一仗，一直持续了两天两夜。三万唐蔡军士牺牲过半。吴、楚两国的士卒也各自折损数千人。阵亡的士卒尸体横倒竖卧，堆积叠垒，几乎和战车一样高低。军士们便站在战友的尸体上和敌军作战，脚上穿的芒草编织成的履都被血水浸湿，粘在脚板上，很不舒服。但这时每一个人都只是机械地挥动手中的兵刃，一个劲儿地冲杀，要么杀死敌人，要么被敌人杀死。相比之下，楚军的情况更惨。他们长途跋涉，没有经过任何休整，就投入到这场漫长而残酷的战争中。士卒们都战得脱了力，箭矢射光了，兵器卷了锋刃，就从地上捡起死难者的武器再接着战斗。沈尹戌平日的教诲在此时发挥了极大的作用。楚军以令人无法置信的顽强毅力，击退了唐、蔡、吴三国军队一次又一次的进攻。

当时间推迟到第三天的午后，用数百辆战车组成的严密阵势，终于有一角被突破了。杀红了眼的敌人立刻像决了堤的河水一样涌进来。沈尹戌十分清楚，这一次再也无法抵挡住敌人的进攻了，但他仍然催促御者驾车冲过去。

驾车的御者有些迟疑，说："司马，敌人这么多，咱们还是设法突围吧。"

沈尹戌气得脸色刷白，劈手夺过马鞭，向他头上、身上打下来，嘴里骂道："没有骨气的奴才！将士们都在拼死厮杀，你却只想着逃跑。敢再提一个字，看我先取了你的贱命！"

他平日里治军虽严，但从不打骂属下，此时气恼之极，完全失去了常态。

那名御者骇得胆战心惊，不敢开言。右侧的武士忍不住说道："司马，我等并非贪生怕死，只是……司马爵高位崇，身负朝廷重望，白白丧命于此，岂不令人惋惜！"

沈尹戌听他言语挚诚，这才明白是自己责怪错了。当下将鞭子抛开，慨然叹道："你们懂得什么？将军战死沙场，死得其所。岂有叫将士们卖命，自个儿独自逃命的道理？"

说到此处，沈尹戌想起囊瓦贪权误国，临阵逃窜的丑行，不由得提高了声音，道："你们再劝我逃命，那是要让我效囊瓦鼠辈，贪图苟活一时，倒让千载之后骂我沈尹戌胆小怕死，愧为荆楚男儿！"

这一番话义正辞严，豪气干云，御者和武士都不敢再劝，一齐说道："司马教训的是。咱们今日便血战到死！"

这时候，越来越多的敌人冲杀过来，与楚军展开殊死搏斗。沈尹戌挥戈刺死十几个敌兵，忽然在乱军中看见伍子胥的旗帜，就撇下面前的敌人直冲过去。但是，不久沈尹戌又被对方三名将领围住。他挥戈左砍右杀，接连砍死两名将领，臂上猛地一疼，已经中了流矢。他奋力杀死剩下的那名将领，然后拔出箭，从伤口流淌出来的鲜血立刻把衣袍染成了红色。

沈尹戌忍住疼痛，继续同敌人厮杀，但毕竟伤了一条手臂，挥戈刺杀时，不再像以前那样运转灵活。不久，他的身上又添了两处伤口。

四面都是混战的将士，然而形势对楚军很不利。敌人仗着人多势众，把楚军分割开来围攻，往往数十人合起来对付数名楚军。这种方法沈尹戌曾经用来对付拦路的强徒，法子虽不新奇，可是十分有效。楚军将士纵然个个英勇顽强，最后仍然免不了乱刃分尸的结局。

沈尹戌一面与敌人交战，目光逡视之间，已经隔着迷濛的烟尘看到了大批死难的将士。

终于接近早已预料的结果了。沈尹戌非常镇静。他大声呼喊，激励他周围的将士以死报国！

更多的敌人向他所处的地方蜂拥过来。大家都看得出，他就是楚军的最高统帅，杀死他是大功一件。为了抢功，众人奋勇争先，唯恐落在后面。

沈尹戌陷在重围中，坚持着最后的战斗。这种战斗，既不是为着胜利，也不是为着突围。他盼望自己能多牵制一会儿敌人。他只希望在自己倒下之前再多杀死几个敌人！

御者和随侍的武士先后倒在血泊中，停止了呼吸。他们身上的伤口多得几乎无法数得清楚。

沈尹戌的肋下又被长矛刺中了。这一下刺得很深。矛头卡在肋骨中一时难以抽回。就在对方一怔的功夫，沈尹戌挥起长戈，将他挑落车下。左手拔出长矛，刺穿了另一名敌人的胸膛。在场的众人都是杀人不眨眼的勇士，但见到他这般威风，这股狠劲儿，也不免心里生寒。他又杀死几名敌人，身上又多了五处创伤。他知道自己快要支持不下去了。那些大大小小的伤口，似乎已经不能使他感受到痛楚，身躯也似乎变得麻木，不能使唤了。

而此时敌人不知为何忽然停止了进攻。他不明白其中的缘由，乘着这个机会停下来暂作歇息。他的右肺叶被兵刃刺破了，呼吸变得十分艰难，只能张大口，用力呼吸。但由于伤痛，使他咳嗽不止，咳出来的都是粘粘的血。

像是从远处传过来一阵呼喊声，乱糟糟的，听不真切。他睁大眼睛，看见围着他的唐国、蔡国、吴国的将士们的嘴唇一开一合，原来是他们都在讲话。又过了好一会儿，他才渐渐听懂了，哦，是吴王阖闾在劝他投降。

他冷笑。吴王阖闾算什么东西？不过是自己当年的手下败将而已！

他再次眺望战场。战斗已经临近结束。一眼望过去，遍地都是死尸。战马也大半僵卧战场。那些曾经驰骋奔突的战车，有的被掀翻倒在地上，有的还好端端地停在那儿。可是英武威风的武士变成了冰冷的尸体。就是再好的战车让人看着也觉凄凉。寒风中飘送过来兵刃撞击的声音，实在比先前单薄多了，稀稀落落的，再没有那种万夫争先、杀声震天的气势了。

乱军中，一个精瘦的士卒比其他人都更加勇猛。他挥动手中长矛，刺死许多敌人，向这边冲过来。那股凶猛劲儿，真像扑下山林的猛虎。好熟悉的身影，他是谁？好像是在哪儿见过。

满头白发的伍子胥突然闯入沈尹戌的视线里。这个无耻的叛国者！沈尹戌怒骂。

伍子胥面无表情。也许是心情太过复杂，别人无法从面上看出他心里究竟在想些什么。他也在劝说沈尹戌投降，说什么吴王大人大量，不计前嫌。沈尹戌只要肯投降吴国，定然官封上卿。

“呸！”沈尹戌把满口血水尽数喷吐到他脸上，怒喝，“楚国只有断头将军，绝无投降的懦夫！”

吴国军士见将军受到这等羞辱，哪里还能按捺住心头怒火，一齐举起矛戈，要将沈尹戌当场砍成肉酱。

伍子胥喝止住众人。他自已用手揩抹面上淋漓的血水，心里说不出是何滋味。

远处，吴王阖闾站在高大的战车上凝神观望，锐利的目光紧紧地盯住伍子胥，不放过他面上的任何一丝细微的变化。

未至隆冬，可是天气冷得出奇，满地的鲜血都结成了薄冰。凛冽的寒风扑进沈尹戌胸前洞开的伤口。透过破碎的肺叶，仿佛将那股寒意一直吹到他的心底里。他全身上下几乎都在流血。他所有的气力就随着那一滴滴流淌的血液一齐流失。他有些站不稳，得倚靠长戈才得以保持站立，不使自己摔倒。他知道一旦摔倒将再也无法站起来。

“宁死沙场，决不投降！”他这样激励自已，用尽全部力量从腰间拔出佩剑，往脖颈抹去。

哪知伍子胥挥长矛一挡，他的长剑便脱手飞了出去。伍子胥像是在叹着气，说：“吴王要你投降，岂能就这样让你自刎而亡呢？”

就在这时，那个精瘦强悍的士卒杀进重围，一直来到沈尹戌面前。他的头盔不知道什么时候已经失去了，蓬头乱发，形象狼狈，但顽强不屈。

只见他扑到沈尹戍面前，放声哭道："司马，弟兄们，全都战死了，没有一个投降的。他们没有辱没司马的英名！"

沈尹戍感叹道："好！好！……"

他望着眼前这个勇敢的战士，问："你叫什么名字？"

那人答道："小人吴句卑。"

沈尹戍想起来了："哦，你是令尹阳匄的家臣。你不该遇到我。本来你还能多活几年，跟着我反倒断送了性命。"

吴句卑道："小人能跟在司马身边，是小人的福分，死了也不后悔。"

他站起身，面对着密密麻麻，数也数不清的敌人，毫不畏惧，大声喊道："有本事的先过来杀死我吧！我一时不死，你们休想伤害司马！"

本来要杀死他易如反掌，但伍子胥早已传令属下众人，不准擅自动手。所以任凭他怎样叫骂，竟没有一个人向他进攻。

沈尹戍看到这个情况，向吴句卑道："你过来，我有话说。"

吴句卑忙回身，走过去。这时，沈尹戍已十分虚弱，嘴唇开合，声音极是低微。吴句卑将耳朵贴近他的嘴边，只听他低声说道："我不行了。你快将我的首级砍下来，免得我生受吴人凌辱。"

吴句卑心中凄苦，大声道："司马！小人和你死在一起！"

沈尹戍料定到了此时伍子胥并不动手杀害吴句卑，那是有意饶他一命了。但他恐怕吴句卑不肯独活，白白地死在此地，便说；"你速速砍下我的首级，带回郢都，去见楚王。切记！切记！"吴句卑不忍心那样做，但他又不能违抗沈尹戍的命令，一时犹豫难决。

沈尹戍尽力大喝道："赶快动手！"由于用力过猛，身上本已淤血凝结的创口重又迸裂开来，鲜血直流。

吴句卑见此情形，不敢再拖延耽搁，含泪抽剑出鞘。

先时沈尹戍和吴句卑低声说话，伍子胥无法听清楚，不明就里，等到后来沈尹戍大叫："赶快动手。"他便已觉出不妙，又见吴句卑举剑去割沈尹戍的头颅，不由得又惊又怒，大声喝道："你干什么！"

喝声出口，长矛也已挥出！

将吴句卑刺出的剑格挡得直飞起来。

吴句卑用手紧紧握住长矛，高声叫骂："伍子胥，叛国逆贼。你屠杀自己的同胞，你不是人！"

沈尹戌拼尽所有的力气，扑过去，接住飞落下的剑，一手持长戈稳住自己的身躯，一手持剑，冷眼睨视吴王阖闾、孙武、伍子胥。三人被他冷厉的目光震慑，都觉心底生寒。

沈尹戌回眸望向郢都的方向，嘴角牵扯，绽出一抹笑意，仰天道："老臣为国战死，报国恩重，天佑我楚，复我河山！"

只见，剑光一闪，沈尹戌的头颅滚落到战车上。

断了头的腔子里没有喷出多少血。

他满腔的热血早已倾洒在这片荆楚大地上，几乎殆尽！

他高大的身躯仍然屹立在战车上，一手持戈，一手持剑，保持着决战的姿态，挺立不倒。

人头滚落的那一刹那，吴句卑眼前一片血红。他看不见其他任何东西，只觉那片淋漓的色彩刺得眼睛生疼。他想哭，却哭不出来，眼泪也像是全流干了。

他怔了一阵，才记起沈尹戌临终前的遗言，放开紧握着的伍子胥的长矛，撕下裳裙，包裹住沈尹戌的头颅。他把头颅捧在胸前，一双目光呆滞、充满血丝的眸子瞪视着伍子胥。伍子胥生平第一次生出一种毛骨悚然的恐惧。他不由得向后退了几步。

在场的所有人全都惊呆了。喧嚣纷乱的战场突然间陷入了一片异样的寂静中。每个人都有做梦的感觉。谁都不敢相信眼前发生的一切竟是真实的！

只听见——鲜血滴溅下来的声音——嘀哒！嘀哒！

每一下听起来都是那么惊心动魄！

吴王阖闾的战车缓缓地驶过来。他轻轻地摇着头，说："好一位忠臣！好一位义士！楚国有这样的人才，实在不枉了勇武的威名！"

他又叹息着道："寡人现在才知道佞臣奸人实在抵过几十万大军。倘若没有囊瓦贪权误事，这场战争的败亡者就不会是楚人，此刻血染沙场的将是我们吴国的儿郎……"

他在心底里作了一个比较，发现如果易地而处的话，吴国军队也许无法如同楚军那样勇往直前，百死无悔。他叹了口气，挥手命令队伍返回军营，待休整之后，再行渡过汉水，直取郢都。

伯嚭显得有些迟疑。他指着吴句卑，说："这个人……难道就这样放了他不成？"

伍子胥脸色铁青，不发一言。孙武低声说："楚国败局已定，此子一力难以回天，不如索性饶了他。这也是大王敬他是个忠义的汉子，格外开恩。"

夫概冷眼旁观，忍不住小声骂道："人都快死了，还不肯放过，真他妈的不是东西。"

天色暗下来。飘扬飞舞的旌旗渐行渐远，远得几乎无法分辨出那上面鲜艳的色彩。吴、蔡、唐三国的军队已经去远。军队行进时荡起的冲天烟尘也早已消散。

沈尹戌的身躯依然挺立未倒。

寒风里送过来江涛拍岸的声音，时断时续，听来犹如哭泣。吴句卑望着停止了厮杀的战场，望着堆积满地的尸体。他干涩的眸子有些发酸，用嘶哑的嗓音说了一句："司马！我带你回家。"

他将盛着头颅的包裹珍重地放在一边，跪在沈尹戌的遗体前，叩首跪拜，然后站起身。他枯瘦的手指抓住包裹，再次捧在胸前，不肯放松。

沈诸梁率领五千士卒星夜兼程返回郢都。他将士卒留在城外休息，自己片刻未停进入城中。

郢都繁华依旧，然而街市上来来往往的人们眉眼间都流露出惊惶的神色。吴国联合唐、蔡两国军队攻进楚国。人们不清楚前线战况究竟如何，但从越来越多的逃难的庶民那里，大家都感受到从未曾有过的惊慌和恐惧。执掌军政大权的令尹、司马率领楚国的精锐劲旅去同入侵者作战，郢都实际上变成了空城一座，毫无防守的能力。

这一仗，楚国输不得，也输不起。一旦兵败，郢都必将不保。先辈们数百年的苦心经营都将在顷刻间化为灰烬。城中数万民众也将流离失所，漂泊无依，甚或沦为亡国奴，惨遭蹂躏。

沈诸梁不敢去看那些可怜无辜的人们。他们此刻虽然惊慌惶惑，但至少还有一线希望，盼望着楚军能够凯旋归来，能够继续目前的太平日子。可是他带回来的却是最坏的消息，足以打碎人们所有的美好梦想。

马疾车快，不久来到宫门前。沈诸梁叫门请见，守门的卫士见他风尘仆仆，身披甲胄，知道是前线返回的将军。楚王轸忧心前方战事，早已传下话来，凡是前线来人不得耽搁，立即传唤。卫士当下将沈诸梁引至阶下等候。

楚王轸正在吃饭，听到传报，立刻抛下象箸，来见沈诸梁。

君臣相见，楚王轸等不及他开口，抢先问道："你怎么一个人先回来了？前方战事究竟怎样？先前回来几个人都说不清楚。寡人想知道，咱们的队伍到底打不打得过吴军？"

沈诸梁忍着泪说道："臣恐怕要辜负大王的期望了。"

"这是怎么说的？"楚王轸急了，说，"不是说将士们忠勇可用吗？楚军向来勇敢无敌，怎么一遇着吴军就吃败仗？"

沈诸梁道："我军误中吴人奸计，精锐部队于柏举一役几乎尽毁。敌人乘势追击，我军又败于清发水。目前，仅剩万人，与敌军六万劲旅相持。将士们虽然个个效死卖命，但终究寡不敌众……”

“你不必再说下去了。”楚王轸黯然摆手，打断他的话语，恨恨地道，“囊瓦误国，使寡人白白丧失了二十万大军。寡人总有一日要手刃奸贼，以雪此恨！”

沈诸梁跪伏当地，默然无语。他心里痛苦地想：“早知今日，何必当初？事到如今，就算立刻将囊瓦捉来杀了，又有何益？于事又有何补？”

待楚王发泄完积在心中的怒火后，他才说道：“臣此次返回郢都，乃是奉了司马之命。”

楚王轸道：“沈司马遣你回来是为什么事？寡人正觉得有些奇怪。”

沈诸梁稍稍停顿了片刻，咽下本已涌至眼眶的泪水，说道：“司马料到此战难以取胜，是以命臣率五千精兵返回郢都，护卫大王。司马决心以身殉国，报答先王和大王的恩典，命臣保护大王先行退出郢都，避过吴人锋芒，以期来日驱除敌军，重复山河。”

楚王轸大吃一惊。他顾不得君王的威仪，走过来拉住沈诸梁的手，说：“怎么会这样？囊瓦已经临阵逃脱，投奔异国。沈司马再战死沙场，为国捐躯。这叫寡人可怎么办？沈司马不能死呀！”

他还只是个十七岁的少年。他平日端坐朝堂，俨然一位神态庄严、少年老成的君王。这时，他情急之下，不禁流露出真情来。

沈诸梁心中伤感，忍了许久的眼泪终于夺眶滚下，顺着消瘦的脸颊慢慢淌落。

楚王轸这下心里更慌了，嘴里说：“你别哭，别哭……”

沈诸梁流泪道：“臣无能，不能替大王分忧。臣罪该万死！”

楚王轸道：“你别这样说，这不怪你……”

他一面安慰别人，自己心里也是乱糟糟的，全没个着落，几乎要放声大哭起来。但他拼命忍住，心里说：“我偏不哭。我流泪痛哭，吴王阖闾知道了只有更加高兴。我偏不让他得意。”

沈诸梁见他脸涨得通红，强忍住不滴一颗泪水，暗想：“大王年纪虽小，却这样倔强。我实在不如他。”

这样想着，他忙擦干泪水，说：“大王，当今之际，唯有退出郢都最为稳妥。敌军不日便会攻破汉水防线，杀进郢都。及早退走，尚可以保全大王及众卿性命。走得迟了，恐怕城破之日将玉石俱焚，楚国先君经营数百年的江山社稷亦将毁于一旦。”

楚王轸迟疑着道：“离开郢都？……那，以后到何处安身？”

沈诸梁道：“大王尽请放心，楚国地域广阔，定能避开敌军锋芒。臣往方城之外调集兵马，再与敌人血战，收复河山！”

楚王轸不作声。沉默了许久，他缓缓地说道："郢都毕竟是国之重地，祖宗社稷俱在此地，不可轻言放弃。……"

沈诸梁情知此时再多言亦属无用，便不再说话。

楚王轸见他神色暗淡，显是伤心已极，心中颇为不忍，然毕竟事关重大，实难决断，只得长长地叹息了一声，道："你一路劳顿，先回府中安歇。此事待我和子西、子期两位公子商议之后，再作决定。"

第三十一章·去留彷徨

哪知这一等，竟一连三天全无言信。沈诸梁再也等不下去了，但又不能擅闯禁宫，质问楚王。他心急如焚，坐立不安，绕室徘徊，长叹声不绝，叹息自己位卑言轻，眼看着大好时机白白错过，却无能为力。他想到伤心处，痛悲不已，暗自叫道："父亲！父亲！你舍命与敌人周旋，只为拖延一段时日，使楚国百姓能平安地撤离郢都，想不到大王优柔寡断，难以痛下决心。父亲，你和阵前万名将士死得好不值呀！……"

其实，沈诸梁责怪楚王轸优柔寡断，这句话却错怪了楚王。

楚王轸听完沈诸梁的哭诉，仔细想想，楚国精锐劲旅几乎丧尽，方城之外虽有部分精兵，但毕竟远水难以救近火。郢都实际上已成空城一座。沈尹戌一旦战败，郢都必然难以保全。他心底里当时便赞同先行撤出郢都的建议。

因为楚王轸年幼，国家军政事务全由令尹、左司马执掌，另有子西、子期两位公子辅政。况且，放弃都城又是十分重大的事情，楚王不宜独断专行，必须群臣支持方可实行。这时，令尹囊瓦已逃往国外，左司马沈尹戌正与敌兵鏖战无法抽身返回，朝里执政的大臣便是公子申和公子结。楚王当即召两人入宫商议。不料公子申、公子结两人强烈反对放弃都城一事。楚王轸和两人争论了整整三天，仍然没有结果，只得勉强同意暂且将这件事放下不提。

这时，一名内侍神色慌张，急急忙忙地走进大殿，跪倒禀道："启禀大王，沈司马的家臣正在殿外候旨。他说有要事禀告大王。"

楚王轸闻言一怔："你可曾问明白他从何处而来？"

那名内侍道："那人风尘仆仆，自称由江汉星夜赶回。"

楚王轸道："快传他进来！"

内侍领命退下，楚王轸叹息道："一定是前线又出了大的变故。"

公子申、公子结也猜不透来人所为何事。

只听脚步声越来越近，先前那名内侍领着一名身形精瘦的汉子走进来。那人满身俱是血迹和征尘，头发蓬乱，狼狈不堪，一进大殿立即跪倒叩拜。

楚王轸道："免礼。你有什么话只管对寡人讲来。"

那人解下背上负的包裹，双手呈到面前，道："小人吴句卑，奉命将左司马的首级呈献给大王。"

楚王轸早已知道此番交战楚军胜算无多，沈尹戍难免丧命阵前。此刻，他骤闻噩耗，禁不住心中一阵痛楚，大声道："你讲什么？"

吴句卑痛哭道："小人奉命将左司马的首级呈献给大王。"

他膝行向前挪动两步。内侍接过他手中捧着的包裹，打开来，用漆盘托盛，呈放在楚王座前的几案上。

红漆托盘里盛放的头颅，血肉模糊，须发苍苍，依稀可以辨出正是沈尹戍的人头。楚王轸一见之下，悲从中来。他不忍再看，用宽大的袍袖掩面，悲声说道："沈司马为国捐躯，忠勇可嘉。寡人后悔未曾重用沈司马，反以囊瓦匹夫为帅，害得沈司马枉死！"

公子申、公子结一向与沈尹戍同殿称臣，而今沈尹戍惨死，两人俱都为之恻然伤神。

楚王轸痛哭了一阵，问起沈尹戍阵亡的情形。吴句卑遂将阵前与敌军激战三日三夜之事说了一遍，最后讲到全军覆没，沈尹戍力战而亡之时，早已泣不成声，泪流满面。

楚王轸追悔莫及，连连捶胸自责，道："这都怪寡人误用奸人，害死了沈司马和全军将士！"

公子结赶紧上前劝慰："人死不能复生，大王贵为一国之君，请珍重玉体，节哀顺变。"

公子申为人精细，盯视着吴句卑，问道："雍澨一役，楚国将士皆以死殉国，你为何能够独个生还？"言下之言，显然怀疑其中有诈。吴句卑再也想不到会有人怀疑自己。一股无名火直冲脑门，他猛地扯开上身衣襟，露出满身伤痕，都用厚厚的帛带缠裹，裹带已渗出缕缕鲜血。他忽觉一阵眩晕，便闭一闭眼，嘶哑着声音说：

"小人效命戎旅，从不敢顾惜贱命，哪一场仗不是豁出了性命去拼？哪一次不是血染征衣？兵士们在阵前拼命厮杀，想不到却使公子怀疑小人的忠诚，实在令人痛心。小人之所以能在乱军中保存住性命，只是因为受左司马托负，不敢枉付了这条性命，将左司马首级带回郢都，呈给大王，方不负左司马之命。"说到这里，他叹了口气，又接着说，"如今大事已了，又遭猜疑，小人情愿死在诸位贵人面前，以明心志，并追随司马于地下。"说罢，解下佩剑，便欲自刎。

公子结眼疾手快，上前夺过剑，说："壮士不必如此……"

楚王轸叹道："危难之际，能够不顾生死来完成主将遗命，壮士忠心赤胆，令人钦佩。沈司马一世英雄，全仗壮士保存下这点骸骨，寡人真不知道该如何报答这份恩情。”

说着，向吴句卑跪拜，说：“请受寡人一拜。”

吴句卑哪里见过这样的场面？他慌得手足无措，忙也跪倒向楚王叩首，连声说：“实在是折煞小人了！”

楚王轸说：“你有什么要求只管讲。寡人虽然不才，但无论金银珍宝，高官、厚爵，但凡世上有的，只要你开口，必定能如你所愿。”

吴句卑道：“小人不敢有什么奢求，只求大王念沈司马为国捐躯，将他好生安葬。”

楚王轸道：“这个自然，寡人要以王侯之礼安葬沈司马，以旌忠烈。”

吴句卑感激涕零，连忙叩谢大王恩典。

楚王轸见他奔波劳苦，况且伤未痊愈，便命内侍带他下殿，请宫中医士为他治伤。接着他又派人到左司马府去请沈诸梁。

关于撤离郢都之事，本已不了了之，因为吴句卑带回来楚军惨败的消息，又被重新提起。

楚王轸长叹道：“楚军精锐之师尽皆丧命战场，汉水天险也已被攻破。敌军迫近眉睫，两位王兄还坚持固守郢都吗？”

公子申道：“纪南城、麦城、郢都三城互为掎角之势，可攻可守。大王派遣得力战将守住这三座城池，仍有一线机会可以挽回败局。”

公子结也大声道：“大王，郢都是楚国的社稷重地，敌军压境，我等自当拼死效力，保卫郢都，决不能自坠志气呀！”

楚王轸凄然道：“沈司马身经百战，忠心耿耿，若有一线生机，他岂会劝寡人退出郢都？郢都是国都，寡人又怎忍心拱手让与敌邦？实在是不得已呀。但愿来日能够重返郢都，雪复今日之耻！”

公子申流泪泣道：“臣恐怕楚国王廷陷落吴人之手，楚国从此也要遭受蹂躏涂炭，历代先君将无法接受后人的祭祀了。”

楚王轸本想说：“王兄太过多虑。”但想一想前途实在渺茫。坚守郢都，固然难免城破之日玉石俱焚。退走他方，连国都都丢掉了，他这个楚王活着还有什么意义？难不成楚国当真要从此灭亡？自己要成为亡国之君吗？楚王轸左思右想，愁绪满怀，无计可施，不免怨恨自己太过年幼，不能披甲持戈，上阵杀敌。楚王轸心想：“但凡战死沙场，也胜过狼狈逃窜，丢尽君王的尊严。”

大殿中，三个人又陷入了僵持的局面。谁也说服不了对方，谁也劝不了对方。三人都是一心为楚国着想，可是各执己见，不肯相让。楚王轸与两位王兄相持，很感艰辛，心中暗暗地盼望着沈诸梁早点到来，助自己一臂之力。

在等待和期盼中，内侍带沈诸梁走进大殿，向楚王轸和两位公子行过拜见礼后，等候大王发话。

楚王轸刚想让沈诸梁帮助劝说两位公子，忽然看到面前红漆托盘中沈尹戌的人头，心里一颤，竟不知该如何开口。沉默了一会儿，他说："沈将军，寡人召你前来，有一件事要告诉你。"

沈诸梁在听着。

楚王轸感到一颗心怦怦跳得厉害，嘴唇也像是干得裂开了口子。他握紧拳头，自己定了定心神，说："沈司马为国效忠，捐躯沙场，忠勇可嘉，寡人决定用王侯的礼仪来安葬他。"

说到这时，楚王轸用眼望了望沈诸梁，却见他不言不动，沉静如常，不觉有些奇怪："沈将军可还有什么意见吗？"

沈诸梁平静地答道："臣以为当此国家危难、社稷存亡之际，大王应以生者为念，以大局为重，死者已矣，等退却敌军之后再议葬礼不迟。"

楚王轸叹道："让寡人实在为难呀。"他望向两位兄长，道："难得沈将军如此顾全大局。但是，两位王兄坚持不肯撤离郢都。咱们御敌所凭借的不过是江汉天险。如今汉水失守，敌军旦夕间就来到。不及早撤走，难道要束手受擒吗？楚国王室朝廷都在郢都，一旦失陷被俘，祖先辛苦打下的江山从此便要沦为异国附庸了。"

公子结奏道："城中尚有数万壮丁，大王拿出宫中粟帛，激励士气，死守城堞。同时，派使者往汉东各国，命他们合兵一处，前来救援。敌军深入我国境内，千里远涉，粮饷难以接济，无法久战。到那时，我军里外接应，前后夹击，必能挫败敌军。"

楚王轸苦笑道："今时不同往日，昔日强盛之时，各附庸国尽皆效忠听命。而今我国实力减退，哪有人肯听从？况且，囊瓦执政太过贪婪，一意索要贿物，激起各国义愤。晋人一呼，顿、胡两国皆往听命。吴军来犯，唐、蔡两国争作先锋。楚国属下的各国，早已有反叛的心志，岂能依靠他们？"

沈诸梁接道："公子岂不闻'取用于国，因粮于敌'。吴军已深入楚境，怎会缺少粮食？"

公子申见楚王轸决心已定，再难挽回，情急之下，连连叩首，哽咽哭道："求大王务须念祖先陵寝尽在郢都，不可以轻易放弃呀！……"

楚王轸看得十分不忍，但仍硬着心肠答道："王兄但念祖先陵寝，寡人身为一国之君，更需为生民着想啊。"

公子申无言以对，只是放声痛哭。公子结也跪倒说道："臣等悉师拒敌，如不能取胜，再撤走也不算晚。求大王开恩降旨。”

亭是八角亭。每一个飞翘而起的檐角，都挂着一只响铃，夜风吹过，丁当作响，像一曲悠扬徐缓的乐音，带着上古的遗韵。亭中悬有灯笼，透过薄薄的轻纱，射出来的灯光，变成了红色，映得一池碧水也染上一层绯红的晕色。底下那水依然清澈明净，月影在水里摇曳，也是清清冷冷的。这晚的月儿虽只是残月，但究竟是那片夺不去的月色，一派清辉。清澈的水光，清冷的月色。隔在这水光和月色之间的，是灯光织就的一团昏红的光雾，雾气腾腾，混混沌沌，一似无尽的红尘，万千的情愫都在其中，缠缠绵绵，生死不休。

直到王孙由于的脚步声响起，秦景夫人才抬起头，映着月色、灯影、水光，美得仿佛不在人间，竟似是偶尔降落凡尘的仙子。

她问：“大王为何还不启程？”

王孙由于回禀：“大王与公子子西、子期争论了三天，无法说服二位公子撤离郢都。”

秦景夫人站起身，说：“太迂腐了。智者顺势而为，应时而变，现在国难之际，岂是口舌争论的时刻？你速传我的话，告知大王和二位公子，即刻撤离郢都，不得有任何拖延、迟缓。”

王孙由于说：“二位公子担心祖先陵寝、社稷宗庙，无论如何，不肯放弃。”

秦景夫人眉尖微蹙，说：“国家都要灭亡了，还谈什么祖先陵寝、社稷宗庙，二位公子太幼稚了。此刻不撤离郢都，一旦玉石俱焚，社稷宗庙永无恢复之日。你速去传命。你身负护卫大王的职责，传过话后，跟随大王一起逃难去吧，不必再回转后宫。”

王孙由于答应了，转身就走。

秦景夫人忽然说：“王孙，止步。”

王孙由于停下脚步，秦景夫人已经走出亭子，说：“你跟随大王出宫之时，派人去请王孙包胥来见我。”

王孙由于一惊：“景夫人不和大王一起撤离郢都？”

秦景夫人说：“君死社稷，女守宫闱。大王身系社稷安危，与国共存亡，大王得以保全，社稷宗庙即使被毁，也能重新兴复。我深居宫闱，受不得路途奔波之苦。”

王孙由于俯身下拜，说：“景夫人……”

秦景夫人说：“我是秦伯之女，吴王阖闾敢焚毁楚国社稷宗庙，决不敢冒犯我。你速速保护大王撤离郢都吧。”

王孙由于两行热泪洒落，急忙起身，奔向大殿，向楚王轸传达秦景夫人的话。

楚王轸听了，长长叹了一口气，正欲开口，忽见一名内侍慌慌张张地走进来，躬身奏道："启奏大王，吴、唐、蔡三国人马已逼近郢都，距此只有三舍之遥了。"

大殿中各人听到这消息，俱是大吃一惊，因为过分惊骇的缘故，一时间都怔怔的，反倒连一个字也讲不出来。

不知过了多久，楚王轸才喃喃地吐出几个字："来得好快呀！……"

他望着面前的两位公子，脸上露出来苦笑："敌人大军压境，兵强势猛，两位王兄还欲与之周旋抗衡吗？"

公子申道："民心如铁，众志为城，只要……"

楚王轸不等他说下去，摆手说道："一切听从母亲的吩咐，王兄不必再讲了。"

他对王孙由于，说："你速去迎请秦景夫人一同出城避难。"

王孙由于说："秦景夫人不肯离开宫闱，说是受不得路途奔波之苦。"

楚王轸点头说："母亲是担心拖累我，我决不能辜负母亲的期望。"

楚王轸率领众人向着秦景夫人居住的宫殿的方向拜了三拜，传诏楚国众卿、士大夫各自出城避祸。等众内侍领命退去后，他站起身，用留恋、凄伤的目光环视着富丽堂皇的大殿，轻轻地叹了口气："是该走的时候了……"

说完这句话，他便走了出去。他每走一步，满怀的凄惶、愧疚的感情就增加一分，心底里暗暗自问："此一去不知哪日得还？"

王孙由于随行侍卫楚王轸，派遣心腹，去传申包胥进宫，面见秦景夫人。

城破国亡之际，众人都是向西奔逃，只有申包胥乘着车逆向而行，心中思虑百转，一时愧疚当日不该放走伍子胥，才招惹来今天的国难临头，一时又猜测秦景夫人此时传唤是何用意。

这样想着，轻车已经进入楚王宫。

楚王宫里也和郢都城中一样纷乱，众人忙着逃难，一派亡国景象，令申包胥心底惨痛。

到了秦景夫人宫殿前，却是一派安然肃寂，竟是没有一点纷乱嘈杂。申包胥不免心底生出敬意。

申包胥立在宫门前，请宫中侍女向秦景夫人禀告。

不多时，只见蒙谷大夫从里面匆匆地走出来，迎面见了申包胥，二人拱手致意后，蒙谷匆匆离去，申包胥带着满腹疑惑踏进宫门。

只见秦景夫人正持笔在一幅卷帛上书写，听到他进来，头也不抬，说："王孙，请坐。"

申包胥坐在台阶下铺设的锦席上。

秦景夫人一边书写，一边流泪，竟是泪随字下。她平日喜怒不形于颜色，一贯从容淡定，此时却掩饰不住心底的悲痛，持笔的手止不住地微微颤抖，终于扔下笔，将卷帛扔进身边的红燎炉里。

轻软的卷帛转瞬间葬身火中，升腾起一股青烟，在宫殿中四散飘逸。

秦景夫人擦拭脸上的泪水，微笑着说："让王孙久等了。"

申包胥知道此刻她心底的伤痛，无法用言语安慰，只得说："臣向景夫人请罪来了！"

秦景夫人说："王孙，此话从何说起？"

申包胥说："当年伍子胥出逃之时，臣与他路途相逢，念在情同兄弟，没有及时将他铲除，为楚国招惹来灭顶的灾祸。"

秦景夫人说："伍员勇武天下无敌，王孙不必自责。当年先君景平王派司马重兵追缉，都无能为力。这是上天降下的灾祸，不是人力可以改变的。"

申包胥说："臣打算亲赴吴国军营，请求伍子胥撤兵离去。他如果念在当年的情谊，一定会满足臣的请求。如果不肯撤兵，臣愿以死报国。"

秦景夫人说："吴、蔡、唐三国联军攻楚，情势已经不是伍子胥一人能够逆转的了。吴王阖闾想称霸已经很久了。伍子胥、孙武只是他称霸的工具，吴王怎么可能为了工具，而放弃灭亡楚国的大好机会？"

她稍顿了顿，接着说："今天请王孙到此，是有一件要事相托。"

申包胥叩首说："臣任凭景夫人差遣，生死不计，决无顾返。"

秦景夫人轻轻地叹气，说："此事关系重大，要历尽艰辛。王孙，你是王室贵胄，与楚国同一命运，同存共亡，现在楚国灭亡的命运已经不可改变，只有王孙才能使灭亡的楚国重新复兴。"

申包胥说："臣能为国效劳，不胜荣光。敬请景夫人吩咐。"

秦景夫人说："天下列国，以晋国最为强盛，晋国世代与楚国争霸，结成世仇，又借助吴国攻灭楚国。眼下楚国的安危存亡，列国都救不得，只有我的母邦——秦国，有能力救援楚国。但是秦楚相隔千里之遥，中间山水险阻，太平时节往返秦楚之间已经辛苦劳顿，在这国家覆灭的时刻，更加危险。一切的危难艰辛，只能由王孙一力承担了。"

申包胥说："复国的希望全倚仗景夫人的安排了。臣愿意前往秦国求救兵，请景夫人赐臣符节。"

秦景夫人从金匮中取出黄金打造的虎符，赐给申包胥，说："凭此符节，王孙远赴秦国雍都，在秦庭上拜请秦王发兵救援楚国。"

申包胥拜谢了，将虎符贴身收藏好。

秦景夫人又拿出一只锦囊，说："王孙，这只锦囊赐给你。"

申包胥不解，正要打开锦囊观看，秦景夫人说："这只锦囊不必打开。如果此行顺利，原封归还；若是遇到危难，打开锦囊观看，自有解危之策。"

申包胥暗暗称奇，将锦囊也珍重收藏好，拜谢秦景夫人，离开楚王宫。

由于形势紧急，楚王轸来不及通知后宫其他女眷，只同着几位公子来到宗庙，匆匆拜别祖宗、社稷之后，便打算出西城水门，离开郢都。那里早有箴尹固准备下舟船等候。

谁知先时被派往迎请秦景夫人的内侍匆忙赶回来，躬身禀道："回大王，秦景夫人请大王保重玉体，及早离开险地，不必为她挂怀。"

楚王轸连连顿足，叹道："母亲向来明礼温良，何以竟会变得如此固执？"

他一边顿足叹息着，忙又亲自入宫劝请。不料，秦景夫人早已吩咐侍女闭门不开，只说请大王速速启程。楚王轸无法可施，只得洒泪拜别。君臣一行改扮作平民打扮，仓皇出逃。直到上了船，众人才稍稍安心。楚王轸左顾右盼，看不见沈诸梁的影踪，便问："沈将军呢？为什么看不到他？"

"沈将军辖下尚有五千军卒，当吴军攻城之日，可以抵抗一段时日，以保证大王能够平安退走。"公子申答道。

"胡闹！胡闹！"楚王轸气急之下，再也顾不上维持君王雍容沉稳的风度，大声说道，"楚国的军士只能在战场上杀敌取胜，却不是去白白送死的！快去召他回来，命他不得鲁莽行事，速速赶来随寡人扈驾。"

公子申领命离去，楚王轸忽然想起一件事："御敌并不一定要用士卒，宫中豢养不少大象，力大无比，一样可以抵挡敌军。"

"臣明白大王的意思。臣这就去办。"

公子申弃舟登岸。舟船载着落难的君臣，急急向西驶去，意欲寻找一处安身保命的避难所。但天地苍茫，战乱纷争，哪里才是清静乐土？众人皆茫然。

公子申在吴军攻城前，找到了沈诸梁。当时他全身甲胄，披挂整齐，正在城上指挥属下五千兵卒严阵以待，准备与进犯的敌人血战到底。

骤然听到大王的谕令，他显然有些吃惊。眺望远处威武浩荡的敌国军队，他蹙紧了眉头，沉默不语。

"沈将军，敌人已逼近城下，你要及早下令呀！"公子申催促道。

沈诸梁把心一横，举起手中令旗，由牙缝里挤出一个字："撤！"

不一会儿的功夫，五千甲士纷纷撤下来。数百头大象被带到城市门口，尾巴上一律系着裹有油布的松木，等待着敌人攻城的一刻，去冲锋陷阵。

火把燃起，数百头大象一改平日的温和驯服，发了疯似的朝驻扎在城外的吴军冲击，带起来漫天的尘土，带过去一连串的惊呼声和绝望的惨叫声。

吴军没有料到楚国居然会将这么一群畜生用到战场上。仓促之间，不及应变，军士们死伤无数。许多帐篷被力大无比的大象踏倒，踩在蹄下。来不及逃命的军士都成了肉饼。吴王阖闾气急败坏，一连声地催促各营的将士们赶快撤退。公子申和沈诸梁带领的五千军士就乘着这个机会从容地退出郢都。

两人分兵两路。沈诸梁带两千人南下追寻楚王轸的影踪。公子申领着三千人在郢都附近一带隐蔽起来，准备伺机偷袭吴军。

楚王一行众人乘着舟船涉过雎水，又渡过长江，来到云中。

君臣们一路上日夜兼程，饥饿困顿。此时，他们来到云中，知道已远离吴军，这才稍稍安心。君臣凝目远眺，只见前面草木掩映中隐现一座华丽的建筑。

“——昭王台！”下大夫钟建认出这建筑正是周昭王游云梦时曾居留过的地方。重到旧地，却不料竟是这般的凄凉仓皇。

楚王轸登上高台，众人亦步亦趋地跟随其后。昭王台内空旷无人，留守在这里的内侍们不知去了哪里。一片静寂中唯见到处挂着尘灰吊子，被寒风一吹，便扑簌簌地颤动，惹得尘灰漫天漫地飞扬。

再往里走几步，惊起来栖宿在此的鸟雀拍着翅膀扑面飞出去。

众人愕然相对，看一看各人身上脚下，狼狈不堪，越发泄了气。

宋木、钟建两人用随身带的丝帛擦拭几案，请楚王轸、公子结、公子启、王孙由于等人坐下歇息。斗巢取出预备下的干粮分给众人食用。箴尹固解下匏瓢，到外面汲来清水。无奈楚王轸愁眉不展，食不下咽。其他人也无心饮食，咬了几口干粮，便又默然。

楚王轸毕竟年纪轻，沉不住气，又自觉忍受这许多委屈和艰辛，实在气不忿，举起拳头在案上重重一击，站起身大步走出去。

众人惊魂未定，慌慌地跟出去，却见他一个人站在那里出神。大家忙放轻脚步，唯恐惊扰了他。可是，他已经听到了，转回身来，指着昭王台，对众人说道：“这座昭王台，是当年为迎接周昭王所兴建的。那时，周朝强盛，我们的祖先不得不委屈忍让。庄王问鼎中原，使楚国的威名闻于诸侯。从此，再没有谁敢轻视楚国。而今区区吴国居然杀我将士，占我城池，此仇不报，楚国势必再次遭敌凌辱欺侮，使祖宗蒙羞。我熊轸在此立誓：一定要驱逐吴人，复兴楚国！”

他举手向天，神态威严肃穆。在灿烂的太阳光照射下，他周身镀了一层金边，更显出神圣和庄严的不凡气度，使得众人情不自禁地跪倒在他脚下。

一叶舟，顺着河水慢慢地漂流。

船内，楚王轸昏昏欲睡。王孙由于正坐在他身旁，困倦地连打哈欠。数天来，亡命逃遁，使他们感觉到从未有过的疲倦劳累。其他人也都撑不住打起盹来。

不知从何处突然响起一声尖锐奇异的厉响，划破了静寂的河面，惊醒了舟船上的人们。

公子结第一个跳到船头，向四下里张望，脸上流露出惊惶的神色。

“我们被包围了！”他喊道。

如血的斜阳下，四五条小船向他们驶过来。每条船上都立着十几条汉子。一个个乱发披散，身上裹着色彩斑杂的兽皮，神情粗野狠恶，眼眸里射出野兽一样的凶光。

宋木、箴尹固、斗辛几个人走到船头来，看到这种情形，俱是又惊又怒。

箴尹固大声厉喝：“楚王在此，尔等休得放肆！”

对方爆发出一阵大笑。当中一条小船上面的一个青年叫道：“我们只知道抢劫财宝绢帛，管你是不是楚王！”他头上斜插一根雉鸡翎，十分艳丽夺目。

公子结气愤得脸色发青，只一个劲儿地说：“这些人真是太放肆了！实在太放肆了！……”

对面有人嚷道：“楚国的令尹身居高位尚且贪图财物。我们这些小民抢些财物，可也不是什么了不起的事情。喂，弟兄们，你们说对不对？”

头插雉鸡翎的青年和其他人一起放声大笑起来：“是啊！是啊！那可是一点也不错！”

第三十二章·云中遇险

几条船更近地靠拢过来。公子结抓起弓箭，瞄准对面射过去。有两人惨呼着跌下船，坠落到水里，再也不见上来。

“不怕死的蠢材，只管过来吧！”公子结恶狠狠地说。他射倒两人意在震慑住众强徒，让他们不敢轻易上前。谁知对方竟个个全都是不怕死的，吆喝一声，冲上前来。

被激怒的强徒们眼白都红了，红得像天边的残阳，看上去越发骇人。

敌众己寡，公子结实在不应轻启战端。何况又在水上，他们哪里是这帮强徒的对手？更何况楚王也在船上，需要加倍小心、谨慎行事。

但是，他不甘心就此落荒而逃。他从郢都一路逃亡到这里，已经够窝囊了。如果连一群强盗也要躲避退让的话，他恨不得自己立刻死掉，也不愿忍受这种耻辱。

楚王轸说：“咱们要积累力量来对付吴国军队，而不是和楚国人自相残杀……得赶快离开此地。”

他既已开了口，众人只有服从，立刻设法突出强盗的包围。

强盗们却不肯就此罢休，大声呼喝着冲过来，挥动手中的戈、矛，双方展开激战。楚王一行全力招架，但求自保，并寻隙夺路而逃。强盗们斗志正旺，越战越勇。公子启看情形不好，由船内取出金帛珠宝，向强盗们抛掷过去，嘴里一边喊：“你们要财宝，给你们便是。”

这些强盗僻居山林水泽，何曾见过金银珠玉之类的宝物？又见丝帛精美，顿时贪心大起，互相争夺，各不相让，倒把楚王一行人暂且放在一旁。楚王等人趁机逃遁而去。

等到众强盗又再追过来时，舟船已驰出一箭之外。王孙由于望着后面穷追不舍的众强盗，焦虑地说：“他们又追上来了，这可怎么办？”

“快靠岸！岸上草深林茂易于躲藏，强盗们要找也找不到。”箴尹固说。

这显然是个好主意。可是，宋木突然惊叫道：“岸上有人！你们看，有不少火把，他们正向这边过来呢！”

众人闻言，齐向岸上张望，果然看见火把的光亮在丛林间闪动。看情形，岸上的人比后面追赶的强盗还多。

"但不知来的是些什么人？"斗辛喃喃地说道。

是凶？是吉？谁能料得到呢？

正在迟疑着，后面强盗们追了上来。众人迎上前，用自己的身体保卫楚王轸和公主。斧钺矛戈的撞击声又紧又密，叮叮当当响个不停。未经过严格军事训练的强盗们哪里是这些贵族的对手，不时有人流血倒下。但强盗仗着人多势众，并不就此退缩，前仆后继，那种凶狠劲儿令人为之色变。

公子结连毙数名强盗，手臂上也添了几道伤口。看着对方越战越猛，丝毫没有退却的意思，他不免泄了气："何必跟这些亡命之徒拼个鱼死网破？战胜了未必光彩。一旦失手丧命此处，倒让人笑话。"

于是，公子结大声高喊："快靠岸！岸上不一定就是敌人。吴军不会这么快追过来。也许是沈将军带人救驾来了。"

"也说不定是另一伙草寇强徒。"公子启忧心忡忡。

"就算是强盗，也同样是大战一场。在水上吃亏的是咱们，索性到岸上再拼个死活。"宋木杀得性起，长戈抡开，血光四下飞溅，五六个强盗翻落水中。

原来撑船的舟子已死于混乱中。公子结等人一瞥之下，不禁失色。公子结叫道："快稳住船，休被敌人弄翻舟船！"斗辛劈倒两名强盗，抢到船橹，稳住舟船，然后，缓缓摇动，向岸边靠拢。斗巢、宋木两人抢过去，一左一右，卫护住斗辛。斗巢、宋木二人勇敢善战，少了这两人，楚王、公主方面的防卫便略显单薄。众强盗蜂拥而上，高声喊喝："楚王在这里！快杀了这昏君，为弟兄们报仇！"

强盗一齐涌到，公子结、箴尹固等人急忙赶过来，但毕竟迟了半步，防守间露出一处破绽。三名强盗互相递了个眼色，欺身上前。两人缠住公子结，第三人挥戈直进，击向楚王。众人尽皆骇然色变，但被兵刃格住，无法上前救护。箴尹固隔着人群看到闪亮滴血的戈尖逼近楚王轸，不由得失声惊呼！

惊心动魄的一刹那！

一旦得手，必将震动天下！列国诸侯乃至周天子也必将为之变色！

这一刹那间，楚王轸反倒显得格外冷静。反正是躲不过的，那就不必再躲。他挺立着，神情庄严肃穆，一派王者的凛然气度。他的眉宇间或许锁着一些抑郁忧容，必定是想到了饱经战乱忧患的楚国吧。身为一国之君，他有满怀壮志，希冀在有生之年重振荆楚雄风，想不到竟要断送在这里！断送掉生命倒不可惜，怕的是楚国霸业也从此断送了！一丝苦笑凝固在他唇边，目光凝视着遥遥远方，一片苍茫。

在这一刹那间，王孙由于突然扑了过来。三支长矛挡在他和楚王中间。他来不及格挡，就舍身扑了上去。长矛刺进他的身体里，并没有阻止住他的行动。他扑到楚王身前，正迎上锋利的长戈。鲜血奔涌而出，碎裂的骨头卡住戈尖，一时难以拔出。王孙由于就乘对方惊悸迟疑的一刻，用右手握着的青铜剑劈中这人的头部，硬生生将他的脑袋劈成两半。鲜血和脑浆迸溅出来，尸体栽进水中，激起无数浪花。王孙由于伤口涌出的血从肩头一直流到脚跟，昏倒在船板上。

楚王轸失去了一向的镇静从容，俯身扶起王孙由于，流泪说道："卿赤胆忠心，可昭日月。寡人深铭五内，决不敢忘！"

王孙由于受伤倒下，但他舍命救楚王的英勇行为，激励了其他人。这时间众人才真正抛却了生死成败，但能保得楚王轸平安，死又何妨？至于别人是否耻笑，那早顾不上考虑了。

俗话说：一人拼命，十夫莫敌。这些公卿、大夫拼起命来，直把数十名强盗杀得不住后退。眼看船已接近岸边，不等拢岸，宋木跳入水中，说："臣负大王登岸。"

楚王轸看着仍然昏迷不醒的王孙由于，看着他身上汩汩流淌的热血，擦一把泪水，说："王孙由于伤得这么重，你快先背他上岸治伤。"

箴尹固急了，扶起楚王轸说："大王，事情紧急，再耽搁下去，谁都走不了啦。王孙由于拼却这条性命是为了大王能平安无事，大王莫要辜负了他的这份忠心！"

楚王轸无可奈何，只得任由宋木背上岸。

一行人急匆匆地赶路，回头望时，只见停在岸边的舟船着起了火，自然是强盗们抢劫完船中的金帛财物又放火焚舟。楚王轸神色哀伤，凄然道："王孙由于还在船上，他这遭是活不成了。"

箴尹固道："王孙由于伤势沉重，无法随行，将他留在船上也是没法子的事。大王若记得他的忠心，日后将其风光厚葬，旌表其闾便是。"楚王轸感伤不已，坚持带王孙由于同行。

夜色渐深。

甲士们砍木刈草，搭起许多帐篷供众人休息宿眠。王孙由于伤势最重，虽经精心救治，终因失血过多，陷入昏迷之中，浑身发起高烧，不住地呓语。楚王轸坐在他身边不肯离去，一直看护着这为他舍弃性命连眉头都不皱一下的忠心臣子。箴尹曾几次劝慰楚王早些歇息，楚王轸总是笑着说："我知道他一定会醒过来的，我要看着他醒过来。"他的笑容是那么安详温和，使别人看不出他心里有一丝焦虑。任何人见了他这种笑容，都会被他所感染，确信王孙由于一定会平安地苏醒过来。

当楚王轸一行匆忙逃亡的时候，吴王阖闾正带领着他的得胜之师趾高气扬地进入郢都。那群疯狂凶猛的火象并没有破坏他的好心情。他正陶醉在雄霸天下的野心里，得意洋洋，不是吗？一贯称霸南方的强大的楚国竟然在吴国的痛击下溃不成军，连国君也被迫仓皇出逃。这是楚国历史上最惨重的失败。经此一役，吴国的威名必将震动天下。他的名字也必将以浓墨书写在春秋史册上。这是即将崛起于世的新一代霸主！阖闾握紧自己的双手，豪情万丈。这双手将掌握着天下万民苍生未来的命运！崭新辉煌的历史将由这双手写就！

但在同时，他并没有被胜利的喜悦冲昏头脑，派出精明能干的探子，四处搜寻楚王的下落。他这次是打算一不做二不休，干脆将楚王生擒献俘于陛下，真真正正地灭亡掉称霸一时的楚国，使它永远没有复兴的机会。派出去的探子不负使命，以最快的速度将楚王逃入云中的消息传回郢都。

吴王阖闾听后哈哈大笑："熊轸这小儿跑进云梦泽去了。他难道是走投无路，要投水自尽吗？"

伍子胥脸色阴沉得可怕，说道："云梦广林深泽，易于藏身隐匿，而不利于追击。楚子遁入云梦，就算派数十万精兵前去搜捕，也难以捉他回来受死。"

伍子胥想到父兄的惨死，自己这么多年来的苦心策划，终于还是被楚王这小儿逃掉了。他愤怒得双目几乎要喷出火来，就算夺取楚国一百座城池，又有何用？眼看着仇人死的死，逃的逃，这血海深仇何日得报？

吴王阖闾刚刚取得辉煌的战果，对是否擒到楚王轸并不十分介怀。他温言安慰伍子胥说："熊轸小儿总不会躲在云梦一生一世。他胆敢离开云梦，寡人定要将其生擒，为卿雪复深仇。"

伍子胥怒愤填膺，擒不到楚王轸泄愤，便带人放火焚烧楚国宗庙社稷，砸毁九龙之钟。他仍然不解心头仇恨，将一腔怨恨尽数倾注到已死去多年的楚景平王身上。他辞别吴王，四处搜寻楚景平王之墓，状如疯狂，满头的白发更加令人触目惊心。

申包胥离开郢都，一路向西，翻山越岭前行。这天，在山里休息时，他听樵夫谈论起吴王阖闾灭亡楚国，伍子胥烧毁楚国宗庙社稷，正在搜寻楚景平王的陵墓，想要掘墓鞭尸，报复满门被屠杀的仇恨。

申包胥痛恨不已，写下书信，请樵夫将书信呈给伍子胥。

伍子胥与申包胥兄弟情谊深厚，厚赏了送信的樵夫，拆开信来看，只见信上写着："你这样报仇，太过分了！我听说：'虽然人多势众，或许能胜过天理，但天理最终还是要获胜的。'你原来是景平王的臣子，亲自称臣侍奉过他，如今竟然要侮辱死去的人，这难道不是丧天害理到极点了吗！"

伍子胥对送信的人说："你替我向申包胥致歉吧，就说我因为年事已高，而报仇心切，就像眼看要日落西山，却仍路途遥遥，所以我要做出这种倒行逆施的事。”

申包胥得到回信，叹息：“伍子胥是要对楚国赶尽杀绝了。”

叹息过后，申包胥再不停留，立即向着秦国进发。伍子胥所说的“日暮途远”，正是如今申包胥的写照。前往秦国路远迢迢，楚国早已似落日沉沉坠下，如果秦国的救兵来迟了，很快就会没入西山。楚国就再也没有复兴的机会了。

一路上，申包胥一刻也不敢耽误，越过高山峻岭，渡过深水溪谷，鞋子穿烂了，脚掌磨破了，裤子破了，露出了膝盖，餐风露宿，直走得双脚开裂，流出的血浸透了鞋履。申包胥扯下衣裳，草草包扎，继续向前赶路。

西龙山上，历代楚君的陵墓一座座宏伟肃穆，却唯独没有楚景平王的陵墓。

伍子胥顿足捶胸，仰天叫道：“天呀！天呀！我父兄之冤仇难道永无报复之期吗？”他悲愤之情无可抑制。随从的兵士见了无不唏嘘感叹。

西龙山地处郢都城郊，原就并不繁华。况且，近来又是国亡城陷的大动乱时刻，楚人凄凄惶惶，犹似丧家之犬。连素日喧闹繁华的郢都也变得空空荡荡，非复昨日风光。西龙山更见荒凉，一阵阵寒风吹得枯叶四下纷飞，天地间都仿佛充满了悲凉肃杀之意。

不知从何处走来一位老者。他蹒跚地走到近前，朝伍子胥躬身一揖，说道：“将军要找寻楚景平王的陵墓，不知所为何事？”

伍子胥切齿道：“楚景平王杀害我父亲、兄长，我不能在他活着的时候用兵刃割断他的脖颈，在他死后也定要掘其陵墓，鞭其尸骨！”

老者愕然，长长地叹息了一声，道：“以将军之威名，动于天下，想不到竟是个只知顾念私仇的匹夫。”

伍子胥没料到这位寻常老者竟会说出这句话，怔了怔，说道：“楚景平王听信谗言，残害忠良，神人共愤，将其千刀万剐亦实不为过！我岂是只为报复私仇？”

老者长叹一声，仰首望向天空，缓缓地说道：“楚景平王自知积怨太多，唯恐死后被人挖掘陵墓，暴尸于野，所以葬在蓼台湖中。将军要掘墓鞭尸，只须抽干湖水，便可以见到棺椁。”

伍子胥将信将疑，如电双目盯住老者，问：“你一介草民，怎会知道楚景平王陵墓所在？”

老者面色惨然，喃喃道：“我怎会知道楚景平王陵墓所在？将军要知道，老汉原来是一名石匠。当初，楚景平王动用五十多名石匠，在蓼台湖底为他建造陵墓。事后，楚景平王为防止秘密外泄，将工匠们尽数杀死，唯独老汉侥幸逃脱，得以苟活至今。可怜五十多名石匠，如今只剩下我一人。楚景平王残忍无道，视平民如猪狗。今日将军要鞭其尸骨，也算为无辜惨死的平民出口恶气。”

伍子胥当即带领数百名士卒，随老者一同前往。蓼台湖在郢都东郊，因湖畔有一座蓼台，由此而得名。老者登上蓼台，用手指示陵墓所在方位。伍子胥先派善于潜水的士卒潜入湖底查看，果然找到一座石椁。于是，他命士卒每人背负一个沙囊，堆积在石椁四周，壅住流水。然后，用斧钺劈开石椁，里面是一具石棺。打开石棺，赫然惊见里面平躺的不是尸体，而是状似楚景平王的铁俑，穿戴着华美的衣冠。

老者道：“楚景平王害怕被人掘墓，故意设下疑棺，真正的棺在下面。”

撬开一层沉重的石板，眼前豁然开朗，一抹长长的斜坡墓道下面就是椁室。沿台阶走下去，伍子胥积蓄已久的愤怒达到了爆发的顶点。他的眼中暴出血丝，嘶声狂吼：“拆！把楚子老儿给我挖出来！”

众士卒一拥而上，拆除掉椁室的盖板，椁室暴露出来了。一共有七间，椁室之间用整块木料垒成隔墙，触目尽是随葬器物：青铜制成的礼器、兵器、陶器、漆木器、丝绸、乐器、竹器、玉器和竹简，应有尽有。凡是日常用到的，墓中也全都有。还有木俑、镇墓兽、虎座飞鸟等丧葬用具以及木鹿、雕花座屏之类的工艺装饰品，一件件制作精致、考究。其中最为醒目的便是楚景平王的硕大的三重长形弧棺。众士卒一见之下，抢奔过去，用手中的斧头，劈开一重重棺，直到最后一重棺打开后，楚景平王的尸体被抬出来，抛到墓坑旁边的土地上。伍子胥望向楚景平王的尸体，死者全身穿着金丝系络的玉衣，连脸上也蒙着玉，双手握绢。这位残暴无道的君主，死后竟还是一副高贵傲然的模样。他揭去尸体脸上的白玉，可以看到这老儿死去多年，但因尸身用水银殓过，至今仍肤肉不变，栩栩如生。

伍子胥愤怒得目中要滴出血来，抽出竹节铜鞭，狠狠地打下去，打得尸体上玉块乱飞，尸体露出来了。他用左脚踩住楚景平王的身体，右手屈起食指、中指，剜出楚景平王的双眼，叫道：“老儿！你生前枉有双眼，却不辨忠奸，听信谗言，害我父兄。伍子胥不能手刃仇人，又岂能让你全尸安葬？我要鞭你尸骨，毁你陵墓，使你无法安寝于地下！”

他说着，骂着，抡起铜鞭劈头盖脸地打下去。楚景平王保存完好的尸体，在他的铜鞭下渐渐变得模糊，肉烂骨折。但他仍不肯住手，一下接一下。玉块、烂肉、碎骨一起飞溅，溅了他一头一脸，他也不管不顾，只是不停地鞭打尸体，形同一只疯虎。直到楚景平王的尸体变成一滩烂泥，他才停住手，提着沾满烂肉碎骨的铜鞭呆呆地立着。

旁边有个士卒在暗中悄悄替他数着数。这时候，他忍不住叫出来：“将军好生了得，一口气鞭尸三百下。这下楚景平王的尸体连他自已的鬼魂都记不出来了！”

伍子胥嘿嘿地冷笑。他终于完成了长期以来的复仇计划。但他并没有感到轻松舒畅，心中空落落的，不是个滋味。他能鞭打仇人尸骨，可是，他换得回父兄的生命吗？

他的脸因扭曲而变得狰狞恐怖，眼角都裂开了，沁出鲜红的血。他嘶声喊道：“毁了这座陵墓！这昏君怎配享受这么多陪葬品？他的死尸应该拿去喂湖里的鱼虾！”

一声令下，士卒们扑上去大肆破坏。陶制的鬲、钵、罐、豆、长颈壶及各式玉器首先被砸得粉碎；鼓、瑟、笙、木俑、木鹿也被砍得一塌糊涂；锦、锻、罗、纱、绢、丝被撕成一条条，一片狼藉；较难毁坏的青铜器在猛力的劈砍下，伤痕累累，不再有昔日的精美辉煌。伍子胥看了一阵，心里烦躁难禁，漫步登上台阶，走上湖畔的蓼台。

蓼台内，老者佝偻着背，白发白须在寒风中飘飞，神情悲伤苍凉。

伍子胥瞪视着老者，问道：“你怨恨楚景平王，如今我鞭打他的尸骨，为你报仇，你为什么不高兴？为什么不笑？”

老者迎着他的目光，不答反问：“将军报了深仇大恨，为何也并无半分喜色？”

伍子胥怒道：“本将军问你话，你反倒质问本将军，好大的胆子！”

老者突然哈哈大笑起来，笑声里泪水纷然落下。

伍子胥喝道：“你笑什么？难道你疯了不成？”

老者道：“将军斥骂楚景平王昏庸残暴，害你父兄惨死，你自己却为了报复私仇，投靠敌国，带领异国匹夫前来攻打母邦，挑起血腥战火，害得无数人惨死沙场。伍将军，我笑你只知骂楚景平王，却听不到天下人咒骂你的声音。你今日威震天下，千载之下，必被百姓戳指痛骂！”

伍子胥眼射凶光，逼近老者，喝道：“老匹夫，休要口出疯言！你既如此恨我，却为何为我带路？你恨我带兵灭掉楚国，又为何要助我掘楚王陵墓？”

老者道：“楚景平王残暴昏庸，得今日之祸，实乃天数，该有此报应。老汉只是顺天行事，并不是助你伍子胥。伍子胥，你领兵伐楚，背叛母邦，你要记住楚景平王今日的报应，他日你必会和他一样下场！”

伍子胥脸上的肌肉一阵阵的抽搐，厉声道：“你勾结本国叛徒，使先君受辱，你可知你自己是何下场？！”

老者仰天大笑，身子抖动，惨然笑道：“我令先君受辱，折尽阳寿，当毙命于今朝！”

一语未了，已扑身撞向石柱，当时脑浆迸溅，死于非命。

伍子胥又恼又恨，冲上前，一把抓住老者的衣襟，大声叫道：“我替父兄报仇，有什么错？你为什么要如此责骂我？楚景平王杀我全家，楚国上下却没有一个人敢仗义执言。我带兵伐楚，又有什么错？……”

但老者已死，任凭他高声叫喊，也只是闭目不言不答。

历尽千辛万苦，申包胥终于到达秦国的国都——雍城。

只见河水丰沛，河谷纵深，雍水河、纸坊河、塔寺河，以及凤凰泉河环围在雍城四周，高大的雍城，立在天地之间，气势雄壮，令人不由得赞叹，只有神鬼之力，才能够建成这样宏大雄伟的都城。

雍城门前守卫森严，门吏把守，检查通行人等。申包胥走到城门前时，已经蓬头垢面，衣裳褴褛，状如乞丐。

等他呈上金符，门吏上下打量着他，思忖这代表楚国王权的符节，是不是这个乞丐从哪里偷来的。

听说楚国已经被吴国灭亡，也许是这乞丐乘乱混进楚王宫中偷窃来的，奇怪的是，一个乞丐为什么会从楚国远赴千里之外的秦国，还光明正大地拿出来，难道不怕被人抓起来吗？

门吏议论的声音被申包胥听到了。他经常作为使者，代表楚国出使列国，精通列国语言。此时，申包胥听门吏说他是偷盗虎符的乞丐，用手指着门吏，气得几乎说不出话：“竟然诬指堂堂楚国的使臣是乞丐！你……太无礼了！”

门吏说：“列国使者我见过千千万，从来没见过您这样的使者啊。”

申包胥一路上急着赶路，顾不得仪容。这时，他才打量自己的衣裳，实在是破烂得不成样子。

他登山涉水，历经风霜之苦，今日又比不得往常，能乘坐着华丽的车舆，随从侍卫相随而来。他实在也没办法讲究衣着仪容了。

他满心苦涩，说：“楚国惨遭灭国之痛，我身为楚国臣子，椎心痛楚，昼夜奔波，千里跋涉而来，你还有心开我的玩笑。”

一番话没有说完，眼泪止不住地滚落下来。

以前他贵为王孙贵胄，不管在楚国还是在列国，生活锦衣玉食，到处众人簇拥相随，满耳听到的都是赞扬颂美的话，满眼看到的都是和悦笑颜、锦绣繁华。现在楚国灭亡，他肉体上受到的痛苦不算什么，可以忽略不计，他实在无法忍受被人羞辱、嘲笑。

到现在，他才真真切切地感受到秦景夫人所说的话：“与楚国同一命运，同存共亡。”

如果不能复兴楚国，不仅是无颜面对列祖列宗，辜负了秦景夫人的重托，从此之后，他也只能像行尸走肉一样苟活人世，没有任何尊严。

亡国奴，这深重的耻辱，会永远烙在他的身上，无法摆脱，无法清洗。

申包胥努力忍住眼泪。他不能在门吏面前哭泣。他仰起头，面对着刺目的阳光，面对着审视他的门吏，挺起胸膛，大声说："楚国使臣申包胥，前来拜见秦伯，请开启城门放行！"

门吏收敛起嘲笑谑戏的神情，说："使者一路奔波劳苦，请先更衣沐浴，再拜见国君。"

申包胥昂然说："行大事不拘小节。楚国危亡之际，使臣以救国图存为第一要务，如果有对秦伯不敬之处，等事情了结，使臣自会前来请罪！"

城门开启，门吏放他通行，看他已经饿得皮包骨头，又送食物给他。申包胥忍泪谢过，迈步走进秦国都城。

秦国都城，没有以前楚国都城繁华富庶，但现在在申包胥看来，繁华富庶已经不重要，能像秦国人这样安定的生存，就是世上最大的幸福。

这是他以前想不到的。

以前，申包胥和天下列国大多数人一样，经常嘲笑秦国人，不懂得享受，不懂得文化。秦国人太过质朴，只知道务实努力，不浪漫，不奢华，不富丽，活得像脚底的土地一样，默默无闻，毫不起眼。

现在，申包胥才感受到土地的力量，质朴无华，务实努力，是一种能够震慑人心的力量。以往他追逐的时尚、奢华、浪漫、唯美，在这种力量的对比下，不堪一击。

毫不起眼的土地，任凭世人踩踏，从不抱怨，从不自伤自怜，孕育万物，充满了蓬勃生机。

正像眼前的秦国人一样。

表面的质朴无华，事实上强悍坚毅，充满了生机、活力。

这就是秦国的强大之处。

申包胥扪心自问，楚国到灭亡的境地，是因为伍子胥？还是早就埋下了亡国的种子？

伍子胥的复仇，也许对楚国来说，是一件好事，使楚国人能够警醒，追逐时尚、追逐奢华才是楚国真正亡国的源头。轻浮躁进的楚国人，被浮名浮利浮华所吸引，已经和立国之初，坐着柴车，穿着破烂衣裳，开创楚国的先君越行越远了。

这是何等的惨痛。

申包胥拔剑割破自己的手掌，用这痛楚，让自己铭记：不要忘记先君开疆拓土的艰辛和努力！

雍都平直宽阔的街道上，申包胥衣裳褴褛，踉跄前行。穿越山林时在身上留下了各种划伤、擦痕，有的伤痕已经结疤，有的还流着血，脚走得流血开裂，他毫不在意。

经过秦国为列国使臣开设的宾馆时，申包胥毫不停留，继续向前。他徒步而行，远涉千里，身体疲惫困顿到了极点，但凭着满腔赤诚，自我激励着，努力向前。他记挂着覆灭的楚国，君臣百姓都在危难之中，期望能早日借到秦国援兵，驱逐入侵的吴军，恢复荆楚山河。

远远地望见前面壮丽宏伟的宫殿，申包胥心情激荡，终于要见到秦伯了。只觉胸口一腔热血翻腾上涌，喉头腥甜，他努力向下吞咽，告诫自己：不能吐血，不能让本来已经撑到极致的身体更加衰弱。

守门人看到他走过来，迎上前。申包胥双手举起金虎符。守门人认出这是楚国的符节，仍然拦阻，禁止前行。

守门人喝问："什么人？披头散发，疯癫疯癫，竟敢擅闯宫门？"

申包胥打起精神，勉力回答说："楚国使臣，前来拜见秦伯。"

守门人说："请先到宾馆，递交国书后，等候国君召唤，才能入内。既是楚国来使，怎么会连规矩都不懂？"

第三十三章·秦景夫人

郢都城内，乱作一团。公子山和夫概为了争夺囊瓦的家产、姬妾，各不相让，竟然大动干戈。两人各领士卒激战起来，斗得天昏地暗。孙武、伯嚭闻讯赶来劝解也劝不开。直到吴王阖闾气冲冲地来到，两人才停住手。

吴王阖闾大发雷霆，怒声道："成什么样子？！居然在大街上大打出手！你们能打，为什么不去打楚王？能擒住楚王轸那是大功一件。自己同胞相残，存心要叫别人笑话，是不是？"

吴王阖闾稍顿了顿，又教训公子山："你更不像话！连长幼序次都不懂，竟然和叔叔相争。楚国上卿又不止囊瓦一个。你有本事，尽管去抢其他人的官邸来住。占得多算你有本事，又何必同叔叔争？"

一番话训得公子山抬不起头，连声道："父王教训得是！"

夫概脸上也挂不住了，忙说："是臣的不是。臣不该与公子山相争。请大王降罪责罚！"

吴王阖闾转向夫概时，脸色已温和了许多。

"王弟不必谦让。此次破楚，王弟功劳不小，囊瓦几间宅子算得了什么？来日寡人还要重重地奖赏于你。小孩子不懂事，冒犯顶撞，你不要放在心里。"

这么一说，夫概若再推让，倒像是对此事犹耿耿于怀似的，当下便不再推辞。

囊瓦贪婪敛财的恶名闻于诸侯。吴王阖闾众人一起兴致勃勃地观看囊瓦的豪宅，里面果然藏了许多珍稀宝物。阖闾虽贵为吴王，但一心想着雄霸天下，勤俭治国，自己衣食用度十分节俭。此时，吴王阖闾看到楚国令尹府中奢侈豪华的景象，禁不住哈哈笑道："楚国称霸日久，连令尹府中也是如此奢华，寡人自愧弗如呀！"虽是自嘲，内中也隐隐透出几分羡慕的意味。

孙武感叹道："奢华是亡国的根源。楚国此番惨败实在是因为它自身的原因。吴国出兵征伐，只不过加快了它的灭亡。"

吴王阖闾听在耳朵里并不十分赞同。国君应该有国君的威仪和享受，自己以前实在是太虐待自己了。如今霸主之位已垂手可得，再也用不着戒奢求俭，令自己吃苦了。他暗下决心。

当看到马厩中两匹漂亮的肃霜马，吴王阖闾脱口赞道："好马！囊瓦选马倒真有几分眼光！"

马厩里的下人赶紧说道："这是有名的肃霜马，日行千里，快似流星。"

"哦？这就是肃霜马？"吴王阖闾问，"可是当年囊瓦从唐侯那里抢来的肃霜马？"

下人忙答："正是。"

吴王阖闾望向夫概，笑着道："夫概将军，寡人想向你讨两件宝物，不知将军肯不肯割爱？"

夫概躬身道："大王太客气了。大王但有吩咐，臣敢不从命！"

吴王阖闾道："将军应该还记得咱们出兵伐楚是应唐、蔡两国相请。唐侯、蔡侯被囊瓦夺去了两件宝物，心有不甘，所以才借兵伐楚。如今楚国打下来了，那些宝物若不及时奉还，我怕两位君侯又要愤愤不平了。"

夫概笑道："大王说的是，肃霜马和裘服美玉，臣这就派人送过去。"

面对着失而复还的宝物，唐侯、蔡侯心中更加忐忑不安。眼看如狼似虎的吴军在楚国都城中大肆抢掠烧杀、奸淫，飞扬跋扈，自诩为"天下第一劲派"，连一同参与伐楚的唐蔡军队也时常遭受欺侮，唐侯、蔡侯难免有"才驱豺狼，又迎虎豹"的哀叹。而吴王阖闾的骄横霸道又远在囊瓦之上，只不过在表面上摆出一副谦和仁慈的姿态罢了。两个人的心里面十分清楚，得罪了囊瓦犹可在幽禁三年后得以释放，一旦得罪了阖闾，所面临就将是亡国灭族的惨祸了。阖闾此刻派人送还宝物，究竟是何居心，他们不得而知。但经历了诸多磨难后，他们才真切地感悟到宝物是惹祸的根苗。倘是大国君王，自不妨多多聚敛世间珍宝，收藏起来供自己赏玩享乐。作为仰人鼻息，在强国夹缝间求生存的小国来说，这显然不是明智的举动。唐侯、蔡侯权衡再三之后，毅然将宝物呈献给吴王阖闾。剜却心头肉，只为保存一介微命和祖宗留传下来的土地。

唐、蔡两国的军队匆匆地离开郢都，离开这个是非地。胜利的荣耀只能归于强者。唐、蔡两个小国在这场震惊天下的宏大的战争中，有着不可低估的推波助澜的作用。但胜利并不属于他们，与其继续留在这里受辱，倒不如及早归去，心里或许还在暗自庆幸，所幸这次灭亡的是强楚，并不是他们自己。至于被灭掉的楚国的悲惨命运，那是连想都顾不上想了。在这个战乱纷争的年代里，只要能保持自己不被灭亡，已是天大的幸事，哪里还顾得上关心他人生死？

吴王阖闾毫不客气地收下唐、蔡两国君主进献的宝物，对他们的离去稍作挽留，便索性由他们去了。他对于他们的去留并不放在心上。这种懦弱无能的角色根本犯不着他多费心思。

自从进入郢都后，吴军抢夺财物，侵占民宅。吴国将军大夫按爵位、战功占据楚国上卿、大夫的家宅。吴王阖闾则住进了楚王宫。

吴王阖闾多年来过着节俭朴素的生活，一旦达到了梦寐以求的目标，就不再自我约束节制，便显露出来了骄横淫奢的本性。他在建筑宏伟、华美的楼台大筵群臣，朝歌夜舞，纵情声色。他的这种变化令孙武忧心忡忡，虽隐忍未言，但并不想刻意掩饰。在这狂欢喜庆的筵会上，孙武便显得与旁人格格不入，极不协调。

吴王阖闾看在眼里，心中老大的不高兴。带着三分醉意，他问孙武："长卿，举座皆欢，卿何以不饮不笑？想来是有什么心事，对不对？"

孙武起身答道："臣确有一事萦挂于怀，所以无心饮宴。"

"哦，看来寡人猜得没错。"吴王阖闾哈哈大笑了起来，"长卿是不是迷恋上了哪位美人，连酒也吃不下了。"

他望望跪伏在重席上劝酒的美女，伸手捏住她那圆润的下颌，使她的脸仰向他。那女子微微一笑，颊边现出两只甜美的酒窝。

吴王阖闾笑道："好一位美人！长卿怕是看上她了！"

大殿上的群臣们都哈哈大笑起来。夫概一边狂笑，一边灌他身旁的美女喝酒，还用胡子去扎她的脸，吓得她左躲右闪，花容惨变。

孙武神色平静从容，徐徐说道："臣在想大王如何能够成就霸业。"

吴王阖闾大笑道："原来长卿不喜女色，难怪当年能连斩寡人两名爱姬而不手软。若换了旁人，怕谁都不忍心下手。"

伍子胥一向与孙武交好。孙武能辅佐吴王，便是他全力引荐。这时，伍子胥就笑着接道："长卿虽斩了大王两名姬妾，但他辅助大王西破强楚，楚宫中数百名美女妖姬供大王享乐，也算是将功补过了。"

"寡人并没有责怪长卿的意思。"吴王阖闾十分大度地说，"长卿，你只管将你心里所想的全都讲出来。寡人一向觉得你的话很值得听一听。"

孙武躬身拜道："大王这么说，臣深感荣幸。"

吴王阖闾摆摆手，说："坐下讲。我们君臣之间不要讲这许多客套。"

孙武归于座中，侃侃而谈："臣至今仍记得当初见大王时，大王倜傥豪迈，伟才盖世，有雄霸天下之志，是以臣献上十三篇兵法，欲助大王成就大业。而今击破强楚，霸业初成。然列国诸侯中秦、晋、齐三国犹未可轻视。越国虽小，与吴唇齿相邻，两国参商，终是心头大患。大王正该趁破楚之际，善待楚人，充足实力，使吴国愈加强大……"

吴王阖闾拊掌道："长卿所言甚是，正合孤意！寡人来日定当再兴雄师，扫平列国，成就千秋不灭之霸业！"

孙武道："武力只能逞一时之威，仁义方能服万民之心。雄霸天下并非一味穷兵黩武，兴兵作战乃是关系社稷存亡、百姓生死的大事，未可轻启战端。"

吴王阖闾笑了起来："卿深通兵法，不启战端，那不是弃已所长，不觉得可惜吗？"

孙武淡淡一笑："不经交战而能使敌人屈服，这才是最高明的兵法。倘要用到武力，即使百战百胜，那便落到下乘了。"

吴王阖闾大口饮尽觯中美酒，酒劲涌上来了。看身旁美女纤眉长画，红唇娇艳，一双水亮的丹凤眼，眼梢斜向上挑，眸光流转，直媚到骨子里去。阖闾燥热难当，猛地将美女拥入怀中，伸手扯她的衣带。至于孙武在说些什么，他都顾不上理睬了，只笑说："长卿讲的极是。不过今日大家只管尽情饮酒作乐。卿之妙论改日再洗耳聆听不迟。"

孙武大失所望，暗叹道："今日之吴王，再不是昔日从谏如流的吴王了。"心中生出无限感慨和怅惘。

吴王阖闾宿在楚宫中，每日让宫中美女轮流侍寝。这些女子大多是楚景平王的姬妾。楚景平王生前广置妃嫔，选年轻美貌的女子入宫服侍。这些女子个个生得娇美妩媚，令吴王阖闾大喜若狂。吴王阖闾每天乘着楚王的玉舆在宫中游玩，走到哪里，当晚便宿在哪里。这天，吴王阖闾来到一处宫殿前，只见大门紧闭，寂寥清穆，与别处宫殿气氛大不相同。

他十分奇怪，问道："这是什么地方？什么人住在这里？"

随行的内侍答道："这是楚王的母亲秦景夫人居住的宫殿。"

"哦？"吴王阖闾手拈胡须，很感兴趣。他久闻楚景平王夺太子建的夫人纳入后宫，十分宠幸，封为君夫人，也就是现今楚王的生母。

"想必一定十分的美貌，才令楚景平王不顾伦常大道，强占儿媳。"他暗想。计算一下年纪，秦景夫人地位虽尊崇，其实年龄并不算长，只有三十三岁。

吴王阖闾按捺不住，吩咐内侍开门，招秦景夫人来见，急于一睹美人的芳姿。

宫门打开，却不见秦景夫人出迎。吴王阖闾大怒："楚国已亡，举国皆为臣虏，一名弱质女子竟敢如此大胆狂妄！"当即喝道："速擒来见寡人！"

侍从们饿狼般扑进内室，意欲将秦景夫人擒来见阖闾。但见她肃然而立，神态端庄高贵，令人不敢仰视，均情不自禁止步，退立一旁。秦景夫人神色冷漠，对众人不屑一顾，缓步走出内室。

吴王阖闾正等得着急，看见她走出来，大喜之下，忙迎上前去，同时趁机端详秦景夫人的容貌。只见她前额宽阔，肤如凝脂，双眸清秀，琼鼻端正，容貌之美，赛过阖闾平生所见过的诸多女子。她步履优雅，风韵高华，更非旁人所能企及。吴王阖闾本意存轻薄，但此时竟也为她的威仪所慑，不敢妄动。

秦景夫人道："妾听说身为诸侯，应为一国之表率。礼曰：'男女居不同席，食不共器，以示区别。'今大王违礼失德，淫乱的声名闻于天下，丧失了一国君主应有的威仪。妾乃楚国，虽无力挽救楚国的败亡，但还知道守身持节的道理。今日大王如若轻薄凌辱妾身，妾宁愿死于剑下，决不敢从命。"

吴王阖闾只顾端详秦景夫人的美貌。这时，他才注意到她手中持着一口寒光闪闪的短剑，不由大惊，连忙说道："寡人敬慕夫人已久，只求一睹芳容，岂敢失礼唐突？夫人休要多虑。"

说完，吴王阖闾匆忙带领侍从退出来。吴王阖闾命令原来的侍卫依旧保卫秦景夫人的宫殿，严禁任何人擅自闯入。

伯嚭素得吴王阖闾宠信，又痛恨楚人灭伯氏全族，迫自己逃往异国存身。得知这件事后，伯嚭便怂恿吴王阖闾将秦景夫人纳为姬妾。

吴王阖闾叹道："秦景夫人义正辞严，决不可相逼过甚。她是秦伯的女儿，万一有什么不测，秦国必定倾国相报。此事还是不要再提了。"

时光，对于沉醉在胜利的喜悦中的吴军来说，似乎显得格外迅捷轻快。不知不觉间，冬季和春季已悄然溜走。夏天来了，郢都呈现出一派生机和蓬勃的绿意。亡了国的楚人脸上依旧带着凄惶和恐惧，但那些草木却不管人事变迁，仍是那么快活的生长，连老树上都吐出了绿叶。它们才不理什么亡国惨痛呢。吴军砸毁了楚国的宗庙，占据了楚人的家宅，尽情地享受着楚都的繁华，乐不思归。

在这欢乐和喜悦中也有一些小小的不快。公子申带领着三千甲士躲藏在郢都附近，常常暗中偷袭落单的吴军，暗杀、放冷箭，甚至往水中投毒，用各种方法打击吴军。但是，楚军终因人少力单，成不了气候。吴军几次搜捕无功后便放弃了，并不将他们放在心上，将怒气都发泄到城里百姓的身上，毒打、杀戮，手段十分残忍。一部分百姓熬不过折磨，四散逃出郢都。公子申便穿上楚王的冕服，乘坐楚王的玉舆，自称楚王轸，在脾泄建立国家，招聚离散的楚国百姓，安定人心。

有人将消息报告给伍子胥，请他派兵前往剿杀。伍子胥冷笑道："楚子逃亡还来不及呢，岂会自暴行踪，大肆宣扬？这定是楚人的诡计，想骗我不去追查楚子的真正行踪。不必理他！"

不久，探子打听到楚王轸及随行的臣子已逃往随国。

伍子胥立刻入宫进见吴王阖闾："不杀楚子，楚国终有复兴的一天。臣愿领一支军兵，生擒楚子，来见大王，以消除后患。"

吴王阖闾点头应允。伍子胥当即率军长驱直入随国，在随侯宫殿的南面驻扎下来。

楚王轸的住处在随侯宫殿的北面，与吴军相距很近。众人一个个提心吊胆，惶惶不安，害怕伍子胥将会胁迫随侯交出楚王。

箴尹固急得连连搓手，在室内来回走动，道："沈将军去方城之外调兵已有五六天，算起来明天应该赶回来了。为什么还没有一点消息？"

公子结性情刚烈勇敢。他大步走到楚王轸跟前，说："情势危急，别无他法。臣面貌酷似大王。如果伍子胥逼随侯交出大王，让我假扮成大王，臣代大王前去，大王一定可以逃脱危险！"

楚王轸巍然端坐，神色不变，淡淡说道："诸位不必惊慌。事情总归是要来的，惊慌也没有用。大家不如坐下来一起吃酒如何？"

众人依言坐下，扬觞饮酒，可是喝到口里全是苦味。

伍子胥派遣使者向随侯致言："周朝的子孙，封在汉水一带的，都被楚国吞灭了。上天表示了它的心意，让我们吴国惩罚楚国。而君侯您却又把楚王窝藏起来。周朝的子孙有什么罪，为什么一定要受楚国残害欺侮？君侯若顾念周天子的恩惠，把它延续到吴王的身上，来完成上天的意愿。那么，汉水以北的土地，将会归您所有。吴王愿与君侯世世结为兄弟，共同侍奉周天子。"

使者言辞柔和，并无威胁恫吓之语，但吴军兵临城下本身就是无声的威慑。

随侯急忙召集群臣商议。如果不交出楚王，必然是玉石俱焚。交出楚王，则又有违道德礼仪。随国君臣一时进退两难，

随侯无法决断是否将楚王交给吴国，最终决定召来太史，进行占卜，听从上天的指示，再定取舍。

太史占卜的结果很快出来了：

卜辞说："平必陂，往必复。故勿弃，新勿欲。西邻为虎，东邻为肉。"

意思是说："平原早晚会变成山坡，去了早晚会回来。旧的东西不要丢弃，新的东西不要欲求。西边的邻居是猛虎，东边的邻居是肉。"

随侯看了卜辞，说："楚为故，吴为新；西邻是楚国，东邻是吴国。随国世代依附楚国，不应该在楚国面临危难时抛弃。楚国势力强大如同猛虎，吴国看起来威势，但国力不足以称霸，必将被楚国吞并。鬼神已经很明显地宣示给我们了。"

于是，随侯派人婉言拒绝伍子胥派来的使者，说："随是小国，一直都是楚国的附属国。随、楚两国世代都交下盟约，到现在一直没有改变。如果在楚国有危难的时候便

背弃它，这样不守信义，以后又怎么事奉吴王呢？吴王所忧患的不只是楚王一人。假如整个楚国都安定下来，顺服吴王的统治，我怎敢不听从您的命令呢？”

使者无言应答，只得回来将随侯的意思转达给伍子胥。

伍子胥怒道：“小小随国，竟敢大胆违逆，实在可恨！”

他一脚踢翻面前的几案，拔剑喝道：“传我军令，立即率兵杀入随宫，不擒获楚子决不撤退！”

话音未落，一名密探急匆匆地闯进来，跪下叩头道：“启禀将军，楚国将军王孙由于统率二万六千军兵，正向随赶来，日内便会到达。”

伍子胥闷哼道：“知道了。”

帐外又有一名密探奔进来，报道：“禀将军，楚国大夫申包胥借得秦军五万余人，赶来救援楚国，现已屯兵襄阳。”

伍子胥冷冷道：“申包胥，果然不忘当日之语！”

这时候，他生气归生气，但已渐渐冷静下来。此次统兵入随，伍子胥仅带一万甲士。他没有料到楚国于此刻尚有能力进行反击。太过轻视对手，令他陷入了困境中。按照既定计划，硬闯随宫，很可能因拖延时间遇到楚军，以寡敌众，惨遭败亡。如果知难而退，固然可以保全，但无功空返，别人纵不责难，自己也很难下台。正是进退两难。

第三十四章·痛哭秦庭

申包胥极为哀痛："楚国正在危难之际，稍加拖延也许从此覆灭，永远无法复国了。使臣要立即面见秦伯。"

守门人仍然拒绝放行，说："秦国法度森严，没有秦伯召唤，使臣不得入宫。"

申包胥回望荆楚的方向，内心的悲痛、惨伤无法抑制。楚王正在危难中，随时有可能丧失生命，自己已经千里跋涉来到秦国，却被挡在宫门外，无法见到秦伯。功亏一篑，申包胥实在无法接受。

既然守门人不让他进入宫门，申包胥就高声叫喊："楚国难臣申包胥，求上国速救楚乱！"

守门人恼他放肆胡闹，要驱赶他离开。申包胥拔出佩剑，大叫："无法完成使命，我还有什么脸苟活于世。宁可战死，决不能退却。无数楚国人都战死沙场，我要在秦国为国战死，用鲜血维护楚国使臣的尊严。"

宫门前，申包胥挥舞青铜剑，高声叫嚷。他勇于为国战死，守门人却不敢擅杀外国使臣，又不能违令放他入宫。于是，几个人招呼一声，将他打倒在地，要堵住他的嘴，不让他乱嚷乱叫。

正在这时，一行人从宫里走出来。为首一人，看到这个情形，眉头微皱，问："什么人在此喧闹！"

问话的人是大庶长冉。

他在朝堂与秦伯议论国事，刚刚辞别出来。经过这里，他听到有人大声喧嚷，于是出言问询。

一个守门人赶快回答："回禀大庶长，此人自称楚国使臣，要立刻面见君上。"

楚国被吴国灭亡的消息早已传到秦国。大庶长冉心知楚国必定派遣使臣前来，打量地上那人虽然蓬头垢面，形如乞丐，细加辨认，这使臣正是楚国王孙——申包胥。

王孙是楚国王室成员，不可怠慢。大庶长冉命人将申包胥搀扶起来。

大庶长冉叹息："王孙，你何以竟到如此地步。"

申包胥泪流满面："大庶长，我楚国正在危难之中。大庶长，你要施以援手啊！"

大庶长冉回想当年临潼会上，楚王何等的威风霸气，侵凌于列国诸侯之上，想不到现在已经身死国亡。一贯衣冠楚楚、整洁华美的申包胥竟像乞丐一样，被人打倒在地上。

秦楚联姻，出于大庶长冉的请求，如今楚国被吴国灭亡，他可以视而不见。楚国使臣前来，他实在是避无可避。

于是，命人带申包胥去沐浴更衣。

申包胥说："楚王命在旦夕之间，楚臣何敢拖延时间啊。"

大庶长冉点头，成全他的心意，即刻派人带他进宫，拜见秦伯。

秦伯赵籍正在翻看简册，竹简一卷一卷，堆满了几案。看到申包胥走过来，他眉头立刻皱起。

申包胥伏身拜礼："楚臣申包胥冒犯，大王恕罪！"

秦伯赵籍问："大夫，有什么事情要教寡人吗？"

申包胥说；"吴国是贪婪的野猪，是残暴的大蛇。多次侵害中原各国，最先受到侵害的是楚国。我们的国君不幸失守了国都，流落在荒草野林之中，派遣下臣来到上国告急，求救上国，出兵援楚，以解楚难。"

秦伯赵籍说："寡人僻居西陲，兵微将寡，自保无暇，怎么能救援别人？大夫另到别国去吧！"

申包胥说；"吴国的本性是贪得无厌。楚国与秦国交界，如果楚国遭难而秦国不救，等到吴国灭亡了楚国，吴国成为您的邻国，就会对您的边疆造成危害。趁吴国人还没有把楚国平定，您去夺取一部分楚国的土地吧。如果楚国就此灭亡，那就是君王的土地了。如果仰仗君王的威灵来安抚楚国，楚国将世世代代事奉君王。"

秦伯赵籍辞谢申包胥，说："我知道您的意见了，大夫姑且到宾馆休息，寡人和群臣商议后再答复您。"

申包胥多次出使列国，明白这是秦伯在婉言谢绝，一旦自己到宾馆安歇，再想见到秦伯，就很难了。他决不能放过这个唯一可能说服秦伯的机会。

申包胥回答说："我们国君逃亡到杂草丛林之中，还没有得到安身的地方，下臣哪敢去休息呢？"

秦伯赵籍对申包胥的请求不置可否。

申包胥内心焦急万分，忍不住苦苦恳求。

秦伯赵籍不愿再听申包胥喋喋不休地哀求，自己下殿而去，回转后宫。

申包胥不愿放弃这个复兴楚国的最后希望，跟随在秦伯身后，苦苦哀求。

侍从阻拦说："后宫禁地，外臣不得入内！"

申包胥再急切，也知道擅闯后宫禁地的下场，只得一个人孤零零地站在庭院当中。

秦庭中，有花有木，有飞掠而过的鸟儿，有不时来往的侍从、卫士。但在申包胥心中，他是孤独的。

天地间，只剩下他一个人。

只有千里之外，覆灭的楚国与他同在。

这一路走来，千里奔波的艰辛苦楚，申包胥从没放在心上。他心切切期盼着：到了秦国，见了秦伯，一切的付出都会得到回报，覆灭的楚国会因为自己的努力而得以复国。当年，在伍子胥面前矢志复兴楚国的誓言，也将在这流血流汗的付出后，得以实现。

当秦伯赵籍转身离去，扑灭了他唯一的希望。

茕茕孑立于秦庭，申包胥只觉悲从中来。

国破，家亡，矢志成空，天地间最大的悲痛。

申包胥忍不住放声大哭!

他的哭泣，招惹来议论和嗤笑，使他感到莫大的羞辱。

可是，他又能怎么办?

与其在这里被人羞辱，不如走出去。

可是，这一走出去，就再也回不来了。

放眼天下列国，能够救援楚国的，只有秦国。

离开秦庭，得不到秦国的救援，楚国就真的灭亡了。

想到楚国的安危存亡，他的哭声更加悲切了。

痛哭楚国社稷今何在；

痛哭楚王流落在草莽不能回归郢都；

痛哭辜负了秦景夫人的重托；

痛哭伍子胥灭亡祖国，鞭打先王尸骸；

痛哭为国殉难的一众忠良臣子；

痛哭自己登山涉水，披星戴月，千辛万苦，一步一步奔雍城而来；

痛哭秦伯不肯救援楚国的危难，忘记了永结姻亲的誓言。

申包胥这一哭起来，就再也无法停止，不分昼夜，粒米未进，勺水未饮，哭到最后，声音喑哑，吐出血来，仍然在苦苦坚持。

整整痛哭了七天七夜，就算泪流成河，也要拯救覆灭的楚国。最后申包胥终于头昏眼花，气绝晕倒，不省人事。

一名内侍心生怜悯，走过去，给他喂水，让他慢慢地苏醒过来。

申包胥醒转过来，继续痛哭。

内侍劝说：“大夫，你不要再哭泣了。这样哭下去，真的会哭死的。”

申包胥痛哭说：“楚国覆灭，楚臣有何面目偷生世上啊！”

内侍说：“大夫，你是来救大王复兴楚国的，不是来秦国送死的。”

申包胥痛哭失声：“秦国不发救兵，楚国灭亡，我实在无法可想，哭死在这里，也算求仁得仁了。”

内侍不停地叹息。

申包胥说到生死之际，突然想起临行前，在楚宫见到秦景夫人，她悲切哭泣的容颜，浮现在他的眼前。

她临行前嘱咐的话语，再次响起在耳畔：“若是遇到危难，打开锦囊观看，自有解危之策。”

申包胥虽然衣裳褴褛，但秦景夫人交付的锦囊，一直珍重收藏，从未敢失落，此时还带在身上。

此时，申包胥已经失去了行动的力气，请求内侍帮他拿出锦囊。锦囊上的火封仍然保持完好。

看着华贵的锦囊，申包胥思量：“这里面藏着什么物件？真的能解我危困吗？”

他的危困是秦伯拒绝发兵，一个小小的锦囊就能令秦伯改变主意吗？

申包胥请求内侍帮他拆开火封。

内侍看着火封上的钤印，吃惊地说：“大夫，这是秦国的标志，大夫从哪里得来的？”

申包胥嘴唇干裂得流出血来，说：“这是楚王的母亲送给我的。”

内侍流下泪水，说：“你们楚王的母亲，是我们秦伯的长女啊。”

想到秦伯的爱女正在敌军占领的危城中，生死难料，内侍也止不住哭泣起来。

一面哭泣，一面拆开火封，打开锦囊，里面是一根破旧的马鞭。

申包胥和内侍都疑惑了。

一根破旧的马鞭，能解得什么危机？

申包胥躺在地上，艰难地呼吸，说：“如果我死了，请你把这只锦囊托人交还给秦景夫人。”

内侍说：“秦景夫人让你带来一定有用意。大夫，何不一试呢？”

申包胥百般思量，想不出一根破旧马鞭有何用处。

最后，他实在无法可想，就对内侍说：“请你交给秦伯，就说是秦景夫人请我交给他的。”

内侍应承了，把破旧马鞭呈给秦伯赵籍。

秦伯赵籍接过来，止不住泪水洒落下来，手抚着破旧马鞭，万般感慨。

这马鞭，是秦国先祖非子留下的遗物。当年临潼会上，秦伯将它夸耀为秦国国宝。长女嬴香远嫁楚国前，秦伯亲手将马鞭交给她，嘱咐她一人独在异国，要好生照顾自己，遇到困难，不要因为冲动伤害到自己，要像驯马一样，慢慢依着马的性情，来驯服，最终实现自己的目的。

想不到，十八年后，当年的旧物，又重新出现在秦伯的眼前。

十八年来，物是人非。

嬴香从嫁给太子建改嫁给楚景平王，楚国也从最强大的国家到如今覆灭的境地。

一开始，秦伯赵籍并没有把楚国的安危放在心上，甚至有点快意。

他痛恨楚国。秦穆公的女儿嫁给楚成王，陪嫁媵妾却封为君夫人；秦景公的妹妹嫁给楚共王，虽然保留了君夫人的头衔，却全无恩宠，一无子嗣，凄凉终老；他自己的女儿嫁给楚国太子建，竟然被楚景平王强夺为妻。吴国灭亡楚国，为他出了一口恶气。

现在，手抚马鞭，他想起来，楚国虽然再一再二再三的辜负秦国，伤害秦国，但现在的楚王，毕竟是他的外孙，他的女儿居住的国都沦陷，生死难料。

于公，秦国与楚国签订了世代姻亲盟好的誓约，但楚国一次次地伤害秦国。秦伯赵籍不派兵攻打楚国，已经是仁至义尽了。

于私，楚王的母亲是秦伯的女儿，楚王是秦伯的外孙，都是他的亲人，身上流淌着他的血脉。女儿、外孙身遭困厄，派遣使臣向他求助，他能坐视不管吗？他恨透了楚景平王，但他放不下女儿、外孙。

反复思量，秦伯赵籍终于决定放弃仇恨。

放下马鞭，秦伯赵籍来不及系好衣帽就跑来看申包胥。

申包胥躺在秦庭，气息微弱，奄奄待毙。秦伯赵籍左手捧着他的头，右手给他灌水。申包胥慢慢地恢复过来。

秦伯赵籍说：“大夫，你何必如此？”

申包胥说：“我是楚国派来的申包胥，没有死于国难，新获罪于秦伯。”

秦伯赵籍说：“寡人赦你无罪。”

申包胥说：“吴楚两国在柏举交战，吴国连攻三次，进入楚都，楚君逃亡，大夫跟随，百姓流离失所。景夫人特派我来报告楚国面临的亡国大祸，并且请求援救。”

秦伯赵籍说：“这些我全都知道，你快起来吧。”

申包胥说：“楚国遭遇亡国大祸，楚臣有何面目偷生于世。臣不愿身披铠甲，手执武器与强敌作战，像一个普通士卒战死。臣远涉千里，求救于诸侯，期望秦国能出兵救援楚国的危难。臣没有完成使命，连一个为国战死的普通士卒都不如，没有脸回归楚国。臣愿死在秦国，以殉国难。”

秦伯赵籍一再要他起身，他一直不起。

秦伯赵籍感叹：“寡人听说，万乘大国的君王，如果得罪了志士，国家就会危险，如今就是这样啊。”

于是，赋诗一首：

“岂曰无衣？与子同袍。
王于兴师，修我戈矛，与子同仇！
岂曰无衣？与子同泽。
王于兴师，修我矛戟，与子偕作！
岂曰无衣？与子同裳。
王于兴师，修我甲兵，与子偕行！”

整首诗歌的意思是：

“谁说没有衣裳？和你穿同样的战袍。
君王要起兵，修整好戈和矛，和你共同对敌！
谁说没有衣裳？和你穿同样的内衣。
君王要起兵，修整好矛和戟，和你共同行动！
谁说没有衣裳？和你穿同样的战裙。
君王要起兵，修整好铠甲和兵器，和你共同前进！”

申包胥听秦伯歌中咏唱的意思是要为楚国发兵，当即向秦伯九次顿首拜礼。

顿首礼，表示哀恸之至和特别崇敬之意，用于凶丧非常之事。之后又演变为请罪之拜。

出兵是凶事。九顿首，表明申包胥的哀恸、崇敬、请罪之情。

秦伯赵籍扶他起身，说：“楚王虽然是无道昏君，有这样的臣子，能不保存楚国吗？”命人送上食物，先让申包胥进食，调养身体。

随后，秦伯赵籍召来公子蒲和公子虎，对二人说：“楚国的臣子能够为了君王而如此坚忍。我的臣子里可曾有这样的人物？楚国有这样的贤臣，尚且要被吴国侵灭，寡人没有这样的贤臣，日后若吴国来攻，秦国危急，又该如何呢？”

当年，正是公子蒲正是护送嬴香赴楚国，却被费无极蒙骗。他是嬴香的庶兄，十几年来，每次想到这件事，就心感愧疚。听了秦伯的话，他马上说：“大王，臣愿请兵讨伐吴军，为保全楚国社稷。”

于是，秦伯赵籍派两位公子率领战车五百乘，跟随申包胥前去救援楚国。

乘，是战车的单位，战车是作战的主要力量。一乘是指一辆战车，每辆战车配备四匹马，车上甲士三人，车下步卒七十二人，后勤人员二十五人，共计一百人。五百乘的总兵力为五万人。

申包胥大喜过望，知道楚国这下是有救了。尽管身体颇为虚弱，他却丝毫不敢停留，对公子蒲说：“楚君在随国日夜盼望救兵，就像大旱热望大雨一般。我要先赶回去禀报寡君。公子率兵可从商、谷向东，二十五日可至襄阳。我随即率领楚国余众赶到襄阳和公子会合。吴兵自恃得胜而骄，必然不作防备。而军士在外，日久思归，如果攻破其中一军，自然全军瓦解。”

公子蒲说：“我军不知楚境地理，必须楚兵作为向导，请大夫不要误了约期。”

申包胥辞别公子蒲，星夜不停，赶回楚国，去见楚王轸。

第三十五章·随侯赠珠

就在迟疑的当儿，一名军士带来了吴王阖闾的信函。原来越国乘吴国倾国之师滞留楚都的大好机会，率军进攻吴国。留守吴都的太子终累请求救援。吴王阖闾召伍子胥即刻回去商议对策。

伍子胥正愁找不到借口退兵，得了信函，便乘机撤出随国。匆匆而来，匆匆而去，只惹得漫天尘土飞扬，迷人眼目。

随侯和楚王轸得到消息，俱是惊喜非常。楚王轸于危难中能得随侯相助，十分感激，便同随侯订下永不侵犯、互结友好的盟约。公子结本欲代楚王赴难，虽因伍子胥匆匆撤走没有实行，楚王轸也深深被他的忠心感动。楚王轸割下他心前的鲜血，来同随侯订盟。订盟之后，随侯在大殿设宴庆贺。

酒宴中，随侯拿出传国珍宝明月珠敬献给楚王轸。楚王轸推辞道：

“随侯之珠乃是世间罕有的奇珍。我福薄无德，怎能接受如此贵重的礼物？”

随侯道：“随是小国，能够保存至今，而没有被别的国家灭亡，全是依赖楚国的佑护。存国大恩，无以为报。此珠原是大蛇为报先君救护之恩，特地衔来报答，可以称作是报恩珠。将此珠献与大王，正相适宜。大王若是推辞不受，倒让人嘲笑我不如一条蛇了。”楚王再三推让不过，只好收下。

宾主相对饮酒，言语欢洽，气氛一片祥和。阶下编钟、编磬、琴、瑟、笙、鼓奏出典雅和谐的乐曲，轻歌和着曼舞，优美舒缓，使人很难想到不久之前刚经历过的剑拔弩张的惊险场面。

楚宫里，吴王阖闾和群臣也正在议论迎敌对策。众说纷纭，意见各不相同。

夫概主张给予秦楚联军以迎头痛击。他大声说出自己的看法：“大王，秦军去国远征，兵马劳顿。而楚军二十万大军皆丧命沙场，剩下的不过是些吓破了胆子的残军败将，不足为患。臣愿率军前往，杀退敌军。”

孙武沉吟良久，说道：“战争是一件十分凶险的事，只能用来暂时制服敌人，而不能够长期使用。况且，我军既已击败楚国，占据楚都，大王的威信如日在中天。如再久战，军疲兵困，势必怨声载道。不如乘着这时的胜利，提倡议和，将我军撤回吴国。这样既避免了一场恶战，又可以保全大王仁义的名声。”

吴王阖闾闻言，沉思道：“爱卿言之有理。”但究竟是战是和，并没有下定决心。毕竟多年的辛苦，才得以攻入楚国，享受这大国的豪华富贵，怎能就此轻易割舍？

伯嚭说：“大王，我军既已攻占楚都，只因此刻秦兵来援，便即撤回吴国，岂不让世人耻笑？”

吴王阖闾举目望向他，心里暗赞了一声：“是啊！我岂能让人笑我畏惧秦兵？太宰这番话正刚刚说到我心底里去！”

伍子胥赞成孙武的意见，慨然说：“勉强交战而遭失败，不如及早撤兵还能够保持胜利的成果。太宰悉心比较，当知如何权衡得失。”

伯嚭态度十分强硬，从席位上站起来，忿忿地说：“我军自出征以来，一路势如破竹，五战破郢，尽毁楚国宗庙社稷。如今一听说秦军来到，立刻班师，为什么会如此前勇而后怯呢？臣愿领兵前去迎战，必将秦军杀个片甲不回。如若不胜，甘愿以军纪论处！”

吴王阖闾被他的豪情感染，当下决定采纳他和夫概的建议，与秦楚联军一决胜负。由伯嚭、夫概各带一支军队，分兵两路，南北夹攻敌军。伍子胥领机动部队，以备随时支援。

部署完毕，大军即刻开拔。夫概绕到秦楚联军的北面，挥师猛攻，在沂与公子结、申包胥、宋木、公子蒲等人率领的秦楚联军展开激战。几乎在同一时间，伯嚭在军祥也和公子申、王孙由于、公子虎等人率领的秦楚联军遭遇上了。

一南一北，两地齐燃战火，激战情形也十分相似。

战前，楚国公子申等人与秦军将领商讨对抗吴军的策略时，公子蒲说道：“我们不了解吴军的战术，与吴军对敌时，请你们先行作战，我们自会在适当的时机出兵相助。”

开战后，楚军先和吴军交锋，且战且退，抛下许多粮草辎重，故意装出一副不堪一击的假象，迷惑吴军。等吴军纷纷抢夺战利品时，楚军再掉转头来，同着如狼似虎的秦军，一道冲杀过来。吴军措手不及，被杀得大败。

夫概收拾残兵败将，匆匆逃回郢都。伯嚭却没他这么幸运，被秦楚众兵将团团围困，左冲右突，无法脱身。亏得伍子胥及时赶到，奋勇厮杀一番，才救出伯嚭。伯嚭带来的一万甲士，全军覆没，无一生还。

伯嚭自忖无法脱罪，便将自己五花大绑捆起来，去见吴王请罪。

吴王阖闾阴沉着脸，一言不发。大殿上几乎所有的人都以为他会愤怒地暴跳如雷，厉声狂吼，会在盛怒之下把伯嚭撕成碎片。谁都没有料到，他听到吴军惨败的消息后，居然一声不吭。

寂静。

寂静里带着一种暴风雨来临前令人窒息的沉闷。

众人十分不安，不晓得阖闾的愤怒将会在何时爆发。从他阴沉如乌云般的脸上，谁都猜不透他心里究竟在想些什么。

他究竟在想些什么？

吴王阖闾素来处事果断。然而，他此刻却在心底里迅速地盘算，难下决定。夫概，这个暗藏野心的家伙，他一直在寻找适当的机会将其铲除掉。这时，正是极好的时机，如果放弃，实在可惜。不过这么一来，伯嚭也必然难脱其罪，论才干，伯嚭在吴国众臣中并不是最出色的，但他凭着头脑机智，言辞动听，最得阖闾的宠信。阖闾不是不知道伯嚭圆滑轻浮，是个小人。可是君王身边正需要这种工辞善谀的人。孙武、伍子胥虽然才智天下罕有，那份耿直倔强却让人难以消受。因着这个缘故，阖闾权衡再三，决定暂且放过夫概一遭。“来日必定不会这般轻易地饶过他！”吴王阖闾恨恨地想。

玉阶下，孙武和伍子胥低声耳语：“伯嚭为人，媚上欺下，骄奢奸猾，日后必定是吴国的祸患。不如乘此时兵败，请大王将其处死，以绝后患。”

“长卿深谙兵法，应知用兵之际不可擅杀大将，自灭锐气的道理啊……”

孙武注视着伍子胥，轻叹道：“子胥，你如此顾念旧情，真不知是对还是错呀。”

伍子胥不语。他忘不了以前所有的恩恩怨怨。投奔吴国，借兵伐楚，掘陵鞭尸……这一切的举动都是由那些恩恩怨怨所引发的。

为报私仇，不惜发动一场浩大的战争，毁灭一个强大的国家。与其说是凭着一腔冲天豪气，不如说是深陷于以往的恩怨里无法自拔。

他扪心自问这样做到底是对是错？其实，世间又有几人能够真正摆脱往事的影响？深刻入骨子里的记忆，能抹得去吗？伯嚭是该杀，但念及伯嚭之父与伍奢之间的情谊，伍子胥只能全力保他的性命，不能乘机打击。况且，伯氏、伍氏同遭灭族之难，存活至今的仅余伯嚭、伍子胥两人。狡兔死狐尚且为之悲伤，伍子胥更不忍见伯嚭惨死。

伍子胥这样思量着，下了决心，躬身奏道：“伯嚭虽有丧师之罪，然念其以前功劳不小，何况大战在即，不可擅杀大将。臣请大王开恩，容伯嚭戴罪立功。”

吴王阖闾不置可否，但脸上流露出很受用的神色。其他人看出端倪，忙纷纷求大王开恩，饶恕伯嚭死罪。吴王阖闾假作难驳众意，只得勉强答应饶过伯嚭，又厉声把伯嚭训斥一通，责他日后小心听命，戴罪立功。至于夫概失败的事，也就不了了之。

秦楚联军初战告捷，接着向前推进，大军直逼郢都。这次吴王阖闾不敢轻敌，命夫概协同公子山守卫郢都，自己率领大军屯于纪南城，命伍子胥、伯嚭屯兵麦城，三城之间互为犄角之势，与敌军相持。同时，派遣使者往唐、蔡两国征集援兵。

吴军收敛起锋芒，采取防守之势。秦、楚两国军队也不敢造次，扎下营寨，众将领齐聚大帐商讨对策。

公子申面色沉重，说："郢都城池坚固，又与纪南、麦城相距不远，攻其一，则两方齐救，倘分兵三处则自削实力。此一战决不可强攻，只能设法引吴军出战，方有取胜的把握。"

公子虎道："吴王阖闾自然晓得这个道理。他又岂会轻易出兵，给咱们以可乘之机。"

公子蒲捻须沉吟："阖闾不是易与之辈，倒不可小觑了他。"

公子结苦思良久，说道："咱们先派兵攻打郢都，纪南、麦城两处驻军定会前来支援。我军佯败退走，引吴军来追，事先设下埋伏，将其一举击溃。"

公子申叹道："这法子是不错，可惜已在沂、军祥两地用过。阖闾、伍子胥、孙武等人智谋过人，这次绝不会中计了。"

公子结急道："究竟如何诱吴军出战，大家倒是想个法子出来。只相对坐着叹气，也不是办法呀！"

王孙由于道："我听说打击敌人，使他慌乱，出现失误，才有机会消灭他。阖闾防守严密难攻，我们必须使他慌乱，使吴军人心浮动不安，到时候说不定就会有良机出现。"

申包胥道："话虽如此，可是我们怎样才能打击阖闾？这件事说起来容易，却不大能够办得到。"

王孙由于说："吴军久经大战虽胜多败少，人员伤亡想必亦不在少数。目下最大的困难就是兵少，不足以与我军抗衡，否则，一向张狂的阖闾决不肯采用防守之策略，早已展开激战了。兵少，连守城也成问题，何况以阖闾的个性决不会一味忍让，他要反击必然要向他国借兵。唐、蔡两国与我国有大仇，又曾主动向吴国借兵报复，阖闾必会向唐、蔡两国借兵……"

话未说完，宋木已抢着说道："我军倘能发兵征讨唐、蔡两国，吴军失去援助，必然大乱，我军正可乘机进攻。"

王孙由于点头："正是这个道理，难得宋将军跟我想到一处去了。"

众人听了齐称妙计，一致赞同依计而行。公子申补充道："大敌当前，不宜多耗实力，只须将唐国灭掉，蔡国再不敢支援吴军。我们还应全力对付吴军才是。"

于是，公子蒲同公子结领兵突袭唐国，大军踏破唐国都城，杀死唐侯，唐国从此灭亡。蔡侯闻讯，直吓得心惊胆寒，任凭吴国使者巧言如簧，也不肯借一兵一卒给吴国，唯恐同时得罪秦、楚两个大国，像唐国那样惨遭灭国之祸。

夫概和公子山一同守护郢都，心中郁郁不乐。他自忖此番攻破强楚自己实居首功，阖闾非但从不嘉奖表扬，还着力宣扬伍子胥、孙武的勇武、智谋举世无双，简直是有意抹杀他的功劳。更令他气恼不过的是这次守护郢都偏偏说是协助公子山，他这做叔叔的倒成了侄儿的属下。夫概越想越忍不下这口气："阖闾向来心狠手辣，此时要我替他卖命，尚且如此欺侮。等战胜秦、楚联军之后，他霸业成就，我却要作他刀下之鬼了！"思前想后，把心一横，乘阖闾等人与秦、楚联军相持不下，引本部军兵，悄悄出了郢都东门，渡过汉水，返回吴国。

吴王阖闾等候唐、蔡援兵，久等不至，却得到唐国惨遭灭亡的凶信，不禁大惊失色。哪知祸不单行，公子山又差人送来密函，说夫概不知为了什么原因，带领本部军兵私自返回吴国。

吴王阖闾大怒，叫道："反了！反了！这个畜生居然在这时候私自叛逃，这是要造反了！"

吴国毕竟是阖闾的根本所在，失去郢都他只不过少了一座城池。一旦失去吴都，他这个吴国大王就徒有其名了。权衡之下，他决定亲自返回吴国，手刃叛贼。为防止秦、楚联军乘势追击，他命孙武、伍子胥两人留守郢都，其余将领即刻随同他返回吴国，擒拿叛贼夫概。临走前，点燃熊熊烈火，烧毁高府之栗，楚王宫也一同葬身火海，只保留秦景夫人的宫殿。

吴国内部发生如此大的变故，早被楚国探子禀报给楚军将领。

公子结大喜道："太好了！吴军现已撤走大半，此时正是我军进攻的良机，可以一举收复郢都。"

公子申止住他的话头，说："子期，你高兴得太早了。吴军虽已撤走大半，但孙武、伍子胥还留在郢都内，此二人决不可轻视，收复郢都之事，尚需从长计议。"

公子结说："孙武、伍子胥纵然厉害，也难敌我数万雄师。再说，强攻不成，将郢都围起来，饿也饿死他们了。"

公子申问："你将孙武、伍子胥饿死，那城里的百姓怎么办？也一起饿死吗？他们都是楚国的子民呀！"他的声音低沉中含着悲愤。

公子结张目结舌，说不出话来。怔了一会儿，他突然一拳狠狠地捶在几案上。

大帐中的气氛凝重沉寂，一时间再听不到人语。悲伤的影子慢慢渗进来了，不知道是谁在低声抽泣。

公子启再也抑制不住悲怆，凄声说道："吴国人占据了郢都，毁了我们的家园。听说神庙、社稷都被他们烧毁了，连王宫也被阖闾霸占了，真不知道留在城里的人怎么样了……"

公子申早已听说自己的家宅被吴人强占，妻子也含恨自杀，这时便恨恨地说道："还会怎么样？不是被人杀死，就是自杀，活着的生受吴人欺凌罢了！"

公子申越说声音越高："这些日子以来，郢都城内的楚国百姓被吴人欺凌侮辱，饱受煎熬，我们不能再使他们受到伤害。如果只为了收复都城，而不顾百姓死活的话，我们和那些凶暴残忍的吴国人又有什么区别？"

众人的眼圈都红了，齐声道："公子说得是，我们决不能再令城中百姓受到伤害！"

但这样一来，他们就给自己出了一个难题：如果强攻郢都，激战当中，难免会伤及无辜百姓，而围困的法子也同样行不通。孙武、伍子胥两人又决无将郢都拱手相让的道理。那么，该如何收复郢都呢？众人面面相觑，均是毫无头绪。

当吴王阖闾风驰电掣般地赶回去的时候，夫概已自立为吴王，公然和吴王阖闾为敌。他派儿子扶臧率众据守淮水，阻遏阖闾的归路，自己则全力进攻吴都。留守吴都的太子终累在专毅的协助下，击退了夫概一次又一次的进攻。另一方面，先前由郢都返回协助太子抗击越国进攻的华登击败越军，也带领部属参与到同夫概的战争中，形势对夫概越来越不利。等到吴王阖闾赶到，旌旗指处，夫概的部属纷纷倒戈归降，夫概成了真正的孤家寡人，空有一身武力，怎奈无法和军队抗争，只得大败而逃，和儿子一起投奔宋国去了。

郢都城下，秦楚联军犹和城内的吴军相持不下。这一拖，就拖到了九月。

战，无法战；和，怎么和？谁有这个胆子进入敌人统治下的郢都城内？谁又有这个自信，能不动刀枪而令吴军退走？议论纷纷之际，申包胥站起来，说道："臣不才，愿担此重任！"

众人都望向他，乱纷纷的说话声渐渐静下来。

公子申也望着他，说："此行艰险，包胥，你就不必去了。"

申包胥千里跋涉，赴秦国借兵，痛哭七天七夜，才求得秦伯同意发出援兵，又陪同公子蒲、公子虎等人一起返回楚国，继续和吴国作战。种种辛苦劳顿，申包胥从未提起。但公子申怎能再让他去冒这个险？别人谁都去得，唯独他不能去。

申包胥知道公子申此言出于一片关怀之意，但他不能因此就把危险的事留给别人去做，为国分忧，何殚劳苦。

他微笑说："孙武和伍子胥都是明事理的人，应该知道此时议和方为上策。我只不过效些奔波之劳，哪里有什么艰险？公子实在太多虑了。"

公子申见他执意要去，也不好勉强，只说："包胥，你有把握劝吴人退军，那是最好不过了。不过，切记要好生珍重，倘或谈不拢那也没有什么，咱们再想别的办法。"

申包胥答道："公子教诲，臣敢不从命。"

帛书写就的信函绑在箭矢上，由弓箭手射进郢都城内，很快被城上的守军捡到，呈送给孙武。

孙武看后，拿着信去找伍子胥："子胥，你看该怎么办？"

伍子胥默无一言地看完后，将信递还给孙武，仍然没有一句话。

孙武问："见，还是不见？"

见？还是不见？

伍子胥陷入了沉思。故友重逢，本应是件快事，但这将是怎样的相逢呀！世事沧桑，变化大得惊人。故国覆灭了，在一片血与火的余灰上，重逢的只能是血肉躯壳。心，早已疏远了，又岂是从前的交心知己？其实当年过昭关后，一切的情谊早已断尽，仿如一柄青铜剑，带着一溜儿耀眼的寒光，斩断一切的牵牵绊绊。然而，无情的只是剑，心中那份牵念，又岂是利剑能斩得断的？那一丝丝一缕缕都浸着血和泪的苦涩。

孙武还在等待他的答复，并不急着催促。伍子胥和申包胥曾是挚友，而今在这种情形下见面，实在令人心里透着酸楚。

等了好一会儿，孙武才说："你若有苦衷，不见也罢。在这个时候原也不适合相见。"

"不！"伍子胥抬起头，目中充溢着血丝，眼神坚毅果决，"包胥与我情如手足同胞。我不能将他拒之门外。我要亲自出城相迎。"

第三十六章·复国之路

城门开处，孙武、伍子胥一齐出城相迎。申包胥乘一辆简便的轻车，除了赶车的车夫外，无一兵一卒跟随。申包胥孤身前来，进入被敌人占据的郢都，面对无法预测的艰险，心里并没有任何的恐惧和惊慌，有的只是满怀的感慨与凄凉。马车驰进国都，却仿佛是进入了陌生的异域。故友相见，竟似冷眼相向的陌路人，怎不让人顿生恍若隔世之叹？

登上正堂，三人又重新行礼，依然是客客套套，依足了使节的礼仪。等入座时，才有了一点变化，伍子胥提议不分宾主之别，这明摆着是怕申包胥难堪。在楚国都城中，吴军统帅倒坐在了主席，那成什么样子？申包胥勉强忍住悲怆，答礼谢座。申包胥、伍子胥两个人面面相对，恍惚间忆起很久以前在府第中饮酒时的情景，没想到当日路途分别后，重逢竟已成仇敌。

伍子胥忍不住叹道："想不到我们竟会在郢都再次相逢……"

申包胥说："子胥击破强楚，威名震动列国，实在是可喜可贺。"

听了这句话，伍子胥的心里不是个滋味，说："包胥，你怎能说这样的话？你应该知道我从不贪图那些虚名。"

申包胥点头："我知道你是为了报父兄之仇。"

伍子胥激动起来，须发瑟瑟发抖，说道："是！我是为了报复私仇！我报仇有什么错？为什么楚国人没有一个肯体谅我？他们个个骂我是叛国贼。我有哪一点做错了，他们要这样咒骂我？"

申包胥冷冷地道："报仇并没有错。你带兵伐楚，焚烧楚国宗庙社稷，掘平王墓鞭尸泄愤，你的仇早已报了，为什么还要留在楚国？"

伍子胥怔住了，瞪着一双虎目，说不出话来。孙武慢条斯理地接了腔："攻伐楚国是吴王的命令。我等身为人臣，自当谨遵君令。吴王没有下令撤兵，我等岂敢擅作主张呢？"

申包胥说："为人臣子者，君令明则遵行，君令不明则讽劝之。子胥熟知兵法，自该晓得'见可而进，知难则退'的道理。吴国以数万之众，长驱攻入楚国，夺我城池，毁我社稷，强占民宅，劫掠财宝。这是吴国从未曾取得过的辉煌胜利，光耀到达了顶点。如今楚秦盟军逼近城下，兵力是留守郢都的吴军数倍，正是该功成身退的时候。倘若再拖延，不肯撤兵的话，恐怕将要遭受到失败的耻辱。”

孙武微笑：“我明白了，你此行是为了议和之事而来。”

申包胥对此并不否认。

孙武道：“既然秦楚联军兵多将广，为什么还要提倡议和呢？我想，你们并没有必胜的把握，所以你才不吝屈尊到此，说服我们主动撤兵，以免交战起来，楚军再次遭受惨败。”

申包胥看着他，脸上带着冷厉的愤怒：“孙武子，你的谋略、兵法都远远超过其他人。但你实在太骄傲了。你为了扬自己的威名，为了证明你的兵法无敌于天下，帮助残暴的阖闾攻打楚国，你的心愿终于可以得到满足了。可是你想过没有，你的成功害死了多少人？多少将士血染沙场？多少无辜百姓流离失所，惨遭杀害？你名扬天下，你的兵法必将会流传后世，为人敬仰。可是，你就没有感到一点儿愧疚吗？你的兵法不过是杀人的兵法，你的人只不过是阖闾杀人的工具！……”

“住口！”孙武一贯冷静从容的神态消失得无影无踪，额角一根根青筋暴跳，厉声说，“你可以攻击我本人，但你不能诋毁我的兵法！我呕心沥血，积十余年之苦功写成的十三篇兵法举世无双，千载之下，其名不灭，决不是你所说的杀人兵法！”

申包胥冷冷地道：“难道不是吗？”

伍子胥见他两人针锋相对，毫无就此罢休的意思，赶忙从中缓和气氛。

“包胥，你错怪长卿了。长卿虽然撰著兵书，但他的本意并不是制造杀戮，他是想用兵书劝戒君王不可擅动刀兵。《谋攻》一篇中写道：‘善用兵者，屈人之兵而非战也。’就是说善于用兵的人，使敌屈服而不是靠交战。长卿也是不主张发动战争的。”

申包胥鼻里发出一声冷笑：“自欺欺人！”

孙武大怒，拍案而起，被伍子胥勉强按住，这才极不情愿地坐回席上。他说：“申包胥，我顾念你和子胥的情份，不和你计较。今日若是换作旁人，决不会让他活着离开此地！”

“孙武子自负聪明，原来也听不进逆耳良言。看来倒是我先前高看你了！”申包胥说。

“好！你说，”孙武说，“你把你的那些‘良言’全都说出来吧！”

他语含讥讽，申包胥不是听不出来，却毫不理睬，说：“十三篇兵法我也曾读过，深深佩服孙武子的精辟见解。”

此言一出，孙武大为吃惊。

申包胥冷笑道："我楚国国力强大，岂是他人所能蠡测？吴王阖闾的湛卢宝剑能被楚王收为己有，孙武子的兵书又怎能瞒得过楚国斥侯的眼目？难道孙武子以为戒备森严更胜过吴王宫吗？"

孙武沉默不答。

申包胥继续讲下去："孙武子协助阖闾击破楚国一战，虽取得前所未有的胜利，但在实际作战之际却与兵书中所云自相矛盾。《作战》篇云：'故兵贵胜，不贵久。'又说：'久暴师则国用不足。夫钝兵挫锐，屈力殚货，则诸侯乘其蔽而起，虽有智者，不能善其后矣。'吴军攻打楚国，兴倾国之师，长驱深入楚国境内数千里，由去岁直至今年秋天，军队长期在外作战，怎称得上速战速决？吴军久据楚都，军兵安于安乐，减尽锐气，越国乘机发兵进攻，虽然吴军侥幸取胜，安知没有其他的祸患？《谋攻》篇中言道：'故上兵伐谋，其次伐交，其次伐兵。'吴人兴兵攻楚，此举正是孙武子自己所说的下策。不知何以舍其上而取其下？兵法中多次提到百战百胜并不是最高明的，不经交战，却能令敌人屈服，这才算是最高明的兵法。此番攻楚，吴军屡屡取胜，但并未使楚人屈服，反倒激起楚国君臣百姓的愤怒。这难道能说是真正成功了吗？你可以使敌人惧你、怕你，却绝不能使人屈服！孙武子兵法中又说：'善战者立于不败之地。'但攻楚之战，胜得实属侥幸。倘若不是囊瓦贪功擅进，破坏楚军全盘作战计划，当日柏举之战决不会发生。自诩谋略、兵法举世无双的孙武子怕早就亡命于汉水了。"

他一口气说完最后一句话，再看孙武的脸色一片灰白，额上全都是冒出来的冷汗。过了许久，孙武才吁出一口长气，用袍袖擦拭额头上的冷汗，叹息道："作战毕竟比不得著书立说，其间瞬息万变，凶险迭现，又岂是人力所能掌握的？况且君王的命令又无法抗拒，有时候确实是违心之举，不得不为啊！"

孙武望着申包胥，说："我平生经受的凶险不在少数，所见过的人物亦有几位着实称得上是盖世英雄。但能令我变色的，只有你一个人。我承认攻打楚国所取得的胜利，的确太过侥幸。只能说是上天欲兴吴国，天意成全。"

申包胥沉声说："你既然是位明事理，知进退的智者，为何定要屈就于吴王之下，做他的杀人工具呢？你所著的十三篇兵法确实是不可多得的奇书，用心深远。但吴王只会用它来征战杀伐，攻城掠地。你想用不战而屈人之兵来劝他止戈，那是不可能实现的。"他转目望向伍子胥，接着道："子胥，你为了报仇已经变成另外一个人了，狂暴、嗜血、狭隘，你如今仇也报了，也该醒醒了，不要再替吴王杀人了。……我们原来是很好的朋友，为什么要弄得像仇敌一样，互相残杀呢？"说到后来，语音已近哽咽。

孙武低头无语，伍子胥沉默了很久，从嘴角露出一丝苦笑："吴王为我雪复深仇，伍子胥不能忘恩负义。"

申包胥说："吴王他只是为了利用你……"

伍子胥不让他说下去："不管怎样，伍子胥愿为吴王做任何事，水里火里决不皱一下眉头。就算是吴王要我立即去死，我也决没有一句怨言！"说话时，神情肃穆庄严，便如吴王阖闾就在他眼前一样。

申包胥听他说出"死"字，心底惨然。

伍子胥道："士为知己者死！吴王知我，重我，我纵然肝脑涂地，定报此大恩！"

申包胥叹息说："子胥，想不到这么多年过去了，你还是这样血性刚烈。"又隔了一会儿，他说："孙武子刚才曾问我，秦楚联军兵多将广，取胜易如反掌，为何还要主动议和？我们就是因为不想连累无辜的楚国百姓才不愿开战的。我私心里也不希望和子胥对敌，希望子胥及早撤兵退走。女娲造人是要人们相亲相爱，和睦生存。为什么弄到现在大家一个个都恨不得把别人都杀死才甘心？人怎么会有那么深的仇恨？为什么列国诸侯不能和睦共处，非要今天攻打这个国家，明天攻打那个国家？子胥，你自己也不希望自己的亲人遭受不幸，为什么不能劝劝吴王让他早些息兵罢战呢？"

孙武说："你能如此顾念百姓的安危存亡，这是我不如你的地方。但是我可以撤兵退走，来成全你的心意。"

申包胥又惊又喜又替孙武担扰："你毕竟是吴王的臣子，未奉君令而擅自退兵，恐怕将会招来祸患。"

"君令不明则不必遵从。"孙武道，"如果吴王连这点度量都没有的话，他又岂能做一代霸主？"

申包胥满心感激，向两人大礼拜谢。孙武、伍子胥忙起身回礼，说："不必如此客气。"

申包胥正色道："我并不是为自己完成使命而谢你们，我是代楚国百姓相谢。你们此举令他们可以免于战乱之苦。"

伍子胥看他像是要告辞离去，就说："你急着要走？"

"两位同意撤兵，这样的好消息我要及早回营禀告各位公子知道。你们尽请放心，撤兵之际楚秦联军决不会追击偷袭。"

伍子胥沉吟着，终于开了口："包胥，你我今日一别……"

他无法再接着讲下去。

申包胥沉默着，嘴唇紧紧地抿在一起，眼角沁出一滴冷泪。他飞快地抹去泪珠，说："子胥，阖闾是虎狼之人，不可相交。子胥借吴军伐楚报仇，已经完成心愿，切莫再留在吴国，以免生出祸患。"他知道伍子胥重情感恩，不会听从劝阻。说完他不等伍子胥辩解，大步走出厅堂。

不久，孙武、伍子胥依照约定退出郢都，率领军队返回吴都。公子申、公子结等人统率军队进入郢都。众人见到昔日富庶繁华、热闹喧阗的郢都城如今已是满目荒凉、白骨遍地，心中都十分感伤。

公子申一面派人寻觅收集楚景平王的骸骨，重新营建被吴人烧毁的宗庙社稷，一面派遣申包胥带领舟师到随国迎请楚王轸回国。

在启程归国之前，楚王轸发出一道君令：吩咐把他逃亡时穿的一只破鞋子找来。

当初，楚王轸狼狈不堪地从郢都逃离，逃亡时太过仓促，有一只鞋子磨出一个洞，中途跑丢了。楚王轸已经跑出去三十步远，又转身找回鞋子。等他到了随国，随侯以上宾之礼相待，当然也为他准备了新鞋子。

身边的人听到楚王轸的要求，迷惑不解，问：“大王为什么如此吝惜这一只破鞋子？”

楚王轸说：“楚国虽然贫穷，但寡人怎么会吝惜一只鞋呢？只是想和它一起返回楚国。这只鞋跟着寡人千里跋涉，历经万难，从郢都来到这里。现在要回国了，当然是要带着它回去啊。”

这句话说出来，每一个人都被深深感动了。

楚王这道寻找破鞋子的君令，情真意切，每字每句都在讲述楚王眷恋旧情的心意。有这样的大王，楚国的复兴还会远吗？

以前穷奢极欲、炫富竞奢的楚国，从此以后，改变了风气，珍惜旧物，眷恋旧情，在楚国成为社会风尚。

楚王轸寻找破鞋子的故事，从此被世人津津乐道，广为传播。天下列国都知道楚国拥有一位圣明君主，直至后来，成为千古传颂的佳话。

随侯亲自送楚王轸登上王船。楚王轸带着群臣，登上归国的船只，由水路直奔郢都而去。

行至大江中心，楚王轸凭栏远眺，只见大江浩荡，滚滚东去，纵目四望，江阔云低。江水起伏，楚王轸心事浩茫，不觉又到了寒冷冬天。去年就是在冬天国破逃亡，一年的时光匆匆流逝，亡国复国，世事也如江水起伏不定。虽然在寒冷冬季，虽然归国的路途遥远，但他复兴楚国的志向从未改变。遥望浩荡江水，楚王轸思量在楚王宫高台之上，母亲必定倚阑凝望，盼望儿子早日回归故国，又是凄伤，又是欢喜，一时心潮起起伏伏。

江面上，红光浮现，顺流而下，撞到楚王轸乘坐的船。船工打捞上来一看，是一个其大如斗，红色的东西。楚王轸非常奇怪，问遍随侍的众臣，都没有人能认识这是什么东西。

宋木说："臣听说鲁国的孔子博学多识，知道各种奇异事物的来历。大王何不派人去问问孔子？说不定孔子能认出来。"

于是，楚王轸派使者带着这个奇怪的东西和礼物，去鲁国请教孔子。

王船继续向前行进，来到云中。楚王轸感慨地说："这里是寡人遇盗的地方啊，不能不纪念。"

盗贼又有什么好纪念的呢？

楚王轸纪念的并不是盗贼，而是在遇到盗贼时，和他危难与共的忠臣。

于是，王船停泊在江岸。楚王轸命斗辛留在这里，筑了一座小城，以便行旅投宿。现在云梦还有楚王城故址。

公子申、公子结派人将郢都稍稍整饰后，到城外五十里处迎接楚王轸归来。

回归郢都，楚王轸看到城外白骨如麻，城内宫阙残毁，整个郢都破败荒凉，以往熙熙攘攘、热闹繁华的街市冷冷清清，城中百姓比先前减少了许多，亡国惨痛再次涌上心头。

楚王轸先到王宫，拜见母亲。母子二人于亡国惨祸之后重逢，抱头痛哭。楚王轸说："国家不幸，遭此大变，致使宗庙社稷被吴人毁坏，先君陵墓被掘，尸骨受辱。此仇此恨，我决不会忘记，一定要用敌人的鲜血来洗刷这段耻辱！"

秦景夫人说："亡国之后能够复国，全都有赖群臣百姓戮力齐心。现在你刚刚回到郢都，宜先明赏罚，然后抚恤百姓，等国力恢复后，以图复仇大计。"

当晚，楚王轸不住寝宫，睡在斋宫内。第二天，祭告宗庙社稷，拜谒历代先君陵墓。楚景平王的尸骨被伍子胥鞭打得稀烂，扔进湖水里填了鱼虾的肚腹，再难寻觅回来。楚王轸只得吩咐下去，依照楚景平王的形貌制成一只铁俑，玉衣裹体，重棺厚葬。左司马沈尹戌因战死沙场，为旌其忠义，破例随葬在西龙山上。楚王带领众臣一同大礼拜祭。

之后，楚王轸登上大殿，接受百官朝贺。楚王轸面色十分沉痛，说："寡人任用非人，几乎使得楚国从此覆亡。若非众位卿家之力，焉能有今日？致使国家陷于危难之中，是寡人的罪过。退去敌军，复兴邦国，这都是卿等的功劳。"

亡国前，楚王轸虽然位居楚王，因为年纪幼小，七岁即位，一直深居王宫，军政大权由囊瓦一人独揽。楚国之所以灭亡，是因为楚景平王贪色，囊瓦贪财、贪功导致的。但楚王轸绝口不提别人的罪责，把亡国的责任全归于自己，展示了他勇于担责的坦荡襟怀。

群臣听了楚王的这番话，眼泪都快要掉下来了，心里想："大王和先君景平王、囊瓦完全不同。社稷有幸，楚国有望了！”纷纷稽首敬谢不敏。

楚王轸先设宴慰劳秦军将领，厚礼犒赏秦军，感谢他们帮助收复沦丧的国土。公子蒲、公子虎两人拜谢楚王的赏赐，到后宫拜见了秦景夫人之后，带领甲士返回秦国。

秦军归国后，楚王轸论功行赏。

第一位受到封赏的是公子申。楚王轸在随国的时候，公子申仿制楚王的车子和服饰来收集和保护溃散的人，在脾泄建立了国都以此安定人心，后来和秦国援军一起击退吴军，立下首功。他又是楚景平王的庶子、楚王轸的庶兄，身份高贵，被封为令尹。令尹，执掌楚国国柄，对内主持国事，对外主持战争，总揽军政大权于一身，地位仅在楚王一人之下。

接着被封赏的是公子结。他的相貌和楚王相似，伍子胥威逼随侯交出楚王时，他自愿代替楚王赴难，后来和秦国援军一起击退吴军，功劳仅次于公子申。加上他和公子申一样是楚王轸的庶兄，被封为司马。司马，掌管楚国军事大权，地位仅在令尹之下。

接下来，就轮到申包胥了。如果没有申包胥跋涉千里，远赴秦国请来援军，在这诸侯竞相灭国掠地，图强称霸的春秋乱世，风雨飘摇的楚国，说不定会从此覆灭，再也没有机会复国了。

楚王轸封申包胥为左尹。左尹和右尹是令尹的左右手，楚国以左为尊，左尹是仅在令尹、司马之下的要职。

劳苦功高的申包胥受封此职，众人都觉得是实至名归。

有一个人却极力反对。

第三十七章·浴火重生

反对的人，是申包胥。

申包胥说："我为的是大王，而不是为了自己。现在，大王已经安定了，我的志愿已经达成，我还需要什么？我一向痛恨子旗，他凭着功劳贪得无厌，使得先君景平王英名受到污损，难道我又要去学子旗吗？"

向楚王轸拜谢后，申包胥辞别众人，下殿离去。

大殿中众人看着他远去的身影，不免赞叹不已。

楚王轸封王孙由于为左尹，说："云中代寡人受戈，寡人不敢忘记。"

斗辛、王孙圉、钟建、斗巢、王孙贾、宋木、斗怀等人，一路随行扈驾有功，也都各有封赏。

为了庆祝复国，楚王轸在宫殿中大宴群臣，一时气氛极为欢快。

乐师扈子担忧楚王安于现在的欢乐，忘记了之前的苦痛，重蹈楚景平王的故辙，抱着琴走到阶前，说："臣有穷劫之曲，愿为大王演奏。"

穷劫之曲，听名字就和欢宴的气氛完全相异。楚王轸很是大度，说："寡人愿闻。"

于是，扈子鼓琴而歌，歌声凄怨；

"王啊王啊多乖烈，不顾宗庙听谗孽。
任用无极杀人多，诛杀伍氏族近灭。
伍员东逃到吴国，吴王哀痛助伤悲。
垂泪兴兵将西伐，伍员伯嚭孙武谋。
五战破郢王奔逃，吴兵横行辱荆阙。
楚荆骸骨遭发掘，鞭辱腐尸耻难雪！
几危宗庙社稷灭，庄王何罪国几绝。
卿士凄怆民忧伤，吴军虽去心尚畏。
愿王改正抚忠节，别让谗佞能谤毁。"

这首歌责怪楚景平王宠信谗佞费无极，诛杀伍子胥、伯嚭族人，致使吴军不断侵扰楚国边境，甚至于挖掘楚景平王的坟墓，鞭尸泄愤，来侮辱楚国。又伤心昭王困厄窘迫，差一点就身死国灭，成为天下耻笑的人。如今虽然复国，返回郢都，但国人悲伤难抑，仍然畏惧吴国。期望楚王轸能够一改之前楚景平王的作为，不要再让奸佞横行，谗杀忠臣了。

楚王轸听得流下眼泪，深知琴曲的用意。扈子就停止鼓琴。

楚王轸说："寡人深知你的苦心，悲歌警醒，寡人铭记，前耻难忘，国家复兴更需吾辈多加努力。"

一个地位卑微的乐师都这样关心国家大事，楚王轸又是悲伤又感欣慰，命令罢宴。

回到寝宫不久，侍者来报：令尹求见大王！

复国后，千头万绪，百废待兴，楚王轸正想找庶兄商议国事，听到侍者禀报，立刻吩咐快请进来。

公子申满怀心事，一进来，就跪伏在地。

楚王轸不明白他是何用意，也赶忙跪拜还礼。

公子申擦拭额上的汗，说："大王，臣怎么当得起啊。"

从表面看，楚王居住的寝宫经过修复，不像别的宫殿那样坍塌毁废，但宫殿里没有了以前的种种奢华陈设。冬天供暖用的燎炉、熏炉都被吴军砸毁了。以前楚王冬天居住的温暖宜人的宎厦也在大火中灰飞烟灭了。在这冬日，寝宫格外空旷寒冷，公子申竟然能额头全是汗，楚王轸更觉得一定是有什么重要的事情。

楚王轸回答说："你我虽然有君臣之义，但兄弟长幼之序，我不敢忘。"

听了这句话，公子申更觉汗颜："臣是来向大王请罪的。"

楚王轸更奇怪了，说："兄长立下首功，哪里来的罪过？"

公子申说："在大殿上，当着群臣，有些话不能说，但又不能瞒着大王。臣实在是罪无可赦，无颜面对大王。"

楚王轸说："兄长言重了。天下人都有罪，兄长也不会有罪。就算有罪过，我为兄长担此罪责。兄长，这里是后宫，不是前朝大殿，请过来同席相坐，才见得兄弟骨肉，原是一家，不能见外。"

公子申再三谦谢不过，只得走上前，和楚王同席而坐。

楚王轸说："兄长，有什么事情，只管说出来，你我兄弟，万事都好商量。"

公子申忧虑地说："大王，臣与秦军先行返回郢都，在宫中到处寻找，不见离次之典。现在驱走了侵犯的吴军，但离次之典丢失，百官无法可依，百姓混乱，兴复国家，从何提起啊？”

楚王轸听了，吃惊地说不出话来。

离次之典，听名字就知道是楚国最重要的典籍。楚国君王是火神的后裔，八卦之中，离卦为火。楚国在天下列国中，是南方霸主之国，五行之中，南方属火，也属离卦。火，能为世人带来光明，离卦的含意就是教人明理，代表典籍。次，是保卫王宫的人在王宫内的住所。所以，离次之典一直深藏在楚王宫中。

离次之典，是用来治理楚国政事的典籍。有了这个典籍，百官就有法可依，百姓得以治理；丢失了典籍，百官就无法可依，百姓混乱。

公子申返回郢都后，第一件事情就是寻找离次之典，但踪影全无。想起吴国毁灭了楚国的宗庙社稷、九龙之钟，离次之典这样重要的典籍，大概也一同被吴国毁灭了。他心中痛恨吴国，更忧虑无法治理楚国，楚国将要陷入混乱局面，再一次面临亡国的危险。

楚王轸心里一片冰凉，绝望到了极点，反倒没有流露出一点悲伤。他努力拼凑些话语劝慰公子申。公子申见他神色淡定从容，心中更加敬服。兄弟二人又聊了几句，公子申告辞离去。

送别了庶兄，回到寝宫，楚王轸左右思量，无法可想，心里明白复国终是泡影，忍不住痛哭起来。

虽然贵为一国之君，但他毕竟只是个十八岁的少年。

楚景平王六年，秦景夫人从秦国嫁到楚国，一年后生下楚王轸。楚景平王十三年，楚王轸七岁即位，成为楚国君王。自从他即位以后，吴国的军队没有一年不侵伐楚国。十年间，吴楚战争从来没有停歇过。终于在第十年，吴国联合蔡国、唐国，三国联军攻破郢都。天下列国中疆域最辽阔的楚国，立国五百多年间第一次被灭国。十七岁的楚王轸逃出郢都，逃亡途中历经艰辛，一年后，才辛苦复国。

按照周朝制度：男子二十岁行冠礼，表示已经成年长大。天子诸侯为了早日执掌国政，大多提早行冠礼。楚王轸即位后，令尹囊瓦掌管军政大权。他为人贪婪，不肯放弃手中的权力。楚王轸一直没有亲自执政，到现在还没有行冠礼。

尚未成年就经历如此多的艰辛磨难，楚王轸一路逃亡，还可以咬牙坚持下来，从不在群臣面前流露一点胆怯畏惧的神情。但他这时再也无法掩饰自己的绝望、悲痛。

楚国自古尚武，能够拥有天下列国最辽阔的疆域就得益于此。身为楚王，不为国出征，在他死后就不能用规定的礼仪安葬祭祀。几位楚王都死在行军途中。楚文王亲自带兵征伐巴国，战败而归。看守郢都城门的官员拒绝为败军开城门。楚文王只好率领军队进攻黄国，战败黄国后，才撤兵返回郢都，在归途中暴病身亡。

立国五百多年来，楚王轸是楚国第一个亡国之君。如果不能复兴楚国，就算身死泉下，他又有何面目去见列祖列宗、历代先君？

想到列祖列宗、历代先君，楚王轸自惭自愧，冷汗淋漓。他整理衣冠，要去拜见母亲秦景夫人，向她求教。在他眼里，母亲永远优雅从容，即使在亡国之际，母亲都没有失去一贯的从容风度，毫不慌乱。而楚国亡国、复国的际遇，也正和母亲事前预料的一模一样，令楚王轸发自内心的敬服。

吴国灭亡郢都后，刻意侮辱楚国。楚王宫被烧得面目全非，虽经公子申努力修复，还是随处可见坍塌的宫墙。在这片废墟中，秦景夫人的宫殿竟然完好如初，没有一点被毁坏的痕迹。

宫中温暖芳馨，明烛光灿，照耀得如白昼一样。屋顶是红色的帐幕，细软的丝绸悬垂在壁间，壁上装饰着艳丽的翠羽、莹润的玉钩，地上锦席铺陈。

秦景夫人正坐在锦席上，手中拿着一柄剑轻轻地拂拭。看到儿子进来，她把剑放在一旁的小几上。

楚王轸拜见母亲，闻着熟悉的兰芷芳香，心里暖洋洋的，仿佛又回到亡国前的时光。

他向母亲撒娇："母亲，轸儿的寝宫好冷，连熏炉都没有。还是母亲这里好。"

秦景夫人唇角漾起一抹笑，说："就是要让你住在寒冷的寝宫才好。"

楚王轸蹙起眉："母亲，为什么要让轸儿受冷？"

秦景夫人微笑："因为你是楚国的大王啊。"

见楚王轸不解，她解释说："如果不知道民间的疾苦，怎么能成为一个合格的君王？这次亡国是灾祸，也是好事。经过亡国惨痛，你才会更珍惜拥有的一切。你这一年来经历磨难，会知道什么是挫折苦难。住在寒冷的宫殿里，你才会真切得体会到楚国百姓过的是什么样的生活。只有爱护国民，亲善士卒，才是英明的君王。"

楚王轸点头："轸儿明白了。"

他一直努力忍着的眼泪，在点头时，滚落下来。

秦景夫人为他抚拭脸上的泪水，不言不问。

她仪态优雅，整个人焕发着宁静温和的容光，像冬天的太阳一般，给人带来温暖、安心。

楚王轸得到母亲的抚慰，终于放弃了所有的伪装，放声大哭起来，比刚才在寝宫哭得还要伤心悲痛。因为他知道，母亲一定会抚平他心中所有的悲痛，而在寝宫，只有冰冷和空寂陪伴着他。

秦景夫人轻轻挥手，示意所有的侍从退下去。偌大的宫殿，只剩下母子二人。

楚王轸痛哭着说道："母亲，轸儿无能，致使楚国遭受到莫大的耻辱。"

秦景夫人神情淡定从容，说："大王曾说过，要用敌人的鲜血洗雪这耻辱。"

楚王轸无限悲伤："击退了吴军，但是离次之典丢失，楚国面临再次亡国的危险，我……该怎么办？"

秦景夫人问："你是因为这件事才如此伤心痛哭？"

楚王轸点头。

秦景夫人沉下脸："如果是这样，你就不配做我的儿子。"

楚王轸惶恐不安。

秦景夫人拿起之前放在小几上的剑，说："如果我杀了你，是弑君之罪。如果不杀你，你这样的君王，只会给楚国带来更多的耻辱。"

楚王轸跪在母亲面前，说："母亲，轸儿惶恐，不敢惹母亲生气。请母亲教诲！"

秦景夫人说："亡国并不可怕。进犯的吴军可以击退，烧毁的宗庙社稷可以修复，九龙之钟可以重铸。离次之典，既然是国之大典，逃亡之前，你就要妥当安排。如果没有安排，丢失了也不要紧。离次之典虽是国之重典，既然先君能制定离次之典，你一样可以重新制定大典。"

楚王轸之前听公子申一番话，觉得丢失了离次大典就会再次陷入亡国的险境。他现在听了母亲的话，下定了决心，无论怎么样的困难，都要坦然面对，加以克服。

秦景夫人看着他，心情沉痛，说："我教导你这么多年，以为你已经成长为一位明君。想不到遇到这一点困难，你就惊慌失措，放声大哭。你这样，怎么有资格统治泱泱楚国？"

楚王轸顿首说："母亲，轸儿知错了。一定痛心悔改，决不再犯。"

秦景夫人扶他起身，说："你是楚王，你母亲的母邦是秦国。秦国的先祖只是一名马夫，建立下极大的功业，立身诸侯之列，安定西陲，使周天子不再受到西戎的侵扰。楚国的祖先起初受周天子分封时，封号是子爵，土地只有方圆五十里。楚国先君乘着柴车，穿着破衣开辟山林，开启楚国的霸业，使得楚国控野千里，成为千乘大国，威名震慑天下。秦楚两国，能有今天的霸业威名，不是依靠别人的帮助和给予，是靠自己的努力建立的。你身上流淌的是秦楚两国王室的血脉，世上没有任何困难能够令你畏惧，没有任何事情能够击倒你。继承先君的基业，这是一个平庸的人都可以做到的。能够在亡国之后，重新恢复楚国的霸业，才有资格当我的儿子。"

楚王轸怀想秦楚两国起初的种种艰辛和现在震慑天下列国的霸名，心潮起伏，坚定地说："多谢母亲教诲！轸儿从今以后，一定谨遵母亲的教诲，重建楚国霸业，洗雪今天的耻辱。既然吴国能灭亡楚国，我一定能兴复楚国。"

秦景夫人点头，问："你将如何作为，来兴复楚国？"

楚王轸回答说："爱惜国人，亲善士卒，赏罚公正严明，选贤任能，兴复国邦。"

秦景夫人将那柄剑递到楚王轸手里，说："母亲助轸儿一臂之力。"

楚王轸接过剑，仔细端详，说："这柄剑锋利异常，看来不是凡品，但是……"

秦景夫人说："但是不能和轸儿的湛卢宝剑相比，对吗？"

楚王轸承认。

秦景夫人说："这不是铸造的绝世宝剑，而是风胡子为楚国打造征战杀伐的兵器。这柄剑只是送来的样品，以后会有成千上万的戈、矛、弓箭，被铸造出来，增添楚国战力。五年的时间，就可以让楚国的军士换上精良的兵器。十年之后，楚国的军队将无敌于天下。"

楚王轸没想到母亲竟然事先早已安排妥当。

秦景夫人说："风胡子已经在棠溪寻觅到铁山，用铁铸造兵器，犀利远胜过青铜。当地有龙泉，以龙泉水淬铁，能够使兵器更加坚利。"

楚王轸赞叹："湛卢宝剑就和一般的青铜剑不一样，里面含有铁英。铁兵之犀利可想而知。"

秦景夫人说："在吴军攻破郢都前，我命蒙谷把离次之典带出王宫，找一个安全的地方保藏。现在吴军被击退，蒙谷已经携带离次之典返回郢都，不久即可到达。本来想等离次之典回归王宫后再告诉你，想不到你竟然因为离次之典丢失痛哭悲伤，现在告诉你，免得你再牵挂。"

想不到母亲已经把件件事情都安排妥当，楚王轸又是惭愧又是感激。

秦景夫人说："身为一国之君，必须事事考虑周详，不可大意疏忽。等宗庙社稷修复后，将为你举行冠礼。行过冠礼后，你就可以亲政了，以后处理政事，不能再有这次的疏漏。如果再使国家陷入险境，你就真的是楚国的罪人了。"

楚王轸跪伏在地，说："轸儿一定勤于政务，不敢再有疏漏。"

秦景夫人以手相扶，说；"不经磨砺，何以成利剑。轸儿，你看，这柄剑，看起来简单，铸剑过程却是异常艰辛。工匠要先制作供浇铸用的模范，模范要在窑中经火烘干，再加修整。之后选择优良的铁英，用炉火纯青的高温将其融化，去除其中的杂质。再将融化的铁水浇灌入模范内，铸成模型，炼铁经过反复锻打，形成锋利的刀刃。这样反复多次，铁剑才会变得坚韧而富有弹性。最后还要淬火，把烧红的宝剑放入冷水之中。经过了这一番艰苦劳作，才能铸成锋利无比的剑，成为精良兵器。铸剑如此艰辛，做人也是如此，必须要经过锻炼，经过烈火的焚烧、冷水的激励，才能够成才。"

楚王轸说："我们楚国是火神的后代，不惧怕烈火焚烧。我们楚国崇拜的凤凰，就是在火中重生。”

秦景夫人指点着案边小巧精致的红燎炉，说：“火，在八卦中属离卦。火带来的就是分离。熊熊烈焰焚烧时，壮丽辉煌。但火会把东西烧成灰烬，火同时也熄灭，走向死亡。像吴国，兴兵伐楚，看起来取得胜利，举世瞩目。但小小的吴国，击破强大的楚国，已经埋下了祸根。楚国的巫臣教吴国车战之法，楚国的伍子胥教吴国战争谋略，他们只是为了实现自己的图谋，从来没有为吴国考虑过。吴国只学会了战争，国力没有真正得到提升，一战功成，后患无穷，必将导致日后的灭亡。火神之所以受到世人的膜拜，不是因为烈火焚烧时的壮丽，而是为世人带来福荫。所以大家在烈火焚烧后，小心地保留下火种，期待下一次烈火燃烧。吴国征伐楚国，五战破郢。楚国的百姓父老兄弟们扶老携幼跟着轸儿逃难。大家互相鼓励与吴军对抗，同心协力为轸儿拼命战斗。没有将领统帅布阵指挥，百姓们都各自拼死搏击，最终击退吴军，收复失地。先君楚灵王修筑章华台，发动乾谿战役，引起国内外震动，百姓疲惫不堪。百姓们都背离了楚灵王。楚灵王在乾谿挨饿，只得吃野草、喝路边的污水，最终倒在田野里死去。楚国的江山没有改变，土地面积也没有改变，百姓的性情也没有大的改变。在亡国后，人们愿为轸儿献身。但在灵王统治时，人们却背弃了灵王离开了他。这是因为一个得民心一个不得民心的缘故。人之所以能生存，是依赖于衣和食。火之所以能燃烧，是因为它依赖于燃烧物，一旦失去了依附，火就灭亡了。如果火只是一味残暴，给世人带来灾难，大家把火隔离开就可以了，再大的火，不久就灭亡了。只有有所依附，火才能持久不断的燃烧。大家小心翼翼地保留下火种，是因为火给世人带来光明和温暖。楚国亡国后，百姓们为国捐躯赴难，是因为他们感激轸儿的恩德。”

楚王轸点头说：“母亲，轸儿明白了。宗庙社稷被毁不可怕，可以重新建造，九龙之钟毁了可以重铸，离次之典丢失了可以重新制定。只有民心不能丢弃，一旦失去了民心，楚国就真的灭亡了。轸儿身为一国之君，一定不会辜负国人的期望，会为楚人带来福荫，使楚国尽快复兴。轸儿会让楚国之火永不熄灭，熊熊燃烧，为国人带来光明、温暖。”